比较文学与世界文学 研究丛书

主编 曹顺庆

初编 第 2 册

比较文学变异学论稿(下)

曹 顺 庆 著

花木兰文化事业有限公司

国家图书馆出版品预行编目资料

比较文学变异学论稿（下）／曹顺庆 著 —— 初版 —— 新北市：
花木兰文化事业有限公司，2022〔民 111〕
目 2+272 面；19×26 公分
（比较文学与世界文学研究丛书 初编 第 2 册）
ISBN 978-986-518-708-8（精装）
1.CST：比较文学 2.CST：文集
810.8   110022058

ISBN-978-986-518-708-8

9 789865 187088

比较文学与世界文学研究丛书
初编 第二册   ISBN：978-986-518-708-8

比较文学变异学论稿（下）

作　　　者 曹顺庆
主　　　编 曹顺庆
企　　　划 四川大学双一流学科暨比较文学研究基地
总 编 辑 杜洁祥
副总编辑 杨嘉乐
编辑主任 许郁翎
编　　　辑 张雅淋、潘玟静、刘子瑄　美术编辑 陈逸婷
出　　　版 花木兰文化事业有限公司
发 行 人 高小娟
联络地址 台湾 235 新北市中和区中安街七二号十三楼
　　　　　电话：02-2923-1455／传真：02-2923-1452
网　　　址 http://www.huamulan.tw 信箱 service@huamulans.com
印　　　刷 普罗文化出版广告事业
初　　　版 2022 年 3 月
定　　　价 初编 28 册（精装）台币 76,000 元

比较文学变异学论稿(下)

曹顺庆 著

目次

下 册

第二编：比较文学变异学实践研究

从变异学的角度重新审视
异国形象研究[1]

比较文学形象学研究的是一国文学中的异国形象，它脱胎于影响研究，长期隶属于法国学派影响研究体系中的一个分支学科。然而，形象学学科归属是否得当的问题一直困扰着学术界。1999 年，中国比较文学学会第六届年会暨国际学术研讨会在成都召开，当时就有学者提出形象学归于追求实证性研究的法国学派是否得当的问题[2]，出席会议的法国著名比较文学家谢弗莱尔没有给予正面回答，而是王顾左右而言他，回避了这一问题。这种困惑同样体现在比较文学教材的编写体例上。杨乃乔主编的教材虽然将形象学纳入影响研究，但却认为形象学包括了跨学科研究："比较文学形象学研究'他者'形象，即'对一部作品、一种文学中异国形象的研究'，所以，它的研究领域不再局限于国别文学范围之内，而是在事实研究的基础上进行的跨语言、跨文化甚至跨学科的研究。"[3]陈惇等主编的教材则干脆将形象学归为平行研究："形象学专门研究一个民族文学中的他民族（异国）的形象，研究在不同文化体系中，文学作品如何构造他种文化的形象。"[4]同样，叶绪民主编的《比较文学理论与实践》，也将其划为平行研究："形象学主要探讨文学中的异国形象的成因。"[5]却又强调影响研究的实证性对于形象学研究不可替代的重要性，

---

1 原载于《湘潭大学学报（哲学社会科学版）》，2014 年，第 3 期。

2 张雨，比较文学学科中的影响变异学研究[J]，四川大学学报，（哲学社会科学版），2009（3），第 142 页。

3 杨乃乔，比较文学概论[M]，北京：北京大学出版社，2006，第 235 页。

4 陈惇，孙景尧，比较文学[M]，北京：高等教育出版社，2007，第 51 页。

5 叶绪民，朱宝荣，王锡明，比较文学理论与实践[M]，武汉：武汉，2005，第 35 页。

这种模棱两可的困惑与尴尬，实际上折射出形象学学科属性的不明确性。在国外，长期处于影响研究名目下的形象学，使用实证的方法研究异国形象为什么在中国却遭遇了如此的尴尬与困惑？显然，此中大有深意。

我们认为，形象学应当重新归类为变异学，因为在不同文化相互激荡的现实语境下，异国形象的塑造会受到诸如历史、审美、心理等各种不确定因素的影响，此与真实的异国大相径庭，于是将形象学纳入影响研究的合理性不可避免地遭到诸多质疑，只有归类为变异学，才能得其所归焉。

2005 年，在出版的《比较文学学》一书中，我们就将形象学从影响研究的体系下剥离开来，首次将它纳入变异学的研究范畴，这样做的学理依据是基于变异学理论的提出，"比较文学的文学变异学将变异和文学性作为自己的学科支点，它通过研究不同国家之间文学现象交流的变异状态，探究文学现象变异的内在规律性所在。"[6]与追求可实证的影响研究不同，变异学追求的是同源中的变异性，异国形象属于对他国的文化或社会的想象，积聚着深刻的文化沉淀，是无法按图索骥去实证的，必然会产生偏离异国原型的裂变。我们从变异学的视角来审视异国形象，立足"异"的形象研究，便会发现形象研究早就涉及了当时尚未被察觉的变异，无论是与之相关的集体想象物还是套话都能从中找到异国形象的变异因子。因此运用变异学理论恰当地解决了形象学学科归属不当的问题，使得形象研究从传统的文学研究范式中突围，开辟了一片广阔的比较文学新视野。

一、被遮蔽的变异：形象研究的缺失

早在 19 世纪实证主义哲学思想和科学主义精神盛行的法国，主张文学比较研究的学者就发现两国文学研究必然会涉及文学中的他国。在法国文学的先驱者斯达尔夫人看来，形象问题应与社会、历史、文化以及民族、心理等层面糅合在一起加以关照，她特别推崇异国风光与异国情调便是例证。而师承斯达尔夫人文学思想的泰纳注重民族意志、心理以及性格对文学研究的影响，对后来的形象学研究具有深远的启发意义。

被公认为形象学奠基人的卡雷也意识到这一点，他谈到他国形象就是"各民族间的、各种游记、想象间的相互诠释"。[7]异国形象蕴含着一定的想象力，

---

6 曹顺庆，比较文学学[M]，成都：四川大学出版社，2005，第 30 页。
7 孟华，比较文学形象学[M]，北京：北京大学出版社，2001，第 19 页。

标示着个体或集体强烈的主观印记，它究竟是怎么形成的，很难予以证实，因而这种影响关系不完全具有实证性。而基亚进一步阐明了卡雷的观点，他的《比较文学》专设一章"人民眼中的异国"来探讨异国形象。他沿袭影响研究的传统思路来研究异国形象，坚持准确地描述异国形象的流传需要依靠确凿的文学事实，事实罗列和对比是研究异国形象的根基，这种形象必须是明晰和确定的。但他也意识到了形象研究应转向，"不再追踪研究使人产生错觉的一般影响，而是力求更好地理解在个人和集体意识中，那些主要的民族神话是怎样被制作出来，又是怎样生存的。"[8]"个人和集体意识"混合着情感和主观的色彩，事实联系无法轻易获知，影响的边界并非明晰可辨，而民族神话的产生和发展却是仍然试图追踪溯源。卡雷隐隐约约察觉出形象研究的缺失，却无法找到最终的突破口。

由此可见，在最早的比较文学学科理论中，影响研究就已经涉及文学作品中的他国形象问题。影响研究往往会从异国的层面入手进行渊源考证，他国态度和评论必定会涉及集体想象，这明显超出了实证研究的领域。从变异学的观点出发，其实这就是一种异国形象的变异。遗憾的是，法国学派虽然意识到了异国形象与真实的异国不同，却拘泥于实证研究的一隅，没有站在理论的高度探究变异现象，而把全部的心思花在求同上，即这个异国形象是否以及在多大程度上偏离了真实的异国，一味地用实证的方法去研究非实证的异国形象，自然走入死胡同，以至于韦勒克批判形象研究已经从文学研究滑落至思想史研究。法国学派的形象研究在犹豫迟疑中向前缓慢发展，无法获得与同时期萌发的其他分支如流传学、渊源学等同等匹配的地位，最终错失了用形象研究为自己理论不足修正的机会，以致后来被美国学派击中要害，失去了在比较文学领域一度领先的文学研究地位。

早期的形象研究一度陷入实证性的漩涡，而后莫哈和巴柔将形象研究从实证的牢笼解救出来，他们建构了一套完整的形象学理论体系，使形象学从20世纪的比较文学危机中及时脱身，在比较文学领域发展为一门独立的学科分支，充分利用形象学跨学科的优势，把接受美学、符号学、当代心理学以及哲学中的想象理论借鉴到研究中，极大地拓展了形象学的研究领域。

不同于将异国形象当作现实复制品的法国学派，后期的形象研究几乎抛弃完全实证的方法，从实证性的影响关系转向"意识形态"和"乌托邦"，从

---

8 孟华，比较文学形象学[M]，北京：北京大学出版社，2001，第19页。

复制式的形象到创造式的形象，非实证性色彩愈加浓烈，用文明的差异性否定异国形象的客观基础，企图建立一种可操作性的、程式化的社会集体想象物的生成模式，"但若因此而忽视了文学形象所包含的情感因素，忽视了每个作家的独创性，那就是忽视了一个形象最动人的部分，扼杀了其生命。这就有使形象学研究陷入到教条和僵化境地中去的危险。"[9]我们再回到巴柔的理论里："一切形象都源于对自我与'他者'、本土与'异域'关系的自觉意识中，即使这种意识是十分微弱的。因此，形象即为对两种类型文化现实间的差距所作的文学的或非文学，且能说明符指关系的表述。"[10]不妨将这里的"差距"理解为一种变异的表现形态，"他者"形象经过主体的自动筛选，将不符合自我意识的形象过滤掉，这个过滤过程正是一种变异过程。例如法国作家伏尔泰的学生塞南古，他从未去过中国，书本是他了解中国的惟一途径，所以他根据自己的体悟创造了想象的中国形象：一个理想化的对宗教极为宽容的国度，自然神论和美德的故乡。塞南古之所以对中国感兴趣，是因为他认为中国的儒教思想和自然神论有相通之处，深受法国启蒙思想影响的他不满国内的教士与政权相互勾结的现状，寄希望在中国找到一片人间净土，启发人们重新思考法国大革命的意义。中国作为被注视者一方，塞南古作为注视者一方，他所构筑的理想化的中国形象与现实的中国相差很远，殊不知，基于文化过滤与误读的异国形象，通过社会集体想象物而发生了变异。

二、异国形象通过社会集体想象物实现变异

形象学是一部关于异国的幻象史，我们按照本国社会需要重塑了异国现实，它是一种变异性的集体幻象，是对真实的异国的变异。莫哈认为，形象学研究的形象包含三重意义："它是异国的形象，是出自一个民族（社会、文化）的形象，最后是由一个作家特殊感受所创作出的形象。"[11]我们关注第一层含义，"异国"，意味着存在一个参照系，即现实存在的他国，如果轻易地将异国形象视作对现实的复制，就容易朝着实证研究的方向偏执地走下去。而第三层则强调形象所展现的文学性，但文学却无法跟社会语境割裂开来，异国形象是由身处一定社会环境中的作家创作出来的，作家只是形象制作的

---

9 孟华，比较文学形象学[M]，北京：北京大学出版社，2001，第10页。
10 孟华，比较文学形象学[M]，北京：北京大学出版社，2001，第135页。
11 孟华，比较文学形象学[M]，北京：北京大学出版社，2001，第25页。

媒介，不起决定性作用。我们重点来关注一下第二层的含义，真正创造了形象的是与民族、社会或文化相关的社会集体想象物。"社会集体想象物"一词借鉴于法国年鉴学派，它包含的是整个社会对异国的看法，蕴含着相对于真实异国的偏离和变异，是不可实证的，它使异国形象研究的重心从辨别形象的真伪转移到形象的生成过程上，从而观察异国形象的变异是如何发生的。

在比较文学研究领域，异国形象属于社会集体想象物的范畴，而集体想象物是塑造异国形象的关键。如果将形象还原为社会集体想象物，我们可将社会集体想象物分为意识形态和乌托邦两类形象。这里的意识形态形象指的是按照本国社会群体模式，完全使用本社会话语重塑出的异国形象，本国社会群体将自我的社会价值观主观地投射到异国的身上，并整合想象的相异性的他者形象，以此来强化本社会群体的身份认同。例如清代的很多诗文将日本人称为"倭寇"，大量作品描绘了倭患频发带来的灾难，此时小说里的日本人形象与灾难、可怕紧密相连，作家注重描绘日本人外貌的兽类化或妖魔化，以此来反衬其道德品质的丑陋，塑造了一种奇淫无比的倭寇形象。在中国人的集体想象中，倭人不论男女老少皆淫荡无比，这种认识在清代小说中通过模式化的情节表现了出来，并在此后很长的一段时间里，日本人形象是与倭寇两字密不可分的。作家对异国的认识在一定程度上受到了集体想象物的制约，因而笔下的异国形象也就成为了集体想象的投射物。又如英国作家笛福在《鲁滨逊漂流记》中对中国充满敌意，借鲁滨逊之口对中国进行长篇谩骂，批评中国人懒惰愚蠢，跟英国人相比一文不值，利用中国负面的例子赞美他的祖国英国，这种结果是真实和想象脱节使然。这种有关中国的意识形态形象，不可避免地受到了当时西方社会对待中国态度的影响，注视者带着一副西方文化高高在上的有色眼镜，去审视中国人和一切有关中国的想象，作为他者的中国形象，在笛福笔下悄然发生了变异。

与此相反的则是乌托邦形象，形象制作者们用与本国社会群体模式完全不同的社会话语塑造出来的异国形象，这是一种与其自身所处的现实根本不同的理想的他者社会，这种异国形象也总是表现出相异性。例如晚清外交家黎庶昌的海外游记《卜来敦记》，描述的是代表着西方发达国家的英国，作者眼里的英国人悠闲惬意，逍遥快活，呈现在他眼前的是一片繁华和悠闲的生活景象。这是作者所理解的英国，这样的英国并不是真实的英国，他没有看到此时底层的工人们正为自己的生计忙碌奔波，巨大的贫富差距隐藏在生活的表象之下，他将这种表象和自己先入为主的有关英国的文化想象相互重叠，构成一个中国传统文人的异国想象。这种西方的乌托邦形象对作者来说是一个他者，他将在中国难以实现的圣人理想投射在他者的身上，也暗含了对晚晴社会现实的质疑和批判。反观俄国汉学家阿列克谢耶夫的《1907 年中国纪行》中塑造的中国形象，[12]作家以一种亲善与平等的心态观察和评价中国，他所描述的 20 世纪初的中国，与传统的西方人观察和描述的中国截然不同，既不是充满异域情调的神秘东方，也不是愚昧落后的东亚病夫。在他的眼里，中国是一个礼仪之邦，中国人民热情好客，中国文化博大精深，他的这种对中国形象的描写背离了其所在社会群体的既有模式，颠覆了几个世纪以来整个西方世界对中国的社会集体想象，起到了颠覆群体价值观的作用。

在为《关于"异"的研究》一书写的序中，乐黛云谈到："如果从意识形态到乌托邦联成一道光谱，那么，可以说所有'异域'和'他者'的研究都存在于这一光谱的某一层面。"[13]这说明经由社会集体想象物参与创造的异国形象，作家们总是赋予意识形态或乌托邦色彩，有意或无意维护或颠覆自我文化，体现出与真实异国的背离。异国形象犹如一枚硬币的两面，过度迷恋异国或过度诋毁憎恶，都是一种偏见和盲目。例如德国 19 世纪末著名的通俗文学家卡尔·迈对中国的态度完全取决于他所处的时代和 18 世纪西方对中国的态度。在他的笔下里，中国是一个最落后、最肮脏、最没有意义的国家，中国人比印第安人还要落后，中国人衣服又破又脏，天生不爱干净，中国文化古老死板，中国人的思想是僵硬和干枯的。由此可见，社会集体想象物是"主观与客观、情感与思想混合而成的产物，客观存在的他者形象已经经历了一个生产与制作的过程，是他者的历史文化现实在注视方的自我文化观念下发生的变异的过程"。[14]形象的生成过程具有极大的主观性和不确定性，无论是意识形态形象还是乌托邦形象与作为形象之"原型"的异国本身相比，蕴含着某种相异性的特质，这二者之间必定存在相应的差异，这种差异正是对异域历史文化现实的变异的结果，所以将形象学纳入变异学这一范畴来论述是妥当的。

---

12 刘燕，中国之镜：《1907 年中国纪行》中的中国形象[J]，国外文学，2008（6），第 38-46 页。

13 乐黛云，序[M]//顾彬，关于"异"的研究，北京：北京大学出版社，1997，第 2 页。

14 曹顺庆，变异学：比较文学学科理论的重大突破[J]，中外文化与文论，2009（1），第 6 页。

三、误读——异国形象变异的深层原因

纵览人类文明发展的历史长河，不同国家以及民族的相互交流传递了多样的文化讯息，透过广阔的文化视野来审视异国形象便会发现，异国形象通常建立在一种文化对另一种文化的体察和观照的基础上，形象接受国并非全盘接收，而是自动架设一道天然的文化屏障，将自身文化的特性融入到异国形象的塑造中，打上了深深的文化烙印，是无法抹去的。每一种文化都有其独特的一面，异国形象是在一种文化对另一种文化的注视下塑造完成的，不同的文化相互交流和沟通，逐渐打破了原有文化的封闭状态，也带来了异国形象的变异，这是文学误读的产物。

所以，我们把形象的变异研究归入文化层面的变异。形象的变异归根结底源于不同文化传统的差异，经过文化想象中的过滤机制，异国形象在创造过程中产生了扭曲与变形，乃是异国形象误读的产物。所谓"一千个读者便有一千个哈姆雷特"，误读终究是难免的。但是误读并不是随意发生的，我们总会依据自身的文化传统和思维模式，选择符合自身需要的异国形象，对它进行改造与变形。以中西方文学和艺术中的狮子形象为例，[15]西方文学和艺术中的狮子形象，大都象征着凶猛和高贵，《圣经》中便有大量此类形象的描述。而在中国的狮子，不管是装饰门庭的石雕狮子，亦或是过年渲染气氛舞弄的狮子，大都失去凶猛的本性，变成玩物之"犬"，完全是一副温驯可爱的狗的形象。李白的《上云乐》便有对狮子的描述"五色狮子，九葆凤凰，是老胡鸡犬，鸣舞飞帝乡"。那么，中国原本是没有狮子的，为何中国的狮子形象会偏离了狮子的生物本性，而最终成为有异于西方文化中的狮子形象呢？原来，狮子最早出现在中国是因为它是西域献给皇帝的贡品，专为皇帝献媚逗乐的玩物。狮子作为臣服归化的象征体现了中国古代统治者君临天下的优越感，这注定了狮子会远离凶猛的天性。中国作为狮子形象的接受国，从自身的文化传统出发，一步步改造成了温驯可爱的中国化的狮子形象。

按照莫哈的说法，"形象一词已被用滥了，它语义模糊，到处都通行无阻。所以思考一下形象的一种特殊而又大量存在的形式——套话——不无裨益。"[16]套话是形象学中描述异国形象的一个术语，原指印刷用的铅版，引申为人们认识一个事物时的先在之见，后来被应用于社会科学领域，指的是人们大脑

---

15 傅存良·李白中的狮子形象[J]·中国比较文学，《上云乐》1996（2），第65-76页。
16 孟华，比较文学形象学[M]，北京：北京大学出版社，2001，第158页。

中先人为主的观念。而比较文学形象学领域的套话则代表了人们对异国形象相对稳固的看法，指的是一个国家或民族在很长一段时期内反复使用、用来指异国异族的约定俗成的词语。

套话是一种特殊形态的异国形象，高度浓缩了一种文化对另一种文化的体察，文化误读是套话产生的基础，套话的生成及推广过程离不开它的积极参与。研究套话是形象研究中最基本、最有效的部分。所以我们通过套话来审视异国形象的变形和意义重构，探讨异国形象误读背后的文化心理蕴含。中国人对外国人形象的误读，以"洋鬼子"的套话最为典型；同样，西方也有类似的套话。以套话付满楚（Fu Manchu）为例。[17]他几乎是一个家喻户晓的西方关于中国的套话，来源于英国作家罗默发表的小说《付满楚博士的秘密》，后成为英国人耳熟能详的角色。在此篇小说中作家塑造了一个邪恶、凶残、令人恐惧而又充满诱惑的中国人形象。单看他的外貌便是令人害怕的，他高瘦而狡猾，长着一张撒旦的脸和精光的脑袋，一双细长闪着猫一样绿光的眼睛，高耸的双肩，莎士比亚般的眉毛。付满楚是西方关于中国的套话中比较有影响力的一个，19世纪下半叶，欧洲文化中出现了黄祸论，说人类将被黄种人毁灭，一种既轻蔑又恐惧担忧的复杂情绪弥漫于其中，有关付满楚的套话便是欧洲自我对异国形象妖魔化、丑化的表现也是体现了黄祸论思想的最彻底的典型。他曾在西方许多作家笔下反复出现过，20世纪30年代以后更被好莱坞搬上大银幕，成为邪恶和妖魔的化身。付满楚所代表的就是相对于西方的中国这个异域国家的形象，也是19世纪以后西方关于中国的典型的负面套话。

西方关于中国形象的套话是一面镜子，通过套话，既可审视他者，也可透视自我。异国形象有言说他者和自我的双重功能，当强势文化凌驾于弱势文化之上时，此时的文化处于不对等状态，蕴含着异国形象的套话自然是负面的、消极的。强势文化试图借处于弱势地位的他，塑造敌对的异国形象，来反衬自身文化的优越感。我们只有通过不断的跨文化对话，加强异质文化间的交流和沟通去逐渐消解这些负面的套话形象，如中国佬约翰、异教徒中国佬、查理陈，这些或多或少不平等的带有种族歧视色彩的套话。当然，随着时间的流逝，套话的有效性以及文化的不对等性在逐渐减弱。不过，厚重的文化壁垒始终需要我们有效而耐心的文化对话才能得以实现。

---

17 姜智芹，当东方与西方相遇[M]，济南：齐鲁书社，2008，第281页。

　　总之，异国形象是一种充满想象力的创造，它的生成过程就是一种文化对异域文化的接受与变形的过程。把形象学纳入变异学的研究范畴，以异国形象的变异为立足点，既能弥补法国学派由于致力于可实证的同源性影响研究而忽视形象研究变异的缺憾，又能避免后期形象学一味追求固定化的研究模式，沉迷于文化研究探索之不足。纵观国内形象学研究，侧重点在于异国人物形象的研究，研究范围狭窄，可是形象本身的内涵是极为丰富的，风物、景物、描写、观念和言词等都可以成为关注的对象。我们可以透过这些丰富多彩的关注对象，将文本中的异国形象与客观的异国进行对比，通过其中的变异再去审视自我的价值观，去探求形象变异背后深层的文化心理内涵，加深和拓宽形象学研究的深度和广度，从而彰显变异学普遍、总体性的独特价值。

本文与张莉莉合写

国内比较文学变异学研究综述：现状与未来[1]

  《易》曰："穷则变，变则通，通则久。"所谓"设文之体有常，变文之数无方"，惟其如此，才能保证创作思路的开阔。跨文明背景下的研究更是如此。当一种理论或作品由此时此地"旅行"至彼时彼地，社会历史语境的变更会促使其历经一系列的变化，从而激发其在新语境的生命力。文学变异的现象古今有之，但比较文学变异学首次从学科理论建设的高度将其系统化、科学化、方法化。本文从比较文学学科理论建设的角度出发，拟对国内比较文学变异学的萌发、创立及发展时期的研究作一个纵横两向的梳理，旨在探索目前变异学研究领域中的趋向及空白地带，以期更好地充实变异学学科理论的架构及其应用。

一、国内比较文学变异学的萌发期

  严绍璗先生在研究日本文学的变异现象时指出："文学的'变异'，指的是一种文学所具备的吸收外来文化，并使之溶解而形成新的文学形态的能力。文学的'变异性'所表现出来的这种对外来文化的'吸收'和'溶解'，不是一般意义上的理解。"[2]因而，"变异"在一定程度上意味着基于本土经验的对本土文学的创新及发展。在此过程中，本土文学的民族性并未因"变异"而消失，而是得以延续及充实，"'排异'中实现自身的'变异'"。

---

1 原载于《中南民族大学学报（人文社会学科学版）》，2015年，第1期。
2 严绍璗：《中日古代文学关系史稿》，湖南文艺出版社，1987年。

　　其实早在严绍璗先生研究日本文学的变异现象之前,台湾学者提出的"阐发"法中蕴含的文论话语异质性问题已经为变异学的产生提供了客观依据。因为异质文论话语"在相互遭遇时,会产生相互激荡的态势,并相互对话,形成互识、互证、互补的多元视角下的杂语共生态,并进一步催生出新的文论话语"[3]。此种新的文论话语从本土的文化及文学背景出发,也许是对西方文论话语加以"修正"或"调整"的结果,比如五四期间的浪漫主义者在对西方浪漫主义的调整中,更注重继承浪漫主义的情感维度;或是渗入了本土的文化因素,在对外来"模子"的选择中而实现的文论的"他国化"变异,但此种变异并非一味的追随或排外,而是依据自身的文化传统及现实情况,有效地吸收并改造外来文论,从而使其成为中国文论话语的一部分,否则就会导致文论的"失语症"。

　　相比于"阐发"法中由于文论话语的异质性而产生的变异,翻译中的"变异"则显得更为"隐性"。王晓路在《中西诗学对话——英语世界的中国古代文论研究》的第三章"迁移的变异"中,阐述了英语世界经由语言的中介而对中国古代文论的不同理解与阐释,指出了语言在交流过程中的"牢笼作用"。对这一更为"隐性"的变异进行系统阐述及研究的谢天振称其为翻译中的"创造性叛逆"在 1997 年出版的《比较文学》第三章"译介学"中,谢天振对翻译中的"创造性叛逆"进行了专门阐述,肯定了"创造性叛逆"的研究价值,认为在此过程中"不同文化的交流、碰撞、变形等现象表现得特别集中,也特别鲜明[4]",并指出创造性叛逆的主体不仅有译者,还有读者与接受环境。依笔者之见,"创造性叛逆"究其本质,实则为跨语际翻译中的文本在语言、文化及接受层面上的变异性,是在忠实基础上对原文本的客观"叛离"。例如在跨语际翻译中,当意义与形式两者不可兼而得之地在目的语中再现时,译作势必会受制于目的语的规范而不可避免地在语言层面上产生变异。德国语言学家威廉·洪堡认为翻译是一项无法完成的任务的观点也许言过其实,但将翻译视为部分无法完成的任务却有一定的现实性。道安的"五失本,三不易"总结的五种在佛经翻译中原文在译文中"面目全非"的情况便是一个有力的佐证。萨姆瓦曾指出:"我们所见到的另一种文化,在很大程度上是我们

3　曹顺庆:《比较文学学科理论发展的三个阶段》,《中国比较文学》,2001 年,第 3 期。

4　陈惇,孙景尧,谢天振:《比较文学》,高等教育出版社,1997 年,第 145 页。

对该文化的主观的看法。"[5]同理，我们所接触甚至熟知的很多西方文论，亦是经过语言的翻译及文化的过滤后，在很大程度上经过本土改造后的"变异"的文论。

二、国内比较文学变异学的创立发展期

不管其是"显性"抑或"隐性"，对文学及文论中的"变异"研究基本上是在现象或规律层面上进行，而未曾从理论及学科角度对其进行一番梳理总结。源于对影响研究中的形象学及媒介学中的变异问题的思考，例如形象学中的社会集体想象物生成过程中的主观性与不确定性，由此产生与异国真实形象一定的相异性，笔者提出了比较文学的变异学。"变异学"的首次命名出现于《比较文学学》一书中的第三章"文学变异学"，并将其分成译介学、形象学、接受学、主题学、文类学、文化过滤及文学误读，但在理论层面上未对"变异学"的命名展开过探讨。有学者从比较文学"变异学"研究领域的视角出发，思考"能否根据赛义德的'理论旅行'来支持'变异学'的命名？或者'理论旅行'的现象是将比较文学研究中的一个重要分支命名为'变异学'的重要根据？"[6]。根据"理论旅行"，情境的变换会引起理论的变异。一种理论"进入新环境的路绝非畅通无阻，而是必然会牵涉到与始发点情况不同的再现和制度化的过程[7]"。理论如此，文学文论自然也不例外。"变异学"自提出之日起就得到了多方的关注及探讨。对中国知网收录的论文调查统计，在其主题中输入"变异学"，笔者共搜到已发表论文 70 多篇，其中硕士论文 9篇，但这并不包括其他涉及和探讨"变异学"但未在主题或标题中体现的论文及著作，对变异学研究主要有以下几个方面。

首先，"变异学"理论建构方面。著作《比较文学学》、*The Variation Theory of Comparative Literature*（即将出版）及《"理论旅行"与"变异学"——对一个研究领域的立场或视角的考察》（2006）、《变异学：比较文学学科理论的

5　萨姆瓦著：陈南等译，《跨文化传统》，生活·读书·新知三联书店，1988 年，第109 页。

6　吴兴明：《"理论旅行"与"变异学"——对一个研究领域的立场或视角的考察》，《江汉论坛》，2006 年，第 7 期。

7　赛义德著：谢少华等译，《赛义德自选集》，中国社会科学出版社，1999 年，第138页。

重大突破》（2008）等 14 篇已发表的论文对变异学提出的历史背景、理论架构及成立的理据进行了深入的阐述分析。变异学提出之前的比较文学研究注重探讨不同文明下文学之间的"同"，并且此种"同"带有明显的欧洲中心主义倾向。中国文论的"失语症"就是此种求"同"倾向的产物。有学者注意到了这一现象并提出了自己的观点。弗朗索瓦·于连的《迂回与进入》就是对此种求"同"倾向的批判回应。虽然其对不同文明间异质性的关注与探讨具有积极意义，但其方式却具有单向、静态的指向性特征，其最终的目标是通过"他者"来反观自身。而变异学在对求"同"的回应上则更进了一步。它不仅关注比较文学中的异质性问题，更试图在此基础上达到不同文明下文学间的互补性，最终实现世界文学的总体性。变异学动态的特征使其超越了民族性，具有普适性。因此，变异学范式为处理异质性提供了一种变化的、动态的新模式。在其理论架构上，《比较文学学科理论的"跨越性"特征与"变异学"的提出》（2006）在阐述了比较文学发展的三个阶段并得出文学跨越性为比较文学基本特征的基础上，指出文学变异学为学科理论研究的新范畴，并界定了文学变异学的定义及研究领域，对在 2005 年《比较文学学》中提出的"变异学"研究范围作了一定的调整，认为："比较文学的文学变异学将变异性和文学性作为自己的学科支点，它通过研究不同国家之间的文学现象交流的变异状态，以及研究文学现象之间在同一范畴上存在的文学表达上的变异，从而探究文学现象变异的内在规律性所在。它可以从四个层面来进行研究，即语言层面变异学、民族国家形象变异学、文学文本变异学及文化变异学"[8]，为此后变异学领域的研究指明了方向及范围。《跨文明差异性观念与比较文学变异学建构》（2009）对"变异学"中的异质性问题作了进一步阐述，认为"曹顺庆教授将差异性拉向共时的文学文本审美和历时的文化功能的变异性上，在文明异质性基础上重新将比较文学历史化和美学化，始终把文学性和文化性作为比较文学学科理论不可偏废的两极，并把哲学层面上的异质性拉回到对于文学研究可以具体操作的文学变异性中"[9]，并总结了比较文学实践上五个学科分支，即诗学变异性、审美变异性、文本变异性、语言变异性和文化变异性。再者，"变异学"理论建构的其中

8　曹顺庆:《比较文学学科理论的"跨越性"特征与"变异学"的提出》,《中外文化与文论》, 2006 年, 第 13 期。

9　刘圣鹏:《跨文明差异性观念与比较文学变异学建构》,《吉首大学学报》, 2009 年, 第 2 期。

一个学术特征便是始终与跨文明背景下的比较文学研究的"合法性"交织在一起。对此，《跨文明语境下的比较文学变异学研究》一文指出变异学是在当今世界全球化背景下中西文明的交流与碰撞的结果。变异学中的形象变异与文学文论的他国化研究对比较文学学科理论的突破与发展有着重要意义，"任何一种理论在不同的语境中都会表现出不同的面貌、形态和内涵，应当重视根据中国经验对西方理论所作的阐释，重视这种阐释与原理论的冲突，重视从中国经验与自身理论出发对引进理论进行自觉的理性抵抗与反动"[10]。

其次，"变异学"理论阐述方面。《跨文明"异质性研究"——21 世纪比较文学研究的一个重要领域》（2006）、《比较文学学科中的影响变异学研究》（2009）、《比较文学变异学研究探析》（2009）、《从变异学的角度重新审视异国形象研究》（2014）等 22 篇文章对变异学的理论特征及学理基础进行了详细深入的阐述，主要探讨了变异学视角下的可比性基础，变异学对翻译研究、影响研究及平行研究的启示性作用。《文学变异学视野下的语言变异研究》（2007），探讨了语言层面的变异学，指出了其所指的语言变异现象区别于因为译者能力不足而造成的错译滥译，并对跨文化交流作出了巨大的贡献。这种从"变异学"视角来审视翻译中的变异现象对重新思考传统翻译中的原文与译文的关系给予了全新启发，即从语言层面的关注转换深入到关注语言变异现象背后的动因，同时也有助于"比较文学反思和重新定位学科的目标，有助于发掘文学新质的生成机制以及探讨文学发展的动力问题"[11]。此外，"可比性"一直是比较文学研究中不可回避的重要问题之一。《"不可通约性"与"和而不同"——论比较文学变异学的可比性基础》（2008）则从变异学角度探讨了比较文学的可比性基础，即将变异学的学理基础异质性视为学科的另一可比性基础，从而突破了之前比较文学研究中以求"同"为可比性基础的局限，为跨文明视野下的比较文学研究提供新的理论视角，解除了以求"同"为目的的研究困境。"比较文学变异学的可比性基础异质性的提出正是中西两种关注普世性差异思想影响下的必然，是解决整个世界比较文学发展困境与学科建构问题的理论革命。"[12]再者，变异学的提出能很好地解决形象学中的

---

10 万燚：《跨文明语境下的比较文学变异学研究》，《内蒙古社会科学》，2013 年，第 1 期。

11 吴琳：《文学变异学视野下的语言变异研究》，《理论探索》，2007 年，第 1 期。

12 张雨：《"不可通约性"与"和而不同"——论比较文学变异学的可比性基础》，《中外文化与文论》，2008 年，第 15 期。

变异问题，辨清形象学的学科定位。"法国学派的理论缺失在于不能反映文学流传中信息的失落、增添与误读，以及不同历史时期、不同接受者、不同文明的影响下的文学阅读的差异。尽管法国学者对此也已有所察觉，但他们没有解决这个问题，以至于仍将这个比较文学学科归为实证性影响研究之列。"[13]理论的阐述有助于人们更好地理解理论框架，有助于指导人们将其运用于具体的实例之中。

再次，"变异学"理论运用方面。此类文章如《品钦在中国的译介研究》等主要运用变异学理论来进行个案的分析与研究，集中在作品的译介与接受研究，并在此基础上，探讨作品旅行到"他者"过程中产生的变异及其缘由。任何翻译都不是在真空中进行的，都会受到不同意识形态、话语言说方式及译者主体性的影响。翻译中出现的"形象变形"及"创造性叛逆"都是两种文化"异质性"的间接折射。因此，在研究过程中，应该站在变异学的视角，透过翻译现象来追溯并探究现象背后的实质，挖掘并正视其中的"异质性"，而不是用单一静态的翻译标准进行评判，从而达到良好的翻译文学生态。《从比较文学变异学视角看郭沫若诗歌翻译中的创造性叛逆》（2009）以《西风颂》和《鲁拜集》的译作为例，分析了译作在音韵、形式、意象上的变异，来探讨译者在翻译过程中的创造性叛逆并以此达到形象地再现原作中诗情画意的翻译目的。《一个有争议的实证性文学关系案例分析——芭蕉与中国文学》（2009）将基于事实的实证性与变异学研究相结合，在正视文学间影响的同时，探析文学流传中的非实证层面——变异现象，即外来文学对作家的影响不全是一成不变的，而是作家在自身理解的基础上同化于其创作之中，从而创造出独具艺术价值的作品。此文章兼顾案例的实证性与非实证性层面研究，较全面地分析了芭蕉与中国文学的关系，体现了变异学对影响研究中实证性所忽视的"文学性"探索的补充，以平等、客观的目光看待两国文学间的交流与关系。因而，文章得出结论："之所以关于芭蕉与中国文学的实证性影响关系存在争议，缘于芭蕉的俳句受到中国文化的影响，但松尾芭蕉和他的俳句从本质上说终究是日本的，中国文化被承接后在某种程度上发生变异。"[14]

---

13 曹顺庆，张雨：《比较文学变异学的学术背景与理论构想》，《外国文学研究》，2008年，第3期。

14 韩聃：《一个有争议的实证性文学关系案例分析——芭蕉与中国文学》，《学术交流》，2009年，第1期。

三、国内比较文学变异学的反思与前瞻

通过对目前国内"变异学"研究现状的梳理，笔者认为，"变异学"自其提出之日就受到了较多的关注，显示出作为比较文学学科研究范式的巨大潜力。但目前该领域的研究尚存在不少空白或需进一步深入阐释的地带，主要有以下几个方面。

首先，目前的大多数研究多从历时角度展开，而很少兼顾共时的视角。多在纵向梳理比较文学学科的发展的背景中来阐释比较文学变异学，即从法国学派的影响研究、美国学派的平行研究进而转到中国学派提出的变异学研究。这样也许会让动态多维的比较文学学科研究范式趋向于静态平面。今后的研究重心可适度转向现今比较文学学科的横向发展层面，即中国学者在面对跨文明视角下的比较文学研究的困境而提出变异学时，之前的影响研究及平行研究在现今的学科发展中（尤其是如今比较文学在一些"边缘"国家的兴盛）是否受其影响而经历了一定的变化或修正。历史语境中的影响研究与平行研究在现实语境中发生了哪些变化。相比于这些变化，变异学研究范式的优势与独特价值体现在何处，这些都是以后值得思考的问题。任何理论都是对特定历史社会语境的回应。历史语境的变化必然在一定程度上会对其产生影响，使其有别于原先的面貌，促使其原先的研究范式的调整。这样或许能更好地解释变异学作为比较文学学科范式的独特性与普适性。

其次，今后的变异学研究应更注重宏观视野的把握，其一就是注重变异学与之前研究方法的融合。目前多数文章在阐述比较文学变异学时，多提及在跨文明视野下，变异学相对于影响研究中对有事实联系的"同"的求证及平行研究中对无事实联系的"同"的探索的优势，多从变异学的视角来考察影响研究及平行研究。例如《从变异学审视平行研究的理论缺陷》（2009），从文学变异学的角度对平行研究的缺陷进行了考察，总结了它在西方中心与东方主义、普适真理与异质文明以及 X+Y 的困境三个方面的不足[15]。这无可厚非。但有时我们也可以变换视角，从后两者来审视变异学，也许会得出不同的结果，从而更加充实变异学的研究范式。同时，在理论运用方面，多单从变异学的视角来分析具体作品中的变异现象，而很少融合影响研究及平行研究的方法。在这方面，西惠玲的《西方女性主义与中国作家批评》提供了

---

15 邱明丰：《从变异学审视平行研究的理论缺陷》，《求索》，2009 年，第 3 期。

一个很好的案例。作者在书中将影响研究、平行研究与变异研究等综合运用，对所选主题进行了充分的研究与阐释，是一次非常不错的尝试。其实早在变异学提出之前，有学者在对影响研究与平行研究的考察中就倡导两者在比较文学研究中的结合，认为"两派实可互补，如能在有文学影响的诸国文学里，以影响作为基础，探讨其吸收情形及类同与相异，岂非更为稳固，更为完备？"[16]因而，影响研究、平行研究与变异研究的融合何可不为？再者，注重变异学研究的现实向度。比较文学美国学派的跨学科打通了文学与其他学科的壁垒，一定程度上凸显了比较文学研究的现实性与社会性。这与当时的历史语境有很大的关系。"上世纪六七十年代美国动荡的社会及文化巨变引起了一场'危机感'，要求所有学术学科必须解决处理由社会和政治所引起的问题，以此来重组学科自身，从而保持学术研究的社会相关性"[17]。鉴于此，韦勒克在其《比较文学的危机》中倡导扩大比较的范围，将诸如民俗学及文学与其他艺术之间关系的研究纳入比较文学研究的新方向。这也许能部分解释比较文学在经历了只注重"事实关系"实证研究的危机后，在美国又异地崛起。正如有学者而言，"文学及文化分析中比较方法的举足轻重是因为人文学科的社会相关性"[18]。这在如今互联网及新媒体如此发达的时代更是如此。如何体现变异学研究的社会相关性有很大的思考及阐述空间。

再次，对变异学理论中的某些问题还应进行更为翔实的阐释与探索。首先是变异学中应阐清的几个问题，比如变异是怎样发生的？为什么及在哪里发生变异？变异的度及规律性是什么？等等。对如上问题的分析能进一步理清变异学的概念及本质。例如关于变异的"度"的问题的探索，即"变"到何种程度才成为变异学中的"异"。《打开东西方文化对话之门——论"间距"与"变异学"》一文对变异性研究的范围进行了阐述，即"变异学虽然重新为东西方文学的比较奠定了合法性，肯定了差异也具有可比性，但变异学强调的是异质性的可比性，是要在同源性或者类同性的文学现象之间找出异质性

16 黄维梁，曹顺庆：《中国比较文学学科理论的垦拓》，北京大学出版社，1998年，第178页。

17 Steven ToToSY de ZEPETNEK, Tutun MUKHERJEE: "Companion to Comparative Literature, World Literatures, and Comparative Cultural Studies", Cambridge University Press, 2013年。

18 曹顺庆，沈燕燕：《打开东西方文化对话之门——论"间距"与"变异学"》，《东疆学刊》，2013年，第3期。

和变异性"[19]，这或许能为今后对于变异的"度"的研究提供很好的启发。这一问题就犹如翻译中的创造性叛逆一样，若不对其范围及本质进行一定的界定，就可能导致其意义的无限延散，从而在此过程消解其自身。这就如同比较文学中的跨学科研究一样，若文学与任何其他学科的比较都可纳入比较文学的研究范围的话，那么就可能导致比较文学的泛学科危机。变异学中的规律性及"度"亦是如此。

最后，关于变异学术语翻译的规范性与统一性。比较文学学科的发展促进了学科术语的不断生成与发展，尤其近来比较文学在东方的兴起更是如此。因而比较文学学科术语译介的系统化在引进或输出学科理论思想时有着举足轻重的作用，术语翻译的规范化将促进学科的进一步发展与不同思想的融合。"术语是某一特定学科区别于其他学科的重要标志之一。术语的科学化、系统化、规范化水平往往代表一门学科的发展水平。"[20]变异学作为比较文学学科研究范式的新尝试，其关键术语翻译对变异学理论在跨语际语境中的接受与发展有着不可小视的作用。但就目前的状况而言，术语的翻译还有待于进一步的统一与规范。例如据笔者对已发表的变异学相关论文英文摘要中关于"变异学"一词的英译，就出现了以下九种不同的译文："variation"（《比较文学学科中的文学变异学研究》）（2006）、"mutation"（《变异的本土化——民间故事跨民族传播研究》）（2006）、"variationology"（《从变异学的角度重新审视比较文学的影响研究》）（2006）、"variationology"（《变异学视域下的新时期初现代主义论争研究》）（2012）、"Variation Theory"（《比较文学、中国学派和文学变异学——佛克马教授访谈录》）（2008）、"Theory of Variation"（《比较文学变异学的学术背景与理论构想》）（2008）、"The Variation"（《变异学：比较文学学科理论的重大突破》）（2008）、"Variation Study"（《跨文明差异性观念与比较文学变异学建构》）（2009）及"Variation Theory"（《变异学——世界比较文学学科理论研究的突破》）（2010）。王国维在《论新学语之输入》一文中注意到了文学术语的介入问题，他认为新思想的输入就必然要有新术语的输入。"[21]反之亦然。因此，对术语翻译的梳理及明晰就显得尤为重要。

---

19 方梦之：《从译学术语看翻译研究的走向》，《上海翻译》，2008 年，第 1 期。

20 方梦之：《从译学术语看翻译研究的走向》，《上海翻译》，2008 年，第 1 期。

21 陈智淦，王育烽：《中国术语翻译研究的现状与文学术语翻译研究的缺失》，《当代外语研究》，2013 年，第 3 期。

　　历史表明，每一次学科危机的产生及范式的调整都出乎意料地促进了学科的发展。比较文学变异学的出现将使比较文学学科理论实现新的创新与突破。但如上文所述，目前国内对于变异学的研究中还存在一些空白地带，需要今后进一步深入阐述，使其更加完善，从而更好地指导比较文学的研究。

　　　　　　　　　　　　　　　　　　　　　本文与庄佩娜合写

从变异学的角度重新认识传播学[1]

作为一门新兴学科，传播学自 20 世纪 70 年代被正式引入中国以来，取得了丰硕的成果，但是关于传播学是否需要本土化、中国化的问题一直是学术界争议的焦点。作为"舶来品"的传播学，如何能够在中国的文化语境下真正扎根土壤，进而茁壮成长，形成传播学领域的中国学派，是学界专家和学者长期以来努力思考的问题。

一、传播学在中国的发展

传播学（Communication Study）起源于 20 世纪 40 年代的美国，在一批先行者如哈罗德·拉斯韦尔（Harold Dwight Lasswell）、库尔特·卢因（Kurt Lewin）、卡尔·霍夫兰（Karl. I. Hovland）、韦尔伯·施拉姆（Wilbur Lang Schramm）等人的研究推动下，获得了飞跃发展，并很快传到了英国、法国、日本等国。因历史原因，该学科一直到 1978 年中国改革开放后才在中国正式落户，其标志为上海复旦大学的郑北渭教授在其负责主编的刊物——《外国新闻事业研究资料》第 1 期上发表了《公共传播》一文。同年 10 月，时任日本新闻学会会长的东京大学内川芳美教授来华访问，为上海和北京两地的新闻学师生及研究者做了以日本公共传播研究为主题的学术报告，这是第一位国外学者在国内讲授传播学，也为日后中国与国外传播学者之间的密切交流奠定了基础。

随着改革开放的稳步推进，对外交流日益频繁，传播学研究也随之蓬勃

---

1 原载于《今传媒》，2015 年，第 12 期。

发展，"走出去、请进来"的学术交流格局逐见雏形。1980 年 1 月，《人民日报》副主编安岗赴夏威夷参加由美国东西方中心举办的亚太地区传播学研讨会，并在会上发表学术报告，成为了第一位"走出去"的中国传播学者。1982 年 4 月至 5 月间，有着"传播学奠基人"之称的美国传播学大师韦尔伯·施拉姆受邀访华，在北京、上海和广州等地的新闻研究机构和大学新闻系开设学术讲座，这是中国新闻学研究者与西方传播学者之间的第一次直接对话[2]，从此打开了中国传播学者与西方学者之间的交流大门。传播学发展至今，双向交流与访学已发展成为一种常态，这种交流常态在促进中国传播学者对西方传播学理论了解、引入、介绍、阐释的同时，也激发了学者们对于传播学是否应该本土化、中国化的思考。

在加强传播学对外交流的同时，国内的学术研讨会也是促进传播学发展的有力因素。1982 年 11 月，全国第一次传播学研讨会在北京召开，明确了传播学是我国一门新兴学科，需要发展传播学教育与研究，为传播学在中国的发展奠下了基础。首次传播学研讨会的召开促进了传播学的蓬勃发展，这一阶段主要是翻译和介绍西方传播学理论，并加以推广和普及传播学知识，取得了很多进展，如第一本由本国学者撰写的传播学著作《传播学简介》在 1983 年的出版，及第一本由国内学者翻译的西方传播学著作——韦尔伯·施拉姆的《传播学概论》（Men, Women, Messages and Media: Understanding Human Communication）的问世等。自全国第一次传播学研讨会召开至今，全国传播学研讨会已经召开了 12 次，最近的一次于 2014 年举办，主题已从对西方传播学的单一讨论发展为多视角、多维度、多层面的跨学科融合的探讨，每一次研讨会的召开，都对传播学在中国的健康、积极发展起到了很好的推进作用。

在对外学术交流和研讨会的推动下，传播学作为一门学科也获得了长足的发展。1997 年，新闻传播学被国家教育部列入一级学科，传播学和新闻学为该一级学科下的二级学科。根据中国人民大学陈力丹教授的介绍，中国高校新闻传播学专业自 20 世纪 90 年代中后期起，教学点已经增加至 800 个，开设新闻传播学专业的学校也由原来的十几所发展到现在的五百多所；此外，为了满足传播学师生对专业书籍的渴求，传播学译著的出版也出现了持续高涨的局面，至今至少有 300 种以上。当然译著的增多也伴随着误读、误解、

2　陈力丹：《传播学在中国》，《东南传播》，2015 年，第 7 期。

误释的现象，使得部分西方理论未能充分地、精准地引介给中国的传播学师生。

由以上可以看出，传播学这门学科在中国虽然很年轻，但发展十分迅速，已经成为一门显学。虽然在短短的三十多年间，中国传播学界取得了令人瞩目的成绩，但是传播学研究的本土化、中国化一直是学者、专家们关注的焦点。

二、传播学研究本土化的研究现况与争议

传播学研究的本土化，又被称为"传播学中国化"、"中国传播学"、"华夏传播学"等，是通过整理和归纳中国五千年文明历史中的传播现象与事件，提炼总结出中国本土的传播观念和思想，再将其与西方传播理论有效整合，建立起适合中国的传播理论构架，最终发展为集中西方传播精华于一体的中国传播学[3]，具体来说主要包括两个方面的内容：一是扎根于中国历史文化资源，搜寻中国几千年来博大精深的传播现象与实践，在归纳总结中国传播智慧和精髓的同时，重新思考西方的传播学理论，使之为自己的传播实践所用，从而建立起中国本土的传播理论框架；二是着眼于中国国情，把西方的传播学理论运用到中国的传播学实践中，以西方传播学理论来回应中国传播学遇到的本土问题。二者构成了传播学本土化研究的两个面，相辅相成，互相关联和影响。

"传播学研究本土化"这一提法，最早是由香港中文大学传播研究中心的创立人兼中心主任余也鲁教授在 1978 年提出的，他认为中国传播学者在学习和实验西方的传播理论之外，更应该利用自己的智慧，从中国的历史中寻找到许多传播的理论和实践，用来充实光大今天传播学的领域[4]。为了践行推广这一学术理念，余也鲁教授和台湾政治大学的徐佳士教授等学者一起奔波于两岸三地，主持召开传播学会议，推动了大陆传播学界在认识、了解传播学的同时，引发对本土化的思考。1982 年，第一次全国传播学研讨会在北京召开，确认了运用马克思主义作为指导的传播学研究 16 字方针："系统了解，

---

3 钟元：《为"传播中国化"开展协作——兼征稿启事》，《新闻与传播研究》，1994年，第 1 期。

4 邵培仁：《传播学本土化研究的回顾与前瞻》，《杭州师范学院学报》，1999 年，第 4 期。

分析研究，批判吸收，自主创造"[5]，这是大陆学者首次提出要建立符合本国国情的传播学，指明了传播学在中国需进行本土化发展的方向。1986 年举行的第二次全国传播学研讨会更是再次明确了传播学研究的任务，即从中国的传播实践出发，逐步形成一套具有中国特色的传播学理论与方法。此后，本土化、中国化成为中国传播学界研究的重大课题，连续数届会议都以此问题作为议题，相关研究的学术论文也如雨后春笋般涌现，这股传播学本土化的思潮在 20 世纪 90 年代中期因两种研究路径的并肩齐驱而达到高潮，被很多学者认定是中国传播学研究发展努力的方向。发展至今，虽然传播学研究的内容更加充实丰富，但是学术成果并没有很好地利用本土的传播资源与智慧，仍然以西方传播学理论尝试解决中国问题为主，缺乏原创性和创新性。面对这一问题，"本土化"在当今又一次成为关注的热点，且呼声很高，有学者认为其可以作为突破这一发展瓶颈的出路。如陈月明在其发表的《传播学研究本土化再认识》一文中就指出了要改变中国传播学缺乏创见性成果这一窘境，使传播学在中国获得创新性发展，本土化研究是必然途径[6]。

在这一边高呼需要"本土化"的热潮下，另一边也传来了一些学者的反对之声。中国人民大学的陈力丹教授就对"传播学本土化"这一提法持有怀疑的态度，他在《关于传播学研究的几点意见》一文中就将"传播学是否需要本土化"作为一个专门的问题指出来，他认为学界应该慎重对待"传播学本土化"这一提法，在全球一体化的背景下传播学应该是世界的，而不应该是某一个国家的[7]。复旦大学的黄旦教授也对"本土化"持有怀疑的态度，认为理论本身就具有普适性，根本不需要一味地强调是中国的理论，这种做法没有任何意义，也不利于传播学的研究。清华大学的李彬教授、南京大学的胡翼青教授等均对此持相近看法。

面对这种褒贬不一的声音，"本土化"究竟能不能促进传播学在中国的发展成为了竞相争议的对象。笔者认为，看待"传播学研究是否需要本土化、中国化"这一问题，应该挣脱既有研究的思维定式，另辟蹊径，尝试换一个角度，借鉴比较文学中国学派的经验，从变异学的视角出发来重新认识、思考传播学在中国的学科建设及发展。

5　邵培仁：《传播学导论》，浙江大学出版社，1997 年。

6　陈月明：《传播学研究本土化再认识》，《东南传播》，2009 年，第 9 期。

7　陈力丹：《关于传播学研究的几点意见》，《国际新闻界》，2002 年，第 2 期。

三、变异学视角下的传播学研究

作为与传播学差不多同时间引入中国的、同为"舶来品"的比较文学学科，经过三代学人的不懈努力，已经进入中国比较文学学理研究的探索深化和原创性时期，中国学者的理论观点日益为国际学界所重视，如笔者编写的英文专著《比较文学变异学》（The Variation Theory of Comparative Literature）一书，在2014年由世界出版机构——斯普林格出版社（全称为: Springer-Verlag Berlin and Heidelberg GmbH & Co.K）在纽约的出版刊行，就正是中国学派在世界比较文学界影响力扩大的有力见证。面对同为"舶来品"的比较文学中国学派的成功立足，笔者认为，从变异学的视角重新认识、思考传播学十分必要。

比较文学变异学理论是由笔者首先提出的，是以跨文化为视角，将变异和文学性作为学科支点，通过研究不同国家之间文学现象交流的变异状态，以及没有事实关系的文学现象在同一个范畴上存在的文学表达上的变异，探究并揭示出文学事实是如何在流动过程中发生变异以及产生这种变异现象的内在规律性[8]。变异学理论主要包含两层含义，一是文学交流和影响中的变异，即在文学交流与文化交流中，变异既是基本事实，也是文明交融的基本规律；二是平行研究中的变异，即研究者在阐发视野中，在两个完全不同的研究对象的交汇处产生了双方的变异因子。笔者认为，作为比较文学学科的理论比较文学变异学在当今社会具有很大的现实意义，可以很好地解决许多令人困惑的现实问题，如跨文明对话的冲突、翻译文学的学科归属、创造性叛逆的合理性、英语译作的变异、西方文学的中国化以及比较文学阐发研究的变异性等等。变异学根据研究对象的不同主要分为以下几个方面来进行研究：跨国变异研究、跨语境变异研究、跨文化变异研究、跨学科变异研究、跨文明变异研究和文学的"他国化"研究。从以上的变异学理论内容来看，变异学是可以适用于作为"舶来品"的传播学学科的。

首先，传播学学科在中国发展至今，尚未真正创建起自己的理论体系，如陈力丹教授在《东南传播》2015年第7期发表的《传播学在中国》一文中指出，因国内的传播学者之间缺乏沟通和传承，所以中国传播学尚未形成谱系、学派。另外，从当前国内的传播学书籍和论文来看，虽然近年来数量增

---

8 曹顺庆：《比较文学学》，四川大学出版社，2005年。

长飞速，但大多数仍停留在引介的层面，缺乏原创性和理论深度及厚度，整体水平仍然有待进一步提高。在这种传播学研究背景下，以美国传播学理论为主的西方传播学理论在引介到中国的过程中必然会造成大量的误读、误解，这种误读和误解其实就属于变异现象。同文学作品一样，传播学著作在穿越语言的界限，通过翻译在目的语语境中逐渐获得接受的过程中，或多或少都会产生变异。比如，韦尔伯·施拉姆的传播学著作 Men, Women, Messages and Media: Understanding Human Communication 在 1984 年第一次被翻译到中国时，并未遵循原意翻译成《男人、女人、讯息和媒介：理解人类传播》，而是结合中国当时的国情，被创造性地翻译为《传播学概论》，这种"创造性叛逆"就是传播学领域的变异。

除了著作在引介过程中产生的变异以外，西方的传播学理论在引入的过程中也会产生变异因子。爱德华·赛义德（Edward W. Said）在《理论旅行》和《理论旅行再思考》两篇重要的文章中提出，当某一种社会环境下产生的理论通过"旅行"到达另外一种不同的社会环境时，这种理论的话语也会随之发生变异。我国传播学界目前使用的理论大多属于这种情况，是从西方社会"旅行"到中国的，这些外来理论到达中国后就会产生两个方面的变异：一是本国知识谱系上的，现阶段我国的传播学仍然以照搬西方理论为主，表达方式都是西方式的，这种情况就造成了中国传播理论的"失语"；二是西方理论自身的变异，即西方传播学理论的中国化。比如，经验—功能主义传播学的研究方法虽然在中国已经基本普及，但是仍有新的问题不断出现[9]。其实这就是西方理论在旅行到中国以后，只一味地照搬，没有注意到理论旅行产生的变异，而只做到了"拿来"，并未从中国博大精深的传播实践与智慧出发将其阐发转变为自己的理论。

此外，中国与美国分别属于东、西方两种文明。著名的比较文学学者乌尔里希·韦斯坦因（Ulrich Weisstein）认为东、西方两种文明之间难以发现相似的模式，在"变异学理论"提出以前，根据西方的影响研究和平行研究方法，很多学者认为不同的文明无法比较，这是站在"求同"的思维框架下提出的，而忽略了"异质性"、"变异性"的鲜明特征。跨文明研究绝对不可能只简单的求同，而应该在彼此尊重、保持各自文化特质、差异的基础上进行平等对话。变异学理论正式弥补了西方理论的不足，发现了不同文明在接

9　陈力丹：《中国传播学研究的历史与现状》，《国际新闻》，2005 年，第 5 期。

触、交流时产生的异质性、变异性因子，为跨文明比较确立了根本的合理依据。

当起源于美国的传播学传入中国时，这两类异质文明在碰撞及交汇互动的过程中，无论是传播还是接受，或者是彼此影响的同时都产生异质性因子而发生一种变异。如著名的比较文学学者乌尔里希·韦斯坦因在其《比较文学与文学理论》（Comparative Literature and Literary Theory: Survey and Introduction）一书中就曾指出，影响在大多数的情况下不是直接的借出或借入，直接逐字仿造的例子少之又少，绝大多数的影响在一定程度上都表现为创造性的改变[10]。事实也的确如此，比如佛教中国化就是一个典型的成功变异案例。两汉之际传入中国的印度佛教在中国的发展过程中，印、中两种截然不同的文化经历了长期的碰撞和交流互动，并在这种碰撞互动过程中产生了变异，最终在坚持本土文化的基础上，逐渐交流融合，在魏晋南北朝时期形成了不同于印度的具有中国特色的佛教——禅宗。其实，在传播学传入中国的过程中，也产生了很多变异因子，但是由于国内的传播学者们有的只注重西方传播学理论的"拿来"，有的则只关注到要立足本土传统文化，并没有注意到跨文明间的变异现象。

比如，传播学在二十世纪七八十年代刚引入中国时，就在第一次和第二次全国传播学研讨会上分别提出了要以马克思主义为指导方针以及以中国传播实践为出发点来建设一套具有中国特色的传播学理论和方法。用中国共产党的指导思想及中国本土的传播实践和传播现象来指导、发展从美国传进来的传播学理论，本身就是两种意识形态和异质文明之间的碰撞和交汇，虽然大多数学者们都看到了碰撞和交汇，但是并没有进一步探究、发现其交汇过程中产生的变异，以至于发展到现在，传播学是否需要本土化、中国化仍然只是一个争论的焦点，而不是落于实处的探索。

所以，从变异的视角重新认识美国传播学的传入，有利于中国学者在立足本土文化的基础上来正确对待异质文化的引入，并从自身的文化规则出发，重视异质文化在交汇过程中产生的变异因子，对外来的传播学进行"他国化"改造，从而逐渐形成具有中国本土特色的传播学。

---

10 [美]乌尔里希·韦斯坦因著：刘象愚译，《比较文学与文学理论》，辽宁人民出版社，1987 年。

四、"他国化"是从变异学的角度重新认识传播学的重要途径

"他国化"理论是笔者在变异学大背景下提出的、比较文学变异学的重要研究领域，是一条既具学术价值又有现实意义的研究路径。他国化是指"一国文学或理论等作品在传播到其他国家以后，由于意识形态、宗教信仰、生活习俗、历史文化观念等方面的不同，经过文化的译介、有意识或无意识的过滤、接受或阐发之后，发生的一种更深层次的变异"[11]。这种更深层次的变异主要体现在：作品本身所体现的传播国的文化规则和话语，在作品通过"旅行"抵达他国后就已经被他国同化，文化规则和话语逐渐向他国转变，从而成为他国文化和作品的一部分。由此可见，文化规则和话语的转变是"他国化"的最重要特征。将"他国化"理论运用到传播学学科的发展中，是从变异学的角度重新认识传播学的重要途径。

如，产生于美国的传播学学科在传入中国的过程中，由于两国分属于两大文明圈，在文化观念、风俗习惯、意识形态、语言系统等方面存在着大量的异质性因素，必然会存在大量的变异现象。传播学学科著作和理论在译介、过滤和接受的过程中，也会相应地发生语言、形象及文本等方面的变异，这些变异现象从表面上看起来会被理所当然地理解为是误读、误译、作品流传过程中的过滤、改造等，但里面隐含着更深层次的原因。当西方传播学著作的变异在中国达到一种文化规则的根本性改变时，就不是误读、误译、作品流传过程中的过滤和改造了，而是传播学在中国的"他国化"，针对其在中国的传播，这里可以称为传播学的"中国化"，即传播国——西方的文化规则被接受国——中国所同化了，从而实现传播学在中国的融合发展。所以，"他国化"既是中国传播学科发展的途径，也是发展的目标。

而就目前传播学学科在中国的发展状况来看，中国的传播学距离"他国化"为特征的融合发展这一目标还有很大一段距离，国内的传播学理论多属"拿来主义"范畴，并未能真正地与中国的具体国情及历史传播智慧、实践接轨，形成能够适应在中国发展的、具有中国特色的传播学学科。尽管国内传播学研究者们已经在这方面做了很多尝试和努力，但效果仍不佳，缺乏原创性和理论深度。

中国五千年的文明历史有着大量先人总结的传播观点和现象，韦尔

---

11 曹顺庆：《比较文学教程》，《高等教育出版社》，2006年。

伯·施拉姆就曾称赞过中国文化的丰富资源，他指出中国有着五千年的悠久历史文化、深邃的艺术传统以及博大精深的智慧，值得西方人在实验或科学研究方面借鉴[12]。面对这种发展瓶颈，笔者认为作为"舶来品"的传播学，其理论不能一味西化，也不能排斥西方；不能全盘复古，但也不能完全抛弃中国古代的传播观点和现象，应该因地制宜，借鉴"佛教中国化"以及建立比较文学中国学派的经验，在坚持本国文化及先人经验的基础上，从自身的文化规则和话语出发，对外来的传播学文化及理论观念等进行不同程度的解读和改造，使外来文化和理论观念成为中国的一部分，在根本上解决传播学"失语"的现状，达到"他国化"，最终实现传播学在中国的融合发展。

五、结语

传播学在中国发展至今，经过几代学者的努力，已经取得了很大成绩。但是在取得成绩的同时，仍然在发展的过程中产生了学术成果缺乏原创性等问题，使得"传播学是否需要本土化、中国化"一直是学界争论的焦点。面对这一问题，国内的传播学者应该运用"他国化"的理论，从话语规则的转变着手，立足本国的历史文化资源和实践智慧，在坚持本国历史文化及先人传播智慧与经验的前提下，对西方传播学理论进行有选择性地运用和吸收，并在此基础上对其加以改造和创造，形成具有中国话语规则的传播学，在根本上解决传播学"失语"的现状，从而建立传播学中国学派，使传播学获得全新的发展。

本文与周静合写

---

12 [美]韦尔伯·施拉姆著：余也鲁译，《传学概论：传媒·信息与人》，中国展望出版社，1985年。

翻译与变异——与葛浩文教授的交谈及关于翻译与变异的思考[1]

　　中国作家莫言凭借其融合了民间传说、历史与当下的魔幻现实的作品，荣获了 2012 年诺贝尔文学奖，瞬时中国文学享誉全球。而把莫言及其文学作品推向世界的，正是西方当代中国文学作品最重要的翻译家，被誉为"西方首席汉语文学翻译家"的葛浩文（Howard Goldblatt）教授。

　　其实，在莫言获得诺贝尔文学奖之前，葛浩文就已经翻译过二十多位中国当代作家的四十余部作品。如：萧红的《生死场》《呼兰河传》；苏童的《米》《我的帝王生涯》；巴金的《第四病室》；毕飞宇的《青衣》；莫言的《红高粱家族》《丰乳肥臀》《师傅越来越幽默》等。此外，凭借他翻译的英文译本，姜戎、苏童、毕飞宇等多位中国作家先后获得了曼氏亚洲文学奖等多个奖项，并且使中国现当代文学在英语世界得到了广泛的传播，使国外学界对中国文化有了更深层次的了解与接受，为东西方文化的交流与沟通架起了桥梁。同时，这也为我国文学乃至文化实施"走出去"战略找准了方向与切入点，为提升中国的文化软实力做出了贡献。美国作家约翰·厄普代克（John Updike）曾在《纽约客》杂志上写道："在美国，中国当代小说翻译差不多成了一个人的天下，这个人就是葛浩文。"[2]

1　原载于《清华大学学报（哲学社会科学版）》，2015 年，第 1 期。

2　转引自赋格、张健：《葛浩文：首席且唯一的"接生婆"》，《南方周末》2008 年 3 月 26 日。

对于葛浩文教授，笔者慕名多年，直到 2013 年 5 月应邀参加在美国普渡大学举办的"第六届中美比较文学研讨会"，才有幸见到了他与夫人林丽君教授。在中美比较文学会议茶歇时，笔者（曹顺庆）问了他一个问题："为什么某些翻译得比较忠实的中国文学作品，在西方不太受读者欢迎，而一些翻译得不太忠实的中国文学译本，在西方反而大受追捧？"他顿时很感兴趣，认为这个问题值得好好研究，这就形成了笔者访谈与研究的由头。在普渡大学附近的一间小咖啡厅里，笔者与他进行了较为深入的交谈。通过交谈，结合笔者的思考，写成此文。

一、因爱而译

因为笔者之一（王苗苗）的博士论文写的是"英语世界的巴金研究"，因此，访谈自然从葛浩文教授对巴金作品的翻译开始。葛浩文教授谈起缘何翻译巴金的作品《第四病室》时，眼里充满了骄傲与自豪。虽然他认为巴金的《第四病室》称不上是一部杰作，也算不上是一部伟大的作品，但是因为巴老的嘱托，加之他自己对巴老的敬仰与崇拜，他决定无论如何都要完成巴老的心愿。其间，巴金还给葛浩文写过一封信，信是汉语的。这更坚定了葛浩文完成《第四病室》翻译的意志与信心。但是当葛浩文教授翻译到一半的时候，因有其他更重要的事务而交与自己的博士班的学生孔海立继续翻译。在翻译第一稿完成后，由葛浩文教授进行第二稿的修饰润色及定稿。笔者曹顺庆与孔海立早年相识，孔海立现为索思摩大学（Swarthmore College）中国语言文学的教授，他是当代著名文艺理论家孔罗荪之子，还有一个特别的身份——巴金的干儿子。因此，孔海立对巴金及其作品十分熟悉，由他来继续翻译《第四病室》是最好的选择。经过努力，《第四病室》的英译本终于赶在巴金生前完成了。当巴金亲眼看到葛浩文与孔海立合译的《第四病室》英译本时，心里特别激动。因为他其他的大部分作品，如《家》《春》《秋》《寒夜》等都已经被翻译成英文并出版发行了，只是《第四病室》当时没有人翻译，而且如今这部作品的译者正是他十分信任的人。

葛浩文最早开始翻译的作品之一便是萧红的作品，这为他的翻译之路奠定了坚实的基础。谈及缘何翻译萧红作品，他称源于自己对萧红的研究。他爱好中国文学，曾在台湾学习汉语，在旧金山州立大学攻读研究生学位，之后到印第安纳大学攻读博士学位，博士论文以《萧红文学传记》为题。这是他研究萧红的开始，也是第一部系统研究萧红及其作品的著述。他对萧红作品从研究到翻译，再到千里迢迢去萧红故乡进行实践研究，足以证明其对萧红作品的无限热爱。他对萧红作品的热爱感染着周围的每一位朋友。他的一位非常要好的上海朋友王观泉，当时因为被打成右派而被流放到北大荒，从此与萧红研究结缘，并主编了《回忆萧红》一书，该书囊括了认识萧红、喜欢萧红的作家的文章，如萧军、端木蕻良、罗峰、白朗、舒群等，其中也收录了葛浩文的一篇研究萧红的文章。因为对萧红作品的喜爱，葛浩文自发把这部著作拿到每一位作家面前，请大家逐个签名，经过一番努力，成功得到了各位作家的亲笔签名。时至今日，好多作者都已离世多年，这部带有各位作家亲笔签名的书也因此而弥足珍贵。出于对萧红的敬重与喜爱，葛浩文最终决定还是把这本宝贵的书捐出去，让更多的人关注萧红研究与翻译，感受到翻译研究者这种发自于内心的，对其所翻译的作品及作者无私的爱。

对于中国文学作品的翻译，葛浩文曾说："当我觉得某部作品让我兴奋不已的时候，我就不由自主地萌生一种将其译成英文的冲动。换言之，我译故我在。当我意识到自己是在忠实地为两个地区的读者服务时，那种满足感能让我在整个翻译过程中始终保持快乐的心情。因此，我乐于将各类中文书翻译成可读性强的、易于接近的，甚至是畅销的英文书籍。"[3]可以说，对于中国文学作品，他是因爱而译，并在翻译时坚持着"快乐原则"与"读者意识"，追求译作的"准确性"、"可读性"与"可接受性"。

二、文学翻译中的跨文化研究

除了萧红，葛浩文翻译最多的中国作家就是莫言。中美两国语言和文化背景不同，人们的生活和思想状态也不尽相同，因而文学作品在传播过程中也会呈现出变异的状态。从传统的"信、达、雅"的翻译原则看，葛浩文翻译的莫言作品英文译本是不完全忠实于原著的，他实际上是以一个"洋人"的眼光来看中国文学的。在翻译过程中，他尽量根据小说所处的社会文化与历史背景，使翻译作品更能够符合目标语文化的需求，创作出了国外的莫言作品，创造出了获得 2012 年诺贝尔文学奖的莫言。正如他所说："作者是为中国人写作，而我是为外国人翻译。"[4]

3　Howard Goldblatt, The Writing Life, Washington Post, April 28, 2002.
4　转引自郭娟：《译者葛浩文》，《经济观察报》2009 年 3 月 24 日。

　　葛浩文说："有人说我是莫言。最初我不太赞成，但是后来我慢慢觉得这种说法也蛮对的。我承认：莫言是根，我是帮助莫言开花的人。"从某一个角度来说，葛浩文就是莫言，就是苏童，就是毕飞宇等他翻译过的每一位作家。他的文学翻译打破了传统，不再拘泥于字与字、词与词、句与句之间的严格对应，而是从语言层面的转换转向跨文化视野中的转换。在他的翻译中，他将忠实与创作结合起来。忠实原文是他的翻译准则，同时他的翻译也是一种创造性叛逆。在翻译过程中，他会根据不同的文化背景，灵活运用不同的翻译方法，使译文能够较好地传达原文的形与神，甚至为原著增添了光彩，同时又使其能够更容易为目标语读者所接受与理解。由于不同语言和不同文化存在着一定的差异，尤其当原著与目标语文化的价值观有冲突时，更需要译者的创作性改编以及有意的"误读与误释"。因为翻译的目的是为了给目标语读者提供"准确的原著精髓、可读性强、受市场青睐"的译本。而译本的读者却恰恰既不懂源语言，又不了解源语文化。在这种情况之下，翻译就要尽量适应目标语的主流文化，而目标语的文化又可能与源语文化有一定的差异。因此，翻译过程中的创作性改编是必然的。译者在选择翻译对象以及对译文的处理上，可以充分展示出其独特的创造性。

　　在翻译观上，葛浩文较认同美国学者弗伦兹（Horst Frenz）的看法：运用现代语汇与词序的当代作品，出之以我们这个时代的表现法，看上去不应当像是翻译。葛浩文教授通过翻译中国现当代文学作品，把中国文学推向了世界，使中国文学的地位在全球化的时代得以提升。被称为中国文学翻译第一人的杨宪益和夫人戴乃迭，是最早把中国古典文学名著翻译成英语并传播到海外的，他们严格遵守"信、达、雅"的翻译原则，将《离骚》《红楼梦》《儒林外史》等作品几乎逐字逐句地、忠实地翻译成英语，将中国传统文学原汁原味地推向世界，其译文已成为中国文学英译的经典。但是，国外读者对于他们翻译作品的接受度却不高，究其原因，主要在于文学翻译的跨文化的差异。例如，《红楼梦》第 27 回中有一句："（宝钗）如今便赶着躲了，料也躲不及，少也得要使个'金蝉脱壳'的法子。"[5]杨宪益将其翻译为 "Well, it's too late to hide now. I must try to avoid suspicion by throwing them off the scent."[6]虽

5　曹雪芹、高鹗：《红楼梦》，北京：人民文学出版社，1985 年。

6　Cao Xueqin, Gao E, A Dream of Red Masions: An Abridged Version, Yang Xianyi, Trans., Dai Naidie, Beijing: The Commercial Press, 1986, P. 127.

然他将原著直译成英文，但是却没有很好地将原文中暗贬宝钗世故老成的性格特点，以及"金蝉脱壳"般用计逃脱而不想被发觉的意图表达出来。因而，目标语读者在阅读时，比较难与原著作者产生共鸣，更难以领会到中国文学的无限魅力。在跨文化视野的翻译中，翻译在某种程度上受着目标语的时代与文化背景的约束。因此，翻译过程中的语言变异是必然的。

　　葛浩文教授称自己十分崇拜杨宪益和戴乃迭教授，认为他们对中国翻译的贡献非常大。在《杨宪益传》中，杨宪益多次表露自己对《红楼梦》的各种不喜欢，不喜欢其中大大小小的宴请，琐碎的食谱细节，贾宝玉的各种行为逻辑等。他们翻译《红楼梦》完全是服从组织的安排，作为任务完成的，基于一种使命感。而葛浩文教授翻译中国文学作品，没有这种使命和目标，只是翻译他喜欢的作品。葛浩文与杨宪益的观点有所不同，他在莫言的作品翻译过程中，适当运用了创造性的改编，甚至部分语句翻译的背景与原著差异很大，但最终却能够获得全世界的认可。[7]在翻译过程中，他充分把握了语言变异的运用，做到了在忠实与叛逆间保持平衡，在准确传达原著的形与神的前提之下，对原文进行了适当的语言变异，以适应目标语国家的接受。例如，在翻译《天堂蒜薹之歌》时，他没有逐字逐句直译，而是创造性地将第 19 章和第 20 章做了适当的改编。在第 19 章中，张扣辩护道："谢谢审判长的提醒，我马上进入实质性辩护。近几年来，农民的负担越来越重。我父亲所在村庄，种一亩蒜薹，要交纳农业税九元八角。要向乡政府交纳提留税二十元，要向村委会交纳提留三十元，要交纳县城建设税五元（按人头计算），卖蒜薹时，还要交纳市场管理税、计量器检查税、交通管理税、环境保护税，还有种种名目的罚款！"[8]葛浩文教授将其翻译为："Thank you for reminding me, Your Honor. I'll get right to the point. In recent years the peasants have been called upon to shoulder ever heavier burdens: fees, taxes, fines, and inflated prices for just about everything they need."[9]与原著对照，此处很明显地省略了中国

7　笔者提出的比较文学变异学与该问题相关。"比较文学的变异学将变异性和文学性作为自己的学科支点，通过研究不同国家不同文明之间文学交流的变异状态，来探究文学的内在规律"。参见曹顺庆：《比较文学教程》，北京：高等教育出版社，2006 年，第 96 页。

8　莫言：《天堂蒜薹之歌》，北京：作家出版社，2012 年，第 340 页。

9　Mo Yan, The Garlic Ballads, Howard Goldblatt. Trans., New York: Arcade Publishing, 2012. P. 268.

法律政策的一些细节，因为国外读者基本不了解中国的法律政策。如果译者对于这些细节做出太多的描述，国外读者反而会对此著作失去兴趣。一方面，葛浩文采用比较文学变异理论中所说的创造性叛逆的手法，使译文更加符合国外文学的习惯和口味；另一方面，他忠实于原文的艺术和审美，从不盲目迎合目标语读者，而是适当运用创造性叛逆来帮助读者更好地接受和了解中国文学。

对于翻译的成功，他谦虚地表示其中只有少部分因素是自己的，而把大部分的功绩归于时间和内容。葛浩文教授此处提及的时间分为两种，一是作品写出来的时间，一是作品发表的时间。此外，原著作者对译者翻译的态度也十分重要。在翻译莫言作品时，葛浩文教授得到莫言的高度认可。莫言对葛浩文说："外文我不懂，我把书交给你翻译，这就是你的书了，你做主吧，想怎么弄就怎么弄。这都是翻译家的选择，我从来不干涉，也不会向他们推荐。"莫言非常理解和尊重他的译者，没有像其他作家或出版商一样审视翻译。他给译者以最大的自由，使其能够自由地为满足英语读者，甚至是出版商的喜好进行创造性的翻译。

中国现当代文学作品在全世界范围内的广泛传播，主要归功于像葛浩文这样优秀的目标语国家的翻译者。只有遵循变异的路径，符合目标语国家的语言、文化和读者的口味，文学作品的译本才能真正融入目标语国家，并丰富目标语国家的文学宝库。只有这样，一种文化才能真正赢得另一种异质文化读者的接受与喜爱；只有这样，非本土的读者才能从源语文学中了解、进而尊重异质文化；也只有这样，在源语文化得到有效的传播时，异质文化和文学的魅力才能得以在全世界流传。翻译文学作品一方面可以在国外传播与普及原著，使其能够在更大程度上得到认可与接受；另一方面，一部文学作品在异质文明中的处境，也有助于源语国文学重新审视与认识其独特的价值与意义。

三、翻译理论与实践的关系

葛浩文称，自己的翻译作品不一定是十全十美的，也不一定能够达到自己的目标，但是心中始终保有"我要翻译得比任何人好"的翻译理念，用"尽我所能，做到最好"来概括自己的翻译准则。

对于翻译作品的选择，他说他喜欢翻译小说，因为散文要比小说难翻译，比诗歌难翻译。对此，他借用美国诗人罗伯特·弗罗斯特（Robert Frost）的观点来加以说明。弗罗斯特认为诗歌是在翻译过程中所失去的东西，葛浩文认为这从某种意义上说是不无道理的，因为任何两种语言之间没有可以完全一一对应的表达方式。但是对他来说，诗歌还不算是最难翻译的。他认为特别是在中国，最难翻译的是散文，因为散文会涉及一些有针对性而且很专业的东西，而且散文翻译要达到各种平衡美，无论是语言、用词还是句型都相对十分困难。

葛浩文通过自己丰富的翻译实践，成功翻译了四十余部中国现当代文学作品，也将中国现当代文学推向了世界。那么，当读者对每一部作品的英译本做分析评论的时候，他会有怎样的感受呢？他十分豁达地说："不管！我翻译，他评论！"尽管如此，他很认同苏珊·巴斯奈特（Susan Bassnett）、劳伦斯·韦努蒂（Lawrence Venuti）等著名的翻译理论家，认为他们所做的事情是非常有意义的，翻译理论与翻译实不是完全没有关系的。对此，他举了一个例子，我们讨论翻译的时候，可能涉及翻译理论，只是没有说明。任何一部翻译作品都不是闭着眼翻译的，但是如果给其加上框框，定性为相关理论的实践，恐怕会对翻译作品本身有消极的影响。翻译理论是一个学科（Intellectual Discipline），但是对于一部翻译作品来说，影响不应该太大。在部分中国大学里有翻译硕士的课程，在做毕业论文时候，导师会倾向于让学生套用某种翻译理论来进行写作，而该理论可能在学生的翻译实践中并没有被运用过。

葛浩文结合自己的亲身经历阐释了翻译理论的重要性。他曾经在大学也开过翻译理论的课程，并且认为该课程十分重要，但是和翻译实践本身的关系却比较疏远。他在学生时代的老师柳无忌，虽不谙任何理论知识，但是讲课，尤其是讲文学课非常好，这正说明了翻译理论与翻译实践的联系并不十分紧密。葛浩文上的研究生课程中，他会提出一些问题让学生来思考，然后给学生评析与比较，甚至有时会选一位学生自己来评析与比较。不过，对于学生的参与和发挥，一定要非常小心学生的回答，给以及时的纠正与引导，以免学生会跑偏。

在访谈的最后，葛浩文给出了自己对一部作品翻译好坏的判断标准。他指出："百分之百的就是我的标准，我的审美观。我十分清楚自己在做什么，我根据自己对原著的理解来翻译，我的目标是让目标语读者与市场能够更好的接受译本。"他又举了一个例子："我看一部捷克文本翻译，虽然我不懂捷克文，但是如果我能认为这是一部很通顺的作品，让外国读者能够看懂，但还保有具有人文素养的、原来地方的口味的话，说不定就是好的。如果两个缺一个那就不怎么好，如果两个缺两个的话，那么就更不好。"对于葛浩文教授的翻译思想，笔者认为用《周易》的"易之三名"来概括较为贴切："易一名而含三义，所谓易也，变易也，不易也。"[10]易，指翻译作品思想内容再复杂再深奥，经过译者的翻译，其译本都会更易于被目标语读者所接受。变易，指原著在被翻译的过程中，穿越了语言的界限，需要译者根据目标语文化的变化而进行语言变异。也可以说，变易者，变异也。东西方文化的不同使译者不能逐字逐句地进行翻译，而是进行创造性改编。不易，则指在翻译过程中进行创造性改编的前提是忠实于原著的精髓，准确地表达出原著的形与神。

　　此文已经葛浩文教授审阅并改定。非常感谢葛浩文教授百忙之中抽出宝贵的时间做这次"翻译与变异"访谈，感谢他全心全意将中国现当代文学翻译出来推荐给世界，为中西文化的交流与发展做出了巨大的贡献。

本文与王苗苗合写

---

10 王弼：《十三经注疏·周易正义序》，上海：上海古籍出版社，2007年，第7页。

变异学与东西方诗话的比较研究[1]

一、变异学的基本理论

在 2005 年 8 月的中国比较文学第八届年会暨国际学术研讨会上，笔者提出了比较文学变异学的理论设想，并在《比较文学学科中的文学变异学研究》《东西方不同文明比较的合法性与比较文学变异学研究》《变异学：比较文学学科理论的重大突破》等系列论文对变异学的具体内容进行了系统阐释。此外，在《比较文学概论》《比较文学教程》等专业教材的撰写中，笔者将变异学理论纳入至比较文学的学科理论之中，使之与法国学派的"影响研究"和美国学派的"平行研究"共同构成比较文学的理论基石，对比较文学的理论体系进行了涟漪式的渐进修正。变异学理论主张的"异质性"与"变异性"，为比较文学学科的发展提供了新的研究视角，构建了比较文学理论的第三阶段，为跨文明间的东西方文学比较奠定了合法性，凸显出了不同国家、不同文明的文学现象在交流与影响过程中呈现出的变异状态，对世界比较文学的学科发展将会产生积极的促进作用。

长期以来，比较文学学界将"同源性"与"类同性"作为文学比较的基础，并以此建构比较文学的理论大厦，正如韦斯坦因所说："只有在一个单一的文明范围内，才能在思想、感情、想象力中发现有意识或无意识地维系传统的共同因素。"[2]比较文学第一阶段的法国学派，坚持科学实证的研究精神，

---

1 原载于《安徽师范大学学报》（人文社会科学版），2016 年，第 44 卷第 1 期。

2 韦斯坦因：《比较文学与文献理论》，刘象愚译，辽宁人民出版社，1987 年，第 5 页。

探究传播者与接收者之间的传播关系，形成比较文学理论中经典的影响研究方法，却忽略了非实证性变异与文学的审美性。作为比较文学第二阶段的美国学派，从文学审美性的角度入手，恢复了被法国学派所丢弃的"文学比较"，倡导将不同国家的作家、作品、文学现象进行平行比较，分析世界范围内文学发展的共同规律，揭示出了人类文化体系中的类同性。尽管各学派的观点各异，但无论是法国学派的影响研究、还是美国学派的平行研究，都是以共同性为基础建立自己的理论框架，忽略了文学在传播过程中所产生的变异现象，这也给比较文学的学科理论建构造成了缺憾。在全球化的语境之中，东西方文明在对话与交流的过程中产生了猛烈地碰撞，在文学发展上呈现出了百花齐放、异彩纷呈的状态，也对比较文学理论的发展提出了新的要求，如何在承认"异质性"与"变异性"的基础之上进行跨文明研究，成为了比较文学中国学派所面临的重要问题。在比较文学由"求同"转为"求异"的过程中，中国学派所倡导的变异学弥补了先前的理论不足，在承认类同的基础之上分析文学间的变异现象，将比较文学理论的发展推向了新阶段。

在异质文化的传播中，由于传播主体的选择、语言体系的差异、接受主体的过滤等因素影响，文学作品在流传至他国后势必会产生作用与反作用的过程，与此所形成的文本变异现象成为了变异学理论的前提与基础。比较文学变异学是将跨越性和文学性作为研究支点，通过研究不同国家间文学交流的变异状态及研究没有事实关系的文学现象之间在同一个范畴上存在的文学表达的异质性和变异性，探究文学现象差异与变异的内在规律性的一门学科。[3]从研究范围来看，变异学理论主要涉及五个方面。首先是跨国变异研究，典型代表是关于形象的变异学研究。20世纪中叶，基亚在《比较文学》中专列一章"人们看到的外国"对形象学进行论述，形象学也在不断地发展中成为了比较文学研究的一个分支。形象学的研究对象是在一国文学作品中表现出的他国形象，而这种形象是一种"社会集体想象物"[4]。其次是跨语际变异研究，典型代表是译介学。文学作品在流传至他国时将穿过语言的界限，通过翻译在目的语环境中被接受，在此过程中形成的语词变异是变异学所关注的焦点。在当下的研究视野中，译介学已不再满足对"信、雅、达"的强调，转而突出在翻译过程中的"创造性叛逆"，这也促使译介学成为一种文学变异研

3　曹顺庆：《比较文学概论》，中国人民大学出版社，2011年，第150页。

4　基亚：《比较文学》，颜保译，北京大学出版社，1983年，第170页。

究。第三是文学文本变异，典型代表是文学接受学研究。从变异学的角度出发，接受方受主体的审美与心理等因素的影响，这种无法实证的变异现象是变异学研究的重要内容。第四是文化变异学研究，典型代表是文化过滤。比较文学变异学的基础在于对异质文化与文学的比较分析，而文学作品与现象在不同国家的穿梭中必然会受本土文化限制，接受方在文化传统的影响下对外来信息进行选择、改造、移植，从而产生文化层面的变异现象。第五是跨文明研究，典型理论是文明对话与话语变异问题。赛义德认为当一种文学理论从一个国家旅行到另一个国家后，这种理论话语必然会产生变异。从中国当代文论的现状来看，西方理论在传入中国后发生了两方面的变异，其一在于中国对西方文论的全盘照搬，中国文论界失去了自身的言说方式，导致了"失语"状态，如我们所惯用的以浪漫主义标榜李白、以现实主义解释杜甫即是此例，殊不知中国文论中的"飘逸""沉郁"更能够明确地涵盖二人的诗歌作品；其二在于西方文论的中国化，即中国在吸收西方文论的过程中，对其进行了本土化的改造与创新，如浪漫主义本是形容湖畔派诗人清新、自然的写作风格，但流传到中国后，特指那些具有夸张化、理想化的审美意象，这种变异现象也是中国文论"化他国"的真实写照。

二、东方诗话的影响与变异

中国与韩国、日本自古以来就同属于东亚文化圈之中，在历史的长河中始终保持着良好的交流与沟通，因此东方诗话之间镌刻着相似的文化印记。自学界提出"东方诗话圈"的概念后，关于中、韩、日之间的诗话研究成果已蔚为大观，东方学者们从实证性的影响研究入手，对诗话的发展历程进行了深入系统地研究，取得了可喜的成果。然而，在韩国与日本各自的历史与文化环境影响下，诗人们将自身的民族特色融入于其中，使得中国诗话在传入后发生了变异现象，并形成了独具特色的韩国诗话与日本诗话，为东方诗话圈的构建奠定了坚实的理论基础。

（一）中韩诗话的影响与变异

中国东北部与朝鲜半岛隔江相望，由于得天独厚的地理优势，中韩之间在政治、经济、文化等方面的交流极为广泛，汉字作为通用文字在韩国流传近千年。韩国的文学自诞生之际，就深深地打上了汉文学的烙印，韩国的诗人们多崇尚中国文化，甚至到中国进行游历，与中国诗人保持着密切的联系，并使用汉语创作了大量的优秀诗歌，促进了汉诗的域外传播。随着汉诗的繁荣发展，漫谈式的诗话理论应运而生，公元 11 世纪至 13 世纪，朝鲜半岛诞生了一系列诗话论著，如李仁老的《破闲集》、李奎报的《白云小说》、崔滋的《补闲集》、徐居正的《东人诗话》等等，都是此时的诗话佳作。韩国诗话的产生，受到了中国诗话的极大影响，正如韩国赵钟业所言："韩国之诗话，实蒙宋诗话之影响者也。"[5]韩国古代的优秀诗人们从中国的自宋以来的诗话理论中汲取营养，结合自身的社会文化进行继承与创新，使中国传统的诗话理论在韩国发生变异，造就了韩国诗话在文学理论史上的独特地位。

1. 中国对韩国诗话的影响

首先，体制上的类同。中国的诗话始于欧阳修的《六一诗话》，他采用笔记体的方式记录文坛轶事，品评诗人作品，开启了中国诗话创作的先河。欧阳修言道"居士退居汝阴，而集以资闲谈也"[6]，明确指出了《六一诗话》闲谈式的创作风格，他采取条目的创作体制进行诗歌的品评，每条只论一人，文风随意灵活，具有口语化的倾向。蔡镇楚曾指出："中国诗话论诗条目的组合方式，大致有并列式、承递式、复合交叉式、总分式等四种类型。而朝鲜诗话论诗条目的组合方式，则比较趋于单一化，大致采用并列式的条目组合。"[7]在《六一诗话》流传百年之后，韩国于高丽时期出现了李仁老《破闲集》，在体制形式上类似于《六一诗话》，此后李奎报的《白云小说》、崔滋的《补闲集》、李齐贤的《栎翁稗说》、徐居正的《东人诗话》、成伣的《慵斋诗话》等等，基本沿用了此种创作体制，形成了韩国独树一帜的诗话形式。韩国诗话在体制创作方面呈现出了"欧阳修化"[8]的特点，从具体的作者与作品入手进行记述性的点评，重记事而轻说理，尽管在理论深度上有所缺憾，但随性自由、平易浅显的特点却形成了韩国诗话的鲜明风格。

其次，儒家思想的熏陶。基于历史、文化等多方面的因素，古代韩国始终处于儒家文化圈之中，因此中国儒家的"诗言志""诗教观"对韩国诗话产生了深远的影响，尊儒重孔、崇尚经典的思想也在韩国诗话中得以彰显。"诗者，志之所之也"，中国儒家文论强调诗歌创作对于内心志向、情感的抒发，

---

5 赵钟业：《中韩日诗话比较研究》，学海出版社，1984 年，第 227 页。

6 欧阳修：《六一诗话》，郑文校点，人民文学出版社，1962 年，第 5 页。

7 蔡镇楚等：《比较诗话学》，北京图书馆出版社，2006 年，第 272 页。

8 蔡镇楚：《中国诗话与朝鲜诗话》，《文学评论》，1993 年第 5 期。

要求诗歌具有匡正人心的价值，韩国诗话继承了"诗言志"的思想，这在诗话的创作中可窥见一斑。柳梦寅在《於于野谈》中说："诗者言志，虽辞语造其工，而苟失其意，则知诗者不取也。"[9]此外，"诗缘情"的理论在韩国诗话中也多有阐发，将其作为与"言志"并行的诗学本质观点。崔滋在《补闲集》中引人之语道："《诗》三百篇，非必出于圣贤之口，而仲尼皆录为万世之德者，岂非以美刺之言，发其性情之真，而感动之切，入人骨髓之深耶！"除此之外，"诗者，出自情性。虚灵之府，先识夭贱，油然而发，不期然而然，非诗能穷，人穷也""（诗）以写出真情为务，无非胸臆间事"等韩国诗话中的阐述，均体现了与中国相类似的"缘情说"本质观。

再次，批评观点的趋近。唐宋以后，中韩两国在文化交流方面不断紧密，这为汉诗的传播提供了良好的基础。由于中国古代文学与文论的成熟发展，影响了韩国文坛的喜好倾向，一方面体现在韩国与中国一样，推崇杜甫、李白、苏轼等文学大家；另一方面体现在韩国诗话中出现的许多概念、范畴基本与中国文论相类似。韩国诗坛崇尚唐诗，而在诗人中又以杜甫为尊，李仁老在《破闲集》中提出："自《雅》缺《风》亡，诗人皆推杜子美为独步。岂惟立语精硬，刮尽天地菁华而已？虽在一饭未尝忘君，毅然忠义之节，根于中而发于外，句句无非稷、契口中流出。"高丽中后期之际，韩国诗坛崇宋之风兴起，欧阳修、苏轼、黄庭坚等人受到青睐，而苏轼豪迈洒脱的创作风格更是被奉为典范。韩国的诗人们常对苏轼的诗文创作进行模仿，正如徐居正在《东人诗话》中所说："高丽文士专尚东坡，每及第榜出，则人曰：'三十三东坡出矣！'"在概念、范畴的定义与阐释中，韩国理论也多有与中国文论趋近之处。例如中国从孟子之时即有"知人论世"的观点，在《六一诗话》中，欧阳修常结合诗人的身世与社会现实对诗歌进行品评。欧阳修、苏轼都曾对文章的价值发表过精深见解，正如苏轼强调欧阳修的观点时说："文章如金玉，各有定价，先后进相汲引，因其言以信于世，则有之矣。"[10]李仁老继承了欧、苏二人的观点，认为文章具有自己的独特价值，并没有高低贵贱的分别，正如《破闲集》中所说："天下之事，不以贵贱贫富为之高下者，惟文章耳。"此外，韩国诗话中用于评诗的概念与中国极为相似，如崔滋《补闲集》中的"新

9　本文所引有关韩国、日本诗话的相关条目，均自曹顺庆主编《东方文论选》（四川人民出版社 1996 年版），此后不另注。

10　苏轼：《苏诗文集》，孔凡礼点校，中华书局，1986 年，第 1571 页。

警""含蓄""飘逸""清远"，都是中国文论中常见的批评观点，体现了中韩在诗学领域的影响关系。

2. 韩国诗话的变异

变异学理论认为，在文化与文学的传播过程中会产生"文化过滤"的现象，这种文化过滤指的是"文学交流中接受者的不同的文化背景和文化传统对交流信息的选择、改造、移植、渗透的作用。也是以后一种文化对另一种文化发生影响时，由于接受方的创造性接受而形成的对反应的反作用。"[11]中国诗话在传播的过程中，受到了韩国诗人的改造与创新，从而发生了本土化的变异现象，这种变异现象在韩国诗话中主要体现在主体意识、概念变异、技巧的重新阐发等方面。

第一，强烈的主体意识。尽管韩国诗话的产生和发展受到了中国诗话的深远影响，但作为接受主体的韩国诗人对中国诗话进行创新，韩国的诸多诗话著作中无不渗透着本土诗人的民族自豪感。对此，徐居正曾在《东人诗话》中说道："我国家列圣相承，涵养百年。人物之生于其间，磅礴精粹，作为文章，动荡发越者，亦无让于古。是则我东方之文非宋、元之文，亦非汉、唐之文，而乃我国之文也，宜与历代之文并行于天地间，胡可泯焉而无传也哉！"韩国汉诗盛行千年，虽然多有对于中国诗人与诗歌的评论，但重点研究对象始终放在本民族的诗人与诗作中。在《东人诗话》中，徐居正在评论李仁老《题天水寺壁》一诗时，不仅高度肯定了其艺术价值，还将其与韩愈的诗进行比较，得出了"李诗自然有韩法"的结论。申钦在《晴窗软谈》中说："我朝作者，代有其人，不啻数百家。以近代人言，途有三焉。"根据诗歌创作风格的不同对诗人进行评价，字里行间无不渗透着浓厚的民族主体意识。面对中国优秀的诗歌作品，韩国在汉诗创作的道路上有着模仿中国的倾向，对此徐居正从批判的角度提出了自己的见解："诗忌蹈袭，古人云：文章当自出机杼，成一家风骨，何能落人生活耶？"韩国诗话的创作，始终保持着清醒的独立意识，以中国的传统诗话为学习基础，坚持主体意识对韩国本土的诗人与诗作进行评论，这在当时的历史语境中是极为可贵的。

第二，文论概念的变异。韩国诗话中的许多概念、范畴渗透着中国文论的影子，但在韩国诗人的具体论述中，又对中国文论进行了重现阐释，这种

---

11 曹顺庆等：《比较文学论》，四川教育出版社，2005年，第184页。

变异现象集中体现在对"气""意"等概念的阐发之中。孟子在中国古代文论的萌芽之际，就曾提出过"我知言，我善养吾浩然之气"，主张通过长期的修养塑造至大至刚的精神力量，这种高尚的人格魅力可以直接体现在文学作品之中。孟子的养气说不仅为韩愈、陆游等诗人重视人格修养的理论奠定了基础，还对韩国的文论产生了深远影响。南孝温在《秋江冷话》中提出的"心正者诗正，心邪者诗邪"，正是对诗品与人品关系的阐发。此外，"得天地之正气者人，一人身之主宰者心，一人心之宣泄于外者言，一人言之最精且清者诗"，对中国文论的养气说进行了延伸，指出了"气""心""言""诗"之间的紧密关系。许筠在继承中国养气说的同时，将创作技巧融入至其中，提出"先趣立意，次格，命语，句活，字圆，音亮，节紧……气出于言外，浩然不可屈"的观点，对指导诗歌创作有着积极的作用。

第三，写作技巧的重新阐发。中国古代的文学创作注重对技巧的运用，"使事""用事"等手法的运用在唐宋之际达于顶峰，杜甫、苏轼、黄庭坚等人尤为注重对诗句的雕琢。韩国诗人受中国文化的影响，也有重视形式的写作倾向，但又有所变异。李仁老推崇杜甫的诗作，他在《破闲集》中指出"琢句之法，唯少陵独尽其妙"，将杜诗作为学习的范例。然而，在对待"用事"等技巧方面，李仁老有着自己的独到见解，他反对以李商隐为代表的"西昆体"诗人，认为他们用事险僻的特点是诗歌创作的弊病，提倡学习苏黄等人的写作技巧，正如他在《破闲集》中提出："近者苏黄崛起，虽追尚其法，而造语益工，了无斧凿之痕，可谓青于蓝矣。"与李仁老注重形式上的"用事"相反，李奎报、崔滋等人坚持诗歌创作要"以意为主"，反对无一字无出处的用典风格，正如崔滋所言："大抵体物之作，用事不如言理，言理不如形容，然其工拙，在乎构意造辞耳。"李奎报等人倡导的"主意论"，与李仁老专注于"用事"的写作方式，二者构成了韩国诗论的两种派别。韩国文论中的"意"同样受到了王昌龄、皎然"意境论"的影响，主张诗歌创作要蕴含着理性的审美精神，并贯穿于韩国的汉诗创作之中。李奎报在《白云小说》中提出："夫诗以意为主，设意尤难，缀辞次之，意以气为主。由其之优劣乃有深浅耳。"在这里，对"意""气"等中国文论概念的重新阐发，正是中韩国文论变异现象的集中体现。

（二）中日诗话的影响与变异

中日两国的交往源远流长，据《史记·秦始皇本纪》《三国志》《日本国志》等史书加载，徐福于始皇之时即东渡日本，后终身留居于日本，这在日本均有遗迹可考。中国儒家文化向日本的输入，则始于晋武帝时期百济的华裔学者王仁东渡，向日本天皇呈献《论语》《千字文》等儒家原典，此后日本逐渐步入了中国古代的文化圈之中。隋唐之际，中日之间的交往愈发密切，大量的留学生、遣唐使来到中国求学，儒家文化与汉字汉诗得到了广泛的传播，为日本的汉诗发展奠定了坚实的基础，儒家文化也成为了日本文化发展的良好范例。在明治时期以前的日本，汉诗创作的风气极为繁盛，《怀风集》《凌云集》《经国集》等均是汉诗佳作，能否以汉文进行创作成为衡量文化阶层的重要标志。随着汉诗创作的不断积累与发展，日本的诗话著作开始兴起，并广泛运用于指导汉诗的创作。与韩国诗话相似，日本的诗话受到了中国诗话的影响，《文镜秘府论》《济北诗话》等从形式、内容、批评观点等各方面均渗透着中国诗话的影子，并在借鉴与学习中融入了自身的民族思考，成为日本文学理论中的宝贵财富。

1. 中国对日本诗话的影响

首先，儒家文化的熏陶。据史书记载，晋武帝太康六年，百济的华裔学者王仁携带《论语》到日本讲学，后在日本被封为太子太师，以儒家原典为教材对统治阶层进行教育，儒家文化因此在长时期内成为日本的统治思想。隋唐以后，中日之间的交往达到顶峰，蔡镇楚、龙宿莽曾指出："日本留学于唐代中国者，亦为数甚多。有留学生与留学僧，有时一次竟多达 500 余人。最著名的是遍照金刚即空海大师（774-835）。唐贞观二十年（804）入唐学密教，遍收中国诗格、诗评、诗式之类典籍，回国后编辑《文镜秘府论》六册，具有极高的文献价值，被日本学者尊奉为'日本诗话之祖'。"[12]除了文化上的影响，日本诗话中的许多概念也体现出了儒家诗论的倾向，诸如"诗言志""诗教观""知人论世"等儒家传统的文论范畴成为了日本诗话的重要主题。《文镜秘府论》中着重阐述了诗歌的社会价值，认为诗文创作能够"达于鬼神之情，交于上下之际，功成作乐，非文不宜，理定制礼，非文不裁"，这与《毛诗序》中倡导以诗"经夫妇，成孝敬，厚人伦，美教化，移风俗"的观点如出一辙。儒家文论坚持"诗言志"的传统，将诗歌作为抒发内心抱负的工具，日本诗话继承了"诗言志"的传统，《文镜秘府论》中的"诗本志也，在

---

12 蔡镇楚等：《比较诗话学》，北京图书馆出版社，2006 年，第 85 页。

心为志，发言为诗，情动于中，而形于言"、赤泽一《诗律》中的"诗者，志也，志之所发，讽以咏之也"等相关的论述，均与"诗言志"的观点一脉相承。此外，日本诗话受中国文论观的影响，认为诗歌具有慰藉人心的作用，正如藤原滨成的《歌经标式》中所说："原夫歌者，所以感鬼神之幽情，慰天人之恋心者也。韵者，所以异于风俗之言语，长于游乐之精神者也。"

其次，诗格化倾向。中国古代诗歌的独特魅力在于其严谨的格式、优美的声律等，日本的汉诗创作以中国古诗为楷模，多注重形式上的美感。日本的诗话是在唐人诗格的基础上逐步发展起来的，正如市河宽斋在《半江暇笔》所说："我大同中，释空海游学于唐，获崔融《新唐诗格》、王昌龄《诗格》、元兢《诗髓脑》、皎然《诗式》等书而归，后著作《文镜秘府论》六卷，唐人卮言，尽在其中。"日本诗话以论述创作技巧为主，较少使用记事的写作手法，因此日本诗话体现出了强烈的诗格化倾向。与韩国诗话闲谈式的写作风格不同，日本诗话从诞生之际就以"论"为主，深入地论述了诗体、诗法、诗眼、声韵等创作的方法与技巧，因此日本诗话呈现出了更多的理性精神。在江户时代，石田仗三的《诗法正义》、祗园南海的《诗诀》、三浦梅园的《诗辙》、藤原滨成的《歌经标式》、壬生忠岑的《和歌体十种》等日本诗话专著均是从结构、格律、声韵、琢字等方法论的角度入手，对诗歌创作进行针对性地指导，摆脱了中国宋人诗话"闲谈"的格局。在此基础上，皆川愿的《淇园诗话》认为诗歌总要在于"精神"，如其所说："夫诗有体裁、有格调、有精神，而精神为三物之总要。盖精神不缺，而后格调可得高，体裁可得佳。"可见日本诗话不仅注重诗歌创作的方法与技巧，更关注诗歌精神在创作中的主导作用。

再次，相似的批评标准。日本诗话中提出的批评标准并没有脱离中国文论的范畴。日本的第一部诗话著作《济北诗话》中提出："夫诗者，志之所之也，雅正也。若其形言也，或性情也，或雅正也者，虽赋和上也，或不性情也，不雅正也，虽兴次也。"这与儒家传统文论中的"雅正观"有异曲同工之处，是对中国自孔子以来文学理论的继承，主张诗歌应当具有导人为善的道德意义。菅原文时在《七言北堂》中说："夫诗之为言志也，发于心牵于物，寻其所本，偏是为志，名其所之，乃是曰诗。"这种赋诗言志的写作观念也与中国儒家思想颇有相近之处。中国文论自老子、庄子之际就有以淡为美的审美倾向，主张平淡质朴的写作风格，反对雕琢文字，并影响了陶渊明、欧阳修、苏轼等人的文学思想。日本诗话受中国文论的影响，在审美精神上崇尚平实淡雅，正如大洼行在《诗圣堂诗话》中所说："诗贵平淡，平淡，诗之上乘也。"尽管日本诗话多以论为主，但却反对对用字、使事、比喻等手法的过度使用，倡导质朴的文风。对此，皆川愿在《淇园诗话》中言道："诗家用字贵平常而不贵奇僻，押韵贵平易而不贵艰险，使事贵用熟故而不贵出新异，此三者何以然乎？亦不欲以象累及精神也。"除此之外，中国自屈原之时就提出了"发愤以抒情"的创作动机论，此后与司马迁的"发愤著书"、韩愈的"不平则鸣"、欧阳修的"穷后愈工"等文论思想共同构成了中国文论的发展方向之一。太宰春台的《诗论》中说："大凡古人作诗，皆必有不平之思，然后发之咏歌、不能已者也，否则弗作，是以古时作者不多，而一人不过终身一二而已。"在此之中，可以明显看出日本诗话的对中国文论思想的继承与发展。

2. 日本诗话的变异

日本诗话虽然是中国诗话的衍生之物，在诞生和发展的过程中均受到了中国的影响，但由于日本的文化环境和汉诗的发展状况，日本诗话并没有局限于对中国诗话的模仿，是在学习的过程中对中国诗话进行了变异，从而推动了日本文论的健康发展。

首先，诗话体制的创新。中国的诗话形式大体上可以分为随笔体、语录体、评论体、传论体等，日本诗话在体制上承袭了中国诗话的特点，基本上没有脱离中国诗话的体制形式，但在具体的内容与结构安排中又有所创新。例如中国的评论体诗话《沧浪诗话》《诗薮》等，在目录的布局上较为简单，日本诗话的目录则更为清晰明了。例如三浦晋的《诗辙》、赤泽一的《诗律》等诗话体例较为完备，前有序、后有跋，凡例、目录条理清楚，正文分章而论，为后人的阅读与学习创造了便利条件。《诗辙》全书共分为六卷，每卷论述的主题不同，每个论题下又按照概念设置小论题，这种条理分明的论述方式也是日本诗话在形式上的独到创新。此外，尽管汉诗在日本得到了广泛的传播，但是仍有大量使用日本假名创作的诗歌作品，因此产生了以假名写作的诗话著作，使日本诗话在形式上产生了本土化的倾向。如纪淑望的《古今和歌集真名序》以钟嵘的《诗品序》为依据写成，而假名序是进一步消化了真名序后将其变为了日本的风格，展现了日本的民族创作特色。

其次，强烈的比较意识。日本的汉诗研究氛围浓厚，在日本汉诗与中国汉诗的双方发展中，造就了日本诗话的比较视野，这种比较不仅局限于日本汉诗的范围内，还包括对中国诗人的比较，以及中日诗歌的比较，对中日文化与文学的交流有积极的促进意义。日本诗话多采用比较分析的方法进行批评，通过总结诗歌的特色，与其他诗人创作比较，并对诗歌进行优劣的评定。例如广濑淡窗的《淡窗诗话》中，将陶、王、孟、韦、柳进行比较研究，分析各人的优劣之处，其点评精妙之处自不必细数，更值得赞誉的是，他能够认识到古今的差异所在，提出"师法其诗，非学之也。凡古今之人不相及，且人各有天分，不可勉强模仿古人。"江村绶的《日本诗史》对江户时代中期的诗人进行比较时道："我邦诗，元和以前，唯有僧绝海。元和以后，渐有其人，而白石、蜕岩、南海其选也。今以南郭较夫三子，南郭天授不及白石，工警不及蜕岩，富丽不及南海，而竟难为三子之下者，何哉？操觚年少悟入此关，始可与言诗耳。"日本诗话中多有对中日诗歌的比较部分，从文化背景、诗歌理论、写作技巧等方面对中日诗歌进行对比，这种跨国别交流的比较意识在当时是极具进步意义的。在提到中日诗歌特点时，赤泽一在《诗律》中说："大抵汉人学士之诗，利于案上，而不利于场上；本邦学士之诗，利于眼中，而不利于舌头，此是本邦学士作诗之法。"指出了日本诗人盲目使用汉诗韵脚，而导致诗歌晦涩难懂的弊病。

三、东西方诗话的阐释变异

由于中、韩、日同属于东亚文明圈的范围之中，因此三者的诗话更多地呈现出了实证性的影响关系，尽管韩国与日本的诗话在发展中保持了自身的民族意识，并在某些部分进行了有效地创新，但在总体上没有脱离中国诗话的话语模式。东西方文化源起于不同的文明圈中，因此在思维方式、行为习惯等方面有截然不同的差异，西方在阐释中国传统诗话时产生了与中国本土所不同的理解方式，这是因为东方诗话在传播的过程中发生了异质文明间的变异现象。在当前跨文明的语境之下，坚持东西方文化之间的异质性是比较文学学科进步的前提，也是变异学理论的核心概念。对于诗话这一极具中国特色的文论形式，西方汉学界颇为重视，费维廉就曾就诗话提出了自己的观点："宋代的记述特点从精辟简练到相当随意乃至离题甚远的题外话。这些论著尽管完全反映了作者个人的见解，然而却极少有连贯的主题或思想。"[13]在西方汉学研究领域中，宇文所安对中国文学与文论的研究极为深入，被誉为"为唐诗而生的美国人"，

---

13 Craig Fisk. "Chinese Literary Criticism." 1986. Ibid.

他不仅翻译了大量的中国古代诗歌，还对中国古代文论有着精深的见解，他的著作《中国文论：英译与评论》是迄今为止研究中国文论较为集中的著作。宇文所安在第七章与第八章中专门探讨了中国的传统诗话，通过双向阐发的方式对诗话进行解读，下文以宇文所安对中国诗话的解读为例，分析东西方诗话间的阐释变异。

1. 比较诗学视野。《中国文论：英译与评论》最早是宇文所安为耶鲁大学东亚系和比较文学系所编著的教材，因此在中国文论篇目的选取与阐释中始终贯穿着中西比较诗学的意蕴。例如宇文所安对《六一诗话》的阐释，使用中英文对照的写作方式，先列出中文原文，再将英文附在中文下，并以西方学者的思考方式进行阐释。在西方的"他者"视域中，宇文所安使用西方的文艺批评方法对中国文论进行解读，如他在阐释欧阳修的"穷后而工"时，指出了欧阳修的诗歌多以"诗歌之工与诗人生活的困厄之间的联系"为主题，这与法国的实证主义批评方法颇有相近之处，强调作家所处的时代与生活对于文学创作的决定作用。此外，宇文所安在对概念的阐释中，将西方的哲学范畴融入于其中，形成了融汇中西的阐释方式，如宇文所安认为《沧浪诗话》中的"顿悟"是"'知'（knowing）与'是'（being）的统一；也是一种超越部分与阶段性修辞、回归整体的方式"。[14]"Being"作为西方哲学的核心概念，多被译为"存在"一词，指代着世界的真实面貌，是从古希腊哲学起就被世人所探求的理想状态。宇文所安将"顿悟"理解为"Kowing"与"Being"的整合概念，以双向阐发的方式对中国文论进行阐释，不仅突破了中国传统的诗学方式，更是东西方比较诗学视野的体现。不仅如此，宇文所安在阐释中国的传统诗话时，常在西方文论中寻求与之相对应的概念，并西方的例子来验证。如他在阐释《沧浪诗话》的"五法"时说："'五法'与其说是诗歌之'法'，还不如说它们把诗歌分割成了五种不同要素，有了这些要素以后，才可以讨论法。"[15]宇文所安对诗歌的要素分类法，明显带有西方的逻辑性思维，将具有整体性思维的中国文论进行拆分，并举以西方侦探小说的例子对其进行说明，这种比较视野的体现，在宇文所安的论述中不胜枚举。

2. 文本中心主义。中国古代文论遵循着"观念史"的研究方法，从文本中撷取材料，从概念和范畴的演变历史中窥探文学史的发展脉络。宇文所安

---

14 宇文所安：《中国文论：英译与评论》，上海社会科学院，2003 年，第 438 页。
15 宇文所安：《中国文论：英译与评论》，上海社会科学院，2003 年，第 439 页。

则采用了不同的研究方法，以具体的文本为基础，挖掘文本的隐藏意义，正如他自己所说"不希望把批评著作处理为观念的容器，它试图展现思想文本的本来面目。"[16]例如在阐释《六一诗话》时，宇文所安采用逐段进行解读的方式，从文本的内容出发，分析作者的真实思想，并用生动诙谐的笔触描绘诗话中的情状，这与中国传统的考据注经式的研究方法截然不同，为中西方的诗学对话提供了新的可行性道路。另外，《六一诗话》是以"非正式散文"的形式进行创作的，欧阳修从生活中的琐事入手，用"以资闲谈"的方式表达自己的文论思想，把自己对诗人的赞扬与责备、喜欢与厌弃、友善与敌视穿插于《六一诗话》的行文之中，将内在的因果关系暗藏于信手拈来的文字里，这种含蓄的表达方式便对西方读者造成了一定的阅读障碍。对此，宇文所安根据自己对于文本的解读，对《六一诗话》的顺序进行了调整，以主题为核心对材料进行组织。如在涉及梅尧臣声誉的内容时，宇文所安按照七、四、五的顺序重新排列，将梅尧臣声名的内容以因果关系重组，以此方式提炼出作者的本来思想，这种重逻辑的叙述方式也更为符合西方读者的阅读习惯。

3. 概念阐释变异。与中国注重直观感悟式的思维方式不同，西方学者重视对概念的系统性概括，通过对关键词的深入挖掘，总结出文本内暗藏的意蕴。宇文所安认为："关键词的含义都是通过它们在人所共知的文本中的使用而被确定的，文学领域也是如此。"[17]宇文所安在阐释中国文论时，多关注词语的隐藏含义，并结合文本的具体语境，试图从英文中找到与中国文论概念相契合的词语，揭示出中西方文论之间的互文关系。宇文所安对中国文论的理解基本符合中国的哲学思想，但在词语的阐释中却有着西方独特的解读方式。以其分析"言外之意"的中国传统美学范畴为例，宇文所安在分析《六一诗话》时指出："'意'体现在'言外'，就是以有限的语言和通过语言传达最大限度的意义。"[18]宇文所安认为中国的"意"，既可指巴罗克意义上的概念（concept）或奇想（conceit），也可指"美学观念"（aesthetic idea）。此外，在阐释《沧浪诗话》时，宇文所安用"host"和"master"来对应"学诗以识为主"中的"主"，又将"诗有别材"中的"材"用"talent"和"material"来翻

16 宇文所安：《中国文论：英译与评论》，上海社会科学院，2003年，第43页。
17 宇文所安：《中国文论：英译与评论》，上海社会科学院，2003年，第3页。
18 宇文所安：《中国文论：英译与评论》，上海社会科学院，2003年，第416页。

译，并结合西方学者的固有思维，对抽象的中国文论进行了深入地挖掘。宇文所安使用以西释中的研究方法，以西方富有逻辑性的概念来界定中国文论中隐晦、模糊的"意""气""材"等概念，这种做法在合理性层面上是存在争议的。但正是宇文所安的学术尝试，验证了东西方文学间存在的变异现象，也为东西方的诗学对话提供了可能。为了弥合东西方文化间的缝隙，宇文所安在书后对 51 个术语进行了集解，对中国文论的核心概念进行简明论述，以便于西方读者更好地理解，也体现了东西方学者不同的学术习惯。

本文与芦思宏合写

曹顺庆：翻译的变异与世界文学的形成[1]

一、引言

　　翻译作为一种语言形式的转换的过程，变异在其中如影随形。由于文化间的异质性、译者的主体性、以及读者的期待视野等的存在，原语文本与目的语文本之间是不可能达到完全对等的，但是这也并不意味着有些文本是不可译的。一个文本可以生发出多种意义阐释，任何一个合乎情理的阐释理应得到充分的尊重。翻译本质上即为一种阐释的行为，既无可以统摄全部的绝对标准，那么创造性叛逆在阐释的开放性中便获得了其合法性，这是比较文学的翻译研究的重心之所在。在当前的东西方学界，世界文学被定义为流通中的翻译文学已广受认同，可以这么说，没有翻译，就没有世界文学。但我们可以往前更进一步——世界文学是在翻译中发生了变异的文学，没有翻译的变异，就不会有世界文学的形成。比较文学的翻译研究不同于传统译论执着于对等的追寻，它更多地是聚焦于跨语言层面的变异研究；跨语言变异关涉到语言形式的转换，同时又重视语境因素带来的内容变更。没有变异，翻译文学将依旧苑囿于本土文学的范围内，唯有让翻译在异质文化内积极融通，本土文学才有可能跨越民族边界，真正走向世界文学。

二、不可译性与创造性叛逆

　　翻译的过程是两个文化传统对话的过程，当两种语言之间发生转换的时候，译者扮演了跨越文化和语言两种边界交流的中间人。当然，思想或信息

1　原载于《外语与外语教学》，2018 年，第 1 期。

在交流中难免会有增减或者扭曲变形，这是翻译的难处，也是不得已的地方。例如，美国诗人罗伯特·弗罗斯特曾说过"诗歌是在翻译中丢失的东西"。关于诗歌的翻译问题，罗曼·雅各布森也曾意识到："（两种语言间的）句法、形态、词根、词缀、词素以及其他一些区别性特征——所有这些言语编码的组成部分——都将带着各自的意义指向，根据类同和对比的原则汇聚一起、产生碰撞、持续关联。"可见，要做好这类翻译，着实不易。还有严复在《天演论·译例言》开篇指出的"译事三难：信、达、雅"，这是严复的翻译工作体会，也是一条有一定参照意义的标准，但是若要所有文学翻译都切实地遵循它又显得不实际。因此，当翻译工作面对一些难以满足这类标准的时候，许多译者会选择放弃翻译的尝试，他们认为强加翻译只会导致对原文的背离。基于翻译之难的说法与各类严格的评判标准，不可译性获得了理论合法性。然而，在具体的实际翻译操作中，不可译性并不是一个绝对的存在。固然，"翻译牵涉到两种符码间的信息对等"，而"符码单位之间不存在完全的对等，这时候信息就可以为其他符码单位和信息的充分阐释带来可能"（罗曼·雅各布森）。尤金·奈达强调功能对等甚于形式对等，也为翻译的评判提供了一个更为灵活的标准。雅各布森指出译者充当了两种符码和信息间沟通的桥梁作用，实际上间接地提高了译者的地位，译者的主体性受到同情和允可。译者的主体性体现在：作者赋予原文本以意义，译者根据自身的理解在目的文本中传达作者的意图，读者可以经由译本获悉原文本的基本内容，但这在一定程度上来说是译者用他的方式来二次呈现的。因此，没有绝对不可译的文本，只有暂时没有被翻译的文本；一个文本之所以暂时没能被译，那是因为它还没有遇到一个具有足够创造性的译者。

翻译中的变异不可避免，创造性叛逆势在必行。对创造性叛逆的研究的意义在于，它聚焦于跨文化对话中出现的意义碰撞、阻碍、误读和扭曲等问题。如上所述，当翻译被视为一种阐释行为，任何"合乎情理"的翻译都是对原文本的一种合法的阐释，"合乎情理"在这里包含两个层面的意思：其一是说翻译是文化阐释的形式之一，具有开放性特征；其二，这种阐释又不是完全随意的阐释，它有一定的度。简言之，创造性叛逆鼓励翻译行为将文化因素纳入考虑，它通过在跨语言和跨文化阐释的过程中既参照原文本，又有所限度地叛逆来获得它的合法性。没有创造性叛逆，文学的传播和接受将变得步履维艰。

三、没有翻译的变异，就没有世界文学的形成

　　既然世界文学是一种全球性的流通和阅读模式，且一个文学文本在异域文化环境中多数时候都是依赖译本才得以被阅读，那么这个文学文本要进入世界文学的殿堂，它首先就要经历被翻译，然后在原语语境之外的其他地方得到传播。文化和文明间的异质性又使得翻译在很多时候需要将原文本用其他的语言和文化符码进行创造性转换才能具备可操作性。因而在翻译和接受的过程中，文学文本可能需要经历多个层面的变异。只有在翻译中发生变异，世界文学才得以形成。变异凸显了语言形式的表层下的文化间的异质性，以此丰富了比较文学可比性的内容，异质性和变异性为比较文学与世界文学研究开辟了新的天地。

　　在这里我强调翻译的变异及其对世界文学形成的重要意义，目的是为了说明变异在翻译中的不可避免性，同时变异也正是文学在通向世界文学的途中所收获的东西。一个译者如果想要他的翻译在目的语的语境中获得接受，它就必须要考虑到目的语的习惯性表达，以及读者的阅读习惯，这时候原文本和译本之间就有一道沟堑。沟堑所在之处，即为变异发生之处，变异后的译本与原文本有差异，但不一定是对原文本的"折扣"。在变异学的英文专著 *The Variation Theory of Comparative Literature* 中，我提出变异学是指不同国家、不同文明的文学现象在影响交流中呈现出的变异状态的研究，以及对不同国家、不同文明的文学相互阐发中呈现的变异，探究比较文学变异的规律。变异学研究的重点在求异的可比性，研究范围包括跨国变异研究、跨语际变异研究、跨文化变异研究、跨文明变异研究、文学的他国化研究等方面。几个方面共同构筑起变异学的理论体系。在异质文化的传播中，由于传播主体的选择、语言体系的差异、接受主体的过滤等因素影响，文学作品在流传至他国后势必会产生作用与反作用的过程，与此所形成的文本变异现象成为了变异学理论的前提与基础。比较文学变异学是将跨越性和文学性作为研究支点，通过研究不同国家间文学交流的变异状态及研究没有事实关系的文学现象之间在同一个范畴上存在的文学表达的异质性和变异性，探究文学现象差异与变异的内在规律性的一门学科。从研究范围来看，变异学理论主要涉及五个方面。首先是跨国变异研究，典型代表是关于形象的变异学研究。20 世纪中叶，基亚在《比较文学》中专列一章"人们看到的外国"对形象学进行论述，形象学也在不断地发展中成为了比较文学研究的一个分支。形象学的研

究对象是在一国文学作品中表现出的他国形象，而这种形象是一种"社会集体想象物"。其次是跨语际变异研究，典型代表是译介学。在文学作品在流传至他国时将穿过语言的界限，通过翻译在目的语环境中被接受，在此过程中形成的语词变异是变异学所关注的焦点。在当下的研究视野中，译介学已不再满足对"信、雅、达"的强调，转而突出在翻译过程中的"创造性叛逆"，这也促使译介学成为一种文学变异研究。第三是文学文本变异，典型代表是文学接受学研究。从变异学的角度出发，接受方受主体的审美与心理等因素的影响，这种无法实证的变异现象是变异学研究的重要内容。第四是文化变异学研究，典型代表是文化过滤。比较文学变异学的基础在于对异质文化与文学的比较分析，而文学作品与现象在不同国家的穿梭中必然会受本土文化限制，接受方在文化传统的影响下对外来信息进行选择、改造、移植，从而产生文化层面的变异现象。第五是跨文明研究，典型理论是文明对话与话语变异问题。赛义德认为当一种文学理论从一个国家旅行到另一个国家后，这种理论话语必然会产生变异。

这五个层面的变异不是相互孤立的，而是相互交织的，其中跨语言变异是贯穿其他四个层面变异的一条红线。它们的可比性依据源于语言、文化、乃至不同文明的基底性话语规则的异质性。以 2012 年的诺贝尔文学奖获得者莫言为例，他的成功再次证明，用非英语写成的优秀文学作品也可以经由翻译跻身于世界文学的经典之列。当然，莫言的作品首先毫无疑问是中国当代文学的精品，但是正是依赖翻译，它们才获得全世界的读者和研究者的认可，诚如莫言自己所言——"翻译家功德无量"。葛浩文作为一个"值得托付"的译者，他明显更懂得英语读者喜欢什么、拒绝什么。为了适应新的文化语境和接受环境，"葛浩文对莫言的小说也确实有所删改，也许有批评者认为作为翻译者的葛浩文不够'忠实'，但他让中国文学披上了英美当代文学的外衣，这恐怕是葛浩文译本受到认可的重要原因之一，也是国内的译者很难与之比肩的巨大优势"（季进语）。显然，在跨越边界的文学翻译活动过程中，变异成就了莫言作品在英语世界的成功接受。翻译的变异对世界文学形成的另一个影响表现在——跨语言变异可以带来什么？一种文学从一个国家流传到另一个国家，经过文化过滤、翻译和接受的综合作用可能会经历一个更深层次的变异，这是一个"文学他国化"的过程，是一个文化符码和文学话语的变更过程。哪一种话语在翻译过程中占据上风，需要综合的平衡。

如果翻译倾向于更加忠实于原文本，那么就会保留较多原文本所携带的话语规则，这类似于劳伦斯·韦努蒂所提出的异化策略，但是这种翻译策略较难为译文读者所接受。如果译者试着变换原文本以适应目的语的文化语境，原文本的话语规则将和目的语环境（他国）的文化话语规则产生碰撞，且在融合后他国文化的话语相对较多地呈现在译本中，这时候目标读者可以从译本中获得亲切感，从而让译本更好地在他国获得自然的接受，甚至成为他国文学的一个组成部分。所以通过合适的翻译策略的选取，将两种话语规则融合并更多地彰显本土话语的优势，以此便可以实现外来文学的本土化，即外国文学可以被民族文学吸收，乃至成为民族文学的一个有机组成部分。简而言之，我们要看到翻译在世界文学的形成过程中的重要性，同时也要意识到变异在翻译过程中的不可避免，没有翻译的变异，国别文学将很难步入世界文学的殿堂。只有在翻译中经过了变换与调适，本土文学才能被外来文学所接受和吸收。今天世界文学的概念本质上已经暗含不同文学的交流、对话和互补特征，文学的他国化是一种深层次的变异，它虽然不会经常发生，但却是一种理想的不同文学间相互吸收、融合和促进的过程；它可以为本土文学带来新的生机和活力，充实本土文学的经典宝库。

平行研究与阐释变异[1]

　　平行研究是比较文学学科范畴内非常重要的一种研究类型，而且在某种意义上还成为了比较文学美国学派的代名词。不过，平行研究虽然是美国学派成型的重要基点，但是这种研究类型并非始于美国学派阶段。通过对比较文学学科发展史的梳理和把握，能够清楚发现平行研究的实践远在法国学派成立之前的比较文学前学科时代就已经大量存在且发展繁荣。如我们所熟知的法国浪漫主义作家及理论家斯达尔夫人、德国的格林兄弟等做的研究，都多多少少涉及平行研究的范畴。而正因为前学科时代出现了相当数量的平行研究，才使得当时的一批比较文学学者意识到了伴随着平行研究而来的随意性和混乱性。所以，法国学派为了确立比较文学学科的合法性地位，选择了"壮士断臂"的做法：提出"比较文学不是文学比较"的论断，明确地扬弃平行研究，转而标榜"国际文学关系史"的影响研究，充分强调事实联系和实证的研究方法。后来，随着影响研究所带来的局限性引发新一轮的比较文学学科危机，美国学派以恢复平行研究合法性为其主要立足点，重新将平行研究纳入比较文学学科体系中。不过，这一做法在弥补影响研究不足的同时，也催生出了大量 X+Y 式的比附研究，这无疑又一次将平行研究所潜有的随意性和混乱性缺陷暴露了出来，使平行研究的发展陷入相当程度的困境中。

　　当我们大致回顾了平行研究几度兴衰的发展历程后，不禁会触发这样一种思考：为什么平行研究会屡屡遭受质疑？简单来说，法国学派过分僵化地强调同源关系和实证考察的影响研究，虽然也造成过比较文学学科的危机，

1　原载于《中国比较文学》，2018 年，第 1 期。

从而触发美国学派的理论转向。但是，影响研究其本身的合法性，从总体来看是很少受到质疑的。因为建立在事实联系基础之上的同源关系，以及实证性的操作方法，都保证了影响研究存在的必然性。而相比之下，以类同关系为依托的平行研究则不可避免地包含了更多的不确定性因素。类同关系的确立往往依据的是约定俗成或研究者个人的审美趣味，这就使得平行研究的合法性很容易成为见仁见智的问题。加上，过去的平行研究大多忽视不同文化、不同文明间的异质性，所以又造成比附研究的泛滥。不过，造成平行研究备受争论的原因还有一个，那就是学界对于平行研究与"阐释"的关系问题还鲜有深入的探析。

从本质上讲，平行研究这种比较文学研究类型，是在类同关系基础之上，通过不同对象的互相比对、互相阐释所实现的一种对话性比较研究。平行研究作为一种类同比较的模式已广为学界所认同，但平行研究的阐释性比较内涵却长期受到忽视，这就弱化了平行研究的合法性基础。换句话说，平行研究的可比性除了类同性内涵以外，其实还有一层阐释的意味。而如果能从阐释研究的角度重新进入平行研究，并且对其中的阐释变异加以辨析，则会增加平行研究已有的学理厚度，从而更好地开展平行研究。本文将遵从这样一种思路，首先借助不同的例证辨析出平行研究的阐释性比较底色，进而通过对阐释变异的讨论来进一步丰富平行研究的学术价值，实现对平行研究合法性的创新性强化。

一、平行研究本质是阐释研究

一直以来，学界对于平行研究的常规认识，往往都指向类同比较这一层面，即认为与影响研究相对而存在的平行研究，仅仅是没有实际事实关联之对象间的一种类同对比而已。这种认识确实点出了平行研究的特性，但如是结论其实并没有从根本上把握住平行研究的本质属性。平行研究的确是建立在类同可比性之上的一种比较文学研究类型，但是这种类同比较本身则是一种人为选择的阐释活动。简言之，平行研究从本质上讲应该是一种阐释研究。这一论断并非是笔者的随意阐发，其本身就有着明确的学理依据和丰富的实践基础。

首先是学理依据方面。雷马克（一译：雷迈克）是美国学派的重要代表学者，他在《比较文学的定义和功能》一文的开篇处给出过公认为美国学派最权威的比较文学定义。而在同一篇文章中，雷马克是这样评价影响研究的：

由于着意探寻并证明某种影响的努力可能掩盖对艺术的理解和评价这类更关键性的问题，所以在阐明一部文艺作品的本质方面，影响研究的贡献就可能不及无影响可言或并非意在显示影响的对作家、作品、风格、倾向以及文学的比较研究。[2]

这段话虽然直接讨论的对象是影响研究，但是雷马克在评价影响研究缺失审美考虑的同时，其实间接地点出了平行研究的根本属性，即平行研究关注的核心在于理解和评价文学及其与其他艺术的关系。而所谓的理解和评价，就必然关涉阐释。换句话说，雷马克所认为的"无影响可言或并非意在显示影响的对作家、作品、风格、倾向以及文学的比较研究"，是建立在研究者对这些对象本身或相互关系之审美把握基础上的类同比较行为。而这种审美把握有一个潜在的前提，即研究者会对研究对象本身或相互关系有一种预先的阐释性解读与判断。

另外，如果从直接比较和间接比较的维度来看，则平行研究似乎可以被分为显性比较和隐性比较两类[3]。而这里所说的显性比较正是我们通常所理解的非事实关联事物间的类同比较，隐性比较则是阐释性比较。但是，正如我们前面所讨论的，类同性的确立离不开研究者的阐释性选择和判断，所以所谓的显性比较其实和隐性比较是同质的比较模式。用更确切的话说，类同比较是平行研究的显性特征，而阐释研究则是平行研究的隐性内涵。而一旦梳理清楚了平行研究即为阐释研究的学理依据，我们再来观照具体的平行研究实践时就会发现，学界大量的平行研究成果，特别是中西比较文学范畴内的成果，几乎都是以阐释研究的形式存在的。

首先要讨论的是最为常见的"求同"阐释研究，其典型就是钱钟书所倡导的"打通"式比较文学研究思路。当翻阅《谈艺录》《管锥编》等著述时，我们会发现钱钟书的中西比较文学平行研究方法就是非常明显的阐释研究。正如钱钟书自己在一段文字中所谈到的：

弟因自思，弟之方法并非"比较文学"，in the usual sense of the term，而是求"打通"，以中国文学与外国文学打通，以中国诗文词曲与小说打通。弟

---

2 雷迈克：《比较文学的定义和功能》，干永昌等选编《比较文学研究译文集》，上海译文出版社，1985年，第209页。

3 Cao: *The Variation Theory of Comparative Literature.* Verlag Berlin Heidelberg: Springer, 2013, P.81.

本作小说，结习难除，故《编》中如 67-9，164-166，211-212，281-282，321，etc·etc·皆以白话小说阐释古诗文之语言或作法。他如阐发古诗文中透露之心理状态（181，270-271），论哲学家文人对语言之不信任（406），登高而悲之浪漫情绪（第三册论宋玉文），词章中写心行之往而返（116），etc·etc·皆"打通"而拈出新意。[4]

虽然钱钟书自己并不完全认可其研究方法归属于比较文学的范畴，但是我们不能否认，他的研究实践确确实实彰显着比较文学平行研究的特质。而且，钱钟书的研究方法具有非常突出的阐释特色，其比较文学研究实践总括来讲就是通过旁征博引中外丰富的各类知识来类比阐释中国古典典籍的具体问题，并最终指向其在《谈艺录》序言中所提及的"东海西海，心理攸同；南学北学，道术未裂"[5]的"打通"结论。

不过，钱钟书这种"求同"性质的阐释研究，也存在着一定的问题。法国著名汉学家弗朗索瓦·于连就曾明确对钱钟书的研究提出过批驳。他认为，钱钟书的那种"东海西海，心理攸同"的"求同"方法是值得反思的："他的比较方法是一种近似法，一种不断接近的方法：一句话的意思和另一句话的意思最终是相同的。我觉得这种比较收效不大"[6]。也就是说，一味强调相通的"求同"阐释虽然也能揭示出一定的学术价值，但是对于共通以外之差异的忽视无疑会掩盖掉关键的研究意义。恰如钱钟书所提到的"'打通'而拈出新意"，其实突破"求同"模式的阐释研究往往更能"拈出新意"。而所谓的突破"求同"模式的阐释研究，就是指我们应该重视阐释关系内各方的异质性和阐释过程中所出现的变异现象，这一方面将在后文展开相应论述。

除了上述论及的"求同"阐释研究以外，以作品阐释作品或以理论阐释理论的平行研究也是重要的阐释研究模式，而刘若愚的中西比较诗学研究年）、《李商隐的诗》（1969 年）、《北宋六大词家》（1974 年）、《中国文学理论》（1975 年）、《中国文学艺术精华》（1979 年）、《语际批评家：阐释中国诗歌》（1982 年）等多部专著和 50 多篇学术论文，开创了融汇中西诗学以阐释中国文学及诗学理论的研究模式。特别是其被誉为"海外第一部中西比较诗学

---

4 罗厚辑注：《钱钟书书札书钞（资料）》，见《钱钟书研究》编委会编《钱钟书研究（第三辑）》，文化艺术出版社，1992 年，第 299 页。

5 钱钟书：《谈艺录》，三联书店，2001 年，序言第 1 页。

6 秦海鹰：《关于中西诗学的对话——弗朗索瓦·于连访谈录》，《中国比较文学》，1996 年，第 2 期，第 79 页。

的代表作"（曹顺庆 2005：334）的《中国文学理论》一书，更是用西方文学理论阐释中国古代文论的典型。在该书中，刘若愚借用艾布拉姆斯《镜与灯》（1953 年）中的艺术四要素理论，分别以"作家"和"读者"替换原来的"艺术家"和"欣赏者"，并使新的四要素排列为两个反向圆环，从而将中国古代文论划分为六大类：形而上的理论、决定的理论、表现的理论、技巧的理论、审美的理论和实用的理论。可以说，刘若愚将中国古代文论与西方文学理论进行对应或类同比较，用西方的学术话语和理论语境来投射中国的传统诗学体系，这些做法恰恰就是平行研究外壳下以西释中之阐释研究内涵的彰显。

另外，我们非常熟悉的比较文学阐发法，同样可以充分说明平行研究即是阐释研究这一论断。"阐发"作为一种普遍适用的学术研究方法由来已久，即使是作为比较文学范畴内的一种潜在研究模式，也可以追溯到中国比较文学萌芽的阶段，如梁启超、王国维、朱光潜等的诸多实践都凸显着"阐发"的痕迹。不过，真正将"阐发"这种研究方法与中国比较文学具体实践结合起来，且首先从学理层面对其展开论析进而作为比较文学中国学派之重要理论基础的，是上世纪 70 年代台湾地区的比较文学学界。古添洪和陈慧桦在《比较文学的垦拓在台湾》的序言中如是说：

在晚近中西间的文学比较中，又显示出一种新的研究途径。我国文学，丰富含蓄；但对于研究文学的方法，却缺乏系统性，缺乏既能深探本源又能平实可辨的理论；故晚近受西方文学训练的中国学者，回头研究中国古典或近代文学时，即援用西方的理论与方法，以开发中国文学的宝藏。由于这援用西方的理论与方法，即涉及西方文学，而其援用亦往往加以调整，即对原理论与方法作一考验、作一修正，故此种文学研究亦可目之为比较文学。我们不妨大胆宣言说，这援用西方文学理论与方法并加以考验、调整以用之于中国文学的研究，是比较文学中的中国派。[7]

可以说，这所谓的阐发法其特点主要有两个方面：其一，阐发法是用西方文学理论与方法来单向阐释中国文学的一种研究模式；其二，阐发法具有鲜明的跨文化、跨文明特征。而这样一种阐发法其实质则是，建立在类同关系基础上的以西释中。总之，无论是台湾学者倡导的单向阐发法，还后由陈惇、刘象愚据此而发展出来的双向阐发法，阐发法这种研究模式无疑属于阐

---

7 古添洪、陈慧桦：《比较文学的垦拓在台湾》，东大图书股份有限公司，1976 年，序言第 1-2 页。

释研究的范畴。而且，虽然阐发并不具备明显的比较痕迹，但构建阐释关系的前提无疑是类同比较关系的成立。所以，阐发法的理论与实践都再一次强调了平行研究与阐释研究的同质关系。

综上，无论是从学理维度还是从实践维度来看，平行研究与阐释研究在本质上都是相通的，平行研究其实就是阐释研究。选取特定对象进行相互类同性比较的平行研究，与不同对象间单向阐发或双向互释的阐释研究，这两种看似一显一隐的比较类型，实际上都是通过借助他者来更好地理解或认知特定对象的做法而已。并且，当研究者确立类同性的可比性时，其实就已经潜在地完成了审美阐释的过程；而之所以会构成阐释关系，也是出于特定对象间所具有的类同性特征。不过，无论是过往的学理认识，还是已有的研究实践，目前的阐释研究仍存在一些问题，而这就将讨论导向了平行研究中的阐释变异问题。

二、平行研究中的阐释变异

平行研究的变异问题往往容易被学者所质疑甚至忽略，因为类同关系的变异远不及建立在同源性基础上的影响研究其变异那般明显且好理解。但是平行研究本质上就是一种阐释研究，因此不同文化或不同文明的话语在相互对话、阐发的过程中，彼此异质的话语规则必然会发生碰撞，从而形一定程度的阐释变异。如果我们忽略了平行研究的这种阐释变异，就等，会引发出众多的学术困惑，使平行研究陷入相当困境。像上文提到的于连对钱钟书"求同"阐释的批驳，其实就涉及到阐释变异缺位造成一定学术价值流失的问题。而同样的情况不止涉及钱钟书一人，刘若愚的研究方法也曾遭到于连更为严厉的批驳：

我认为他的出发点错了，他试图用一种典型的西方模式考察中国诗学，这种方法得出的结果没有什么价值[……]他用的是艾布拉姆斯（M. H. Abrams）的框架，这个框架对中国不适用[……]他采用的模式由作者、作品、世界、读者四部分组成，但这个模式不符合中国传统。在中国传统中，"读者"和"作者"的概念与西方完全不同。[8]

可以说，于连在这里反复强调的就是刘若愚忽视了异质话语影响下的阐

8　秦海鹰：《关于中西诗学的对话——弗朗索瓦·于连访谈录》，《中国比较文学》，1996 年，第 2 期，第 79 页。

释变异问题。而这种没有充分考虑跨文化、跨文明之异质和变异状况的以西释中模式，同样致使学界其他平行研究面临长期的发展困境。所以，认清平行研究的阐释研究内涵，进而正确地把握阐释过程中的变异现象，将是推进平行研究重焕生机的关键途径。

概括来讲，平行研究的阐释变异主要分为无意识阐释所产生的变异以及故意阐释所产生的变异两大类。所谓无意识阐释，顾名思义就是在具体的研究实践中，阐释行为是内化在其间的，而这一类型最常见的形式就是化用西方文学理论来建构中国文学本身的体系。白居易到底是现实主义诗人，还是浪漫主义诗人？刘勰《文心雕龙》中的"风骨"概念，到底意指何为？在笔者看来，这两个学术问题之所以充满着疑问和困惑，正是因为无意识阐释导致了变异。

具体来讲，白居易在《与元九书》中曾提及："诗者，根情，苗言，华声，实义"[9]。这确实与强调想象、情感以及向往自然的西方浪漫主义颇为相似。但是，我们不得不注意到一个事实，即白居易还创作了《琵琶行》《长恨歌》《卖炭翁》等大量具有现实主义倾向的作品，以及其在《与元九书》中所谈到的另外一种观点："文章合为时而著，歌诗合为事而作"[10]。所以，无论是以浪漫主义还是以现实主义来定性白居易的创作风格，都会涉及到两个层面的变异：其一，白居易与其他中国古代诗人一样，其所在的中国古代文学传统是无法片面地用西方浪漫主义或现实主义这样的标签来划分的。所以，不管是浪漫主义的白居易，还是现实主义的白居易，都将是变异了的白居易；其二，如果我们用浪漫主义来定义白居易的创作风格，那么无疑就将白居易所具有的现实主义因素带入了浪漫主义的范畴内；同理，一旦我们用现实主义来归类白居易的创作风格，那么现实主义就会具有一定的浪漫主义内涵。而无论是前者还是后者，浪漫主义和现实主义理论体系本身都将发生一定程度的变异。

至于"风骨"的问题，其变异情况更加复杂且多元。可以说，学界内对这一文论术语的理解纷繁复杂，一直难有定论。像香港学者陈耀南在其文章《〈文心〉"风骨"群说辨疑》中，就曾罗列过当时其所见的 65 种关于"风骨"概念的不同学术解读。简单归纳，这些看法有从内容与形式的角度切入，有

---

9 白居易：《与元九书》，《白居易集》，岳麓书社，1992 年，第 423 页。
10 白居易：《与元九书》，《白居易集》，岳麓书社，1992 年，第 425 页。

从情志与言辞的角度切入，有从美学标准或艺术表现的角度切入，有从力量的角度切入，有从动静、虚实或内外的角度切入，有从气势的角度切入，有从风格的角度切入，甚至有从浪漫主义与现实主义的角度切入[11]（89-97，58）。总之，各有各的理由又各有各的问题，以至于陈耀南在文章的最后竟得出如是结论：

所谓"盲人摸象"，要怪的似乎是摸的人眼睛不好，而且人比象小得多，不能掌握全局。但是，如果摸的人多半不是瞎子，有些甚至算是明眼人，而且摸了几十年，还是见智见仁，难衷一是，那"象"的本身，是不是也有点扑朔迷离，闪烁不定呢？[12]

言下之意，在陈耀南看来，"风骨"内涵的模棱两可当归因于刘勰本身没有将问题说清楚。诚然，中国传统"立象尽意"的言说方式确实存在着一定的模糊性，但是单就"风骨"的问题来说，刘勰并非没有说明白。在《文心雕龙·风骨》中，刘勰曾借用比喻点明过"风骨"的内涵：

夫翬翟备色，而翾翥百步，肌丰而力沉也；鹰隼乏采，而翰飞戾天，骨劲而气猛也。文章才力，有似于此。若风骨乏采，则鸷集翰林；采乏风骨，则雉窜文囿。唯藻耀而高翔，固文笔之鸣凤也。[13]

在刘勰看来，"风骨"与辞采是文章的两种并列属性，此二者并非我们惯常理解的从属关系或因果关系。"野鸡"一样的文章徒有文采而无风骨，终是"肌丰而力沉"的作品；而"鹰隼"一样的文章虽仅有风骨而缺文采，但也能"翰飞戾天"；唯有风骨与文采兼备的文章，才是刘勰心中的"凤鸣"之作。所以说，刘勰的"风骨"不完全是"内容／形式"的概念，也不单纯是"风格"的问题，它同时强调了形式的精炼和内容的气势，彰显的是一种"刚健有力"的品格。而之所以学界对其一直把握不准，就在于我们常常无意识地用了西方的文学理论话语体系来阐释它；换句话说，正是由于我们没有真正树立起中国古代文论自身的话语自信，默认地化用"内容／形式""情志／言辞""浪漫主义／现实主义"之类的西方传统二分法学术话语规则来释读"风骨"，才使得这一文论术语本不混淆的内涵处在一种较为纷乱的变异状态中。

---

11 陈耀南：《〈文心〉"风骨"群说辨疑》，《求索》，1988 年，第 3 期，第 58，89-97 页。

12 陈耀南：《〈文心〉"风骨"群说辨疑》，《求索》，1988 年，第 3 期，第 97 页。

13 刘勰著，黄叔琳注，李详补注，杨明照校注拾遗：《文心雕龙校注》，中华书局，1959 年，第 203 页。

　　总之，诸如用浪漫主义和现实主义来定义中国古代诗人风格的典型做法，还有以西方文学理论逻辑来理解中国古代文论概念术语的惯常思路，都是无意识阐释的突出体现。西方的学术话语已然渗透到当下中国学术体系的方方面面，而正是这样一种"自然而然"的以西释中模式，无形中就交织了中西不同文论的话语体系，催生出跨文化或跨文明的变异内涵。

　　除了上述提及的无意识的阐释变异以外，另一类的阐释变异则是出于有意为之的行为。这里所讲的故意阐释，其与无意识阐释的区别在于，前者的阐释行为并非是内化于具体研究实践中的潜意识，而是带有研究者强烈主观能动性的外化倾向；也就是说，故意阐释中经常涉及到的西方等外来理论或方法，往往是研究者明确主动的选择。譬如颜元叔用新批评和语言学的方法来分析王融《自君之出矣》的实践，正是一种有意识的阐释行为。原诗如下：自君之出矣，金炉香不然；思君如明烛，中宵空自煎。

　　在阐释过程中，颜元叔遵循新批评专注于文学作品本身的理论主张，结合以语言学的分析视角，对上述诗作进行了逐字逐句的细致阐发，着实彰显出了古典诗歌的多义性特征与内涵。对于这样的阐释研究，诸种见解无疑见仁见智。但是，颜元叔对于诗作中"金炉"和"明烛"两大意象的性象征式解读，则的确有值得质疑的地方。且不论前所未闻的女性象征意象"金炉"其背后文化基础是否存在的问题，就单看"明烛"的男性象征内涵已经足以引发思考。颜元叔在指出"明烛"的性影射时，特意提及了李商隐的诗句"春蚕到死丝方尽，蜡炬成灰泪始干"。因为在他看来，虽然"蜡烛"作为男性象征并无明确的传统依据，但是李商隐这类诗作却是对这一重意蕴的明显呼应[14]。可以说，颜元叔的故意阐释，实在是一种"叛逆"。正如叶嘉莹对他观点的反驳，在中国古代文学的传统中，"蜡烛"的意象主要有以下三种内涵：光明皎洁之心意的象征，悲泣流泪之象征，中心煎熬痛苦之象征。强行将"蜡烛"的意象与男性象征关联起来，不免过于牵强[15]。而这样一种牵强附会的结果，正是故意阐释所带来的变异。

　　当然，类似的故意阐释变异还有许多实例，像哈佛的一位知名学者使用

14　颜元叔：《中国古典诗的多义性》，见《谈民族文学》，台湾学生书局，1984年，第55-72页。

15　叶嘉莹：《漫谈中国旧诗的传统——为现代批评风气下旧诗传统所面临之危机进一言》，见《中国新文学大系（1949-1976）第二集文学理论卷二》，上海文艺出版社，1997年，第822-823页。

弗洛伊德的心理分析理论阐释《金瓶梅》中的武松杀嫂情节，其所呈现的变异情况便又是一个很典型的个案。论者指出，武松杀嫂的过程充满着异样的血腥和残忍，而这些描述无疑潜藏着某种性意象的暴力语言：

安排金莲死于和武松的"新婚之夜"，以"剥净"金莲的衣服代替新婚夜的宽衣解带，以其被杀的鲜血代替处女在新婚之夜所流的鲜血，都是以暴力意象来唤起和代替性爱的意象，极好地写出武松与金莲之间的暧昧而充满张力的关系，以及武松的潜意识中对金莲的性暴力冲动。性与死本来就是一对有着千丝万缕联系的概念，这里，金莲所梦寐以求的与武松的结合，便在这死亡当中得以完成。[16]

不得不说，上述解读让人感到新鲜的同时也颇为哭笑不得。虽然用心理分析的理论阐释武松杀嫂的举动，看似自圆其说，但其本质却脱离了生成原文本的中国文化语境。武松杀嫂无论过程如何，究其本由还是为兄报仇。故意将其置于西方理论场域中加以阐发，难免会产生出变异来。

综上，无论是无意识阐释还是故意阐释，这些通过类同关系建构起来的阐释活动，究其本质都是中外不同学术话语的交织与碰撞。既然不同文化、不同文明的异质性客观存在，那么各种话语的交错也必然会产生出不同程度的阐释变异。而一旦明确了阐释变异的生成与样态，就应该进一步地去观照变异所承载的文化意义。

结语：阐释变异的问题和创新意义

平行研究作为一种比较研究模式由来已久，当然对其的争议也从未停歇。将平行研究与阐释研究关联起来，进而对阐释变异的问题予以关注，无疑是突破当下平行研究发展瓶颈的有力途径。但要真正地强化平行研究的合法性，推进平行研究的发展，还需要我们正确地把握其阐释变异背后的失语症问题，以及与之相伴相生的文化创新意义。

平行研究的本质是阐释研究，而阐释就是不同话语的对话。阐释变异揭示的正是一方话语介入另一方话语所呈现出来的质变，所以相互的对话关系很容易呈现出不对等状态，牵涉到笔者一直强调的失语症问题。正如上文所谈及的诸种以西释中的例子，它们的阐释变异无一不是根源于西方文学体系对中国文学的话语覆盖。而一旦这些阐释研究出现了过度阐释的情形，像颜

---

16 田晓菲：《秋水堂论金瓶梅》，天津人民出版社，2003年，第260页。

元叔对"蜡烛"这一中国传统意象完全西化的阐发，以及像哈佛学者对《金瓶梅》弗洛伊德式的释读，那么话语覆盖就会发展为话语压抑，失语的问题也就随即产生。所以，我们在开展阐释研究的时候，除了要明确阐释活动所涉及的各方具有类同关系以外，还必须慎重地对待阐释的程度。全盘西化地阐释中国文学必是不可取之举措，而在理解中国文学时呈现出来的对西方话语的病态依赖行为也当理智批判之。否则，中国文学失语的下一步将是其面目全非。

当然，我们不能片面对待失语症的问题。正所谓"它山之石可以攻玉"，有时候失语的背后潜藏着创新的可能。话语压抑下的失语固然是彻底脱离了原在轨道，使被阐释方固有的文化语境被完全消解，但在健康的话语覆盖关系下所出现的失语，更像是获得了新的声道，从而发出创造性的和音。正如王国维的《〈红楼梦〉评论》和《人间词话》，恰恰就是这两种阐释路径的体现。王国维的《〈红楼梦〉评论》由于忽视了中西方文学与文化的异质性，全盘接受了西方的文学理论话语来阐释《红楼梦》，才会得出《红楼梦》"大背于吾国人之精神"[17]的悖谬，呈现出失语状态；而随后的《人间词话》，由于王国维的阐释方式不再"一边倒"，即将西方文学理论与中国传统文论有机地融合起来，形成良性的阐释互动，因此该成果也就成功地引入了新的话语元素来丰富中国原有的词学理论。所以说，阐释带来的变异既可能是失语的体现，也可以是文化创新的开始，这一切的关键都在于话语立场的选择问题。

最后，对异质性和变异性的关注是当下比较文学的最新理论进展，传统的平行研究模式正是因为忽视了"求异"的维度，才始终无法彻底回应围绕其合法性所出现的诸种质疑。当我们开始从阐释研究的维度进入平行研究之后，就能够更好地理解平行研究所独有的阐释变异情况。通过正视和剖析阐释变异的不同形态，进而充分把握变异背后的失语现象和潜在的文化创新推力，将是今后平行研究夯实自身合法性、谋求纵深发展的重要着力点。当然，相关的命题还存在许多值得探讨与思考的空间，应该引起更多的后续讨论。

本文与曾诣合写

---

17 王国维：《〈红楼梦〉评论》，浙江古籍出版社，2012年，第13页。

翻译的变异：世界文学未来何在[1]

　　跨语言变异可以带来什么？一种文学从一个国家流传到另一个国家，经过文化过滤、翻译和接受的综合作用可能会经历一个更深层次的变异，这是一个"文学他国化"的过程，是一个文化符码和文学话语的变更过程。哪一种话语在翻译过程中占据上风，需要综合平衡。正是由于变异，翻译文学不再苑囿于本土文学的范围内。唯有让翻译在异质文化内积极融通，本土文学才有可能跨越民族边界，真正走向世界文学。

　　世界文学与比较文学有着天然的联系。今天，我们将"世界文学"与比较文学相提并论已经不算新奇了。早在 1886 年，世界上第一本比较文学专著就已经用了大量篇幅来讨论"世界文学"：比较文学先驱波斯奈特（H. M. Posnett, 1855-1927）在《比较文学》（Comparative Literature）一书中，将"世界文学"加入了比较文学体系，并在书中探讨了"世界文学"起源和异质文明的关系。实际上，比较文学的最早阶段是"世界文学"，而比较文学的最高目标也是推动"世界文学"的发展。然而，比较文学学科自建立起，便在质疑和危机中前行。目前在西方，部分学者提出比较文学已经死亡，比较文学研究应当走向"世界文学"研究，并以其作为学科发展新趋势。但是，"世界文学"的含义尚无定论，学者们各抒己见，致使"世界文学"内涵既丰富多样，又有混乱与矛盾之处。本文将从比较文学变异学的角度来探讨"世界文学"概念的最新发展状况。

1　原载于《中国科学报》，2019 年 1 月 23 日第 003 版。

一、"翻译"的世界文学

1992 年，比较文学理论家杜里申（Dionyz Durisin, 1929~1997）在斯洛伐克出版了《什么是世界文学？》，这是他出版的最后一本书，但这却是文学史上第一本讨论"世界文学"的专著。书中总结了"世界文学"的三个概念，即学界最为流行的"三名法"：

1. 世界文学是关于全世界的文学，以及作为各国文学史总和的世界文学史；2. 作为各国文学最优秀作品集的世界文学，是对于既有文学作品的一种综合概观，即"经典文学""文学中的经典"；3. 作为各国文学之间在某种程度上相互关联的或相似的产物的世界文学。

除了提出"总量上的世界文学"和"作为经典的世界文学"这两个概念以外，杜里申还发现了作为"文学间进程的世界文学"。他指出，这种进程并非固定不变，而是"在文学本身及其学术发展过程中，'它要经受不断的修正以及内部的重构'"。杜里申虽然认识到了世界文学的多维性，即难以用静止或单一的标准来衡量这个概念，却又回到了对"同"与"异"的二元对立模式中，陷入了"求同"还是"求异""共性"还是"个性"的漩涡中。

近年来，关于"世界文学"概念的讨论，最受关注的是哈佛大学比较文学学者丹穆若什在 2003 年出版的同名著作《什么是世界文学？》。在这本书的结尾，丹穆若什提出了以世界、文本和读者为中心的"世界文学"三重定义：

1. 世界文学是民族文学间的椭圆形折射。2. 世界文学是从翻译中获益的文学。3. 世界文学不是指一套经典文本，而是指一种阅读模式中以超然的态度进入与我们自身时空不同的世界的形式。

丹穆若什关于世界文学的定义解构了以往世界文学观念中的西方中心主义色彩，改变了以往崇尚经典的世界文学观念。尤其是他将"世界文学"定义为"借助翻译在语际之间传播、折射与阅读的文学"让学界耳目一新。事实上，很多学者已经在此之前强调过比较文学的"翻译转向"。真正全球范围内的"世界文学"，需要跨越语言文化巨大的鸿沟。像过去比较文学研究那样强调从原文去把握"世界文学"，根本是不现实的，所以我们不得不依靠翻译。总之，现阶段国内外学者们的主流观点认为，"世界文学"是一种超越其本身创作背景，以翻译为主的文字流通形式。"世界文学"在某种意义上来说，已经成为了"翻译"的文学。

在学界，"世界文学"被定义为"翻译"的文学已经受到不少学者的认同。丹穆若什对"世界文学"概念的更新，让各个民族的文学因传播、翻译与阅读而鲜活了起来。这似乎让我们看到了歌德关于世界文学的构想正在一步一步实现。近年来，来自于不同国家、民族与区域获诺贝尔文学奖的当代文学作品似乎也证明了这一点。但"世界文学"本身并不是拯救西方比较文学颓势的一剂清醒剂，而是西方学者认识到西方中心主义诸多问题之后的一种妥协，是为了回避异质的可比性，维护西方话语传统的旧题新作。例如，以上诸多西方学者所说的"翻译"，究竟是翻译成什么语言，是以英语为中心，还是多语言的翻译交流？是否一旦有了比较多的翻译，就一定能够成为世界文学？是否有了翻译和世界性的广泛阅读，就一定是世界文学？关键是，被翻译之后，以及被不同文明的读者阅读之时，原来文本的变异问题被学者们忽略了！

笔者认为，"世界文学"首先必须是文学作品；要有不止一种语言的译本；影响力超出本国或本民族，甚至跨越文明圈；不仅受到了其他文明和文学的影响，而且在对外传播中出现了变异现象。正因为这种文学不仅接受了他者的影响，又在传播过程中影响了他者，所以其必定具有可比性，而绝不是优秀民族文学的简单翻译或者并列。只有经过了异质文明检验的"世界文学"，才称得上"宇宙文章"，而能够悦纳文学异质性的读者，才是"世界文学"的合格评判者。英国伦敦大学女王学院教授提哈诺夫也指出，"世界文学"这一思想不该仅局限于欧洲和北美。我们应该做的是去接触不同版本的"世界文学"，理解不同的文化区域，从而获得不同的审美体验，理解不同的文化传统及其不同的格局与动态。那么，当这些版本的"世界文学"问世之后，我们可以从其异质性和特殊性来进行分析。没有多元的标准，就不可能在文本集合和学科的意义上出现真正的"世界文学"。也许，只有当非西方学者不再盲目赞同和推崇西方学者对"世界文学"的认识，而是从自身的文明和传统出发来重新定义、认识和解读"世界文学"，"世界文学"才不会成为背靠西方话语体系的学舌鹦鹉。因此，笔者主张以文明的异质性对抗"世界文学"单一化的危机，进行比较文学的变异学研究。

二、"变异"的世界文学

丹穆若什曾指出，"变异性是世界文学作品的基本构成特征之一"。既然世界文学是一种全球性的流通和阅读模式，且一个文学文本在异域文化环境中，多数时候都是依赖译本才得以被阅读，那么这个文学文本要进入世界文学的殿堂，它首先就要经历被翻译，然后才能在原语语境之外的其他地方得到传播。但是，文化和文明间的异质性又使得翻译在很多时候需要将原文本用其他的语言和文化符码进行创造性转换之后才能具备可操作性。因而，在翻译和接受的过程中，文学文本需要经历多个层面的变异。只有在翻译中发生变异，世界文学才得以形成。变异凸显了语言形式表层下的文化间的异质性，以此丰富了比较文学可比性的内容，异质性和变异性为比较文学与世界文学研究开辟了新的天地。

在变异学的英文专著《比较文学的变异理论》（The Variation Theory of Comparative Literature）中，笔者提出变异学是指不同国家、不同文明的文学现象在影响交流中呈现出的变异状态的研究，以及对不同国家、不同文明的文学相互阐发中呈现的变异。变异学研究的重点在求异的可比性，研究范围包括跨国变异研究、跨语际变异研究、跨文化变异研究、跨文明变异等方面。几个方面共同构筑起变异学的理论体系。在异质文化的传播中，由于传播主体的选择、语言体系的差异、接受主体的过滤等因素影响，文学作品在流传至他国后势必会产生作用与反作用的过程，于此所形成的文本变异现象成为了变异学理论的前提与基础。比较文学变异学是将跨越性和文学性作为研究支点，通过研究不同国家间文学交流的变异状态及研究没有事实关系的文学现象之间在同一个范畴上存在的文学表达的异质性和变异性，探究文学现象差异与变异的内在规律性的一门学科。从研究范围来看，变异学理论主要涉及五个方面。首先是跨国变异研究，典型代表是关于形象的变异学研究。其次是跨语言变异研究，典型代表是译介学。文学作品在流传至他国时将穿过语言的界限，通过翻译在目的语环境中被接受，在此过程中形成的语言变异是变异学所关注的焦点。第三是文学文本变异，典型代表是文学接受学研究。第四是文化变异学研究，典型代表是文化过滤。第五是跨文明研究，典型理论是文明对话与话语变异问题。

这五个层面的变异不是相互孤立的，而是相互交织的，其中跨语言变异是贯穿其他四个层面变异的一条红线。它们的可比性依据源于语言、文化乃至不同文明的基底性话语规则的异质性。

以 2012 年的诺贝尔文学奖获得者莫言为例，他的成功再次证明，用非英语写成的优秀文学作品也可以经由翻译跻身于世界文学的经典之列。当然，莫言的作品首先毫无疑问是中国当代文学的精品，但正是依赖翻译，它们才获得全世界的读者和研究者的认可，诚如莫言自己所言——"翻译家功德无量"。美国著名汉学家葛浩文作为一个"值得托付"的译者，他明显更懂得英语读者喜欢什么、拒绝什么。为了适应新的文化语境和接受环境，"葛浩文对莫言的小说也确实有所删改，也许有批评者认为作为翻译者的葛浩文不够'忠实'，但他让中国文学披上了英美当代文学的外衣，这恐怕是葛浩文译本受到认可的重要原因之一，也是国内的译者很难与之比肩的巨大优势"。显然，在跨越边界的文学翻译活动过程中，变异成就了莫言作品在英语世界的成功接受，使他的作品成功跻身世界文学行列。

三、没有翻译的变异就没有世界文学的形成

在当前的东西方学界，"世界文学"被定义为流通中的翻译文学已广受认同。可以这么说，没有翻译，就没有世界文学。我们可以往前更进一步——世界文学是在翻译中发生了变异的文学，没有翻译的变异，就不会有世界文学的形成。

翻译作为一种语言形式转换的过程，变异在其中如影随形。由于文化间的异质性、译者的主体性以及读者的期待视野等的存在，原语文本与目的语文本之间是不可能达到完全对等的，但这也并不意味着有些文本是不可译的。一个文本可以生发出多种意义阐释，任何一个合乎情理的阐释理应得到充分的尊重。此外，翻译的过程是两个文化传统对话的过程，当两种语言之间发生转换的时候，译者扮演了跨越文化和语言两种边界交流的中间人。当然，思想或信息在交流中难免会有增减或者扭曲变形，这是翻译的难处，也是不得已的地方。美国诗人罗伯特·弗罗斯特就曾说过"诗歌是在翻译中丢失的东西"。因此，翻译的变异对世界文学形成的另一个影响表现在——跨语言变异可以带来什么？一种文学从一个国家流传到另一个国家，经过文化过滤、翻译和接受的综合作用可能会经历一个更深层次的变异，这是一个"文学他国化"的过程，是一个文化符码和文学话语的变更过程。哪一种话语在翻译过程中占据上风，需要综合平衡。正是由于变异，翻译文学不再苑囿于本土文学的范围内。唯有让翻译在异质文化内积极融通，本土文学才有可能跨越民族边界，真正走向世界文学。

　　在这里，我强调翻译的变异及其对世界文学形成的重要意义，目的是为了说明变异在翻译中的不可避免性，同时变异也正是文学在通向世界文学的途中所收获的东西。简而言之，我们要看到翻译在世界文学的形成过程中的重要性，同时也要意识到变异在翻译过程中的不可避免，没有翻译的变异，国别文学将很难步入世界文学的殿堂。只有在翻译中经过了变换与调适，本土文学才能被外来文学所接受和吸收。今天世界文学的概念本质上已经暗含不同文学的交流、对话和互补特征，文学的他国化是一种深层次的变异，它虽然不会经常发生，但却是一种理想的不同文学间相互吸收、融合和促进的过程；它可以为本土文学带来新的生机和活力，充实本土文学的经典宝库。

《论语》"子见南子"在日本作家
谷崎润一郎《麒麟》中的变异[1]

　　笔者在变异学英文专著 The Variation Theory of Comparative Literature[2]中提出，变异是指不同国家、不同文明的文学现象在影响交流中呈现出的变异状态，文明、文化和文学作品在流传过程中由于语言、国度、文化、时代、接受者的不同，它会产生信息的改变、失落、误读、过滤，这些变化就是变异。不同文明、文化和文学体系在横向交流和碰撞中往往会产生文学新质，一方面外来的文明文化和文学新的境遇而获得新的面貌，另一方面这些外来文明、文化和文学也会使传入地本土固有的传统得以变异。变异学认为，文学交流变异是文学创新的一个重要动因，世界文学经典往往是因文学变异而形成的，[3]谷崎的文学创作，就是一个典型案例。

　　谷崎润一郎 1910 年 11 月于《新思潮》上发表了他的成名作《刺青》，同年 12 月，他在《新思潮》第四号上发表了《麒麟》。《麒麟》和《刺青》作为谷崎早期唯美主义风格的尝试之作，受到了永井荷风的赞赏，他在次年的《三田文学》杂志上发表了《谷崎润一郎氏的作品》称："在明治时代的文坛上，谷崎成功开辟了一个迄今为止没有人敢于尝试的艺术领域。换句话说，谷崎具备了现代作家群中没有人具备的特别的素质和技能。"[4]

　　永井荷风的这篇文章，为谷崎赢得了文坛最初的声誉。《麒麟》虽然取材

1　原载于《山西师大学报（社会科学版）》，2020 年，第 3 期。
2　CAO S Q. The Variation Theory of Comparative Literature[M]. Heidelberg: Springer Press, 2013.
3　曹顺庆，翻译的变异与世界文学的形成[J]，外语与外语教学，2018，（1）。
4　（日）永井荷风，《谷崎润一郎氏的作品》[J]，三田文学，1911，（11）。

于汉学典籍"子见南子"的故事，但谷崎在史实的基础上对故事进行了变异，使《麒麟》跳脱出单纯翻译的范畴，成为了谷崎实践自身美学观念的开端之作。本文将从南子形象的变异、主题的变异以及发生变异的原因三个方面来分析谷崎这篇具有代表性的短篇小说《麒麟》。

一、"南子"形象的变异

《麒麟》的基本情节主要是记载于《史记·孔子世家第十七》和《论语·卷六雍也》中"子见南子"的故事。《论语》的记载非常简略："子见南子，子路不说，夫子矢之曰：予所否者，天厌之，天厌之。"[5]《史记》则略为详细："灵公夫人有南子者。使人谓孔子曰：'四方之君子不辱欲与寡君为兄弟者，必见寡小君。寡小君愿见。'孔子辞谢，不得已而见之。夫人在絺帷中。孔子入门，北面稽首。夫人自帷再拜。环佩玉声璆然。孔子曰：'吾乡为弗见。见之礼答焉。'子路不说。孔子矢之曰：'予所不者，天厌之，天厌之。'居卫月余，灵公与夫人同车，宦者雍渠参乘，出，使孔子为次乘，招摇市过人。孔子曰：'吾未见好德如好色者也。'于是丑之，去卫，过曹。"[6]

可以看出，在这两部典籍中关于"子见南子"的故事都勾勒得很简洁，只有大致的框架，并无进一步的细节描写，对于南子本人的形象更是没有太多主观性的描述。这是因为在《史记》和《论语》中，"子见南子"故事的主角都是孔子而非南子。而南子的形象更主要记载于《史记·卫康叔世家第七》《列女传》和《左传》中，以下将对中国典籍中南子的形象进行分析。

《史记》有云："三十九年，太子蒯聩与灵公夫人南子有恶，欲杀南子。蒯聩与其徒戏阳遬谋，朝，使杀夫人。戏阳后悔，不果。蒯聩数目之，夫人觉之，惧，呼曰：'太子欲杀我！'灵公怒，太子蒯聩奔宋，已而之晋赵氏。"[7]

《左传·定公》记载的与《史记》相差无几，也摘录于此：

"及文子卒。卫侯始恶于公叔戍。以其富也。公叔戍又将去夫人之党。夫人诉之曰：'戍将为乱。'"[8]

"卫侯为夫人南子召宋朝。会于洮。大子蒯聩献盂于齐。过宋野。野人

5　《十三经注疏》[M]。上海：上海古籍出版社，1997，第2479页。

6　《十三经注疏》[M]。上海：上海古籍出版社，1997，第2587-2588页。

7　（汉）司马迁。《史记130卷》[M]。民国商务印书馆影印百衲本二十四史本，1937，第2014页。

8　《十三经注疏》[M]，上海：上海古籍出版社，1997，第2150页。

歌之曰："既定尔娄猪，盍归吾艾豭。"大子羞之。谓戏阳速曰："從我而朝少君。少君见我。我顾乃杀之。"速曰："诺。"乃朝夫人。夫人见大子。大子三顾。速不进。夫人见其色。啼而走。曰："蒯聩将杀余。"公执其手以登台。大子奔宋。尽逐其党。故公孟彄出奔郑。自郑奔齐。"[9]

《列女传》中对南子则有了更主观性的评判："卫二乱女者，南子及卫伯姬也。南子者，宋女，卫灵公之夫人，通于宋子朝，太子蒯聩知而恶之，南子谗太子于灵公曰：'太子欲杀我。'灵公大怒蒯聩，蒯聩奔宋，是为出公。……颂曰：南子惑淫，宋朝是亲，谮彼蒯聩，使之出奔。"[10]

从上面摘录的三段文字可以看出，南子在中国历史上最突出的人物性格有两个方面，其一是喜爱舞弄权势，其二是淫乱、品行不端。

南子喜爱舞弄权政的性格刻画首先体现在《左传·定公》的记载中。从"公叔戌又将去夫人之党"[11]这一句可以看出，南子不仅参与朝政而且还有自己的党羽，为了保存自己的政治势力，南子投卫灵公所好，谗曰"戌将为乱"，成功将公叔戌逼走鲁国。其舞弄权政的性格更体现在她和太子蒯聩之间。太子蒯聩因南子和宋朝之间的私情而厌恶南子，欲杀之，却先一步被南子撞破了杀机，南子随即馋于卫灵公，使得太子蒯聩避走宋国后到晋国投靠了赵简子。以上两段史实足以看出南子在卫国朝政中的影响力，而古时女子惑乱朝政的行为明显不符伦理纲常，这也是南子在后世被称为"乱女"的原因。然而谷崎在《麒麟》中塑造南子的人物形象时，其惑乱朝政的性格特征被无限弱化了，《左传》记载的南子与太子蒯聩和公叔戌的政治斗争完全没有被提及。小说中能够体现南子舞权弄政性格特征的只有两处：一处是灵公想请孔子入宫，向其请教治国平天下的策略。"'寡人寻求世间的美色，得到南子。搜罗四方的钱财，修建了这座宫殿。尔后的愿望就是要称霸天下，获取同夫人和宫殿相媲美的权力。你想个什么办法去请那圣人进殿，传授一下平定天下的策略吧。'灵公窥探桌子对面夫人的朱唇。平日里灵公的心里话话，不是来自灵公自己的语言，而是从夫人嘴里说出来的。"[12]从这一段可以看出，灵公想

9 《十三经注疏》[M]，上海：上海古籍出版社，1997，第2151页。

10 （西汉）刘向著，绿净译注，《古列女传译注》[M]，北京：北京联合出版，2015，第343页。

11 《十三经注疏》[M]，上海：上海古籍出版社，1997，第2151页。

12 （日）谷崎润一郎，《谷崎润一郎奇艺故事集》[M]，陈若雷译，广西：广西师范大学出版社，2018，第189页。

要获取同夫人和宫殿相媲美的权利，实际上是南子依仗对自己美色的绝对自信，想要获得与自身美色相匹配的权利。然而这里虽然能看出南子对于权利的渴望，重点却是卫灵公与南子之间畸形的爱情关系，此时的卫灵公与其说是一国之君，不如说是一个彻底臣服于南子官能美的男性形象。在小说的结尾，南子和孔子先后乘车从街道走过的事情招致了城中百姓的议论，其中有一句"啊，看来那位圣人的德也敌不过那位夫人的暴虐。从今日起，那位夫人的话将成为我们卫国的法律吧。"[13]从百姓的这一句评价也可以看出南子在卫国的影响力。纵观《麒麟》全文，能够体现南子舞权弄政的只有这两处，而且这两处都未从正面描写，只是旁敲侧击地有所体现。

南子第二个突出的人物性格——淫乱、品行不端，则主要是因为她在成为卫灵公夫人之后，仍"通于宋子朝"，这是太子蒯聩欲杀她的原因，也是南子为何一直被称为"淫妇"的原因。而关于南子与公子朝私通的史实在《麒麟》中更是被删去了。小说中只有两处提到了宋朝其人。第一处是卫灵公在听从了孔子的教诲后决心克制私欲，南子在受到卫灵公的拒绝后十分愤怒。"南子的樱唇燃烧着愤怒的火焰。夫人嫁到卫国以前，有一位情夫叫宋朝，是宋国的公子。她的愤怒与其说来自丈夫爱的消亡，毋宁说是因为失去了支配丈夫心灵的力量。"[14]这里提到宋朝，只说他是南子嫁到卫国以前的情夫。可南子之所以背负上"淫妇"的骂名，恰恰是因为她在成为卫灵公的夫人之后，仍然与宋朝私通。而谷崎在《麒麟》中故意隐去了重点，轻描淡写地将这段史实一笔带过了。《麒麟》中第二次提到宋朝是南子在劝诱孔子时所说的话："在妾看来，愁苦的脸都是丑陋的。妾知道宋国有一位叫宋朝的年轻人，他虽没有先生一般高贵的额头，却有着春空一般明丽的眸子。妾的近侍里有一位宦官叫雍渠，他的声音虽然不似先生那样威严，可舌头却如春鸟一般轻捷婉转。先生如果真是圣人，应当具备与宽大胸怀一脉相承的俊朗容貌。"[15]这一段提到宋朝，但是其重点却不在塑造南子淫乱的性格特征上，而是为了佐证南子所说的圣人应该具备与其相衬的俊朗容貌。宋朝在这里与宦官雍渠一

13　（日）谷崎润一郎，《谷崎润一郎奇艺故事集》[M]，陈若雷译，广西：广西师范大学出版社，2018，第 194 页。

14　（日）谷崎润一郎，《谷崎润一郎奇艺故事集》[M]，陈若雷译，广西：广西师范大学出版社，2018，第 191 页。

15　（日）谷崎润一郎，《谷崎润一郎奇艺故事集》[M]，陈若雷译，广西：广西师范大学出版社，2018，第 192 页。

并作为举例，只是为了突出南子对于美的渴望。

《麒麟》在塑造南子的人物形象时，既不是从其舞权弄政的形象出发，也没有着笔于其与公子朝私通的史实。《麒麟》作为谷崎早期唯美主义风格的代表作，他在南子这一女性人物形象上倾注了自己独特的审美观念和文艺理论观念，南子的形象在谷崎的笔下发生了变异。林少华先生曾经将谷崎笔下的女性人物形象分成两类："一类是以自身的'官能魅力'为武器对男性气指颐使、甚至以滥施淫虐为乐事的'娼妇型'女性"，"另一类，则是具有绝美姿色的'圣母型'女性。"[16]而《麒麟》中塑造的南子，可以说是谷崎后续文学中一系列恶女、妖妇的鼻祖，是"娼妇型"女性的代表。

对于南子"恶女"形象的塑造，在《麒麟》中主要体现于南子与卫灵公在虐待与被虐待的畸形爱情观中的官能享受上。谷崎的文学有一个一以贯之的主题，即对于女性美的崇拜，"美即强者，丑即弱者"的美学观从他的处女作《刺青》开始一直到其晚年的《疯癫老人日记》，这种对美的力量的崇拜，可谓横贯谷崎一生创作生涯。而在小说中，这一理念往往是在两性畸形的爱情观中得以展现。它具象地体现在美艳动人、极具官能美的肉体中却隐藏着压迫人心的邪恶力量的女性形象以及甘愿被俘虏、在虐待中得到满足的男性形象上。谷崎笔下美的力量是绝对的，它无视一切伦理道德，拥有至高无上的地位，而匍匐在美的脚下的男性正是这一力量的具象体现。

在《麒麟》中，南子就是这样极具官能美的邪恶女性，小说中有多处对南子外貌的描写，如南子在第一次面见孔子时，"夫人撤下帷幔，面明媚的笑容，将众人招到近前。南子头戴凤冠，鬓插黄金钗、玳瑁笄，身穿麟衣霓裳，她的笑颜如日生辉"[17]。又如南子对于自己美貌的评价："大凡见过妾的容貌、听过妾声音的男人，通常都会愁眉顿展，拨云见日。"[18]南子的美貌是毋庸置疑的，但南子美的力量却不仅仅是指其外在容貌，更体现在她邪恶的心灵上。她向孔子展示了那些因为得罪她而被肆意凌虐的人，"其中既有因为指责夫人恶行炮烙毁容、颈戴长枷、穿透耳洞的男人；也有引灵公心动而遭夫人嫉妒，

---

16 林少华，《谷崎笔下的女性》[J]，暨南学报（哲学社会科学），1989，（4），第63页。

17 （日）谷崎润一郎，《谷崎润一郎奇艺故事集》[M]，陈若雷译，广西：广西师范大学出版社，2018，第191页。

18 （日）谷崎润一郎，《谷崎润一郎奇艺故事集》[M]，陈若雷译，广西：广西师范大学出版社，2018，第192页。

被劓鼻、刖足、铁锁系颈的美女。"[19]而这种以肉体上的残忍而带来满足的场景，却进一步加深了南子的美，"恍惚地凝视着这般风景的南子，其面容如诗人般美丽，似哲人般严肃。"[20]这种恶魔般的美深深地征服了卫灵公，他痴恋南子，"迄今为止，我如奴隶侍奉主子、凡人崇拜神仙一样地爱你。我迄今的事业是奉献出我的国家、我的财富、我的人民、我的生命去博取你的欢心。"[21]他对南子的迷恋已经超出正常的夫妻感情，那是一种对邪恶美的臣服，在这种美的力量面前他毫无反抗能力。"我恨你，你是个可怕的女人。你是吞噬我的恶魔。但我怎么也离不开你。"[22]南子妖妇、恶女的形象正是在这种畸形的恋爱观中得到淋漓尽致地体现。

从以上的分析可以看出，中国文学典籍里的南子形象在谷崎笔下发生了变异，谷崎舍弃了史实中南子舞权弄政或淫荡的性格特征，而将她彻底地恶魔化，倾注了谷崎唯美主义美学观念的南子成为了谷崎后续文学中"娼妇型"女性的代表人物。

二、主题的变异

"子见南子"在中国文学典籍中，其主角是象征儒家思想的圣人孔子，南子和卫灵公都是用来陪衬和批判的对象。然而在《麒麟》中，表面看起来故事仍然是以讲述孔子本人和他的传道为宗旨，然而实际上，在享受欢乐的奢侈生活中被残酷的鲜血刺激而沉醉其中的南子的变态爱欲，才是作者实际上的意旨。也就是说《麒麟》的主角并不是孔子，孔子只是用来凸显南子形象的陪衬。

《麒麟》的主题是精神和肉体、道德和官能这两种存于人体内部力量的斗争。孔子是前者的象征，南子是后者的象征，这两者斗争的结果通过卫灵公的选择表现出来。虽然在中国典籍和《麒麟》中，最终卫灵公都选择了南子，但是同样的结局却有着不同的内涵指向。我们可以就故事的结局进行分

19　（日）谷崎润一郎，《谷崎润一郎奇艺故事集》[M]，陈若雷译，广西：广西师范大学出版社，2018，第193页。

20　（日）谷崎润一郎，《谷崎润一郎奇艺故事集》[M]，陈若雷译，广西：广西师范大学出版社，2018，第193页。

21　（日）谷崎润一郎，《谷崎润一郎奇艺故事集》[M]，陈若雷译，广西：广西师范大学出版社，2018，第191页。

22　（日）谷崎润一郎，《谷崎润一郎奇艺故事集》[M]，陈若雷译，广西：广西师范大学出版社，2018，第194页。

析，《史记》载有"居卫月余，灵公与夫人同车，宦者雍渠参乘，出，使孔子为次乘，招摇市过人。孔子曰：'吾未见好德如好色者也。'于是丑之，去卫，过曹。"[23]这里很重要的一个词是"丑之"，明显地表达了孔子对南子和卫灵公的态度，这既是孔子所代表的儒家思想对于更重于女色的卫灵公的批判，也是对后世君主和文人的警醒。卫灵公在这里是作为反面教材呈现的，南子更是背负"乱女"的骂名为后世所指责。

然而在《麒麟》中，故事结局的重心却不在孔子，而集中在南子身上。首先南子是以威胁的口吻要求孔子与她一起入城的："妾今天也想和灵公一起陪伴先生去城中走走，如果先生看到那些罪人，就不会违逆妾的心愿了。"[24]在游行时，城中百姓纷纷议论："那位圣人的神情多么悲伤！那位夫人的态度多么傲慢！可是，从来没有见过夫人的容颜像今天这般美丽。"，"啊，看来那位圣人的德也敌不过那位夫人的暴虐。"[25]通过百姓们的议论可以看出，以孔子为代表的道德和精神已经被南子的肉体及官能美打败了。孔子的败北更彻底地体现在当天夜晚卫灵公的选择上，在精神和肉体、道德和官能之间挣扎的卫灵公，最终还是选择回到了南子的怀抱。小说从后半段南子引诱孔子开始，孔子的角色就被削弱了，他不发一语几乎只是扮演一个倾听者的角色，这仿佛成了南子的独幕剧。故事的结尾，孔子在离开前所说的"吾未见好德如好色者也"[26]，就不再如《史记》所载具有强烈的批判意味，在《麒麟》中，这句话更像是一声叹息，是以孔子为代表的儒家思想最终败北的感叹。

其次，《麒麟》为了进一步强调孔子和南子之间善与恶、精神和肉体之间的对立，在南子对孔子的态度上也与"子见南子"有所区别。在《史记》中，南子对孔子的态度是尊敬的，她请求与孔子相见，并且让孔子乘坐在自己和灵公的车后，招摇过市。对于当时名声败坏的南子而言，之所以会邀请德高望重的孔子为次乘过市招摇，是心存着借与孔子接触的机会洗刷一部分自己污名的念头。从这个想法来看，南子对于道德是有敬畏之心的。然而在《麒

23 （汉）司马迁，《史记130卷》[M]，民国商务印书馆影印百衲本二十四史本，1937，第2588页。

24 （日）谷崎润一郎，《谷崎润一郎奇艺故事集》[M]，陈若雷译，广西：广西师范大学出版社，2018，第193页。

25 （日）谷崎润一郎，《谷崎润一郎奇艺故事集》[M]，陈若雷译，广西：广西师范大学出版社，2018，第194页。

26 （汉）司马迁，《史记130卷》[M]，民国商务印书馆影印百衲本二十四史本，1937，第2588页。

麟》中，南子对孔子的态度却不是敬畏，而是一种强烈的征服欲，"妾有使所有男人销魂的手段，最终妾要让您看到，就连那位圣人孔丘也将被妾虏获。"[27]这是南子凭借对自己美的绝对自信，想要征服象征着道德和精神的孔子而发出的宣言。《麒麟》中的南子，不再是德性的利用者，而是完全作为肉体和官能的具象者站在了道德的对立面，这也更进一步突出了《麒麟》的主题——即精神与肉体、道德与官能之间的斗争。

最后，《麒麟》主题的变异还体现在作者对儒家思想的态度上。如上文所述，不论是《史记》还是《论语》中记载的"子见南子"，其故事的主人公都是孔子，故事的主题是为了宣扬以孔子为代表的儒家思想。然而在《麒麟》中，谷崎却对孔子进行了诘难，使儒家思想陷入了两难的境地中，而结尾孔子的败北更是直接体现了谷崎唯美主义的艺术观念——女性的官能美拥有至高无上地位，它拥有超越一切伦理道德和世俗礼法的力量。《麒麟》的开头"凤兮凤兮。何德之衰。往者不可谏。来者犹可追。已而已而。今之从政者殆而。"[28]出自《论语·卷十八微子》，这段话本是楚狂人接舆路过孔子而唱的歌，歌中暗含着对孔子"知其不可为而为之"的儒家思想的讽刺。谷崎以其作为《麒麟》全篇的开始，本身就隐含着他对于儒家道德主义的反对之意，这句话也预示了孔子败北的结局。

小说对孔子的诘难不仅体现在南子和孔子之间，还体现在道家思想与儒家思想之间。《麒麟》中引用的中国典籍除了《史记》和《论语》外，还完整翻译了《列子·天瑞》中这一段话："林类年且百岁，底春被裘，拾遗穗于故畦，并歌并进。孔子适卫，望之于野，顾谓弟子曰：'彼叟可与言者，试往讯之！'子贡请行。逆之垄端，面之而叹曰：'先生曾不悔乎，而行歌拾穗？'林类行不留，歌不辍。子贡叩之不已，乃仰而应曰：'吾何悔邪？'子贡曰：'先生少不勤行，长不竞时，老无妻子，死期将至：亦有何乐而拾穗行歌乎？'林类笑曰：'吾之所以为乐，人皆有之，而反以为忧。少不勤行，长不竞时，故能寿若此。老无妻子，死期将至，故能乐若此。'子贡曰：'寿者人之情，死者人之恶。子以死为乐，何也？'林类曰：'死之与生，一往一反。故死于是者，安知不生于彼？故吾安知其不相若矣？吾又安知营营而求生非惑乎？亦又安

---

27 （日）谷崎润一郎，《谷崎润一郎奇艺故事集》[M]，陈若雷译，广西：广西师范大学出版社，2018，第191页。

28 《十三经注疏》[M]，上海：上海古籍出版社，1997，第2529页。

知吾今之死不愈昔之生乎？'子贡闻之，不喻其意，还以告夫子。夫子曰：
'吾知其可与言，果然；然彼得之而不尽者也。'"[29]

如果说孔子代表的是道德主义，那林类代表的就是无为超脱、追求生命自由的道家思想。将一切都相对化，生死等同视之的道家思想与"知其不可为而为之"的儒家道德主义不同，它追求超脱俗世的生命自然状态，是一种安之若命的思想观念。林类的这段话看似与"子见南子"的故事没有关系，但是对于谷崎而言，林类这种摆脱一切拘束，自由的生命状态，可以与南子超越德性的美的绝对性形成对比。千叶俊二在论及这一段时是这么说的："这篇文章的开头部分，可以说是一个坐标的设定：近百岁的林类，不仅可以摆脱道德主义等一切外在束缚，而且在其生命能量上无限接近零点。换句话说，如果说孔子设置了道德主义的坐标轴，那么可以说，南子设定了从理性的支配和压抑中解放出来的无限欲望本身，即生命能量的坐标轴。林类存在于这两个坐标轴相交的地方，同时还有作为函数本身存在的灵公。孔子与南子有善与恶、男与女、精神与肉体、禁欲与享乐等对立关系。但从将生死一视同仁的林类来看，孔子与南子之间并不是这种对立关系，两者的差异只能说是生命能量的多寡问题。"[30]林类与南子都是反对儒家道德主义的，但是这种反对又不尽相同。南子的官能美是要打碎一切伦理道德的约束，她追求无限的欲望，释放出蓬勃的生命力量。而林类则如千叶俊二所言"在其生命能量上无限接近零点"[31]，道家的追求超越生死，回归到生命的无为状态。"对谷崎来说，儒家和道家在这里超越了宗教领域，只是为了与他所追求的文学形象相得益彰，从而产生共鸣和排斥两种结果。"[32]

《麒麟》的主题从"子见南子"中以孔子及其本人的传道为宗旨，变异成精神与肉体、道德与官能之间的斗争，最后以象征着肉体和官能美的南子的获胜消解了儒家道德主义的思想。谷崎旧瓶装新酒，在保留了"子见南子"的故事框架及汉文古体古典雅致的意蕴后，对南子的形象和故事主题进行大

29 （晋）张湛注，《列子》[M]，上海：上海古籍出版社，2014，第 19 页。

30 （日）千叶俊二，《谷崎润一郎狐とマゾヒズム》[M]，小沢书店，1994，第 641 页。

31 （日）千叶俊二，《谷崎润一郎狐とマゾヒズム》[M]，小沢书店，1994，第 641 页。

32 李春草，《谷崎润一郎〈麒麟〉再考：汉籍との関わりから》[J]，同志社大学国文学会，2016，第 79 页。

胆的变异处理，在小说中巧妙地注入了自己独特的美学观念和文艺思想，使得《麒麟》成为了他早期唯美主义风格的代表作，与《刺青》一起为谷崎接下来的文学生涯打下了夯实的基础。

三、《麒麟》变异之因

《麒麟》之所以会在"子见南子"的故事基础上发生变异，其中既有谷崎润一郎自身文学观念的原因，但从更宏观的角度来说，《麒麟》的变异与日本当时的社会情况与时代状况也有密切关系。

从宏观角度来看，首先是日本发生的女性解放运动。明治政府成立后于1872 年发布了艺妓解放令，同时福泽谕吉开始大力提倡性别平等论，1880 年自由民权运动中的景山英子、中岛俊子等人的妇女参政权论者等被认为是妇女参政权论者的前驱。谷崎发表《麒麟》的时间是明治四十三年即 1910 年，此时正是青鞜派呼吁确立女性自我意识、争取自由恋爱权利等女性解放运动兴盛的阶段。谷崎此时的小说不论是《刺青》还是《麒麟》都是以女性崇拜为主题创作的，如南子这样极度夸耀自身的官能美，并凭借其恶魔般的美使得男性跪拜在脚下无力反抗的女性形象，与日本古典含蓄的女性形象可谓是大相径庭，这与当时盛行的女性解放运动有脱不开的关系。

其次是日本当时高压的社会政治环境。明治维新以后，日本在赶超欧美列强的口号下，走上了发展殖民产业、富国强兵的道路。尤其日俄战争以后，一方面是资本主义的飞速发展，另一方面也引起了国内矛盾的激化。以幸德秋水为代表的社会主义者不满当局的统治，积极著书立说进行反抗。1910 年，日本先后发生"日韩合并"和"大逆事件"两件历史大事。所谓"日韩合并"是指 1910 年大日本帝国基于《日韩合并条约》，将大韩帝国并合之事。"大逆事件"又称"幸德事件"，指的是 1910 年 5 月，许多社会主义者和无政府主义者因计划暗杀明治天皇的罪名而被捕，以幸德秋水为首的 12 人被处以绞刑。这两件历史事件的发生使得日本国内的局势日渐紧张，在对外坚定侵略的帝国主义主张时，对国内日本实行了严厉的思想镇压。1910 年石川啄木发表了著名评论《时代闭塞的现状——强权、纯粹自然主义的最后及明天的考察》，"时代闭塞"是一个新词，正是石川啄木针对日本当时强权高压的社会现状提出的。在这样的政治环境下，作家们将自己封闭在了自己的文学世界里。以谷崎为例，他沉浸在官能的世界中，认为艺术高于一切，从而创造出了以《刺青》《麒麟》为例的耽美主义文学作品，这是谷崎在紧张的时局环境下开出的一朵文学"恶之花"。

从谷崎自身文学观念而言。首先，在谷崎登上文坛之前，日本的自然主义发展到了一个巅峰。田山花袋作为自然主义的代表人物，于1907年发表了自传性小说《棉被》，1908年岛崎藤村发表了小说《春》，这两本小说的出版使得自然主义在日本文坛风头更盛。然而，自然主义僵化的手法也引起了文坛另一部分文人的反感，一批反自然主义的文学社团开始兴起。以1910年4月出版发行的文艺杂志《白桦》为象征，高举理想主义的白桦派诞生。白桦派的主要成员有武者小路实笃、志贺直哉、有岛武郎等人，他们都出生于上层阶级社会，强调文学的人道主义精神，追求向往自由。与白桦派创立几乎同时，以永井荷风和佐藤春夫等为代表的作家创立了新浪漫派，与追求理想主义的白桦派不同，新浪漫派高举唯美主义的旗帜，并以此创刊了《三田文学》。同年六月，由小山内薰发起，岛崎藤村担任顾问的《新思潮》创办成功。这三个报刊成为了反自然主义的阵地。

在自然主义盛行时，谷崎早期曾"采用一些自然主义的技法，写了另一篇小说《一日》，通过好友的介绍，投寄给自然主义的重镇《早稻田文学》，还是石沉大海，杳无音讯，最后连原稿也不知去向。"[33]这让原本就对自然主义颇为反感的谷崎更为失望。此时的谷崎在文坛上尚未崭露头角，而身边的一些朋友却先他一步在文坛中得到了认可，这让对自己的文学天赋颇为自信的谷崎感到十分苦闷，甚至因此患上了神经衰弱症。在疗养期间，谷崎阅读了永井荷风的《美国故事》《法国故事》《冷笑》等多篇唯美主义风格的小说。永井荷风这些小说以其旅居海外的生活为背景，用日本的传统美和异域风情对明治社会所谓的现代文明冷嘲热讽，同时也是对僵化呆板的自然主义的反击。永井荷风的小说对谷崎产生了很大影响，他成为了谷崎继续创作文学的动力，谷崎后续走上唯美主义的文学道路与永井荷风有莫大关系。《麒麟》中"一切美都是强者"以及"在恶中发现美"的主题正是谷崎唯美主义的思想观念在文学中的体现。

其次是谷崎对道德主义的态度。谷崎的汉文学素养是在他的小学老师稻叶清吉的熏陶下培养出来的，稻叶先生学养很高，在教导学生时注意融贯东

---

33 叶渭渠，《谷崎润一郎传》[M]，广东：新世纪出版社，2005，第25页。

西方文学，因而在日本古典文学之外，稻叶先生还曾教授学生卡莱尔的浪漫诗和《英雄崇拜论》以及中国唐诗宋词。谷崎正是在东西方文化交融的启蒙中走上文学的道路，他16岁时"在作文方面已经可以运用丰富的汉语语汇，而且行文流利自然。"[34]然而，虽然稻叶先生为谷崎在汉学儒学方面的创作打下了坚实的基础，谷崎却没有走上先生志愿的圣贤之道。如谷崎在《幼少年时代》的自述："不过，对于先生来说，虽然对文学有兴趣，但他真正的志向在于古代圣贤之道，似乎一心想对我实施儒学或佛教式的教育，最后以对我失望告终。我逐渐对自己的哲学和伦理宗教产生兴趣，说实话，也是一时心血来潮，只不过都是从先生那里贩卖来的，随着觉悟到自己的本领在于纯文学，不知何时就离开了先生。"[35]谷崎逐渐明晰了自己的志向主要是在纯文学上，而不是汉学儒教的古圣贤之道。而谷崎选择的唯美主义文学道路，认为艺术高于生活，艺术高于一切。这种纯粹美学不涉及任何伦理道德，谷崎将这种无功利性的美学思想发挥到了极致。然而，在唯美理想和汉学儒家的道德主义之间有不可调和的矛盾。

谷崎对于道德主义的态度是有所转变的，早在就读府立第一中学时，谷崎就发表过论文《道德的观念与美的观念》，在这篇论文中谷崎论述了东方的道德观念和西方但丁、卡莱尔的美学观，论文东西方文论相融，充分体现了谷崎的文学天赋和融贯东西的学识素养。然而在确立了纯文学的创作道路，尤其是在接受了唯美主义的美学观念后，谷崎逐渐感觉到在脱离现实世界，追求无功利性的美学理想与儒家倡导的道德主义间有不可消弭的鸿沟。他在《文艺与道德观念》中说到："真冈势舟曾言：'庄子是东洋的尼采，尼采是西洋的庄子。'妙哉言，他以仙人的理想与超人相比，以《逍遥游》与《查拉图斯特拉》相比，或大不相当。然而，在以嘲讽、谩骂的笔杆抨击社会的丑陋，试图驳斥狭隘的道德主义，以排遣胸中不平之气这一点上是一回事。在印度的奥义书时代，有顺世学派，他们试图反抗古老的道德主义。古希腊有一位学者，名叫苏格拉底。他主张概念理论，当时已是诡辩学派的学者。在中国，有老子、列子、庄子、韩非子、杨墨之徒反对儒家的道德主义。对于道德主义的攻击一般来自两个方面：一是主张艺术主义的诗人和文人，他们崇

---

34 叶渭渠，《谷崎润一郎传》[M]，广东：新世纪出版社，2005，第14页。

35 （日）谷崎润一郎，《雪后庵夜话》[M]，陈德文译，广州：花城出版社，2019，第206页。

尚个人意志的绝对自由，如弥尔顿《失乐园》中的撒旦，拜伦《该隐》中的路西法，他们渴望个人意志的绝对自由，渴望兽欲的本能。二是大乘佛教、主张无宇宙论、虚无主义、迷妄论的古希腊哲学一派，以及主张怀疑实在、超越自我道德的哲学观，如老子、庄子、列子、达摩，都属于此。"[36]从这段话可以看出，相比儒家的道德主义，他更推崇老庄的道家思想，这也是谷崎在《麒麟》中插入林类与孔子的对话以诘难儒家道德主义的原因。在凭借《刺青》《麒麟》走上文坛之后，谷崎继续实践着他唯美主义的美学观念，终于如他所说"不知何时就离开了先生"[37]，而在纯文学的道路上绽放了"恶魔主义"的花朵。

　　《麒麟》虽然取材于汉学典籍"子见南子"的故事，但是谷崎并不是单纯地翻译了这个故事。从南子形象的变异到故事主题的变异，可以看出谷崎在史实的基础上注入了自己的文学观念和美学理想，最终在汉学儒家的故事上变异出了象征着谷崎"恶魔主义"理想的文学经典，南子也因此成为了谷崎后续文学中一系列"妖妇"女性形象的开端。

　　　　　　　　　　　　　　　　　　　　　　　本文与王熙靓合写

36　（日）谷崎润一郎，《谷崎润一郎全集》[M]，中央公论社，1983，第 87 页。

37　（日）谷崎润一郎，《雪后庵夜话》[M]，陈德文译，广州：花城出版社，2019，第 206 页。

文学他国化与"变文格义"：
隋唐佛学中的变异思想[1]

　　变异学的重要创新理论之一，是文学他国化研究。文学的他国化是指一国文学在传播到他国后，经过文化过滤、译介、接受之后的一种更为深层次的变异，这种变异主要体现在传播国文学本身的文化规则和文学话语已经在根本上被他国所化，从而成为他国文学和文化的一部分，这种现象称为文学的他国化。文学他国化有两种情形，一种是接受国被同化，亦即本国文学被他国文学所"化"，如五四时期，在中国新文学发动者的倡导下，中国诗歌完全用外国的诗歌形式，形成"新诗"，中国诗歌被西方诗歌所化，这可以称为外国文学化中国，也可以称为中国文学的西方化。另一种是接受者化他国，即传播国的文学被传播到本国之后，本国文学对其进行不同程度的阐释、误读和改造，其中有利于本国文学发展的因素最终会被改造后吸收，从而使得传播国文学在话语方式等方面发生根本性改变，最终完成了文学的他国化过程。这个可以称为外国文学中国化。判断变异是否他国化，其标准在于话语规则是否发生改变。话语规则是指在特定文化传统、社会历史和民族文化心理下所形成的思辨、阐述和表达等方面的基本规则；它直接作用于理论的运思方式、意义生成和语言的表达，并集中鲜明地体现在哲学、美学、文学理论等话语规则和言说方式上。文学他国化的进程并不是易如反掌的，它往往是不同文化、文明对抗，文明互鉴，文明对话最终融合的复杂过程。

1　原载于《暨南学报（哲学社会科学版）》，2020 年，第 5 期。

文学的他国化并不是说在任何文学之间都能实现，它实际上是立足于接受国文学的文学传统及其文学理论的思维方式和文化规则来对传播国的文学进行的本土化根本改造。文学他国化必须以接受国文学的文化规则、话语方式亦即思维和言说方式为基础。传播国文学只有在接受国的文化基础上被他国化才能真正被接受国所"化"，文学的他国化才能真正实现。文学他国化必须立足于接受国的原因还在于，文学被他国化以后必然会参与到接受国文化、文明的更新与再创造。中。按照文化的运作规律，如果没有异质文明的互鉴、刺激和滋养，很可能这种文化、文明到一定时期会走向萎缩和衰亡。本文提出的"他国化"正是不同文明、文化之间互鉴与交流的重要推力：一方面，"他国化"能促进不同文明、文化之间的碰撞交流；另一方面，"他国化"更能在碰撞交流的基础之上催发新的文化现象。因此，"他国化"不仅能促进不同文明、文化的互鉴交流规律的认识，而且能对我们当下中国文学如何"走出国门"的重大现实问题有启示意义。在这个意义上，对于"他国化"这一理论的重点掌握和合理运用势在必行。例如：佛教在引入中国的时候，为了弱化或者消除语言及文化所引发的传播障碍，佛教一定会产生一定程度的变异，佛经的翻译，经过艰难的"格义"，从此开始了中国化道路。然而，佛教的中国化最关键的问题和最根本的特性在于，将注重语言的印度文化规则转换成了"不立文字，以心传心"的中国文化规则。正是以中国话语规则为主，对佛教进行转换，才真正实现了佛教的中国化。

变文作为沟通中国古代文学与近代文学的重要桥梁，自敦煌遗书被发现以来，一直是学界的重要研究对象。关于"变"字的解释以及变文文体的来源一直是学界争论的焦点，因此本文将首先对变文的理论内涵做一个梳理。其次，笔者认为变文在阐释佛经时，其内容和形式上都出现了变异，变文的变异有它的现实性和可能性，作为一种外来文学和中国文化融合重建的产物，对于当今转向探寻文明互鉴，研究异质性的跨文明比较文学研究具有重要参考价值。

格义作为中国古代跨文化交流的方法，又有广义格义和狭义格义之分。作为一种翻译策略的狭义格义，其中存在着如漏译和误译等丰富的创造性叛逆和变异现象。这种现象不仅仅是纯语言学层面的，也是两套迥异的文明话语潜在对话的方法。广义格义，在经过文化过滤和文学误读之后，发生了更深层次的变异即文学他国化，隋唐时期的禅宗是其典型例证。不论是译介变异还是文学他国化，格义作为中国古代异质文化间交流阐释的方法，对于变异学而言具有重要意义。

一、"变文格义"的理论内涵

（一）变文的理论内涵

敦煌遗书自 1900 年被发现以来，为研究中古时期的中国、中亚的社会历史、科学技术、文学艺术、宗教思想等提供了数量巨大、内容丰富的原始文献资料。而郑振铎先生认为"在敦煌所发现的许多重要的中国文书里，最重要的要算是'变文'了"[2]，变文作为沟通唐代前后说唱文学的桥梁，具有极大的文学价值，因而成为了国内外众多学者的重要研究对象。因此本节在整理前人的研究成果上，对变文的理论内涵做了一个大致梳理。

最早将变文这个文体发表出来的是罗振玉先生，他根据自己所藏的首尾残缺的文献资料，将其命名为"佛曲"。敦煌变文的名称最初是由郑振铎先生于 1929 年在《小说月报》的《敦煌的俗文学》一文中定义的："敦煌钞本的最大珍宝乃是两种诗歌与散文联缀成文的体制所谓'变文'与'俗文'者是。"[3]而后，变文的名称才逐渐被大家采用。然而"变"字究竟该如何解释以及变文文体的来源却始终存在着争议。

对于"变"字的解释，主要有以下几类具有代表性的说法。以郑振铎先生为代表的学者认为，"变"意味着"改变"。"所谓'变文'之'变'，当是指'变更'了佛经的本文而成为'俗讲'之意。（变相是变'佛经'为图相之意。）后来'变文'成了一个'专称'，便不限定是敷衍佛经之故事了。（或简称'变'）。"[4]这是关于"变文"最早的定义，被大多数学者所接受，具有较大影响力。其次，认为"变"即为神变的意思。孙楷第先生在《读变文杂识》中引用了从六朝到宋代文献中出现的众多"变"字，并从汉语语义的角度研究分析认为"变"是"非常、变怪、怪变"的意思。在《读变文·变文之解》一文中，孙楷第先生认为变文的变应该解释成神通变化之变。变文得名"当由于其文述佛诸菩萨神变及经中所载变异之事。"[5]孙楷第先生的这个解释得到刘若愚，游国恩

---

2 郑振铎：《中国俗文学史》，上海古籍出版社，2013 年，第 132 页。
3 郑振铎：《敦煌的俗文学》，《小说月报》，1929 年，第 20 卷第 3 号。
4 郑振铎：《中国俗文学史》，上海古籍出版社，2013 年，第 137 页。
5 孙楷第：《读变文》，周绍良，白化文编著《敦煌变文论文录》（上册），明文书局出版社，1985 年，第 241 页。

等学者的赞同。再次，以周一良先生和关德栋先生为代表的学者认为"变"是梵语的音译。周一良先生曾言："我疑心'变'字的原语，也许就是 Citra。"[6]关德栋先生则认为变文之变是 mandala 的略语，变相也就是曼荼罗。然而这种外来说的说法遭到了很多学者的质疑，向达先生在《补说唐代俗讲二三事》中就从音韵和意义两个层面对音译的说法进行了反驳。最后罗宗涛先生和向达先生则认为"变"字源于六朝时期的音乐和诗歌术语。如向达先生在《唐代俗讲考》中认为"欲溯变文之渊源，私意以为当于南朝清商旧乐中求之。"[7]然而梅维恒先生则指出"向氏引用来支持其观点的诗歌和民谣都在一种音乐的意义上使用了'变'这个字（如收入《乐府诗集》的'子夜变'和'欢闻变'等）。这些作品无论在内容上还是在结构上都与任何已知的变文作品没有任何相似性。"[8]

在"变"字阐释的基础上，学界在研究变文文体来源时存在两种针锋相对的观点即"本土说"和"外来说"。坚持"本土说"的学者有上文已述的罗宗涛先生和向达先生，认为变文来源于六朝时期的音乐和诗歌术语。王庆菽先生则认为："因为中国文体原来已有铺采摛文体物叙事的汉赋，也有乐府民歌的叙事诗，用散文和韵文来叙事都具有很稳固的基础。而且诗歌和音乐在中国文学传统上就不怎样分开的。"[9]他将变文的文体溯源回了中国固有的文学体式中。冯宇先生则更进一步将变文文体的渊源锁定在了赋，他认为："我国远在战国和汉代的文学中，就有过散韵夹杂的文学作品——赋。那时人们就能将韵文和散文结合着写物、叙事与抒情。并且有的赋又具有一定的故事性，如宋玉的《神女赋》。这便是唐代变文产生的最早根源。"[10]此外还有牛龙菲，饶宗颐等学者也都是从"本体说"的角度探讨变文的来源。坚持"外来说"的学者有上述的关德栋先生和周一良先生，二者皆认为"变"是梵语的音译。除这两位学者外，还有学者是从变文文体的角度来分析论证的。如首

6　周一良：《读〈唐代俗讲考〉》，周绍良，白化文编著《敦煌变文论文录》（上册），明文书局出版社 1985 年，第 162 页。

7　向达：《唐代俗讲考》，周绍良，白化文编著《敦煌变文论文录》（上册），明文书局出版社，1985 年版，第 56 页。

8　[美]梅维恒著，杨继东等译：《唐代变文》，中西书局出版社，2011 年，第 48 页。

9　王庆菽：《试谈'变文'的产生和影响》，周绍良，白化文编著《敦煌变文论文录》（上册），明文书局出版社，1985 年，第 266 页。

10　冯宇：《漫谈'变文'的名称、形式、渊源及影响》，周绍良，白化文编著《敦煌变文论文录》（上册），明文书局出版社，1985 年，第 368 页。

先对变文作出定义的郑振铎先生就曾言："'变文'的来源，绝对不能在本土的文籍里来找到。"[11]他认为虽然中国古代的散文里偶尔也会夹杂韵文，但那只是"引诗以明志"，并非像变文的文体是真正散韵交叠在一起使用的，所以它并不是变文的来源。胡适先生与郑振铎先生观点相似，他认为："印度的文学有一种特别体裁：散文记叙之后，往往用韵文（韵文是有节奏之文，不必一定有韵脚）重说一遍。……这种体裁输入中国以后，在中国文学上却发生了不小的意外影响。"[12]

在"本土说"和"外来说"之外，还有一种"文化交流说"，即认为变文是在中国传统文学和印度佛教文学的相互交流中形成的文体，其中既有中国传统文化的因素，也接受了汉译佛经的影响。梅维恒先生即认为："'变文'便是这样一种文化交流的象征：它不是单纯印度的或中国的，而是印度文化和中国文化综合的产物。"[13]陆永峰先生在《敦煌变文研究》一书中也认为："变文的产生、发展离不开佛教，它乃以佛经神变故事为内容，与佛教的宣传活动，特别是俗讲，联系紧密，佛教在中土的流布是变文产生的原动力。变文的产生也不可脱离中土固有文化、文学传统的影响，它在题材、体制、观念等方面，都可见中土文化的因子。变文在其一身之中，汲取了本土文化和外来文化的营养，为文化交流的果实。"[14]

"本土说"和"外来说"都只着眼在变文的一个方面，"本土说"看见了变文散韵结合形式的中国文化因素，但却忽略了变文与佛教的密切联系，显然是不恰当的。"外来说"虽然见到了变文体式中与印度佛教的关联，但却忽略了变文蕴藏的中土文化因素。而变文之所以能在当时的中土广为流传，正是因为它吸纳了中土文化，在自身原有的基础上产生了变异。因而笔者认为"文化交流说"当是较为中肯的见解。

（二）格义的理论内涵

"格义"是产生于中国佛教史上的概念，其基本含义是指汉魏两晋时期一些佛教学者用中国本土固有的思想去比附印度佛教概念的方法。现代学者对于格义又有广义和狭义之分。格义作为中国古代跨文化交流的方法，对比

---

11 郑振铎：《中国俗文学史》，上海古籍出版社，2013 年，第 138 页。

12 胡适：《白话文学史》，中国和平出版社，2014 年，第 143 页。

13 [美]梅维恒，杨继东等译：《唐代变文》，中西书局出版，2011 年，第 80-81 页。

14 陆永峰：《敦煌变文研究》，巴蜀书社出版社，2000 年，第 28 页。

较文学学科而言具有重要价值，因而本节将对格义的理论内涵做一个梳理。

格义作为概念最先出现在梁代慧皎的《高僧传》中："时依雅门徒，并世典有功，未善佛理。雅乃与康法朗等，以经中事数，拟配外书，为生解之例，谓之格义。及毗浮、相昙等，亦辩格义，以训门徒。"[15]"事数""谓若五阴、十二入、四谛、十二因缘、五根、五力、七觉支属"[16]；"外书"指的是佛教外的中国传统书籍；"拟配"即对比解释。所以格义在这里指的是佛教学者为了使人更易于理解佛教的思想，于是用中国传统文化里的儒家、道家、玄学等去配比解释佛教中的术语、名相。

最早对"格义"进行研究的是陈寅恪先生，他在《支愍度学说》中对格义有详细的解释。陈寅恪先生引用了上述《高僧传》中的话，但是他认为"以经中事数，拟配外书，为生解之例"[17]并不是只局限在名词概念的"拟配"上。"以其为我民族与他民族二种不同思想初次之混合品，在吾国哲学史上尤不可不纪。"[18]从这里可看出，在陈寅恪先生看来，格义是一种阐释方法，它是两种异质文化之间的对比交流，其目的在于更好地阐释佛教文化。

随后汤用彤先生在《汉魏两晋南北朝佛教史》中论及了格义，认为"格义之法，创子竺法雅"[19]，"盖以中国思想比拟配合，以使人易于了解佛书之方法也。"[20]他在《论格义》一文中对格义做了更详尽的分析解释，他认为格义的最基本含义不是指"简单的、宽泛的、一般的中国和印度思想的比较，而是一种很琐碎的处理，用不同地区的每一个观念或名词作分别的对比和等同。'格'在这里，联系上下文来看，有'比配'的或'度量'的意思，'义'的含义是'名称'、'项目'或'概念'；'格义'则是比配观念（或项目）的一种方法或方案，或者是（不同）观念（之间）的对等。"[21]吕澄先生与汤用彤先生的观点一致，他认为："格义"是"把佛书中的名相同中国书籍内的概念

15 汤用彤校注：《高僧传》，北京：中华书局出版社 1992 年版，第 153 页。

16 徐震堮校笺：《世说新语·文学》（上册），北京：中华书局出版社 1984 年版，第 131 页。

17 汤用彤校注：《高僧传》，北京：中华书局出版社 1992 年版，第 153 页。

18 陈寅恪：《金明馆丛稿初编》，北京：三联书店出版社 2015 年版，第 173 页。

19 汤用彤：《汉魏两晋南北朝佛教史》，北京：商务印书馆出版社 2015 年版，第 191 页。

20 汤用彤：《汉魏两晋南北朝佛教史》，北京：商务印书馆出版社 2015 年版，第 192 页。

21 汤用彤：《理学·佛学·玄学》，北京：北京大学出版社 1991 年版，第 284 页。

进行比较，把相同的固定下来，以后就作为理解佛学名相的规范。"[22]冯友兰先生在《中国哲学史新编》中则用"格义"对佛教在中国的发展进行时代划分，并认为"格义"是佛学在中国的第一发展阶段。

还有学者在前人研究基础上划分了"广义格义"与"狭义格义"。如倪梁康先生则认为："狭义的'格义'是指早期的格义，即在佛教进入中国的过程中具体得到运用的'格义'方法。""广义的'格义'则可以意味着所有那些通过概念的对等，亦即用原本中国的观念来对比外来的思想观念——以便借助于熟习的本己中国概念逐渐达到对陌生的概念、学说之领悟和理解的方法。这个意义还可以再扩大，超出中国文化的区域：我们可以将所有运用新旧概念的类比来达到对新学说之领悟的方法都称之为'格义'；甚至每一个从一种文字向另一种文字的翻译在这个意义上都是'格义'。"[23]但倪先生将翻译也纳入广义格义有所不妥。"这种'格义'式翻译是非常具体的时间行为。……如果将翻译视为广义的'格义'，那么'格义'就成了一个漫无边际的概念，从而远离了其原初的意义。"[24]因而常亮提出将佛经翻译限定在狭义"格义"的范畴内。

"格义"作为中国儒家、道家、玄学与异质的印度佛教进行对话的初步策略，固然具有自身的局限性，然而它却是跨文化交流的第一阶段，在文学史上具有启发式的作用。

二、变文：佛经的阐释变异

变文作为一种说唱题材的通俗文学作品，是伴随着佛教中国化、世俗化的进程出现的。因为它的出现"我们才知道宋、元话本和六朝小说及唐代传奇之间并没有什么因果关系。我们才明白许多千余年来支配着民间思想的宝卷、鼓词、弹词一类的读物，其来历原来是这样的"[25]，所以它成为了沟通中国古代文学与近代文学的一座重要桥梁。作为最开始只对佛经故事进行敷衍的变文，它在后期的阐释过程中受到中国传统文化的影响，在内容和形式上都出现了变异。变文的变异有它的现实性和可能性，以下将从这

22 吕澄：《中国佛学源流略讲》，北京：中华书局出版社1979年版，第45页。

23 倪梁康：《交互文化理解中的"格义"现象》，《浙江学刊》1998年第2期。

24 常亮，曹顺庆：《话语之"筏"：论"格义"与"洋格义"》，《中外文化与文论》2018年第2期。

25 郑振铎：《中国俗文学史》，上海：上海古籍出版社2013年版，第132页。

两个方面来分析变文的变异。

（一）变文变异的现实性

郑振铎曾在《中国文学史》一书中将变文分成了"变文"和"俗文"两类，之所以这么划分，是因为发现的这一类遗书中，有的演述佛经，而有的则演述非佛经故事，所以郑先生将演述佛经者称为"俗文"，将演述非佛经故事的称为"变文"。然而，郑先生很快在《插图本中国文学史》中就对这一说法进行了订正，认为这两种内容其实都是变文。郑先生先前之所以会产生这种误解，正是因为变文在发展的过程中，其内容发生了变异，而这种变异有它自身的现实性和必然性。

变文变异的现实性主要表现在隋唐时日益世俗化的佛教。顾敦鍒先生指出："隋唐以来的佛教化，是根本强固，善于控制的时期。"[26]佛教发展到唐代，愈加受到世俗文化的浸染。这种世俗化不仅表现在僧人与世俗社会的密切交往，还表现在佛教寺院在功能上的社会化。僧人和传教场所的世俗化，使得佛教在唐代被充分中国化了。变文的变异正是伴随着佛教中国化、世俗化的进程出现的。随着佛教在隋唐日渐世俗化，佛教在教义、修行等各个方面都做出了改变。这种改变体现在变文的题材选择上，就是在佛教变文之外，出现了世俗变文。在早期，变文是变更佛经的文本而成为俗讲。因为是讲唱佛经中的故事，所以在起始阶段，变文都会先引一段经文作为开端，然后才铺陈故事。但后来变文开始直接敷衍佛经故事，不再引经据典，在演述的时候有了更大的自主性，如《降魔变文》《八相变文》等。而世俗变文，即对中国传统历史故事、民间传说进行敷衍改编，如《伍子胥变文》《舜子至孝变文》等。

变文的变异除了体现在题材的选择上之外，还在于其思想内容上的变异。比如在中国传统文化中占据极大份量的孝道思想。《孝经》是儒家传授孝道思想的经典，深刻地影响了中国民众的思想观念，因而民间有"百善孝为先"的说法。"孝子之有深爱者，必有和气，有和气者，必有愉色，有愉色者，必有婉容。"[27]儒家的孝道思想提倡的奉养父母，不仅仅指在物质层面上要供养父母，还体现在精神层面上，对父母要恭敬并保持和颜悦色的态度以使父母

---

26 张曼涛主编：《佛教与中国文化》，上海：上海书店 1987 年版，第 76 页。
27 《十三经注疏》，《礼记正义》，上海：上海古籍出版社 1997 年版本，第 1594 页。

心情愉悦。"立身行道，扬名于后世，以显父母，孝之终也"[28]，儒家的孝道还要求子女要建功立业以光宗耀祖。孝道思想作为中国宗法制社会的核心内容，在中国传统文化中的重要性不言而喻。因而当剃度修行，置父母、妻儿于不顾的佛教传入中国时，"身体发肤，受之父母，不敢毁伤，孝之始也"[29]的孝道就对其进行了驳斥。佛教为了更好地融入中国传统社会，在其思想基础上吸收了儒家的孝道思想，并且很好地呈现在了变文中。以《目连救母变文》为例，目连的儒家孝道思想首先体现在他时时关注母亲的心情，处处为母亲着想。"母闻说己，怒色向儿。……儿闻此语，雨泪向前，愿母不赐嗔容，莫作如斯咒誓。"[30]这是目连听闻母亲并未行善且欺骗自己，于是向母亲求证，当看到母亲生气时，目连立马哭泣请求母亲原谅，希望母亲不要生气。这就体现了目连在精神层面上希望母亲时时保持心情愉悦的孝行。在物质层面上，"儿拟外州，经营求财，侍奉尊亲"[31]，目连外出经商就是为了更好地供养母亲，竭力给母亲提供更好的物质生活。儒家曾言"父母在，不远游，游必有方"[32]，目连在征得母亲的同意后，为了更好地侍奉母亲选择外出经商，正是"游必有方"。张秦源先生在《从'目连救母变文'文本入手细析入到释孝观的体现》一文中，认为《目连救母变文》不仅体现了儒家的孝道思想，同时还保留了一部分印度自己对于孝道的独特见解。比如"佛教倡导的'孝'，突破了儒家倡导的小孝，是基于'普渡众生'的大孝"[33]。因此虽然佛教僧侣出家修行，无法像儒家提倡的那样在父母身边侍奉，"但是他们却在修行中虔诚供养三宝并回向父母以求为父母增福增寿。同时父母在世的时候，子女要劝告父母信仰佛教、杜绝恶事、多修善事，以成无上正觉，解脱生死轮回的苦难"[34]。所以目连时常规劝母亲向善，并且在母亲堕入地狱后，恳请佛陀赐予他佛

---

28 《十三经注疏》，《孝经疏》，上海：上海古籍出版社 1997 年版本，第 2545 页。
29 《十三经注疏》，《孝经疏》，上海：上海古籍出版社 1997 年版本，第 2545 页。
30 王重民、王庆菽，向达等编著：《敦煌变文集》，北京：人民文学出版社 1984 年版本，第 701-702 页。
31 王重民、王庆菽，向达等编著：《敦煌变文集》，北京：人民文学出版社 1984 年版本，第 701 页。
32 《十三经注疏》，《论语注疏》，上海：上海古籍出版社 1997 年版本，第 2457 页。
33 张秦源：《从"目连救母变文"文本入手细析儒释道孝观的体现》，《甘肃广播电视大学学报》2016 年第 26 卷第 2 期。
34 张秦源：《从"目连救母变文"文本入手细析儒释道孝观的体现》，《甘肃广播电视大学学报》2016 年第 26 卷第 2 期。

法以救赎母亲。《目连救母变文》在敷衍佛经故事的时候，将中国传统的孝道观念与佛教的孝道观念进行了融合，在文章主题思想上突出了"孝"的观念。目连作为佛陀的第二大弟子，在变文中演变成了一个典型的孝子形象，这就是变文在思想上对印度佛经的变异。这种思想的变异除了孝道思想外，还有忠君思想等，在此就不再赘述。

变文在题材选择和思想内容上的变异有它的现实性，它是伴随着佛教中国化、世俗化的进程出现的。一方面，佛教日渐世俗化的进程使得作为其宣传形式的变文日益融入世俗生活中；另一方面，随着变文的日益世俗化，也进一步加快了佛教中国化的步伐。

（二）变文变异的可能性

上文在探讨变文的文体来源时提到了学界的三种观点——"本土说"、"外来说"和"文化交流说"，笔者认为"文化交流说"应当是比较中肯的见解。变文这个文学形式之所以能在中国生根发芽，并且对往后的叙事文学如话本、弹词、戏剧等产生极大的影响，正是因为散韵相间的文体形式虽然为外来产物，但是在中国传统文学中散文和韵文这两个体系都很发达，因而这种文学体式在中国传统文学中找到了自己的养分并加以吸纳，使得变文在体式上的变异成为可能。

变文体制上最大的特征是散韵相间，散韵相间指的是在演述过程中散文和韵文交替出现，散文一般用于叙事，而韵文则用来渲染描绘。冯宇先生认为散韵相间的具体运用方法有三种："一是散文韵文在文章中起同样重要的作用，两者紧密而自然地结合在一起，如《伍子胥变文》；另一是散文起主要作用，韵文重复歌咏散文的内容，用以加强散文部分，如《维摩诘经变文》；最后一种如《大目乾连冥间救母变文》，文章以散文叙述故事，韵文渲染描绘。"[35]陆永峰先生认为"变文体制应该包括两个方面的内容，即其散韵组成的整体格局和组成这一格局的各个部分——散文和韵文。在其整体格局上，变文乃继承了佛经的体制。但是在其组成部分，散文和韵文上，变文又表现出鲜明的民族性和时代性。"[36]王志鹏先生则详细考察了散韵组成的整体格局在佛经体式中的来源，他认为佛典包含有祇夜和伽陀这两类经文，祇夜的意思是指

---

[35] 冯宇：《漫谈'变文'的名称、形式、渊源及影响》，周绍良，白化文编著《敦煌变文论文录》（上册），台北：明文书局出版社1985年版，第363页。

[36] 陆永峰：《敦煌变文研究》，成都：巴蜀书社出版社2000年版，第154页。

"在经典前段以散文体叙说之后,再以韵文附加于后段者"[37]。伽陀的意思"广义指歌谣、圣歌,狭义则指于教说之段落或经文之末,以句联结而成之韵文。""祇夜与伽陀,实际上是佛经偈散结合的两种方式"[38]。这种佛经的方式在变文中被基本采纳,并且保持了其原本的语言形式。但是散文和韵文这两个组成部分则更多地体现了中国传统文学的影响,其对于印度佛经的变异是十分明显的。

在散文方面,郑振铎先生就指出其骈俪化的倾向显然是受到了唐代通俗文学的影响,"今日所见的敦煌的变文,其散文的一部分,几没有不是以骈俪文插入应用的"[39]。骈文在变文中的运用多是用来描绘情景或场景,如《降魔变文》中的这一段:"去城不远不近,顾望当途,忽见一园,竹木非常翁蔚。三春九夏,物色芳鲜;冬季秋初,残花翁郁。草青青而吐绿,花照灼而开红。"[40]这就是典型骈俪化的散文形式。

而在韵文方面,陆永峰先生认为"变文韵文的形式,句法、对仗、平仄、押韵诸方面,都颇见中土特色"[41]。首先是句法方面,变文中的韵式大多是七言,偶尔有三言的句式,但一般也是两句连用,可以看作是七言的演变。这应当是受到以七言诗为主体的中国古诗的影响。其次,不同于佛经中的诗偈,变文中的韵文基本都押韵,如《张议潮变文》"忽闻犬戎起狼心,叛逆西同把险林。星夜排兵奔疾道,此时用命总需擒。"[42]这明显地体现出中国古诗的典型特征,是变文本土化的表现。最后,变文中出现了不少近体诗。如《八相变》中的"因何不起出门迎,礼拜求哀乞罪轻。舍却多生邪见行,从兹免作鬼神行"[43],基本就是一首七言律绝。"变文韵文中存在接近或属于近体的诗歌,无疑是受到了唐代诗歌主流的影响。"[44]

---

37 王志鹏:《敦煌变文的名称及其文体来源的再认识》,《敦煌研究》2010 年第 5 期。

38 王志鹏:《敦煌变文的名称及其文体来源的再认识》,《敦煌研究》2010 年第 5 期。

39 郑振铎:《插图本中国文学史》,北京:北京出版社 1998 年版本,第 457 页。

40 王重民、王庆菽,向达等编著《敦煌变文集》,北京:人民文学出版社 1984 年版本,第 365 页。

41 陆永峰:《敦煌变文研究》,成都:巴蜀书社出版社 2000 年版,第 138 页。

42 王重民、王庆菽,向达等编著:《敦煌变文集》,北京:人民文学出版社 1984 年版本,第 114 页。

43 王重民、王庆菽,向达等编著:《敦煌变文集》,北京:人民文学出版社 1984 年版本,第 334 页。

44 陆永峰:《敦煌变文研究》,成都:巴蜀书社出版社 2000 年版,第 146 页。

"总的来说，佛教传入中国后，不论在形式上与内容上，都顺着汉民族的习惯，吸取了汉族的成分。"[45]这种从内容到形式上都具有鲜明民族特征的变文，正是佛教在中国化的过程中变异后的果实。比较文学变异学以异质性作为理论核心，但是这个异质性的可比性限定在"同中之异"，"即在有同源性和类同性的文学现象的基础之上，找出异质性和变异性"[46]。变文虽然在内容和形式上都在佛经的基础上发生了变异，然而不管发生了多少变异，印度佛经依然是它溯洄的源头，它是在阐释佛经的基础上发生的变异，即便是后面世俗变文中的宗教因素越来越少，然而它在形式上与印度佛经的相似依然可以看出它与佛经的联系。

变文作为中国古代跨文明交流的成功实践，是异质文明之间相互对话碰撞，并最终在文学观念上融合重建的产物。"跨文明比较文学研究转向异质性探寻，其目的在于求得互补性，为不同文明体系的文学之间创造对话的条件，并最终促成不同文学间的互识、互证和互补。"[47]变文在这个基础上也对当今比较文学的研究具有重要参考价值。

三、格义：变异方法的中国哲学基础

（一）狭义格义：佛经翻译中的译介变异

上文已经介绍了学者对于广义"格义"和狭义"格义"的区分，而狭义"格义"如常亮先生所言，是一种翻译方法。比较文学界对于翻译问题给予了高度重视，梅雷加利曾言："翻译无疑是不同语种间的文学交流中最重要、最富特征的媒介"，"是自然语言所形成的各个人类岛屿之间的桥梁，是自然语言非常特殊的研究对象，并且还应当是比较文学的优先研究对象"。[48]狭义"格义"作为一种佛经翻译方法不可避免地会出现创造性叛逆现象，这种现象不仅仅是纯语言学层面的，在其背后是两套迥异的话语体系。笔者认为，"翻译本身就是一种异质文化与话语的潜在对话。"[49]

---

45 冯宇：《漫谈'变文'的名称、形式、渊源及影响》，周绍良，白化文编著《敦煌变文论文录》（上册），台北：明文书局出版社 1985 年版，第 368 页。

46 《比较文学概论》编写组：《比较文学概论》，北京：高等教育出版社 2015 年版，第 173 页。

47 曹顺庆主编：《比较文学》，成都：四川大学出版社 2005 年版，第 44 页。

48 [意]梅雷加利著，冯汉津译：《论文学接受》，干永昌等选编：《比较文学研究译文集》，上海：上海译文出版社 1985 年版，第 409 页。

49 曹顺庆：《文学理论他国化研究》，《比较文学与跨文化研究》2018 年第 2 卷第 2 期。

佛经在"格义"翻译阶段，译经者为了契合中国传统的儒家思想，在翻译佛经时多有删改。陈寅恪先生的《莲花色尼出家因缘跋》就是对这一问题的考证研究。陈先生在翻阅敦煌写本《诸经杂缘喻因由记》第一篇莲花色尼出嫁因缘时，发现前文中所提及的七种咒誓恶报却只描写了六种。陈先生首先考证认为这个"七"非误写，因为"七"字在文中有"设盟作七种之誓"和"作如是七种咒誓恶报"两处先后出现，所以误写的可能性不大。那是否是传写时无意脱漏了呢？陈先生又分析认为文中所写的六种恶报都详细反复叙述，如果是无意的传写脱漏不至于全部遗漏，一字不载，而且前面六种恶报的描写都意义连贯，并没有缺漏的痕迹，所以不太可能是传写无意脱漏。于是"仅余一可能之设想，即编集或录写此诸经杂缘喻因由记者，有所恶忌，故意删削一种恶报"。[50]随后，陈先生引征了印度佛经的原有材料即巴利文涕利伽陀（此名依善见律毗婆沙）及法护为此经所作注解，研究发现这些记载的莲花色尼出家因缘与敦煌写本大抵相同，但有一点与其有出入，就是印度佛经中有写到莲花色尼多次改嫁以至于不认识自己的亲生孩子，而后导致了与亲生女儿一同嫁给亲生儿子的悲剧，这是导致莲花色尼最终出家的关键因素，然而这一点却在敦煌写本中被删除了。"佛法之入中国，其教义中实有与此土社会组织及传统观念相冲突者"[51]，"橘迁地而变为枳，吾民族同化之力可谓大矣"[52]，陈先生据此推论认为因为删除章节涉及乱伦，与中国传统儒家思想相悖，所以译经者在翻译时故意漏译了这一段。这种有意识的漏译正是翻译创造性叛逆的体现。

翻译的创造性叛逆在佛教的翻译中还有诸多例证，如汉晋间广为流传的佛教经典《安般守意经》，汤用彤先生认为，意字在梵文中有两层意思，"一指心意（谓末那也），一谓忆念。所谓安般守意者，本即禅法十念之一，非谓守护心意。"[53]之所以会造成这种误读，正是因为在翻译的过程中存在误译，因为中国的意字"本谓心之动而未形者"[54]。这种误译鲜明地体现了两种异质文化在交

---

50 陈寅恪：《寒柳堂集》，北京：三联书店出版社 2015 年版，第 171 页。

51 陈寅恪：《寒柳堂集》，北京：三联书店出版社 2015 年版，第 173 页。

52 陈寅恪：《寒柳堂集》，北京：三联书店出版社 2015 年版，第 174 页。

53 汤用彤：《汉魏两晋南北朝佛教史》，北京：商务印书馆出版社 2015 年版，第 116 页。

54 汤用彤：《汉魏两晋南北朝佛教史》，北京：商务印书馆出版社 2015 年版，第 116 页。

流过程中的扭曲和变形。有意识的漏译有译者背后深层次的文化动机，这是两种异质文化在交流中出现的文化过滤现象。所谓文化过滤指的是"文学交流中接受者不同的文化背景和文化传统对交流信息的选择、改造、移植、渗透的作用。也是一种文化对另一种文化发生影响时，接受方的创造性接受而形成对影响的反作用"[55]。而翻译的误译则是因为译者在面对异质文化时，由于自身固有文化结构图式的局限，会在理解上出现偏差，而译者的误译就会进一步造成接受者的文学误读现象。而在跨文化的交流过程中，文化经过过滤、译介和文学误读之后，就有可能出现更深层次的变异即文学他国化。

（二）广义格义：从译介变异走向文学他国化

广义的"格义"则在初期翻译的基础上，进一步从理论方面去阐释佛学思想，以中国传统哲学思想去"化"佛教，使得对佛教的阐释从译介变异走向了佛教中国化的进程，而佛教中国化正是文学他国化的典型例证。"文学的他国化是指一国文学在传播到他国后，经过文化过滤、译介、接受之后的一种更为深层次的变异，这种变异主要体现在传播国文学本身的文化规则和文学话语已经在根本上被他国所化，从而成为他国文学和文化的一部分。"[56]可以看到，文学他国化最核心的一点是文化规则和文学话语的改变。禅宗作为最具中国特色的佛教宗派，其文化规则和文学话语的改变最为突出。

与西方以"逻各斯"为核心构建哲学体系不同，中国以"生成论"的本源之道作为最高哲学范畴。西方哲学在发展的过程中，语言的地位不断上升，认为语言是存在之家。但以"道"为核心意义生成和话语言说方式的中国哲学则认为语言只是传达的媒介，是用来体悟"道"的工具，它甚至会妨碍意义的表达。"道生一，一生二，二生三，三生万物"[57]，"道"是作为万物的本源而呈现的，而语言有时并不能去追问作为宇宙本原的"道"，正如庄子所言："可以言论者，物之粗也；可以意致者，物之精也；言之所不能论，意之所不能察致者，不期精粗焉。"[58]"道"的这种不可言说性生成了独具中国哲学特色的话语

---

55 《比较文学概论》编写组：《比较文学概论》，北京：高等教育出版社2015年版，第173页。

56 《比较文学概论》编写组：《比较文学概论》，北京：高等教育出版社2015年版，第180页。

57 [魏]王弼注，楼宇烈校释：《老子道德经注》，北京：中华书局出版社2011年版，第120页。

58 孙通海译注：《庄子》，北京：中华书局出版社2007年版，第248页。

言说方式规则，这个规则"从言说者来讲是'言不尽意'，从表达方式来讲是'无中生有'与'立象尽意'，从接受者来讲就是'得意忘言'。"[59]

自诩"教外别传"的禅宗认为自己是不同于传统佛教的另一种佛教，它是在中国传统文化的话语规则下彻底"本土化"和"民族化"的中国佛教宗派。胡适先生和钱穆先生都曾用"革命"一词来形容禅宗，如胡适先生曾言"禅宗革命是中国宗教内部的一种革命运动，代表着他的时代思潮，代表着八世纪到九世纪这百多年来佛教思想慢慢演变为简单化、中国化的一个革命思想。"[60]这种革命首先体现在禅宗顿悟的修行方式上，在印度佛教中要想修证成佛，要按照从"初住"到"十住"的阶梯一地一地渐悟，这是一个十分繁杂且困难的修行过程。但竺道生则提出了"顿悟成佛"的观念，他认为凡夫俗子只需悟得其中一乘之理就能立地成佛。这种"论'悟'不讲因缘，取'自然'义，又近于《庄子》的'体尽无穷'、'体性抱神'的'睹道'方式"[61]。禅宗不重语言的顿悟之说，显然是受到了中国以"道"为传统话语规则的影响。其次，禅宗讲求"不立文字，以心传心"，这与注重语言的印度文化规则相悖。竺道生曾言："夫象以尽意，得意则象忘；言以诠理，入理则言息。自经典东流，译人重阻，多守滞文，鲜见圆义。若忘筌取鱼，始可与言道矣。"[62]这种认为文字只是用来表达意义的符号，若已经得到意义，语言符号均可以舍弃的言论与中国"言不尽意""得意忘言"的话语言说规则是一致的。顾敦鍒先生认为："佛教中国化是与中国佛教化同时进行的。"[63]而佛教中国化正是用中国的话语规则来转化佛教，"这才是真正实现'转换'，真正实现佛教的中国化，形成了中国的佛教——禅宗，形成相关的禅宗文学与'不落言诠'的禅宗文论。"[64]

---

59 《比较文学概论》编写组：《比较文学概论》，北京：高等教育出版社 2015 年版，第 181 页。

60 胡适：《禅宗史的一个新看法》，姜义华编著：《胡适学术文集·中国佛学史》，北京：中华书局出版社 1997 年版，第 150 页。

61 孙昌武：《禅宗十五讲》，北京：中华书局出版社 2016 年版，第 36 页

62 释慧皎撰，汤用彤校注：《高僧传》，北京：中华书局出版社 1992 年版，第 256 页。

63 张曼涛主编：《佛教与中国文化》，上海：上海书店出版社 1987 年版，第 76 页。

64 《比较文学概论》编写组：《比较文学概论》，北京：高等教育出版社 2015 年版，第 183 页。

　　综上所述，经过"格义"等一系列"他国化"的改造之后，实现了佛教的"中国化"，注重因明逻辑的印度文化，其规则被慢慢改变，成为"不立文字，以心传心"的中国佛教——禅宗。通过"变文"等等文学的变异，最终形成了中国的佛教禅宗文学与文论。可以说，"变文"即为研究变异学"他国化"最佳的文学文本他国化的例证。

本文与王熙靓合写

第三编：比较文学变异学与中国学派话语建构

建构比较文学的中国话语[1]

近年来，"中国学术话语体系"的建构已经成为学术研究的重要议题，文化强国也成为中国的文化战略目标。习近平总书记曾指出："落后就要挨打，贫穷就要挨饿，失语就要挨骂。现在国际舆论格局总体是西强我弱，别人就是信口雌黄，我们也往往有理说不出，或者说了传不开，一个重要原因是我们的话语体系还没有建立起来，不少方面还没有话语权，甚至处于'无语'或'失语'状态，我国发展优势和综合实力还没有转化为话语优势。"[2]

1995 年，在《21 世纪中国文化发展战略与重建中国文论话语》一文中，笔者提出了中国在文学理论中的失语现象："中国现当代文化基本上是借用西方的理论话语，而没有自己的话语，或者说没有属于自己的一套文化（包括哲学、文学理论、历史理论等等）表达、沟通（交流）和解读的理论和方法。"[3]时至今日，中国文学理论界的"失语"问题仍然没有得以解决，一旦离开了西方学术话语，就几乎没办法进行学术研究。中国的比较文学同样如此，在长时期内依赖西方学者建构的理论话语，以"求同"为比较文学研究的基础，排除文学传播过程中产生的一系列变异现象。

然而，由西方比较文学界构建起的比较文学理论，存在着许多漏洞与不足，导致了比较文学学科新的危机。作为一门国际性的人文学科，比较文学

---

[1] 原载于《当代文坛》，2018 年，第 6 期。

[2] 中共中央宣传部：《习近平总书记系列重要讲话读本（2016 年版）》，学习出版社、人民出版社，2016 年版。

[3] 曹顺庆：《21 世纪中国文化发展战略与重建中国文论话语》，《东方丛刊》，1995 年，第 3 辑。

学科应当具备世界性的研究视野，承认异质文化间文学的可比性，这就为建构比较文学中国话语提供了前提。在跨文化研究的学术浪潮中，中国比较文学界的学者们历经不懈努力，建构起了真正适合全球的学科理论。变异学学科理论的构建，使比较文学形成了一套较为完整的学术话语，弥补了西方理论中的现有缺憾，使中国学者在世界发出了自己的声音。

一、比较文学中国话语建设的必要性

长期以来，不少从事比较文学学科理论研究的学者认为，有了法国学派所提出的影响研究和美国学派所倡导的平行研究，整个比较文学学科理论体系就是一座完满的大厦。事实是否真的如此？回答当然是否定的。

通常，没有学过比较文学学科理论的人，在比较文学研究中都会自觉或不自觉地认为：比较文学是既求同又求异的，比较就是求同中之异，异中之同。这种直觉，实际上是正确的。但是，在欧美比较文学学科理论中，比较文学的根本目的是求同的，而不是求异的。不管是影响研究还是平行研究，其研究基础都是"求同"，是求异中之同。具体来说，影响研究求的是"同源性"，即渊源的同一性；平行研究求的是"类同性"，即不同国家文学、文学与其他学科之间的类同性。

法国学派提出的国际文学影响关系的同一性保证了实证性研究的可能性和科学性，但是却忽略了文学流传过程中的变异性。法国学派所倡导的文学影响研究，实际上是求同性的同源影响研究，仅仅关注同源性文学关系，忽略了其中复杂的变异过程和变异事实。实际上，变异是一个文学与文化交流的基本事实，更是文化交流与文明交融及创新的基本规律。影响研究不研究变异性，是法国学派学科理论的最大缺憾。在平行研究中也存在着变异问题，这是指在研究者的阐发视野中，在两个完全不同的研究对象的交汇处产生了双方的变异因子。所以，我们可以认为，不同文明的异质性导致了不同文明在阐释与碰撞中必然会产生变异，而这种变异恰好被美国学派平行研究学科理论所忽略了。

缺乏"求异"的理论，是法国学派和美国学派都存在的问题，也是他们都忽视了的问题。事实上，不承认异质性与变异性的比较文学，不可能是真正的全球性比较文学学科理论话语。而对异质性与变异性的重视，也正是比较文学变异学超越前人学科理论的创新之处。随着我国综合国力的不断增强与中外各领域交流的不断深化，比较文学"中国话语"成为学界关注的焦点。在文学研究领域，"比较文学"是一门国际性、前瞻性很强的学科。目前中国学者正在倡导建设比较文学中国学派，创建比较文学的中国话语。只有自身的学科理论强大了，本学科的民族话语充实了，我们才有底气、有实力在国际比较文学界发出自己的声音，发挥应有的作用，建设好人类共有的国际性人文学科，并推动更加合理、公正的国际学术新秩序逐步形成。

在全球化语境下的今天，国与国之间的竞争主要是整体的综合国力的竞争。对学术研究领域而言，谁占领了学术创新的制高点，走到学术最前沿，谁就能够掌握竞争的主动权和先机。尽管国家一直在大力倡导学术创新，但在人文社会科学领域真正的学术创新和学派创建却并不多见。比较文学中国学派的建立过程正是一个学术话语创新的典型案例，比较文学在中国作为专门的、建制性的学科被学术界公认是在 20 世纪的 80 年代。就是这样一门年轻的学科，其学术队伍的庞大和学术创新的潜力却是不容低估的。中国比较文学在快速的成长中经历的波折是可以想象的，有一些问题是比较文学学科在中国诞生伊始就已经存在的，而且至今仍然存在，干扰着大家对比较文学作为学科的理解，影响了比较文学在中国存在的学理基础。经过学者们的努力奋斗，中国学人终于建立起了全球比较文学第三阶段的学科理论体系。从这个意义上说，比较文学中国学派的建立作为一个示范性个案可为我们提供一个良好的学术创新的视角。

二、比较文学中国话语的发展历程

比较文学的中国话语，意即在比较文学研究领域，建立既属于中国自己的，又符合世界的理论体系和表达方式，使其理论能够真正具有全球性的指导意义。比较文学中国话语的发展并非是一帆风顺的，这期间历经了学界的多次论争。尤其是 20 世纪 90 年代以后，中国学界领域力图打破西方的理论架构，建立起具有中国特色的比较文学理论。在这期间，中国的比较文学学者进行了几次大规模的争鸣，在探索中不断推动着学科理论的构建。中国学者提出的诸多观点，在早期并未得到西方学界的认可，异质性与变异性的合法地位曾多次遭到批评。然而，面对质疑与反对的声音，中国学者却迎难而上，用积极的态度面对西方学界的挑战，以鲜明的话语观点和跨文化传播的具体例证，证明了变异学理论的合法性。

（一）比较文学的中国学派：话语建构初期的努力

尽管比较文学的实践在中国源远流长，早在 19 世纪末期 20 世纪初期，梁启超、王国维、鲁迅、周作人等学者就曾使用比较的方法进行文学研究。但比较文学"中国学派"这一概念所蕴含的理论的自觉意识，却大约出现于 20 世纪 70 年代。当时的台湾由于派出学生留洋学习，接触到大量的比较文学学术动态，率先掀起了中外文学比较的热潮。一些学者领略欧美比较文学学术风气后返身自观，觉察到中国传统文学研究方法之不足，认为有必要通过比较文学研究来讨论中国文学民族的特征，取得文学研究方法的突破。

1971 年 7 月中下旬在中国台湾淡江大学召开的第一届"国际比较文学会议"上，朱立民、颜元叔、叶维廉、胡辉恒等学者在会议期间提出了比较文学的"中国学派"这一学术构想。在此次会议上，中国台湾学者首次提出了援西释中的"阐发法"。在比较文学中国话语的初期建构阶段，李达三、陈鹏翔（陈慧桦）、古添洪等学者致力于中国学派的理论催生和宣传。1976 年，中国台湾学者古添洪和陈慧桦在《比较文学的垦拓在台湾》一书的序言中正式提出："由于这援用西方的理论与方法，即涉及西方文学，而其援用亦往往加以调整，即对原理论与方法作一考验、作一修正，故此种文学研究亦可目之为比较文学。我们不妨大胆宣言说，这援用西方文学理论与方法并加以考验、调整以用之于中国文学的研究，是比较文学中的中国派。"[4]在这段阐述中，古添洪、陈慧桦言简意赅地提出并界定了"阐发法"，同时也对中国学界大半个世纪以来的学术实践进行了一次理论总结。编者在该书的序言中明确提出："援用西方文学理论与方法并加以考验、调整以用之于中国文学的研究，是比较文学中的中国学派。"[5]这是关于比较文学中国学派较早的说明性文字。尽管其中提到的研究方法过于强调西方理论的普适性，遭到了美国和中国大陆比较文学学者的批评和否定，但这毕竟是第一次从定义和研究方法上对中国学派的本质进行了系统论述，具有开拓和启明的作用。

中国台湾学者提出的"阐发法"，引起了国内外比较文学学界的强烈反响，赞同者有之，反对者亦有之。美国学者奥德里奇（A. Aldridge）认为："对运

---

4 古添洪、陈慧桦编：《比较文学的垦拓在台湾》，台北东大图书公司，1976 年，第 1-2 页。

5 古添洪、陈慧桦编：《比较文学的垦拓在台湾》，台北东大图书公司，1976 年，第 1-2 页。

用西方批评技巧到中国文学的研究上的价值，作为比较文学的一通则而言，学者们有着许多的保留。……如果以西方批评的标准来批判东方的文学作品，那必然会使东方文学减少其身份。"国内学者如孙景尧、叶舒宪等人，也反对"阐发法"的理论思想，主要是认为这种方法是用西方文学观念的模式来套用中国的文学作品，势必会造成所谓的"中国学派"脱离民族本土的学术传统之根，最终成为亦步亦趋地模仿西方的学术支流。

针对台湾学者"单向阐发"的观点，陈惇、刘象愚在所著的《比较文学概论》中，首次提出了"双向阐发"的观点。[6]"双向阐发"指出其作为一种理论和方法，应该是两种或多种民族的文学相互阐发、相互印证，修正了"单向阐发"的缺陷。杜卫在《中西比较文学中的阐发研究》一文中，明确提出"阐发研究的核心是跨文化的文学理解"[7]，充分认识到了阐发法的基本特征及其学术意义。据此，学界普遍认为中国学派的"阐发法"应该是跨文化意义上的对话和互释，"跨文化"意识上的"阐发法"，才是比较文学中国学派独树一帜的比较文学方法论。

（二）关于"建立比较文学中国学派"的论争

尽管道路崎岖，在中国比较文学理论发展的过程中，大陆学者仍不断致力于打破西方话语的垄断，倡导建立具有中国特色的比较文学话语。季羡林先生 1982 年在《比较文学译文集》的序言中指出："以我们东方文学基础之雄厚，历史之悠久，我们中国文学在其中更占有独特的地位，只要我们肯努力学习，认真钻研，比较文学中国学派必然能建立起来，而且日益发扬光大。"[8]

1983 年 6 月，在天津召开的新中国第一次比较文学学术会议上，朱维之先生作了题为"比较文学中国学派的回顾与展望"的报告，在报告中他旗帜鲜明地说："比较文学中国学派的形成（不是建立）已经有了长远的源流，前人已经做出了很多成绩，颇具特色，而且兼有法、美、苏学派的特点。因此，中国学派绝不是欧美学派的尾巴或补充。"1984 年，在《中国比较文学》创刊号上，朱维之、方重、唐弢、杨周翰等人认为中国的比较文学研究应该保持

---

6 详见陈惇、刘象愚：《比较文学概论》（修订版），北京师范大学出版社，2000 年，第 127 页。

7 杜卫：《中西比较文学中的阐发研究》，《中国比较文学》，1992 年，第 2 期。

8 张隆溪选编：《比较文学研究译文集》，北京大学出版社，1982 年，第 3 页。

不同于西方的民族特点和独立风貌。1985 年，黄宝生发表《建立比较文学的中国学派：读〈中国比较文学〉创刊号》，认为《中国比较文学》创刊号上多篇讨论比较文学中国学派的论文，标志着大陆对比较文学中国学派的探讨进入了实际操作阶段。[9]

然而，"比较文学中国学派"的提出，并未得到西方学者的普遍认可，他们甚至撰文抨击中国学派的合理性。1987 年，荷兰学者佛克马在中国比较文学学会第二届学术讨论会上，就从所谓的国际观点出发对比较文学中国学派提出了质疑，并坚定地反对建立比较文学中国学派。同时，很多国内学者也反对"中国学派"的提出，邓楠、王宇根、严绍璗等学者都认为，"中国学派"的提出是故步自封的表现，在多元文化时代提倡学派，是一种自我封闭的体现。"研究刚刚起步，便匆匆地来树中国学派的旗帜。这些做法都误导中国研究者不是从自身的文化教养的实际出发，认真读书，切实思考，脚踏实地来从事研究，而是坠入所谓'学派'的空洞概念之中。学术史告诉我们，'学派'常常是后人加以总结的，今人大可不必为自己树'学派'，而应该把最主要的精力运用到切切实实地研究之中。"[10]

来自国内外的批评声音并没有让中国学者失去建立比较文学中国学派的热忱。中国学者智量先生就在《文艺理论研究》1988 年第 1 期上发表题为《比较文学在中国》一文，文中援引中国比较文学研究取得的成就，为中国学派辩护，认为中国比较文学研究成绩和特色显著，尤其在研究方法上足以与比较文学研究历史上的其他学派相提并论，建立中国学派只会是一个有益的举动。[11]1991 年，孙景尧先生在《文学评论》第 2 期上发表《为"中国学派"一辩》，孙先生认为佛克马所谓的国际主义观点实质上是"欧洲中心主义"的观点，而"中国学派"的提出，正是为了清除东西方文学与比较文学学科史中形成的"欧洲中心主义"。[12]在 1993 年美国印第安纳大学举行的全美比较文学会议上，李达三仍然坚定地认为建立中国学派是有益的。

围绕"中国学派"的持续论争，促使中国学者在长期不懈的研究中慢慢

---

9 黄宝生：《建立比较文学的中国学派：读〈中国比较文学〉创刊号》，《世界文学》，1985 年，第 5 期。

10 严绍璗：《双边文化关系研究与"原典性的实证"的方法论问题》，《中国比较文学》，1996 年，第 1 期。

11 智量：《比较文学在中国》，《文艺理论研究》，1988 年，第 1 期。

12 孙景尧：《为"中国学派"一辩》，《文学评论》，1991 年，第 2 期。

成长，进而较为清晰地呈现出自身的理论特征和方法论体系，这正是一个学派成长的标志。二十年之后，佛克马教授修正了自己的看法，在 2007 年 4 月的"跨文明对话——国际学术研讨会（成都）"上，佛克马教授公开表示欣赏建立比较文学中国学派的想法。[13]

（三）关于"异质性"的论争

在建构比较文学中国学派前，首先亟需解决的问题在于是否承认"异质性"，即跨文明文学间的可比性是否能够成立。1995 年，笔者在《中国比较文学》第 1 期上发表《比较文学中国学派基本理论特征及其方法论体系初探》一文，对比较文学在中国复兴十余年来的发展成果作了总结，并在此基础上总结出中国学派的理论特征和方法论体系，对比较文学中国学派作了全方位的阐述。在该文中笔者将比较文学中国学派的一个基本特色概括为"跨文化研究"，包括跨文化阐发法、中西互补的异同比较法、探求民族特色及文化寻根的模子寻根法、促进中西沟通的对话法、旨在追求理论重构的整合与建构法等五种方法为支柱，正在构筑起中国学派跨文化研究的理论大厦。

如果说法美学派在跨国和跨学科上跨越了两堵墙的话，中国学派就跨越了第三堵墙，那就是东西方异质文化这堵墙。笔者认为，跨文化研究将法美学派求同的研究思维模式转向了求异，这样才能穿透中西文化之间厚厚的壁障，与跨文化研究相配套的五种研究方法更成为比较文学中国学派方法论体系的重要组成部分。笔者对理论架构法、附录法、归类法、融汇法等中国学派在形成和发展过程中的一些方法进行了阐述和分析，认为这些方法对东方文学之间的比较研究和其他东方文学与西方文学之间的比较研究也同样适用。

然而，西方学者认为比较文学的可比性在于相同性，差异是不可以被比较的。因此，中国学派的异质性研究遇到了巨大的挑战。巴登斯贝格指出："仅仅对两个不同的对象同时看上一眼就作比较，仅仅靠记忆和印象的拼凑，靠一些主观臆想把可能游移不定的东西扯在一起来找点类似点，这样的比较决不可能产生论证的明晰性。"[14]法国学派的代表人物卡雷也认为："并非随便什么事物，随便什么时间地点都可以拿来比较。……比较文学是文学史的一

---

13 详见《比较文学报》，2007 年 5 月 30 日，总第 43 期。

14 [法]巴登斯贝格：《比较文学：名称与实质》，见干永昌等编《比较文学研究译文集》，上海译文出版社，1985 年，第 33 页。

个分支；它研究在拜伦与普希金、歌德与卡莱尔、瓦尔特·司各特与维尼之间，在属于一种以上文学背景的不同作品、不同构思以至不同作家的生平之间所曾存在过的跨国度的精神交往与实际联系。"[15]韦斯坦因在《比较文学与文学理论》中说："我不否认有些研究是可以的……但却对把文学现象的平行研究扩大到两个不同的文明之间仍然迟疑不决，因为在我看来，只有在一个单一的文明范围内，才能在思想、感情、想象力中发现有意识或无意识地维系传统的共同因素。……而企图在西方和中东或远东的诗歌之间发现相似的模式则较难言之成理。"[16]

在西方话语体系建构下的比较文学理论，一直是西方求同式比较为框架，东西方不同文明之间文学比较的合法性是受到怀疑的。西方学者认为：如果没有"同源性"和"类同性"，那就不构成可比性。显然，在西方原有的比较文学学科理论中，东西方文学是没有可比性的。多年来，中西比较文学取得了很大的成就，产生了王国维、钱钟书、季羡林等等大家，但这种成就在西方比较文学学科理论看来是没有理论合法性的乱比。出现这种论断的根本原因，在于我们缺乏自己的比较文学学科理论话语，始终被束缚在西方的"求同"研究之中，导致中西研究的成果汗牛充栋，但却不被西方学界所认可。

在全球化的文化语境中，如果不承认不同文明间的可比性，比较文学就不可能是真正全球性的理论学科。因此，西方学者仅仅强调"同"是远远不够的，不同文化之间存在着根本的差异，在许多方面存在着不可通约性，这是一个不容否认的客观事实。跨文明比较文学研究绝不是为了简单的求同，而是在相互尊重差异性、保持各自文化个性与特质的前提下进行平等对话。在进行跨文明比较学的研究时，如果只求"同"，不辨析"异"，势必会忽略不同文化的独特个性，忽略文化的复杂性与多样性，最终使研究流于肤浅。这恰恰是西方比较文学理论所忽略的重要问题。实际上，文学的跨国、跨语言、跨学科、跨文化、跨文化的流传影响过程中，更多的是变异性；文学的影响关系应当是追寻同源与探索变异的一个复杂的历程。

比较文学不比较的泛滥与忽略异质性的缺憾，构成了当前比较文学学科

---

15 [法]卡雷：《〈比较文学〉序言》，李清安译，见《比较文学研究资料》，北京师范大学出版社，1986年，第42-43页。

16 [美]韦斯坦因：《比较文学与文学理论》，刘象愚译，辽宁人民出版社，1987年，第5-6页。

危机的成因，根本原因当是西方中心主义的局限。作为东方大国的中国，若不建设自己的比较文学理论话语，不以自己的比较文学理论刷新西方现有的比较文学理论，就难以避免陷入西方面临的危机中去。而西方比较文学面临的危机，恰好成为比较文学中国话语的建构的转机。

三、变异学：比较文学中国话语的成功构建

所谓"中国话语"，从根本上是指中国所特有的术语、概念和言说体系，是中国特有的言说方式或表达方式。[17]对于比较文学学科而言，既要提出能够体现中国文化传统的概念和观点，还要用以解决世界范围内的学术研究问题。变异学的提出打破了比较文学界 X+Y 式的浅层比附，使研究视角转向前人所忽略的异质性和变异性，重新奠定了东西文学的合法性，为东西不同文明的比较提供了坚实的理论基础。

（一）变异学的提出

从哲学层面而言，异质性的探讨其实是当代学术界一个重要的理论问题，现当代西方的解构主义和跨文明研究两大思潮都是关注和强调差异性的，没有对异质性的关注，就不可能产生亨廷顿的文明冲突论，不可能产生德里达的解构主义，也不可能出现赛义德的东方主义。在解构主义和跨文明研究两大思潮的影响下，差异性问题已经成为当今全世界学术研究的核心问题，是全球学术界关注的焦点。中国当下的比较文学研究应该直面异质文明间的冲突与对话问题，正是在这样的学术背景下，中国学者提出了比较文学变异学的理论。

在比较文学上百年的实践中，变异现象其实早就存在，遗憾的是，西方比较文学学科理论一直没有把它总结出来，这无疑是比较文学学科理论史的一大缺憾。比较文学变异学有利于促进异质文明的相互对话，建构"和而不同"的世界，实现不同文明之间的沟通与融合。变异学并非无中生有的理论、更不是突如其来的拍脑袋想出来的理论，而是渊源有自的。早在变异学正式提出之前，国内外若干著名学者对东西文学的异质性与变异性就有所认识、探讨和论述。1975 年，中国台湾学者叶维廉在《东西比较文学中"模子"的应用》一文中，认识到东西文学各有自己的一套不同"模子"，不同"模子"

---

17 高玉：《中国现代学术话语的历史过程及其当下建构》，《浙江大学学报（人文社科版）》，2011 年，第 2 期。

之间存在差异，如果局限于各自的文化"模子"，不可避免会对异质文化产生歪曲。赛义德 1982 年在《理论旅行》一文中提出了"理论旅行"说，时隔多年后又发表论文《理论旅行再思考》，形成了"理论旅行与越界"说。这一学说强调批评意识的重要性和理论变异与时空变动之间的关系。盛宁指出，赛义德撰写《理论旅行》一文的"本意是以卢卡契为例来说明任何一种理论在其传播的过程中必然要发生变异这样一个道理"[18]。

2005 年，笔者正式在《比较文学学》一书中提出比较文学变异学[19]，提出比较文学研究应该从"求同"思维中走出来，从"变异"的角度出发，拓宽比较文学的研究。2006 年，在《比较文学学科中的文学变异学研究》一文中为变异学下了个明确的定义[20]，并在《比较文学教程》中对此定义作了进一步的补充[21]。

（二）变异学的基本原理

比较文学变异学是将跨越性和文学性作为研究支点，通过研究不同国家间文学交流的变异状态及研究没有事实关系的文学现象之间在同一个范畴上存在的文学表达的异质性和变异性，探究文学现象差异与变异的内在规律性的一门学科。[22]通过研究文学现象在影响交流以及相互阐发中呈现的变异，探究比较文学变异学的规律，将文学研究的重点由"同"转向"异"。

变异学理论主张的"异质性"与"变异性"，在承认中西方异质文化差异的基础之上，进行跨文明的交流与对话，研究文学作品在传播过程中呈现出的变异。从研究范围来看，变异学理论主要有五个方面：第一是跨国变异研究，典型代表是关于形象的变异学研究。形象学研究的对象是在一国文学作品中表现出来的他国形象，而这种他国形象就是一种"社会集体想象物"[23]，正因为它是一种想象，必然会产生变异现象，而变异学研究的关注点即在于他国形象变化的原因。第二是跨语际变异研究，典型代表是译介学。文学作品在翻译的过程中，将跨越语言的藩篱，在接受国的文化和语言环境中被改

---

18 盛宁：《"卢卡契思想"的与时俱进和衍变》，《当代外国文学》，2005 年，第 4 期。

19 曹顺庆主编：《比较文学学》，四川大学出版社，2005 年。

20 曹顺庆：《比较文学学科中的文学变异学研究》，《复旦学报》，2006 年，第 2 期。

21 曹顺庆主编：《比较文学教程》，高等教育出版社，2006 年。

22 曹顺庆主编：《比较文学概论》，中国人民大学出版社，2011 年，第 150 页。

23 [法]让─马克·莫哈：《试论文学形象学的研究史及方法论》，见孟华编：《比较文学形象学》，北京大学出版社，2001 年，第 29 页。

造，在此过程中形成的变化即是变异学研究的焦点。第三是文学文本变异，典型代表是文学接受学研究。在文学的接受过程中，渗入着美学和心理学等因素，因而是无法进行实证性考察的，属于文学变异学的研究范围。第四是文化变异学研究，典型代表是文化过滤。文学从传播方转向接受方的过程中，接受方基于自身文化背景而对传播方文学作出的选择、修改、创新等行为，这就构成了变异学的研究对象。第五是跨文明研究，典型理论是跨文明研究中的话语变异。由于中西方文论产生的文化背景迥异，因此二者之间存在着巨大的异质性差异。西方文论在与中国文学的阐发和碰撞中，双方都会产生变异现象，因此中国学者提出了"双向阐发"的理论，主张在用西方文论阐释中国文学作品的同时，用后者来反观前者，这是变异学从差异性角度出发对跨文明研究所作出的有益突破。

（三）变异学的主要贡献

第一，"变异性"与"异质性"首次成为比较文学可比性基础。法国著名学者佛朗索瓦·于连对求同模式的批判时指出："我们正处在一个西方概念模式标准化的时代。"中国学者习惯套用西方理论，并将其视为放之四海而皆准的公理，失去了自己的理论话语。我们在引进西方理论的时候，应该注意它的异质性和差异性，注意到文化与文学在传播影响中的变异和阐发中的变异性。

第二，明确指出了比较文学的可比性，是由共同性与差异性构成的。影响研究，是由影响的同源性与文学与文化传播中的变异性共同构成的，缺一不可。平行研究，是由文学的类同、相似的对比，以及对比中的相互阐释与误读、变异共同构成的，缺一不可。可以说只有包含变异性的研究，比较文学可比性才是完整的。

第三，从学科理论建构方面来看，比较文学变异学是一个观念上的变革。变异学的提出，让我们看到了比较文学学科从最初求"同源性"走向现在求"变异性"的转变。也就是说，它使得比较文学研究不仅关注同源性、共通性，也关注差异性、变异性，如此比较文学的学科大厦才会完满。我们中国学者提出异质性是比较文学的可比性，也就是说比较文学可比性的基础之一是异质性，这无疑就从正面回答了韦斯坦因的疑问，为东西方文学比较奠定了合法性基础，建立起了新的比较文学学科理论体系。

第四，变异是文化创新的重要路径。人们讲文化创新，常常强调文化的杂交，提倡文学的比较、对话、互补，同样是希望实现跨文化对话中的创新。但是，对于比较文化与比较文学究竟是怎样实现创新的我们还缺乏学理上的清晰认识。

变异学发现了一个重要的文化创新规律、文学创新的路径：文化与文学交流变异中的创造性，以及文学阐发变异中的创新性。这是比较文学变异学研究又一个重要理论收获。变异学研究发现，准确的翻译，不一定就有好的传播效果，而创造性翻译的变异常常是创新的起点。从创新视角出发，变异学可以解释当前许多令人困惑的学术争议性问题。例如：翻译文学是否是外国文学、创造性叛逆的合理性、西方文学中国化的理论依据如何、比较文学阐发研究的学理性问题、日本文学的变异体等等。总之，变异学提供了一个崭新的学术视野。

（四）变异学理论的国际评价与影响

2013 年，《比较文学变异学》（英文版）（*The Variation Theory of Comparative Literature*）由全球最大的科技出版社之一，德国的斯普林格（Springer）出版社出版发行。中国学者提出变异学理论与方法，在世界比较文学界产生了影响，该著作系统地梳理了比较文学法国学派与美国学派研究范式的特点及局限，首次以全球通用的英语语言提出了中国比较文学学科理论话语：比较文学变异学。该书的出版，将变异学这一彰显中国特色的比较文学学科理论话语及研究方法呈现给世界。比较文学变异学理论作为比较文学"中国话语"，受到了国际学界的广泛关注与高度评价。

英文版《比较文学变异学》一经问世，即受到了西方比较文学学者的关注。国际比较文学学会前任主席（2005-2008）、荷兰乌特勒支大学（Utrecht University）比较文学荣休教授杜威·佛克马（Douwe W. Fokkema）亲自为《比较文学变异学》（英文版）作序。正如杜威·佛克马教授所言："曹顺庆教授的著作《比较文学变异学》（英文版）的出版，是打破长期以来困扰现在中国比较文学学者的语言障碍的一次有益尝试，并由此力图与来自欧洲、美国、印度、俄国、南非以及阿拉伯世界各国学者展开对话。中国比较文学学者正是发现了之前比较文学研究的局限，完全有资格完善这些不足。"[24]

美国科学院院士苏源熙（Haun Saussy）、欧洲科学院院士多明哥（Cesar

---

24 Shunqing Cao. *The Variation Theory of Comparative Literature*. Berlin Heidelberg: Springer-Verlag, 2013, p. v- vii.

Dominguez）等学者合著的比较文学专著（*Introducing Comparative literature: New Trends and Applications*. London and New York: Routledge, 2015），高度评价了笔者提出的比较文学变异学。在该专著的第 50 页，作者引用了《比较文学变异学》（英文版）中的部分内容，阐明比较文学变异学对于另一个必要的比较方向或者说是十分重要的成果。"与比较文学法国学派和美国学派形成对比，曹顺庆教授倡导第三阶段理论，即，新颖的、科学的中国学派的模式，以及具有中国学派本身的研究方法的理论创新与中国学派，通过对中西文化异质性的'跨文明研究'，曹顺庆教授的看法会更进一步的发展与进步。"前任国际比较文学协会主席汉斯伯顿（Hans Bertens）在与笔者的信件中写道："我花了不少时间来阅读您的著作，但很享受阅读的过程。由于我个人的专业领域是二战战后文学，所以显然对于您书中所涉及的大部分材料，我称不上行家，但您的论辩与博学却使您的著作和研究很有价值。"

西方学者对变异学理论的肯定，对于中国文学理论的变异和西方文学理论的研究意义，具有十分重要的价值。法国索邦大学比较文学系主任（Bernard Franco）教授在最近出版的专著 *La Litterature Comparee Histoire, domaines, methodes* 中，多次提及曹顺庆教授提出的变异学理论，并给予高度评价，认为是中国学者对世界比较文学的重要贡献。

此外，多位学者专门撰写书评，肯定了变异学对于比较文学学科发展的非凡意义。欧洲科学院院士（副院长、人文部主席）、丹麦奥尔胡斯大学（Aarhus University）教授，斯文·埃里克·拉森（Svend Erik Larsen），在《世界文学》（*Orbis Litterarum*）期刊第 70 期第 5 卷中，发表了《比较文学变异学》（英文版）的专门书评。在书评中，他指出："在《比较文学变异学》（英文版）阅读过程中，北京（师范大学）、四川（大学）比较文学教授曹顺庆有着广博非凡的学识。他既通晓始于约 1800 年欧洲比较文学，又熟知中国的元思考文学的悠久的历史。与许多世界文学的研究一样，曹顺庆教授始终关注不同文化文本的文学性。同时，他还探索产生文学现象、效果及概念的跨文化互动。因此，《比较文学变异学》（英文版）是进入与西方比较文学对话的邀请。而此时机也已成熟。"欧洲科学院院士德汉（Theo D'haen）评论："我已经非常确定，《比较文学变异学》将成为比较文学发展的重要阶段，以将其从西方中心主义方法的泥潭中解脱出来，拉向一种更为普遍的范畴。"（I am already sure, though, you're your book will mark an important stage in the development of

Comparative Literature away from a predominantly Western-centred approach to a more universal one.）

美国哈佛大学教授、美国科学院院士达姆罗什对变异学的评论："非常荣幸也很欢迎《比较文学变异学》用英语来呈现中国视角的尝试。对变异的强调提供了很好的一个视角，一则超越了亨廷顿式简单的文化冲突模式，再者也跨越了普遍的同质化趋向。"（emphasis on variation provides a very useful perspective that helps go beyond the simplistic Huntington style clash of cultures on the one hand or universalizing homogenization on the other.）[25]

四、变异学对中国学术理论话语建设的借鉴意义

在学术话语权竞争日益激烈的今天，如何构建中国人文社会科学的话语体系，受到了学界内外的广泛关注。关于话语问题，是当下中华文化传播最重要的问题，重建中国话语也成为国家的文化发展战略。目前，中国文化在世界上基本没有话语权，在对外交流中往往没有自己的文化身份和立场。这种现象不仅存在于中外交往之间，甚至在国内研究中也是如此。自笔者于20世纪90年代提出中国文学理论的"失语症"现象后，虽然经过学界多年的讨论与努力，但文学理论界的"失语"现象仍然普遍存在。值得欣慰的是，近年来出现了如《中国诗词大会》《经典咏流传》《朗读者》等文化经典节目，以面向大众的方式传播了中华传统经典，得到了广大青年的喜爱。但是，我们应该用什么理论来评论中国古体诗？用什么理论来指导它的创作？在中国文学的教材中，我们使用浪漫主义、现实主义、内容、形式、风格、典型来讲讲中国文学，却没有意识到这些概念都是西方的"舶来品"，我们能否使用属于我们中国的话语来讲中国文学，这始终是一个没有解决的问题。

因此，从学科理论建构方面来看，提出比较文学变异学将是一个观念上的变革。它的提出，让我们看到了比较文学学科从最初求"同源性"走向现在求"变异性"的转变。比较文学中国学派建构起的理论话语，弥补了西方理论中的诸多不足，使比较文学真正成为一门全球性的学科。以变异学理论为标志，比较文学中国学派建构起了自己的学科话语体系，并在世界范围内得到了广泛的传播和赞誉。中国比较文学话语体系的建立，实际上是在国际比较文学研究中发出属于中国的声音，在对外交往中获取话语权。经过几代

---

25 德汉（Theo D'haen）、达姆罗什（David Damrosch）给作者的学术评论邮件。

学者的共同努力，比较文学学科在中国得以迅速发展，无论在理论建设方面，还是在批评实践方面，都取得了傲人的研究成果。有学者指出："中国比较文学在学术质量上和数量上均已领先于世界，可以说，当今世界比较文学的中心已经转移到了中国。……对于中国比较文学的崛起，作为西方学者的巴斯奈特和已故的法国学者艾田伯，都给予了积极的肯定。"26

变异学理论的成功案例，证明了中国学者有能力建构起既有中国特色的比较文学学科理论话语，同时又具有普遍意义的世界性比较文学学科理论话语。如何在传统文化的基础上，创造出新的理论话语，用新的话语来引起世界上的研究和讨论，是我们为之努力的奋斗目标。"变异"一词，是《周易》思想的重要部分，而文化传播中最重要的现象就是变异，变异学理论恰好解决了西方面临的"比较文学危机"问题。对于其它人文学科也是如此，如何能以我们自身的文化传统为基础，激活其在当代文化语境下的现代意义，是所有人文科学研究者应该时刻注意的。变异学的理论贡献，不仅体现在比较文学领域，更为人文学科的话语建设提供了先例，对于中国话语体系的建构也将起到积极的借鉴意义。

---

26 王向远：《比较文学中心已经转向到中国》，《中国比较文学》，2009 年，第 1 期。

中国学派：比较文学第三阶段
学科理论的建构[1]

　　近年来，中国学派一直受到一些学者的诟病，但实际上，中国学派的理论特质及方法论体系已经基本形成并趋于成熟。比较文学中国学派的出现与当下人文学术的创新有着某种相通之处，因此，本文就中国比较文学的发展、中国学派的建立及其与学术创新的关系发表自己的一点看法。

　　在全球化语境下的今天，国与国之间的竞争主要是综合国力的竞争。对学术研究领域而言，学术创新则是竞争的主角，谁占领了学术创新的制高点，谁走到了学术最前沿，谁就能够掌握竞争的主动权和先机。尽管我们国家一直在大力倡导学术创新，倡导建立中国学派，但在人文社会科学领域，真正的学术创新和学派创建却并不多见。笔者认为，比较文学中国学派的建立过程正是一个学术创新的典型案例，本文将以此为个案来谈谈在人文社会科学领域的学术创新与建立学派的问题。

　　在今天的中国学术界，"比较文学"这个术语不再是什么陌生的名词了，而是一个耳熟能详并使很多人投注智慧和创造意识的学术研究领域。较之其他许多学科，比较文学的学科历史相对来说是比较短暂的，因为，在中国，比较文学作为一门专门的、建制性的学科被学术界公认是在 20 世纪的 80 年代。但就是这样一门年轻的学科，其学术队伍的庞大和学术创新的潜力却是不容低估的。中国比较文学在快速的成长中所经历的波折是可以想象的，有

1　原载于《中外文化与文论》，2008 年，第 1 期。

一些问题是比较文学学科在中国诞生伊始就已经存在的，而且至今仍然存在，始终干扰着大家对比较文学作为学科的理解，这就影响了比较文学在中国存在的学理基础。然而经过学者们的努力奋斗，中国学人终于建立起了全球比较文学第三阶段的学科理论体系。从这个意义上说，比较文学中国学派的建立作为一个示范性个案可为我们提供一个良好的学术创新的视角。

一

比较文学的学派问题一直是存在争议的。比较文学从诞生之初，经历了三个阶段，那就是以法国学派为代表的第一阶段（欧洲阶段），以美国学派为代表的第二阶段（美洲阶段），以及比较文学在亚洲崛起后的第三阶段（亚洲阶段）。这第三阶段的学科理论体系之一就是已经成形的中国学派。关于比较文学中国学派的提出是一个具有划时代意义的事情，它标志着比较文学发展到了一个全新的阶段。这个阶段的出现预示着比较文学已经突破了欧美学派的框架而呈现出新的气象，也是学术创新的一个有力例证。

其实，比较文学中国学派的最先提出者并不是大陆学者，而是美籍学者李达三和陈慧桦（陈鹏翔）、古添洪等中国台湾学者。在港台任教的美籍学者李达三（约翰·迪尼）在平时的授课过程中率先提出了建立比较文学中国学派的想法，并于1977年10月发表《比较文学中国学派》[2]，正式倡议建立比较文学中国学派，目的是"以期于比较文学中早已定于一尊的西方思想模式分庭抗礼"。[3]首次显示出中国学者在比较文学上对西方强势话语的反抗。但这只是"一种借助目标与方针，术语意识形态的临时声明"。如果不是这个理由的话，李达三先生甚至打算以"中庸"来命名中国的比较文学学派[4]，其底气略有不足。

1976年，中国台湾学者古添洪和陈慧桦在《比较文学的垦拓在台湾》一书的序言当中正式提出：

我国文学，丰富含蓄；但对于研究文学的方法，却缺乏系统性，缺乏既能深探本源又能平实可辨的理论；故晚近受西方文学训练的中国学者，回头研究中国古典或近代文学时，即援用西方的理论与方法，以开发中国文学的

2　李达三：《比较文学中国学派》，载《中外文学》，1977年，第10期。

3　李达三：《比较文学中国学派》，载《中外文学》，1977年，第10期。

4　李达三：《比较文学中国学派》，载《中外文学》，1977年，第10期。

宝藏。由于这援用西方的理论与方法，即涉及西方文学，而其援用亦往往加以调整，即对原理论与方法作一考验、作一修正，故此种文学研究亦可日之为比较文学。我们不妨大胆宣言说，这援用西方文学理论与方法并加以考验、调整以用之于中国文学的研究，是比较文学中的中国派。

在这段阐述当中，古添洪、陈慧桦言简意赅地提出并界定了"阐发法"，同时也对中国学界大半个世纪以来的学术实践进行了一次理论总结。

稍后，古添洪、陈鹏翔等相继发表文章来探讨比较文学中国学派的问题。陈鹏翔在《建立比较文学中国学派的理论和步骤》一文中对比较文学中国学派的理论和建立步骤做了比较详细地探讨，在对法美学派的理论缺陷进行考察之后提出建立比较文学的三个阶段的步骤，那就是"摹仿和套用西方的理论和方法"、"考验、调整、修正以及扩大西方的术语、理论模子（model）"、"发掘新的文学理论模子，找出文学创作的一般法则和共同规律（universal 或 common poetics）"[5]。在今天看来，这三个步骤仍然有着具体的现实意义。古添洪发表的《中国学派与台湾比较文学界的当前走向》[6]，对比较文学在中国台湾的发展和比较文学中国学派的提出与延续的过程做了回顾与考察，但并未就比较文学中国学派的建立问题提出意见。

以上是中国台湾学者对比较文学中国学派的一些探讨和建设性意见，中国台湾学者对中国学派的探讨有着积极意义，如提出比较文学中国学派的阐发法和民族性问题、做非西方国家的发言人，等等，都具有与比较文学法美学派不同的特点，它标志着中国比较文学的发展开始走上自觉的道路。但是，中国台湾学者对比较文学中国学派的主张却有一些值得商榷的地方，如他们主张用西方的文学理论和研究方法来阐发中国文学，这容易将中国文学当成西方理论的注脚，从而忽视中国文学自身的特性。在大陆开始探讨比较文学中国学派之后，陈鹏翔发表了《建立比较文学中国学派的理论和步骤》，实际上是中国台湾学者对中国学派的早期理论的适当调整。

中国大陆对比较文学的探讨在比较文学成为一门正式的学科之前就已经开始了。1981 年，季羡林先生就指出："只要我们肯努力学习，认真钻研，比

5　陈鹏翔：《建立比较文学中国学派的理论和步骤》，黄维梁、曹顺庆主编：《中国比较文学学科理论的垦拓》，北京大学出版社，1998 年，第 154 页。

6　黄维梁、曹顺庆主编：《中国比较文学学科理论的垦拓》，北京大学出版社，1998年，第 163-178 页。

较文学中国学派必然能建立起来，而且日益发扬光大。"[7]1982 年，严绍璗在《读书》杂志的文章中也提出建立有东方民族特色的比较文学中国学派。1984 年，《中国比较文学》的创刊号上发表了杨周翰先生的《不妨先有成立中国学派的设想》等文章，坚持比较文学的中国特色。1985 年，黄宝生发表《建立比较文学的中国学派：读〈中国比较文学〉创刊号》（载《世界文学》1985 年第 5 期），标志着中国大陆对比较文学中国学派的探讨进入了实际的操作阶段。1990 年，远浩一发表《关于"中国学派"》（载《中国比较文学》1990 年第 1 期）、杨周翰先生发表《比较文学：界定"中国学派"，危机与前提》（载《北京大学学报》1990 年专刊）等论文，进一步推进了"中国学派"的研究。但是，中国比较文学的发展却没有因为 1985 年中国比较文学学会的成立而一帆风顺，其间出现了许多令人深思的问题。其中对以西方文学理论来阐发、研究中国文学的文章很多，这在一定程度上和中国台湾比较文学发展过程中出现的一些问题是一样的。因此，以西方文学理论为准绳的、移中就西式的批评模式是否适合中国文学的特点及其对今后比较文学的发展是否具有指导性的意义等问题的出现，标志着中国比较文学界开始了对原有学科理论的质疑和建立自己学科理论的强烈要求。同时，以谢天振等学者为代表的比较文学研究界展开了对"X+Y"模式的批判[8]。一般研究者认为这是一个单纯的研究方法问题，其实，这也是一个关乎比较文学中国学派的重大问题。比较文学在中国大陆复兴之后，一些研究者采取了"X+Y"的比附研究的模式，在发现了"惊人的相似"之后便万事大吉，而并不注意中西巨大的文化差异性，成为浅度的比附性研究。这种研究模式使得比较文学的研究长期处于浅度比较的层次，未能及时建立自己的研究方法和理论体系，也给比较文学研究带来了不好的声誉。这种情况的出现，不仅是由于中国学者对比较文学的理解上出了问题，也是由于比较文学法美学派研究理论中长期存在的"某人在某国"、"某人与某人"的研究模式的影响，一些学者并没有深思中国与西方文学背后巨大的文明差异性，因而形成了东施效颦式的"X+Y"研究模式，这更促使一些学者思考文学中国学派的问题。《暨南学报》1991 年第 3 期上，芳贺彻、孙景尧、饶芃子、谢天振和曹顺庆等发表了一组笔谈，就这个问题提出了自己的意见，大家认为必须打破比较文学研究中长期存在的法美研究模

---

7 季羡林：《比较文学译文集·序》，北京大学出版社，1982 年，第 3 页。

8 谢天振：《中国比较文学的最新走向》，载《中国比较文学》，1994 年，第 1 期。

式，建立比较文学中国学派的任务已经迫在眉睫。孙景尧先生也在《文学评论》1991 年第 2 期上发表《为"中国学派"一辩》，为比较文学中国学派作辩护。王富仁在《学术月刊》1991 年第 4 期上发表《论比较文学的中国学派问题》，论述比较文学中国学派兴起的必然性。经过这些学者的共同努力，比较文学中国学派一些初步的特征和方法论体系逐渐凸显出来。比较文学中国学派的倡议过程也是一个学术创新的过程，因为只有有了自己独特的学科理论和方法论体系，比较文学中国学派才得以成立，这本身就是一个学术继承与创新的问题。对于比较文学中国学派的建立而言更是这样，比较文学中国学派的建立并不是一帆风顺的，而是在不断地探讨中建立起来的。

这一时期，对于比较文学中国学派的提法在学界是大致赞同的，这也成为比较文学在中国复兴之后一个绝佳的发展和壮大的时期。但是，这之后，逐渐有学者对比较文学中国学派这一提法提出了质疑。一些学者对比较文学中国学派的内涵提出了批评意见，如美国的刘若愚教授，主要针对比较文学中国学派在兴起之初以西方文学理论来评价或阐发中国文学现象的有效性提出了质疑。一些学者认为："研究刚刚起步，便匆匆地来树中国学派的旗帜。这些做法都误导中国研究者不是从自身的文化教养的实际出发，认真读书，切实思考，脚踏实地来从事研究，而是坠入所谓'学派'的空洞概念之中。学术史告诉我们，'学派'常常是后人加以总结的，今人大可不必为自己树'学派'，而应该把最主要的精力运用到切切实实地研究之中。"[9]一些学者认为，对学派的形成会使得比较文学研究圈定在某个中心之内，从而与比较文学的精神不符，同时，学派是别人或后人给的，而不是自封的。[10]一些学者从所谓的国际观点出发对比较文学中国学派的合法性提出了质疑，他们认为，欧洲所宣扬的比较文学就是要取消文学的国界和民族特色，而中国学派的建立恰恰就是宣扬了国界和民族特色，这是与比较文学的出发点和与国际前沿背道而驰的，再加上国际上也不大提学派的观点了，从而反对比较文学中国学派的提法。佛克玛教授就是反对建立比较文学中国学派的一个坚定的支持者，他认为以前对比较文学法国学派和美国学派的划分是毫无意义的，进而他以比较文学中国学派在国内受到的抵制来反对比较文学中国学派的建立，并认

---

9 严绍璗：《双边文化关系研究与"原典性的实证"的方法论问题》，载《中国比较文学》，1996 年，第 1 期。

10 乐黛云等：《比较文学原理新编》，北京大学出版社，1998 年，第 59-60 页。

为建立比较文学中国学派就是以新的隔绝来取代过去的隔绝。[11]甚至有些以前赞同比较文学中国学派的学者也开始反对建立比较文学的中国学派，原因就是国际上，确切地说是国外欧美学界已经不再提学派的事情，建立比较文学中国学派有在学科内部搞派别之嫌，不利于中国比较文学的研究和在世界学术史上的形象。也有学者站出来为中国学派辩护，如熊沐清发表了《中国学派：必要、可能、途径》（载《中国比较文学》1997 年第 4 期），邓楠发表了《比较文学中国学派之我见》（载《中国比较文学》1997 年第 3 期），皇甫晓涛发表了《发展研究与中国比较学派》（载《社会科学战线》1997 年第 1 期）。

这些论争并未阻止比较文学中国学派的建立，反而从另一个方面促进了中国学派的成长。从学者开始探讨比较文学中国学派开始，中国学派就在中国学者长期不懈地研究中慢慢成长，进而较为清晰地呈现出自身的理论特征和方法论体系，而这正是一个学派成长的标志。我正是在加入到"中国学派"的论争中才提出了自己的观点。

1995 年，笔者在《中国比较文学》第 1 期上发表《比较文学中国学派基本理论特征及其方法论体系初探》一文，对比较文学在中国复兴十余年来的发展成果作了总结，并在此基础上总结出比较文学中国学派的理论特征和方法论体系，对比较文学中国学派作了全方位的阐述。在《比较文学中国学派基本理论特征及其方法论体系初探》一文中，我将比较文学中国学派的一个基本特色概括为"跨文化研究"，以跨文化阐发法、中西互补的异同比较法、探求民族特色及文化寻根的模子寻根法、促进中西沟通的对话法、旨在追求理论重构的整合与建构法五种方法为支柱，正在和即将构筑起中国学派跨文化研究的理论大厦。之所以提出中国学派是以跨异质文化研究为基本特色是因为，以前的法美学派都是在同属古希腊罗马文化的欧洲文化圈内的比较，从来没有碰到过类似中国人所面对的中国文化与西方文化的巨大冲突，更没有救亡图存的文化危机感。因此，法美学派在学科理论中也没能提出跨异质文化的要求。对于处于中西文化碰撞中的中国比较文学而言，我们真切地感受到了中西方文化的巨大差异，中国的比较文学研究就不可避免地提出了跨文化的要求。如果说法美学派在跨国和跨学科上跨越了两堵墙的话，那么中国学派就是跨越了第三堵墙，那就是东西方异质文化这堵墙。我认为，跨文

---

11 见《中国比较文学通讯》，1988 年，第 3 期。

化研究将法美学派求同的研究思维模式转向了求异，这样才能穿透中西文化之间厚厚的壁障，与跨文化研究相配套的五种研究方法更成为比较文学中国学派方法论体系的重要组成部分，并对理论架构法、附录法、归类法、融汇法等中国学派在形成和发展过程中的一些方法进行了阐述和分析，认为这些方法对东方文学之间的比较研究也同样适用，而且也适用于其他东方文学与西方文学之间的比较研究。早在 1988 年，远浩一就提出"比较文学时跨文化的文学研究"（见《中国比较文学》1988 年第 3 期），这是对比较文学中国学派在理论特征和方法论体系上的一次前瞻。这一个跨越（跨文化）和五个研究方法不仅仅是对以前研究成果的一次总结，更为重要的是，它为比较文学中国学派方法论体系的进一步完善和成熟提供了切实可行的路径。这不仅是比较文学研究遇到的机遇和挑战，也是比较文学学科理论自身的发展，还是我们中国的学者在对比中西文化差异的过程中对比较文学学科理论的创新。

《比较文学中国学派基本理论特征及其方法论体系初探》一文发表之后，"国内外比较文学界引起极大反响，被多处引证，反复评说。"[12]有学者认为，"曹顺庆对中国学派理论体系的初步勾勒，表明比较文学中国学派已经开始站稳了脚跟，取得了理论上的制高点。"[13]钱林森先生认为"它确实是迄今为止这一话题表述得最为完整、系统、最为深刻的一次"，"令人耳目一新"。[14]刘献彪先生认为，该文"无疑宜告了比较文学中国学派走向成熟……不仅对中国比较文学建设和走向有现实意义，而且对比较文学跨世纪发展也将产生不可估量的影响。"[15]中国台湾著名比较文学学者古添洪认为该文"体大思精，可谓已综合了台湾与大陆两地比较文学中国学派的策略与指归，实可作为'中国学派'在大陆再出发与实践的蓝图。"[16]这些评价都充分说明该文的价值所

---

12 曹顺庆：《比较文学中国学派基本理论特征及其方法论体系初探》，载《中国比较文学》，1995 年，第 1 期。

13 吴兴明：《理路探微：诗学如何从"比较"走向世界性——对曹顺庆比较诗学研究的一种解读》，载《中国比较文学》，1999 年，第 3 期。

14 钱林森：《比较文学中国学派与文跨化研究》，载《中外文化与文论》，1996 年，第 2 期。

15 刘献彪：《比较文学中国学派与比较文学跨世纪发展》，载《中外文化与文论》，1996 年，第 2 期。

16 古添洪：《中国学派与台湾比较文学的当前走向》，载黄维梁、曹顺庆主编：《中国比较文学学科理论的垦拓》，第 167 页注释①，北京大学出版社，1998 年。

在，它说明比较文学中国学派确实已经在中国学者的探索之中逐步建立起来并正在趋于完善。在某种程度上讲，比较文学中国学派因为这篇文章的出现而初步具备了较为突出的理论特征和趋于成熟的方法论体系。自从学界提出"跨文化"比较文学观念后，"跨文化"的提法得到了比较文学界的广泛认可，例如北京大学乐黛云等著《比较文学原理新编》（北京大学出版社 1998 年版），陈惇、孙景尧、谢天振主编的《比较文学》（高等教育出版社 1997 年版），陈惇、刘象愚著《比较文学概论》（北京师范大学出版社 2000 年版）等重要论著都以"跨文化"作为比较文学的基本特征之一。这充分说明了我提出的中国比较文学"跨文化"基本特征的切实可行之处。

当然，关于中国学派的论争并没有因为这篇文章的出现而停止，因为，比较文学中国学派的方法论体系还没有完全成熟。1997 年，中国台湾《中外文学》发表"'比较文学中国化'座谈会记录"，张汉良、苏其康、黄美序等先生分别发表了自己的看法，进一步将比较文学中国学派的探讨推向深入。2001年，曹顺庆在《中国比较文学》第 3 期上发表《比较文学学科理论发展的三个阶段》将比较文学发展到中国后的变化发展称之为比较文学的第三个发展阶段，从整个学科发展史的高度对比较文学在中国的发展和变化进行总结，并正式提出比较文学的三阶段理论。乐黛云教授在国际 17 第届比较文学大会（2004，香港）的发言中，肯定了比较文学三个阶段的看法，总结了第三阶段跨文化、跨文明研究及对异质性研究的重视，第三阶段的学科理论建构逐渐为学界所认同。[17]之后，比较文学中国学派相继提出了一系列有着中国特色的学科理论和研究方法，比较文学中国学派的理论和方法论体系也日趋完善。

其实，关于比较文学中国学派的论争是比较文学在中国遇到新问题之后对自身学科理论做的调整，这不仅是比较文学危机意识的体现，也是比较文学中国学者自身问题意识的凸显，亦即，比较文学中国学者自身的创新意识的表现。这种创新意识是比较文学中国学者都具备的，但是，对于创新的途径却是各执一端，因为，在比较文学突破传统的欧洲文化圈之后还没有经验可以借鉴，中国学派要对比较文学学科理论进行创新的难度也就更大。

直到现在，关于比较文学中国学派的争论仍然没有停止，这是好事，这有利于比较文学中国学派在论争中逐步成熟和完善；但也可能是坏事，这会

---

17 参见乐黛云：《全球化时代的比较文学——中国视野》，载《中国比较文学》，2005年，第 1 期。

使得一些学者将过多的精力放在学派之争上，而不是放在具体的理论建设上。但总体而言，比较文学中国学派的建立已经得到越来越多的学者的理解和支持，比较文学中国学派也在论争中逐渐走向成熟。

二

在关于比较文学中国学派的论争过程中，有一个问题是最为突出的，那就是比较文学中国学派究竟具有怎样的方法论体系才算是真正的中国学派？这是任何学科的发展都会遇到的问题，亦即，什么样的特征才能真正使得该学科具有中国作风和中国气派？学术创新就首当其冲地摆在了每个学科的面前，比较文学也不例外。

对于比较文学中国学派具有怎样的有中国特色的方法论和学科理论体系这一事关中国学派存亡的问题，不同的学者有自己不同的看法，但有一个很突出的问题，那就是，大多数阐述似乎都没有跳出法美学派的理论框架。因此，比较文学中国学派的身份归属问题也就一直存在着争议。

循着这一问题，笔者考察了整个中国学术的文化语境后发现，从人文学科来讲，中国学术一直是在西方强势话语之下生存的，中国学术的思维方式和话语言说方式都和西方有着惊人的一致。也就是说，在西方强势话语之下，中国学术失去了言说自身的权利，甚至连如何言说自身都成了问题，在文化的族群上已经显得无依无靠。带着对整个中国学术发展现状和趋势的考察，我发现，中国学术处于一种"失语"的状态，我将之概括为"失语症"，这是中国人文学术界包括比较文学研究在内的一个突出的文化病态现象。[18]

于是，笔者于1995年与1996年分别发表《21世纪中国文化发展战略与重建中国文论话语》[19]和《文论失语症与文化病态》[20]对此类现象进行了批判。在这篇文章中，我是从文艺理论和比较诗学研究入手的。文艺理论研究领域仅仅是整个中国文化和学术现状的一个缩影，中国不仅在文艺理论研究上处于失语状态，而且在整个中国文化上和学术研究上（包括比较文学研究）都患上了严重的失语症。所谓"失语"，不是说我们不会说话了，而是说我们不

---

18 曹顺庆：《文论失语症与文化病态》，载《文艺争鸣》，1996年，第2期。

19 曹顺庆：《21世纪中国文化发展战略与重建中国文论话语》，载《东方丛刊》，1995年，第3期。

20 曹顺庆：《21世纪中国文化发展战略与重建中国文论话语》，载《东方丛刊》，1995年，第3期。

会说自己的话了，是指"我们根本没有一套自己的文论话语，一套自己特有的表达、沟通、解读的学术规则"[21]，一旦我们离开了西方的话语，我们就没有了自己民族的学术话语，不会说自己的话了，以至于我们很难在世界学术领域发出自己的声音。因此，我们必须摆脱西方的影响，建立自己的有民族特色的理论，包括建立自己的比较文学学科理论。

"失语症"一石激起千层浪，赞成者有之，反对者有之，引起了学术界热烈地争论，其引起的学术论争已经远远超出了这个口号本身。支持者认为："对于文学理论界来说，这个问题的提出确实反映了面对现状寻求出路的一个很好愿望。因为他接触到当前文学理论界的要害，因此引起了热烈的响应，一时间成了热门话题。学者们纷纷提出利用古代文论以建立我国当代文论话语的何种可能性。"[22]"斯论一出，顿时激起轩然大波，学者们或支持或反对，或深入追思，或另辟思想阵地，成为世纪末文坛最抢眼的一道景观。"[23]也有持反对和不同意见的。如有的学者认为中国文艺学从古代到现代只是发生了"转换"而没有发生"断裂"，所以"失语症"无从谈起[24]；有的学者认为提出"失语症"是一种"本真性幻觉"和"全盘西化幻觉"[25]并且是"文化原教旨主义"[26]、"文化复仇情绪的典型代表"[27]。有的学者是明显地对"失语症"产生了误解甚至是曲解，直接将"失语"看成是因为缺乏学问根柢[28]，显然是误解了我当初提出失语症的目的。因为很多学术根柢很好的研究古代文论的大家也同样失语了，这些人的功底不能说不好，但是他们同样失语了，为什么呢？就是因为他们没有自己的话语，没有自己的言说方式，采用的都是西方的言说方式，如对白居易是现实主义还是浪漫主义的争论、对于"风骨"的争论，等等。

---

21 曹顺庆：《文论失语症与文化病态》，载《文艺争鸣》，1996 年，第 2 期。

22 罗宗强：《古文论研究杂谈》，载《文艺研究》，1999 年，第 3 期。

23 程勇：《对九十年代古代文论研究反思的检视》，载《江淮论坛》，2001 年，第 3 期。

24 高楠：《中国文艺学的转换之根及其话语现实》，载《社会科学辑刊》，1999 年，第 1 期。

25 陶东风：《全球化、后殖民批判与文化认同》，王宁、薛晓源主编：《全球化与后殖民批评》，中央编译出版社，1998 年，第 195 页。

26 周宪：《中国当代审美文化研究》，北京大学出版社，1997 年，第 258 页。

27 熊元良：《文论"失语症"：历史的错位与理论的迷误》，载《中国比较文学》，2003 年，第 2 期。

28 蒋寅：《对"失语症"的一点反思》，载《学文评论》，2005 年，第 2 期。

上述对"失语症"的误解和反对其实也恰好说明，一些学者在话语言说方式和思维方式甚至是学术规则上都已经西方化了，与中国传统和本土的学术现实及现实关怀严重脱节。这种现象不仅存在于文艺理论界，在比较文学界也同样存在。因为，"失语症"本身就是一个中西问题，而并非是简单的中国文艺理论或文化内部的问题，而是事关中西问题的一个大问题，抛开中西问题，"失语症"也将无从谈起。明白我们自己处于"失语"的状态，我们的学术创新才能有的放矢，比较文学缺乏创新的根子也在这里。针对中国比较文学在学科理论上的失语状况，有学者提出了"和而不同"的主张，可谓用心良苦。但由于比较文学在中国兴起之后就一直沿用的是法美学派的学科理论，根本就不存在与西方不同的地方，怎么可能会有"不同"？这样，也就谈不上"和而不同"了。[29]

三

明白了自己处于"失语"的状态，下一步的任务就是进行切实的学术创新，这是当下学术创新的出发点，比较文学中国学派的建立必须经历这样一个过程。

比较文学在中国的发展首先遇到的是中西方异质文化的冲突问题，这是中西方文学和学术交流过程中经常遇到的问题。但是，对于比较文学研究来说则显得更为突出。原因就在于，相对于其他学科而言，比较文学在中国还是一个年轻的学科。加上从"五四"时期就开始的对中国传统文化和学术的全盘否定和新时期开始的对西方文论的翻烙饼似的译介和推崇，人们早已习惯于将西方的理论照搬过来并将之当成我们自己的理论体系。比较文学传人到中国台湾和中国大陆以后也出现了类似的情形。但在实际的研究中，人们发现，原有的欧美学派的理论已经远远不能适应当下的比较文学研究，因为，在中国这样一个文化语境下，不仅研究环境变了，而且中国的学术研究方式也随着对西方学术的介绍而发生了变化，这就对原有的学科理论提出了挑战，这就是中国台湾学者提出比较文学中国学派宏观的语言文化背景。

2001年，我在《中国比较文学》第3期上发表《比较文学学科理论发展的三个阶段》，对比较文学中国学派的特征作了进一步阐发，正式将比较文学

---

29 曹顺庆：《比较文学的问题意识：以"和而不同"的尴尬现状为例》，载《外国文学研究》，2003年，第3期。

在中国的发展命名为比较文学发展的第三阶段，其突出的特征就是跨异质文化。早在《比较文学中国学派基本理论特征及其方法论体系初探》中，我就提出比较文学中国学派的基本特征是跨文化，虽然在该文中已经强调是跨异质文化，但往往遭遇误解。因此，在《比较文学学科理论发展的三个阶段》一文中则明确提出跨的是异质文化。该文指出，比较文学的第三阶段并不是对前面学科理论的完全否定，而是在此前理论上的继续发展和延伸。法国学派是对比较文学学科理论的人为收缩，而美国学派的理论则将比较文学的研究范畴无限扩大。即便如此，美国学派对比较文学扩展到西方文化圈以外能否成立这一问题却一直持怀疑态度。这就成为比较文学中国学派的一个深刻的危机和转机，即比较文学中国学派于危机意识中寻找安身立命的依据。该文指出跨文化比较研究的最为关键的是对东西方异质文化的强调，因为异质文化相遇时会产生激烈地碰撞、对话、互识、互证、互补，并进一步催生出新的文论话语。这样，比较文学就能突破比较文学法美学派的桎梏，成为真正具有世界性眼光和胸怀的学术研究[30]。跨异质文化研究突破了法美学派二元对立的思维模式，拓宽了异质文化之间文学比较研究的路径，改变了西方话语的一家独白的局面，标志着比较文学第三阶段的真正到来。需要指出的是，比较文学第三阶段与前两个阶段有着明显的不同，那就是，前两个阶段是对不同文学之间"同"的重视，而比较文学第三阶段是求异，即对不同文化之间文学的异的探求。但是，求异并不是为了文学之间的对立，而是在碰撞过程中形成对话，并实现互识、互证，最终实现互补。

但是，随着"文化"概念的不断扩展和人们对文化理解的泛化，人们对"跨文化"产生了误解，尽管我一再强调是"跨异质文化"，但还是没能防止误解的产生[31]。针对这种情况，我发表《跨文明比较文学研究——比较文学学科理论的转折与建构》，正式提出比较文学的"跨文明研究"。这主要是因为：一，"文化"一词的含义过于宽广，什么都可以冠之以文化，如酒文化、服饰文化等；二，"跨文化"容易产生误解，因为许多国家内存在着多种文化，如中国的齐鲁文化、巴蜀文化、吴越文化等；三，同一文明圈内也存在着多种

---

30 曹顺庆：《比较文学学科理论发展的三个阶段》，载《中国比较文学》，2001 年，第 3 期。

31 王向远：《"阐发研究"及"中国学派"：文字虚构与理论泡沫》，载《中国比较文学》，2002 年，第 1 期。

文化，如法国文化与英国文化、德国文化、美国文化，等等。事实上，这些误解与混淆是实际存在的，许多人赞同的跨文化研究其实并非是我所谈的跨异质文化的比较文学研究。其实，跨文明比较文学研究有着较为坚实的学理基础，近百年中国文学研究的学术实践，究其根本而言，都是在跨文明语境下展开的学术活动立对于跨文明研究的忽视，导致了学术上的若干重大失误，当今学界的"失语"现状就是一大明证，也导致现有的比较文学学科理论不能回答学术研究中面临的现实问题。跨文明研究着眼的是异质性和互补性研究这两大要素，跨文明研究和异质性与互补性研究构成了比较文学第三阶段突出的理论特征和方法论特色。异质文明之间的话语问题、对话问题、对话的原则和路径问题、异质文明间探源和对比研究问题、文学与文论之间的互释问题，等等，都是在强调异质性的基础上进行的，这就是比较文学第三阶段的根本性特征和方法论体系，也成为比较文学第三阶段的一个不同于西方的、突出的学科特征。

　　既然我们已经明白自己处于失语的状态，明白比较文学遇到了跨异质文明的比较问题，那么，我们如何才能针对现实的学术研究，创立有自己特色的学科理论呢？这成为摆在我们面前的一个最为根本的问题。因此，在跨文明的基础上，我们提出了文学的他国化的问题[32]。文学的他国化是在跨异质文明的基础上解决"失语"状态切实可行的途径，即通过文论的他国化，我们可以实现对他国文学的改造。因为，任何一种理论"进入新环境的路决非畅通无阻，而是必然会牵涉到与始发点情况不同的再现和制度化的过程"[33]。但是，这一改造并不是对外来文学的照搬，而是对其进行不同程度的改造，即"用本国的话语去吸纳之、融合之。离开这个根本性的东西，我们无法达到真正有效的文论'他国化'"[34]。换句话说，要实现文论的他国化就必须是接受国在自身传统和文论话语的基础上以自身的言说方式来对接受的外来文论进行改造，以实现外来理论的本土化，这样，对于被改造的理论而言就是被他国化了。

---

32 曹顺庆：《跨文明比较文学研究——比较文学学科理论的转折与建构》，载《中国比较文学》，2003年，第1期。

33 曹顺庆、周春：《"误读"与文论的"他国化"》，载《中国比较文学》，2004年，第4期。

34 赛义德：《理论旅行》，载《赛义德自选集》，中国社会科学出版社1999年，第138页。

　　文论的他国化是文学传播与交流过程中的一个重要的规律，也是实现文学革新的一个重要途径。对于中国文学而言，就是要实现西方文论的中国化。[35]"五四"时期的激进运动使得传统文化的根脉几乎被切断，此后的中国学术和文学研究都跟着西方在走，但这不是真正的西方文学的中国化，而是对西方文学和理论的照搬，导致了我们的话语方式和言说方式都是西方式的。正是在这种情况下，中国学术很难有自己的创新，因为，我们不但失掉了传统文化的根脉，而且对我们来说却是完全异质的西方文化也没学好。新时期，中国对西方文学和理论的介绍可谓不遗余力，但仍然没能实现中国文学和学术的创新，海德格尔、卡夫卡、哈贝马斯等西方理论家几乎成了我们的口头禅。但是，我们却发现自己实际已经"失语"了，这就是由于我们没有将西方文论中国化的原因，亦即没有以自己的话语方式为主对西方文论进行为我所用的改造，造成了对西方理论的照搬。因此，我们必须在自己话语言说方式和学术规则的基础上对西方文学和理论进行中国化的改造，我们甚至可以用外语学习西方，可以"西化"，但必须是以自我的规则为主，走自己的路，这样，才能真正做到西方文论的中国化和中国学术的自主创新。

　　文论的他国化或是西方文论的中国化问题说到底是一个中西问题，也是一个比较文学的问题。文学和理论在被他国化的过程中发生了变异，鉴于此，有学者提出了文学的变异问题（如严绍璗提出日本温煦的"变异体"，谢天振提出"译介学"中的"创造性叛逆"，钟玲提出的寒山诗在美国的经典化等）。严格说来，文学的变异是很多学者都能理解的，因为，文化和文学之间的交流存在着接受屏幕的问题，亦即各国和各民族之间的欣赏习惯和思维习惯是不一样的，不可避免地会带来被传播文学意义的增减和变化。比较文学欧美学派的理论却没有将之纳入到比较文学的学科理论体系之中，因为他们没有遇到异质文明的挑战。中国的比较文学研究者在进行比较文学研究的过程中常常会遇到一些问题，如译介学和媒介学的区别问题，给比较文学学科理论的建构者带来了很多棘手的问题。针对这种在跨异质文明语境下的文学变异，

---

35 曹顺庆、谭佳：《重建中国文论的又一有效途径：西方文论的中国化》，载《外国文学研究》，2004年第5期·李夫生、曹顺庆：《重建中国文论话语的新视野——西方文论的中国化》，载《理论与创作》，2004年第4期。曹顺庆：《文学理论的"他国化"与西方文论的中国化》，载《湘潭大学学报》（哲学社会科学版），2005年，第5期。

我于 2005 年提出比较文学的变异学的研究[36]，从而将比较文学的学科理论进行了重新划分，将译介学、形象学、文化过滤与文学误读纳入比较文学变异学的研究范畴，重新规范了比较文学的研究范式，难题就迎刃而解。如原先难以区分的媒介学和译介学问题，我们认为媒介学是注重实证性的影响研究，而译介学在译介的过程中是产生了变异的，因此，将媒介学放了比较文学的实证性影响研究之中，而将译介学纳入了比较文学变异学的研究范畴。再如形象学的研究，在以往的研究中，形象学是影响研究的一部分，但是在实际的研究中，形象学研究的对象往往是产生了变异的，这种变异使得形象学难以再安居在实证性的影响研究之中。而长期以来，国内外的比较文学教材都没能很好地解决这个问题，变异学的提出，为解决这个难题提供了切实可行的路径，为新的比较文学学科理论增加了一块基石。我主编的《比较文学教程》("十一五"国家级规划教材，高等教育出版社 2006 年版）即打破了原欧美比较文学学科理论体系，概括出了一个新的学科理论范式，明确提出了比较文学学科理论一个基本特征与四大研究领域。一个基本特征即"跨越性"，这包括跨国、跨学科与跨文明；四大研究领域即"实证性影响研究"、"变异研究"、"平行研究"与"总体文学研究"。在具体观点上，该教材的"变异研究"是最富创新性的一章，"变异研究"的提出，拓展和更新了比较文学学科理论体系，解决了比较文学研究中不少令人困惑的问题。可以说，该教材在整体章节和结构布局上，开创了具有中国特色的比较文学学科理论教材的一个新体系。

四

从比较文学在中国兴起到跨异质文明、变异学的提出，从"失语症"到西方文论的中国化，比较文学中国学派的方法论体系基本成形。当然，随着学科的发展，比较文学的学科危机还会再现，比较文学中国学派也将在新的危机中进一步发展和完善。比较文学第三阶段在中国学派手中实现了质的飞跃，成为比较文学学科发展史上又一个新的高峰，这永远都将是一个未完成的过程，而恰恰是这样一个未完成的过程才激励着一代又一代的学术创新。

从比较文学中国学派的成长过程和第三阶段的发展历程来看，自主创新的比较文学中国学派与比较文学第三阶段充分体现了这样几点意义：

---

36 曹顺庆：《比较文学学》，四川大学出版社，2005 年。

一、自主创新的道路既不能闭门造车、排斥西方，又不能妄自菲薄、排斥自己。有人认为要融汇中西，这是对的。但是，这句话也存在着模糊性。为什么这样说呢？比如，在比较文学中国学派创立的过程中，有学者提出了"和而不同"的原则，即求同存异，得到了很多人的响应。从理论上来说，"和而不同"是对的，但前提是二者的"不同"必须是双方都有自身的话语和学术规范，这样才能真正的"和而不同"。否则，就只有"和"而没有"不同"。比如，对于当下的中国学术而言，要与西方和而不同就是不合适的或者说是行不通的。因为，近百年来中国学术一直在进行着西化的进程，中国当下的学术在某种程度上是西式话语的体现，导致了我们在话语方式和言说方式上都与西方有着惊人的一致，也就是说，当下中国学术与西方学术更多的是"同"，而不是"不同"。在没有"不同"的前提下，何谈求同存异？何来的"和而不同"？在重建中国文论话语的问题上，也有人认为要以西方为主[37]，因为我们已经被西化了，其实，这是一个误解。以西方为主就丢掉了中国的传统和中国人自己的思维方式，就不可能建立起自己的话语规则和学派，那就更谈不上真正的学术创新了。因此，中国比较文学与中国学术要实现创新，就必须以自我为主地融汇中西。

二、要实现学术创新就必须在具体的基本问题上找到学术创新的基点。这主要是因为，我们与西方面对的是不同的现实问题，西方面临的是自身的文化变化和发展的自我新陈代谢，没有遇到外来文化与自身文化的强烈的碰撞与冲突，而中国从鸦片战争开始就一直处于中西方文明冲突的文化语境之中。因此，东西方的冲突与差异是我们面对的核心问题，抓不住这一点也就谈不上学术创新。当今中西方文明交汇、冲突并进行着对话，跨文明是现实问题的焦点，解决好了跨异质文明的中西问题，也就能够抓住学术创新的立足点。

三、在学术方法上要创新。学术方法上的创新要求提出具体的创新路径，从学术规则上创新。对于比较文学而言，学科理论的创新是基本路径，中国学派的提出就是客观上提出了学术创新的路径。具体而言，首先是在话语方式上亦即从言述方式上创新，而不是将西方的理论照搬过来。其次是要指出学术创新的具体路径并要具有可操作性和适用性，如比较文学中国学派提出

---

37 陶东风：《关于中国文论"失语"与"重建"问题的再思考》，载《云南大学学报》（社会科学版），2004年，第5期。

了跨异质文明、变异学、文学的他国化等，都是中国学派自己的、不同于西方的方法论，这些创新路径的提出对于研究中西冲突与交融的问题都具有切实地可操作性和适用性。路径和方法对了，方法的创新和学派的建立就比较容易了。

基于以上的观点，我认为，比较文学第三阶段的理论已基本形成。在法国学派阶段，比较文学的发展也不仅仅是在法国才有的，英国、德国、意大利等国家也在进行比较文学的研究。第一个提出"世界文学"观念的是德国人歌德，第一本比较文学著作是英国人波斯奈特写的，第一本比较文学杂志《世界比较文学》是由匈牙利人梅茨尔创办的，这些都不是法国人实现的，但是为什么法国学者能够创立法国学派（而不是英国学派、德国学派）呢？就是因为他们有着强烈的学派意识。其实，比较文学在亚洲也并非只有中国才有，印度、日本、韩国、伊朗等国家也有比较文学研究，都有可能创立自己的学派理论，从根本上打破西方中心主义的理论框架，真正让比较文学走向世界。借用陈鹏翔先生的说法，派别之争"并非纯为国别或面子而争意气，而是为理念、为研究方法重点而争。"[38]因此，比较文学中国学派的建立是学科理论发展的必然要求。从当今中国比较文学研究的理论特征和方法论体系来看，比较文学中国学派已基本形成并在进一步发展和完善之中。

从比较文学在中国的诞生到比较文学中国学派的创立和基本形成，中国比较文学研究不仅继承了比较文学研究的优良传统，而且实现了学科理论和方法论体系的创新。我以为，比较文学中国学派以中国的学术现实需求和学术规则为主、融汇中西的创建过程可以作为中国人文社会科学学术创新的一个个案来加以研究。中国学者对比较文学学科理论的创新不仅是对比较文学的贡献，对中国的学术文化创新的思路、方法及路径也做出了有益的探索和贡献。

---

38 陈鹏翔：《建立比较文学中国学派的理论和步骤》，载黄维梁、曹顺庆主编《中国比较文学学科理论的垦拓），北京大学出版社，1998年，第144页。

中国比较诗学三十年[1]

比较诗学作为比较文学研究的一种路向被提出来，是在 1968 年。法国著名比较文学家、东方学专家艾田伯在《比较不是理由：比较文学的危机》中指出："历史的质询和批评的或美学的沉思，这两种方法认为他们自己是直接对立的，而事实上，它们必须相互补充，如果把这两种方法结合起来，那么比较文学将不可遏制地走向比较诗学"[2]。继而西方 70 年代涌现了很多比较诗学著作，如 1978 年佛克玛、易布思等人的《比较诗学》，1985 年巴拉康、纪延的《比较诗学》，1990 年厄尔·迈纳的《比较诗学》。当艾田伯敏锐地做出那个判断的时候，当时的中国，一场声势浩大的政治运动才刚刚开始。中国的比较诗学真正开始走向自觉，还是在 1978 年之后。从 1978 年到 2008 年，中国比较诗学走过了整整三十年的路程。这三十年，中国比较诗学研究从开创、奠基、反思、重构再到深化与拓展，在不断地论争、批判和学科建设中，逐渐走向成熟。回首三十年，我们大致可以将中国比较诗学的发展脉络归纳为三个阶段：第一阶段（1978-1988）是中国比较诗学的开创与奠基。这一阶段从整体意义上包含了 20 世纪至 1978 年以来的著名学者的研究状况；第二阶段（1988-1998）是它的反思和重构时期。这一阶段的中国比较诗学从盲目跟风走向了深度质疑和反思；第三阶段（1998-2008）是中国比较诗学的深化与拓展期。在经过了"失语症"、"可比性"等重要课题之后，重新开始寻求研究策略和学理构架。本文将这三年的发展概况清理如下：

---

1 原载于《文艺研究》，2008 年，第 9 期。
2 René Etiemble, 'From Comparative Literature to Comparative Poetry', The Crisis In Comparative Literature, Michigan State University Press, 1966, p54.

1978-1988：开创与奠基

在世界比较诗学史上，中国比较诗学的研究起步较晚。在真正意义上的中国比较诗学学科形成之前，不能不提到一些学术大师对该学科的开创所做出的巨大贡献。尽管他们的学术研究更多的是在实践中贯穿诗学比较意识而缺乏比较诗学学科理论上的构建意识，但是这些学术巨著为比较诗学在中国的开创和发展提供了方法论上的借鉴意义。

1904 年王国维发表了《红楼梦评论》，并且在 1908 年又发表的《人间词话》。这两部著作的研究对象均是中国传统文化，但是，在研究方法上却开创了自觉地用西方的诗学理论阐释中国文学思想的先河。以往的《红楼梦》研究仅仅局限在中国文化语境之内的阐释，王国维饱受中西文化的熏染和浸淫，第一次将中国文学经典《红楼梦》和叔本华的悲剧美学相提并论，互为参照。在西方美学的启示下，中国的文论范畴——"意境"也显示出了别样的风貌，1908 年鲁迅的在《河南》杂志第二、三期上发表《摩罗诗力说》。后来他还将《文心雕龙》和亚里士多德的《诗学》进行了比较："篇章既富，评骘自生，东则有刘彦和之《文心》，西则有亚里士多德之《诗学》，解析神质，包举洪织，开源发流，为世楷式"[3]。但只是提到并涉及而已，并没有太多深入的阐述。1943 年出版了朱光潜的《诗论》，1984 三联版的后记中，他说："试图用西方诗论来阐释中国诗歌，用中国诗论来印证西方诗论"[4] 1948 年钱钟书的《谈艺录》由上海开明书店出版。在该书序言中说："东海西海，心理攸同；南学北学，道术未裂。"张隆溪还提到钱钟书对比较诗学的看法："钱钟书先生认为文艺理论的比较研究即所谓比较诗学（comparative poetics）是一个重要而且大有可为的领域。如何把中国传统文论中的术语和西方的术语加以比较和相互阐发，是比较文学的重要任务之一"。[5] 可见东西方虽然旨趣相异，但也可以在某些层面上交流对话、互证互补。

尽管这些学者已经意识到这个领域的潜力所在，但是，文革十年，由于受到政治的干预，学术研究不同程度受到中断或阻碍。1978 年十一届三中全会以后，中国结束十年动乱，在政治上走向了一个更加开放和民主的时代，

---

3 鲁迅：《鲁迅全集》（第 8 卷），人民文学出版社，1981 年，331 页。

4 朱光潜：《诗论》，北京三联书店，1984 年，第 287 页。

5 张隆溪：《钱钟书谈比较文学与"文学比较"》，见《比较文学研究资料》，北京师范大学出版社，1986 年，第 92-94 页。

在这样一个宏观的政治背景下，中西比较诗学研究开始承担着一种新的历史使命，如果说，王国维等大师用自身的学术实践指明了这一个研究领域的价值、基本方法和目的，那么，新时期的比较诗学研究的主要任务，就在于如何展开学科理论研究、学术视野定位、学科体系构建等方面的问题。从根本的学科史上将中西比较诗学纳入一个整体的学术框架之中，毕竟，无论前辈的比较诗学著作影响多大，如果缺乏一种学科理论意识，这些著作都只能成为可望而不可及的神圣摹本，中西比较诗学要走向学术界，走向实实在在的学术研究，必须要有自己的学科理论体系，并且，将中西比较诗学置放到世界比较诗学史上寻找到自身的坐标，才能为该学科找到安身立命之地。

在十年沉寂之后，标志着中国比较诗学开始真正起步的是 1979 年中华书局出版的钱钟书的另一部巨著《管锥编》。全书由一系列的读书笔记构成。他对中国古代文化典籍进行了仔细的考辩和对比观照。在该书中，作者旁征博引，跨学科、跨语言、跨文明地交叉碰撞。这是中国比较诗学乃至整个比较文学的一个划时代巨著。无独有偶，1979 年，出版了王元化的《文心雕龙创作论》，该书上篇由三篇专论构成，下篇主要研究了《文心雕龙》的神思、物色、情采等篇目。作者将相关的研究资料附在正文之后，作者有意识地用黑格尔等人的西方哲学思想来启示传统的文论研究，这也是比较诗学研究的重要著作。同样，这种跨文化的比较意识还体现在美学界，1981 年上海人民出版社出版了宗白华的《美学散步》，该书选录了作者的 22 篇论文，作者在比较研究了中国古代的音乐、绘画、文艺思想，在西方文化参照下探讨了"虚空"、"意境"、"空间意识"等重要范畴。同年，周来祥教授发表《东方与西方古典美学理论的比较》。他得出的结论是东西方虽然都强调表现与再现的结合，但是，"西方更偏重再现、摹仿、写实，东方更偏重于表现、抒情、言志"[6]。虽然在今天看来，这种结论未免过于粗略，但是，他将中西美学理论进行比较和相互阐发的意识，影响却很深远。国内学者开始逐渐在方法上接受了这篇论文，并且在西方的视野下来观照中国的思想理论。随后，蒋孔阳在 1982 年《学术月刊》第 2 期上发表《中国古代美学思想与西方美学思想的一些比较研究》，蒋先生的研究在周先生的基础上展开了更深入的阐述。主要从社会历史、思想渊源、文艺实践、语言文字结构等几方面来比较中西的美学思想。80 年代，笔者发表中西比较美学与诗学的系列论文札记：《亚里士多德的

6　周来祥：《东方与西方古典美学理论的比较》，《江汉论坛》，1981 年，第 2 期。

"Katharsis"与孔子的"发和说"——中西美学理论研究札记》（1981）、《"移情说"、"距离说"与"出入说"——中西美学理论研究札记》（1982）、《"物感说"与"摹仿说"——中西美学思想研究札记》（1983）、《和谐说与文采论》（1986）、《滋味说与美感论——中西文论比较研究札记》（1987）、《风格与"体"——中西文论比较研究》（1988）。从1981到1988年间，笔者在《文艺研究》、《文艺理论研究》、《学术月刊》等重要刊物上发表中西美学诗学比较系列论文24篇。这为后来写作《中西比较诗学》奠定了厚实的理论基础。1985年，叶郎先生《中国美学史大纲》由上海人民出版社出版。该书采用西方哲学和美学精神来系统清理中国美学思想资源。可见，比较诗学的自觉意识的萌发在80年代的美学诗学领域得到了很好的体现。这为比较诗学的发展，起到了重要的参照作用。

在比较诗学领域开始有所突破的是刘若愚1987年出版的《中国的文学理论》，他说："我写这本书有三个目的。第一个也是终极的目的在于通过描述各式各样从源远流长、而基本上是独自发展的中国传统的文学思想中派生出的文学理论，并进一步使它们与源于其他传统的理论的比较成为可能，从而对一个最后可能的普遍的世界性的文学理论的形成有所贡献。"[7]以往的研究是从实践上中西融会，而该书最大贡献在于明确了在比较对话中实现"普遍的世界性的文学理论"这一个理论构想。1983年，台北东大图书公司出版叶维廉的《比较诗学》，1987年，叶维廉又出版《比较文学论文选》，其中一章是《寻求跨中西文化的共同规律》，他要寻求中西文化的那些潜在的"文化模子"。两者的相似之处在于他们不再追求表面上的相似性，而是要从学理和文化根源上观澜索源。虽然后来在实际操作中成果颇丰，也体现出很多问题，但是，"比较诗学"在他们手中，具有了更多的"诗学"的性质。

1988年，上海人民出版社出版了刘小枫的《拯救与逍遥》。作者在引言中宣扬这是一部比较诗学的著作，关注的是人类精神冲突的价值取向问题，涉及到诗人死亡、基督教的救赎等等终极关怀式的比较研究，但他在后记中说"这根本不是比较诗学"。从个中的陈述可以明显觉察到，从1978年到1988年，在这十年之中，诗学的比较意识较有所前进，而且，比较诗学作为一个理论术语，开始出现雏形，但是，在犹豫和困惑中还是没有一个明确概念和定义。

---

7 刘若愚：《中国的文学理论》，田守真、饶曙光译，四川人民出版社，1987年，第3页。

 1988 年，北京出版社出版了国内第一部真正以"比较诗学"命名的专著，即笔者的《中西比较诗学》，该书被学术界视为中西比较诗学的奠基之作。这一本书并非空穴来风，正如前文所述，1981-1988 年间，笔者在重要刊物上发表 24 篇中西比较诗学的系列论文，是这一期间国内最活跃也是最富有创新意识的学者之一。这些成果最终催生了《中西比较诗学》。笔者在后记中说："比较不是理由，只是研究手段。比较的最终目标，应当是探索相同或相异现象之中的深层意蕴。发现人类共同的'诗心'，寻找各民族对世界文论的独特贡献，更重要的是从这种共同的'诗心'和'独特贡献'中去发现文学艺术本质特征和基本规律，以建立一种更新、更科学、更完善的文艺理论体系"[8]即使在笔者十年之后写《中外比较文论史》的时候，也依然坚守"比较不是理由，只是研究手段"这个信念。该书第一次将中西文论史上的范畴进行系统整理、筛选、比较阐释，是比较诗学史上最重要的论著之一。该书主要分为五大部分：艺术本质论、艺术起源论、艺术思维论、艺术风格论、艺术鉴赏论，以这五个部分为最基本的话题为对话单元，然后在每个话题之下分别论述中西文论话语的大致内容。在一个共同的对话框架下，进行中西诗学话语的互释互证和相互阐发。该书充分体现跨文化、跨学科的特征。笔者充分考虑到了这些范畴之间的可比性和通约性。这就比简单的表现与再现、叙事与抒情等的比较更加深化具体。并且，1989 年笔者在《文学评论》发表《从总体文学角度认识〈文心雕龙〉的民族特色和理论价值》，首次用诗学比较的方法，将《文心雕龙》置放于一个宏观性的世界性视野之中来进行重新定位。这些研究方式也影响了九十年代比较诗学研究的整体模式。即寻找一个共同的文化模子，在这个模子之下，展开中西方的诗学范畴和理论术语的比较阐发。

 概言之，这一个十年中最大的成就体现在：一、《中西比较诗学》一书的产生奠定了比较诗学研究的基本理论框架和研究范式以及整个学科的发展思路；二、《管锥编》、《文心雕龙创作论》、《拯救与逍遥》等书以及蒋孔阳、周来祥、曹顺庆等人的相关论文为比较诗学研究提供了很好的实践范本，其融会贯通的总体文学意识形成了比较诗学的基本操作形式；三、钱钟书、刘若愚、叶维廉、曹顺庆先生对共同的诗学理论体系的追求构建了比较诗学研究的终极目的。换言之，这三个"事件"从目的、方式、理论构架三个方面塑造

---

8 曹顺庆：《中西比较诗学·后记》，北京出版社 1988 年版。

了比较诗学研究的基本雏形。但是后来，随着研究的深入，以笔者为代表的学者也意识到其中所存在的问题：一是这十年间的成就固然可喜，但是，在比较的名义下，究竟哪些是合法性的可比的？哪些是乱比？仍然在学理上没有澄清这个可比性问题，以至于比较诗学成为少数人的话语"独白"或内部操作，这是比较诗学学科体系和普适性方法论上的不足；二是比较诗学的研究视野是不是仅仅局限在中国和西方各国？局限在中国古代文论和西方古代、近现代文论的比较之中？"世界"的外延何在？东方在哪里？文明仅仅是中西两极吗？东方文明体系内的其他国家的诗学思想理所当然地缺席或失语？这是比较诗学空间上所存在局限和不足；三是这一期间比较诗学所抽取的范畴往往是横向选择的，这些范畴虽然在空间上跨越了异质文明，但是，在时间的纵向维度上却有待于整体化和历史化，就是说，要将这些诗学范畴纳入一个更加宏阔的诗学比较体系之中，将横向范畴比较与纵向历史溯源置放在一个共同的诗学语境之中。就是在文论历史的沟沉中寻找深层的"文化模子"，如何去挖掘差异性背后的意义生成机制。换言之，这十年开始意识到中西的异同"是什么"，但是没有从一个纵向的历史维度思考这些表象之下内在的意义生成方式和话语规则的终极动因何在，即"为什么"。这是时间维度上的不足。这是 1988-1998 年期间比较史学界所试图解决的困惑。

1988-1998：返观与重构

上一个十年在学科性、空间性和时间性三个主要层面的不足在这一个十年得到了大致地解决。很多学者有意无意地朝着这个方向去推进。

在笔者《中西比较诗学》一书出版之后，掀起了比较诗学研究的一个高峰。1991 年，人民文学出版社出版了黄药眠、童庆炳的《中西比较诗学体系》，该书是这一时期比较诗学研究的重要成果之一。全书分为上下两册，上中下三编，主要由北师大的教师执笔写成。该书最大的特色就是从学科构架上深化了《中西比较诗学》，提出要建立中国的诗学理论体系，这为中西诗学的平等对话提供了一个理论平台。1992 年，上海外语教育出版社出版了狄兆俊的《中英比较诗学》，这是一部国别之间诗学理论比较的专著，集中对中英两国的诗学比较研究。虽然早在 1980 人民文学出版社就出版了金克木《印度古代文艺理论文选》，但是其中诗学比较的意识还不够。狄兆俊的结论是：无论是无用与有用、客观与主观、功利与超功利等等，中西方文化在每一对范畴中既是相互对立也是相互包容的。在这一点上，中英诗学呈现出明显的对话契合点。1993 年，北京大学出版社出版了黄宝生的《印度古典诗学》，这是第一本关于印度诗学的专著。1992 年安徽文艺出版社还出版了周来祥与陈炎合著的《中西比较美学大纲》，这是对叶朗的《中国美学史大纲》在比较意识层面的扩充和拓展。1993 年，春风文艺出版社出版了比较诗学性质的一本工具书《世界诗学大辞典》，由乐黛云等人编撰，该书为全方位地了解比较诗学范畴术语提供了重要的参考意义。还有张法的《中西美学与文化精神》1994 年由北京大学出版社出版，作者主要是从文化精神的高度来思考比较诗学的。与笔者《中西比较诗学》不同，他更多的是从一个更宏观的角度或者是文化哲学的角度来思考中西差异。例如"有"与"无"、"明晰"与"模糊"等等，他在这些话语言说的根本差异和方式层面作了文化根源上的检视，其结论也是颇具启发意义的。1992 年，美国杜克大学出版了张隆溪的《道与逻格斯》（1997年冯川将之译成中文，由四川人民出版社出版），中国人民大学出版社 1998 年出版了赵毅衡的《当说者被说的时候——比较叙述学导论》。

从这些专著中存在一个相似之处，那就是这一时期关注的主要问题，不仅是寻求一种共同诗学，更多的是从方法论上去探索和突破，或者从具体的学理框架上去尝试。例如，陈跃红说："从某种意义上说，比较诗学不一定理解为自成一体的不同传统的比较，也不尽在各种诗学价值观能否沟通，更不在于那个在一定历史语境中几乎不可能出现的'共同诗学'的乌托邦。而在于当两种以上不同的诗学阐释传统和方法原则终于坐到一起来的时候，能否在对谈和争论中探讨一种相互取长补短、综合发挥，具有钱钟书先生所言的'打通'特征的诗学阐释观和话语方式。"[9] 其他主要的相关论文有：《中西比较诗学方法浅论》（武卫华 1988）、《论中西比较诗学研究的范围和目的》（周伟民 1988）、《走向比较诗学》（张海明 1993）、《中西诗学比较方法论讨论会综述》（黄耀华 1994）、《中西诗学比较管见》（赵稀方 1995）、《自然之道——中西传统诗学比较论纲》（饶芃子 1995）、《道与逻格斯：中西文化与文论分道扬镳的起点》（曹顺庆 1996）、《寻求比较诗学研究的新路径》（曹顺庆 1997）、《中西比较诗学的历史与发展》（张海明 1998）、《比较诗学需要一种跨文化的学术视野》（乐黛云 1998）《比较诗学研究需要一种国际性学术视野》（童庆炳

---

9 陈跃红：《阐释的权利——当代文艺研究格局中的比较诗学》，《北京大学学报》（哲社版），1994 年，第 1 期。

1998）。这些论文强化了比较诗学的学科性和理论性特征。

针对上一个十年的比较诗学的空间理论上的问题。笔者与季羡林先生共同主编的《东方文论选》于 1996 年由四川人民出版社出版，填补了国内比较诗学研究的一个空白。郁龙余认为该书把比较诗学从中西"两点一线"变为了"三点共面"还"有助于克服西方文化论的影响"[10]，该书约 70 万字，分为六编，选译了日本、朝鲜、波斯、阿拉伯、印度等国家的 100 余钟（篇），有对每国文论的一个简单概述引介，也有对主要文论文本的选译，另外还列出了该国文论的主要参考书目。郁龙余说是"一种摆在案头，要用一生一世的书"。季羡林先生在序言中也说："有识之士定能'沉浸浓郁，含英咀华'，融会东西，以东为主，创建新的文艺理论体系。"。以往的比较诗学仅仅局限于中国和西方国家，其他东方文明却因此被遮蔽，其中的问题主要是一直以来的"西方中心主义"思想。似乎中西比较诗学就涵盖了比较诗学的总体思路。而《东方文论选》在比较诗学史的重大成就是把"东方"这个文明圈拓展开去，并且纳入文论格局之中。很多资料都是第一次介绍到国内，给学术界以极大的启示和震惊，并且，把比较诗学的空间视野从中西两极的格局中拆解，把以中国文明、古希腊文明、印度文明三大文明体系为主的诗学话语相提并论、相互生发。从《中西比较诗学》到《东方文论选》，标志着比较诗学研究从空间上更接近了其终极目的。随后，2003 年商务印书馆出版邱紫华的《东方美学史》，2004 年北京大学出版社郁龙余、孟昭毅主编《东方文学史》等，开创了比较诗学的新的局面。随着后殖民主义的兴起，"东方"形象在世界诗学史上开始被重塑。

虽然空间上开辟了新航道，但是，上一个十年的第三个疑惑即比较诗学时间维度的深层开掘仍然有待于解答。如果不从一个整体性的诗学史的角度纵向开掘范畴比较背后的话语规则和意义生成方式，那么，比较诗学只会在横向维度漫无边际地抽取比较，没有一个文化模子的观照，没有对其内在的深层可比性因素的探索，比较诗学举步维艰。1998 年，山东教育出版社又出版了笔者另一部著作《中外比较文论史》（上古时期）。该书是对《中西比较诗学》的又一次深化和拓展，笔者在该书后记中说："虽然我在研究目的上并没有改变，但在比较研究的方法上却已经有所变化，这种变化体现在如下两

---

10 郁龙余：《旧红新裁　熠熠生辉——简评〈东方文论选〉》，《外国文学研究》，1998年，第 1 期。

方面：其一是从中西两极比较转向了总体文学式的全方位的多极比较；其二是从文论范畴的对比研究走向了文化探源式的跨文化比较文学研究。"[11]这两个转变也体现了这一个十年中比较诗学的两个重大转向。全书总结了世界文论的共同规律，从文化根源和影响变异方面进行了深入的论述和考辩。展开了从诗学的范畴式比较到总体诗学的整和清理。作者不仅将国别文论史是什么讲清楚了，而且把为什么会出现这样面貌也进行了探根索源式的纵向开掘。分析了中国、印度、古希腊三个文论源头内在构成模式及其流变播散。笔者认为"作为跨文化研究的《中外比较文论史》，如果仅仅是论述'是什么'，总让人觉得不惬于心。在最初的撰写中，我尤为强烈地感受到了这一点。于是，我调整了撰写大纲，将文化探源式的跨文化比较研究，作为本书一项重要内容；在论述'是什么'的同时，进一步探索'为什么'。我力图从'意义的产生方式'与'话语解读方式'和'话语表述方式'，寻求东西方各异质文化所赖以形成、发展的基本生成机制和学术规则，并从意义的生成来源，生成方式，解读方式和话语言说方式的探索之中，进一步清理文论范畴群及其文化架构、文化运作机制和文化发展规律。"[12]这是这一个十年之间比较诗学研究思路上的一个重要转折。

1998 年还出版了杨乃乔的《悖立与整和——东方儒道诗学与西方诗学的本体论、语言论比较》，该书 60 万字，与笔者的《中外文论比较史》相比，他更注重在一些相关命题上的深度阐发。从"道与逻格斯"、"经与逻格斯"、"立言与立意"等方面详细阐释了中国儒道与西方本体论、语言论的异同。较之以前的比较诗学研究，他的重要突破是还原了中西方的文化语境和最根本的诗学话语规则，不是从范畴和术语上去展开，而是和笔者一样，去追寻"文论范畴群及其文化架构、文化运作机制和文化发展规律"。两位学者在这一点上的心有灵犀事实上证明了比较诗学的重大转变。即从"是什么"到"为什么"，从表象比较到深度比较，从范畴术语比较到意义生成方式的比较。正是这个转变，把比较诗学推向了另一个更高的境界。

概言之，这一个十年比较诗学的重大成就或重大转向体现在以下几个方面：一、《中西比较诗学体系》、《中西比较美学大纲》等专著以及《中西诗学比较管见》、《自然之道》等论文的涌现标志着中国比较诗学在学科体系建设

---

11 曹顺庆：《寻求比较诗学研究的新路径》，《中国比较文学》，1997 年，第 2 期。

12 曹顺庆：《寻求比较诗学研究的新路径》，《中国比较文学》，1997 年，第 2 期。

上超越了上一个时期比较诗学大多注重范畴、术语的对比的总体模式，开始有意识地追根溯源，展开深度比较，并构建"方法论"、"体系论"和"目的论"等学理构架；二、1993年《印度古典诗学》尤其是1996年《东方文论选》的出现标志着比较诗学从上一个十年中西"两点一线"到这个十年的"三点共面"，重新定位了比较诗学的研究视域和空间座架；三、1994年《中西美学与文化精神》笔者1998出版的《中外比较文论史》、杨乃乔的《悖立与整和》使得中西比较诗学实现了一个成功转折。《中外比较文论史》是国内第一部关于中外文论的比较研究史。作者从三大文明体系源出发，阐发了世界诗学发展的总体脉络，同时，还从文论群、意义生成方式等方面梳理了中外文论的话语规则，从整体规划上，笔者就代表了当时比较诗学研究的前沿。因为以往的专著几乎都局限"中西"特征，包括他自身的《中西比较诗学》，笔者采用了"中外"便意味着在编选《东方文论选》之后，这又是一部立足中国，兼顾整个世界文论的著作，包含着以中为主，以中化西的思维倾向。其二是笔者没有使用"诗学"而是采用"文论"，这个术语的替换也彰显着笔者在世纪末对比较诗学学科的身份反思；其三，"史"不仅仅是时间上跨越，在该书中作者还将史论结合，把横向的文论对话置放在一个更宏观深刻的纵向生成流变之中，把握这些表象差异之间的文化根源和发展规律，体现这个思路的《道与逻格斯：中西文化与文论分道扬镳的起点》就是一篇引起了强烈反响的重要论文。

尽管这个十年期间很好地解决了上个十年的三大难题，但是其新的困惑和不足之处也相当明显：第一、"失语症"问题。在中西比较诗学的进程中，"比较"难免会出现价值取向和价值评判，当中国思想与文化文论遭遇到外国文化文论之时，如何实现平等对话、互补互证是一个根本性的立足点问题。然而，在比较诗学乃至整个当代文化文论之中，笔者指出，存在一个巨大的问题，那就是"长期以来，中国现当代文艺理论基本上是借用西方的一整套话语，长期处于文论表达、沟通和解读的'失语'状态。"[13]罗宗强说这个失语症问题："接触到当前文学理论界要害，引起了学界的热烈的相应，一时成了热门话题。学者们纷纷提出利用古文论以建立我国当前文论话语的各种可能性。"[14]于是，如何解决这个问题，成了一个重大的历史命题；二、"异质性"

---

13 曹顺庆：《文论失语症和文化病态》，《文艺争鸣》，1996年，第2期。
14 罗宗强：《古文论研究杂识》，《文艺研究》，1999年，第3期

问题。比较诗学在这两个十年的发展中，除了失语症，还暴露出另一个问题，那就是，比较诗学似乎都存在这样一个理论预设：中外文论必须要有"同"或"似"才能够对话比较，否则就是乱比，即求同存异，那么，完全相异的东西是否可比？比较诗学是否只有在求同存异这个框架下操作？跨文明的知识体系难道真的不能对话？；三、"合法性"问题。这二十年的发展中西比较诗学开始逐渐走向成熟之时，内部却爆发出一股反思和质疑之力量。在经历了比较诗学的研究成果所带来"震惊"和大规模效仿所造成的"成就"之后，面对更加体系化、理论化、历史化、学科化的比较诗学，部分学者开始质疑该学科本身的合法性，首先，中西或中外是否是可通约的？比较诗学所找寻的"共同规律"或"共同诗学"是否可能？这个问题引发了下一个十年的论争。

1998-2008：深化与拓展

历史总是在反叛和质疑之中推进的。经历上一个十年比较诗学的辉煌之后，知识分子所持有的主体性反思开始大规模呈现。首先是余虹发表的系列论文：《中西传统诗学的入思方式及其历史性建构》（1997）、《"比较文艺学"之我见》（1997）、《"中西比较诗学"：其名其实？》（1998），并且在1999年三联书店出版了他的《中国文论与西方诗学》。余虹这三年的思考主要涉及到中西诗学的合法性问题，他认为中国文论和西方诗学长期都在预设的普效性中进行，中国古代文论与西方诗学具有"不可通约性"，并提醒我们正视将"文论"视为"诗学"样式的"学术后果"，警惕那种"制造诗学普遍性的神话"的"跨文化共名的做法"，吴兴明认为他的重大推进在于"思路"，"沿此思路，纠结于中西文论诗学比较研究之学理地基上的一系列疑难与困境似乎有了走出的可能。"[15]。他的考证与论辩引起了这个十年中关于中西文论"普适性"问题的论争。80年代叶维廉等人倡导的"共同诗学"以及后来的"比较诗学"在这个十年遭受到了巨大的攻击。余虹认为中西异质的文论体系是不能纳入同一个比较体系之中的，他认为中国不存在西方意义上的诗学体系，中国文论与西方诗学之间存在着严格的"不可通约性"和"结构性差异"。

2000年，饶芃子的《比较诗学》由陕西师范大学出版社，她也指出："我们力图在更深广的'文艺学'的视野中对中国文论和西方诗学进行比较研究，同时为了避免'文论'和'诗学'这种传统命名方式的历史局限，在更具包容

---

15 吴兴明：《中国文论与西方诗学》，《文艺研究》，2000年，第6期。

性的名称之下展开我们的研究,我们将我们的研究命名为'中西比较文艺学'"[16]。在这一本命名为《比较诗学》的专著中收录了作者 25 篇相关论文,作者在《自然之道:中西传统诗学比较论纲》一文中指出中西传统诗学要么"大而代之以'量'取之",要么"小而之以'貌'取之"。她认为问题在于:"中西传统诗学的比较研究一直不曾追问这两者的理论前提和基本诗学方法的问题。这一问题的耽搁是中西传统诗学比较研究迟迟不得登堂入室而徘徊于门外的根本原因。"[17]她的观点是"中西传统诗学在表面的巨大差异下走着一条共同的、十分隐秘的道路:自然之道"[18]可见,饶先生比余虹更深刻之处就在于,她不仅认同其所谓的"不可通约性",还从"自然之道"这样一个根本的思想前提下来清理诗学的方法论问题,试图解决这个结构性差异。

由于在《比较诗学》序言中已经提及到"比较诗学"一语的问题所在,所以 2002 年饶芃子主编了《比较文艺学丛书》,由中国美术学院出版社出版,该书与《中国文论与西方诗学》是一脉相承的。该书分为三本专论,三本研究资料汇编。这六本书是作为"比较文艺学的基础性工作"而出现的。该丛书力图丰富属于比较文艺学的整体构架,但是,在宏观思路上,却走了一条与比较诗学不同的道路,他们的工作正是对比较诗学学科的另一种形式的丰富和完善。

这一时期,与"不可通约性"同样重要的另一个走向是失语症问题的展开。1996 年笔者《文论失语症与文化病态》发表以后。学术界相继发表《回到语境——关于文论失语症》(张卫东)、《从"失语症"、"话语重建"到"异质性"》(曹顺庆)、《后殖民语境中的东方文学选择——兼评当前诗学讨论中的"失语症"论》(高旭东)、《"失语症"与文化研究中的问题》(高小康)、《对"失语症"的一点反思》(蒋寅)、《文学理论的"他国化"与西方文论的中国化》(曹顺庆)、《再说"失语症"》(曹顺庆)、《后殖民主义与文论失语症命题审理》(章辉)《论"失语症"》(曹顺庆)、《关于中国文论"失语"与"重建"问题的再思考》(陶东风)等等。可见,失语症不仅是这个十年的重大理论症结,也是整个 20 世纪中国文化与文论的致命症结。这关系到中国自身的文化身份存亡问题。事实上,失语症的第一次提出不是笔者。黄

---

16 饶芃子:《比较诗学》,陕西师范大学出版社,2000 年,第 13 页。

17 饶芃子:《比较诗学》,陕西师范大学出版社,2000 年,第 14 页。

18 饶芃子:《比较诗学》,陕西师范大学出版社,2000 年,第 15 页。

浩发于《文学评论》1990 年第 2 期的《文学失语症——新小说"语言革命"批判》就引起了第一次反响，如唐跃发于《文学评论》1991 年第 1 期的《文学尚未失语——关于黄浩同志《文学失语症》一文的不同意见》。但是，关于失语症，真正在国内文艺理论界乃整个文学界引起巨大的反响并产生了集体性的学术反思的论文是笔者发于《文艺争鸣》1996 年第 2 期的《文论失语症与文化病态》。

笔者认为，失语的终极原因是长期"西方化"的最终结果。中西之间存在着明显的"隔"而不是"化"，没有从根本上认可中西文论的异质性和独立性，于是就出现"西方中心主义"或"东方中心主义"的偏颇，"因为双方不是在同一个层面上平等交流对话，要么是西方理论崇拜，要么是极端民族主义情绪在作祟。很难超越这种异质文明之间的鸿沟达到'共在之域'。"[19]导致中国文论总是在西方话语的牵制之下被改头换面、支离破碎。最终无法言语。就连很多身处中西文化碰撞中华裔学者也存在这种问题。例如刘若愚在他那本著名的《中国文学理论》，还是没有摆脱"西学为体，中学为用"的基本思想。

笔者对失语症的系统阐述，在比较诗学领域引发了两个命题：一是如何重建中国文论话语；二是西方文论的中国化。这两个命题是失语症的两个大致的出路。也是比较诗学研究寻求突破的两大理论策略。1996 年曹顺庆、李思屈发表《重建中国文论话语的基本路径及其方法》，1997 年又在《文学评论》发表《再论重建中国文论话语》，这是笔者在提出失语症之后的又一个理论创建。这意味着他把"话语重建"和比较诗学的"中国化"作为"失语症"的一种应答和思想出路。因为，在过去的研究中，比较诗学的面貌一度在"西化"还是"中化"之间游离。尤其是很多比较诗学著作和文章套用西方的术语概念来阐释中国文论并标榜为比较诗学。这一方面没有将西方诗学进行语境化挪用，另一方面也将中国文论的本然面貌阐释得面目全非。而话语重建与传统的古代文学研究最大的不同在于："不是简单地回到新文化运动以前的传统话语体系中去，也不是简单套用西方现有理论来解释中国的文学现象。而是要立足于中国人当代的现实生存样态，沉潜于中国五千年生生不息的文化内蕴，复兴中化民族精神，在坚实的民族文化地基上，吸纳古今中外人类文明的成果，融汇中西，而自铸伟辞，从而建立起真正能够成为当代中国人

---

19 曹顺庆、王超：《论中国古代文论的中国化道路》，《中州学刊》，2008 年，第 2 期。

生存状态和文学艺术现象的学术表达并能对其产生影响的、能有效运作的文学理论话语体系。"[20]这一方面的重要成果还有李思屈的《中国诗学话语》（1999）、李清良的《中国文论思辨思维研究》（2001）笔者的《中国文化与文论》（2000）以及《中国古代文论话语》（2001）。这一系列成果中对中国文论"依经立义"、"以少总多"以及"本末思维"等话语言说方式的整理充实了中国文论的诗学话语体系，也深化了这个时期的比较诗学研究，向展开中西平等对话迈出了坚实的一步。

　　失语症的出路除了从中国内部清理出一套自己的诗学话语之外，还要化用西方的文论资源。即西方文论的中国化研究，如果说话语重建是"中化"，那么这第二步就是"化西"而不是"西化"。这才能做到比较诗学的跨文化视野。笔者充分意识到了所谓的"共同诗学"的乌托邦性质，认为任何比较诗学体系都不可能是无所不包，也不可能只是某一国的，在《中西比较诗学》中早就阐明"比较只是一种手段"，这个断言在 20 多年来一直被证明。比较是一种迂回方式。X 与 Y 无论如何比较，最终目的不是获得一个谁优谁劣的价值评判，也不是为比较而比较，而是为了进入中国文论话语自身的重建和发展之中。是为了在比较中相互"启发"、"照明"、"检视"、"互补重建"。在比较诗学 20 多年的发展中，无论是范畴术语比较还是体系模式比较乃至文化模子比较，很少有人意识到这个问题。所以，解决失语症的两大步骤就是先要清理出自身的话语规则，然后再去融汇西方的资源。这两个步骤奠定了这一个十年比较诗学研究的两个基本动向。而在第一步取得一些成果之后，西方文论中国化成了比较诗学的另一个使命。但是，余虹早就指出中西之间的"结构性差异"那么，能否"化"？如何"化"成了当务之急，笔者说："可以说，文化也好，文论也好，在一定的历史文化条件下，都是可以'转换'的，这种'转换'，就是'他国化'"，"中国当代文化、当代文论的重要任务，就是要利用'他国化'这一规律，实现'西方文论的中国化'，而要实现'中国化'，首要的不是处处紧追西方，而应处处以我为主，以中国文化为主，来'化西方'，而不是处处让西方'化中国'"[21]并指出佛教中国化就是一个很好的范例。可见，笔者是主张对话的，只是定位要以中为主。他还指出："化用

20　曹顺庆：《再论重建中国文论话语》，《文学评论》，1997 年，第 4 期。

21　曹顺庆：《文学理论的'他国化'与西方文论的中国化》，《湘潭大学学报》（哲社版），2005 年，第 5 期。

他国文化与文论的一个重要动因是互补性"[22]。

这一期间这一思路的重要成果还有：王晓路的《中西诗学对话——英语世界中的中国古代文论研究》（2000）、以及论文《重建中国文论的又一有效途径：西方文论的中国化》（曹顺庆、谭佳）、《重建中国文论话语的新视野——西方文论的中国化》（曹顺庆）、《西方文论中国化笔谈》（曹顺庆等）、《西方文论如何实现"中国化"》（曹顺庆等）、《西方文论话语的"中国化"："移植"切换还是"嫁接"改良？》（曹顺庆等）、《"误读"与文论的"他国化"》（曹顺庆）《文学理论的"他国化"与西方文论的中国化》（曹顺庆）等等。

这十年的第三个朝向是关于异质性的讨论。导致失语症的一个重要原因，就是忽视了中西诗学比较上的异质性因素，使得中国文论被西方诗学所同化，中国文论成为西方诗学的一个注脚。正如余虹指出的"不可通约"和"结构性差异"一样。在"求同"倾向出现问题的时候，"异"的价值就充分体现出来。1999 年，笔者在《替换中的失落》中指出："中国诗学应该在整体上反省自己的知识形态并寻找出路，以中国智慧的特质与西方对话，而不是以化归的方式向西方认同"[23]，而"所谓异质性，是指从根本质地上相异的东西。就中国与西方文论而言，它们代表着不同的文明，在基本文化机制、知识体系和文论话语上是从根本上就相异的（而西方各国文论则是同根的文明）。这种异质文论话语，在互相遭遇时，会产生相互激荡的态势，并相互对话，形成互识、互证、互补的多元视角下的杂语共生态，并进一步催生新的文论话语。"[24]另外，笔者还发表：《从"失语症"、"话语重建"到"异质性"》（《文艺研究》1999 年第 4 期）、《中国文论的"异质性"笔谈——为什么要研究中国文论的异质性》（《文学评论》2000 年第 6 期）等相关重要论文。进一步强化了对异质性的探讨和研究。

具体而言，关于诗学比较中异质性问题的研究思路或理论策略，主要是跨文明研究和变异学。以往的比较诗学研究往往体现在跨文化，但是，"文化"较之"文明"，还缺乏一种对更宏观的异质性的考查，如比较文学美国学派就

---

22 曹顺庆：《从"失语症"到西方文论的中国化》，《三峡大学学报》，2005 年，第 5 期。

23 曹顺庆、吴兴明：《替换中的失落》，《文学评论》，1999 年，第 4 期。

24 曹顺庆：《比较诗学的重要突破——〈中国文论思辨思维研究·序〉》，《中国比较文学》，2000 年，第 4 期。

认为只有在同一个文明圈内才能比较，曹先生认为他的局限就在于它的"跨文化"而不是"跨文明"，他认为"跨文明""强调对不同文明之间异质性的研究"[25]作者把比较诗学的异质性的广度和深度做了一次提升。相关论文还有：《跨文明研究：21世纪中国比较文学的理论与实践》(曹顺庆)、《异质文明对话与跨文明比较文学研究》(曾利君)、《作为比较文学的跨文明研究的合法性》(唐小林)、《跨文明比较文学研究的可比性问题》(曹顺庆)、《跨文明比较文学研究——比较文学学科理论的转折与建构》(曹顺庆)、《跨文明"异质性"研究——21世纪比较文学研究的一个重要领域》(杜吉刚)《跨文明研究：比较文学学科理论的新阶段》(季俊峰)。

异质性研究中的另一个理论思路即变异学研究，2006年，笔者发表《比较文学学科中的文学变异学研究》、《比较文学变异学研究》等论文，并且在他的两本专著《比较文学学》和《《比较文学教程》中专章论述了变异学的基本理论。笔者认为"在文学传播和交流的过程中，除了可以确定的实证性影响的因素之外，在文化过滤，译介，接受等作用下，还有许多美学因素，心理学因素和文化因素起着重要的作用，在这些难以确定的因素的作用下，被传播和接受的文学在一定程度上发生了变异"[26]。如果说，法国学派是求同忘异，那么，美国学派就是求同拒异。而中国学派，从一种阐释的角度来进行比较，不管是单向注脚还是双向阐释，都存在着"求同无异"的思维模式，用西方的理论来阐释中国文学现象，用中国的文学现象来注脚西方的理论。不知道中西文明之间所存在的这种异质性问题。因此，变异学的根本价值就在于求异，尤其是诗学文学传播过程中的文化过滤、社会集体想象物等问题。

2005年北京大学出版社还出版了陈跃红《比较诗学导论》，主要围绕着什么是比较诗学，比较诗学的历史和现状，基本概念，以及怎样开展比较诗学研究，比较诗学的走向和深化可能等等，各章节之间环环相扣。既有细致的理论分析，又有实际的案例讲解。可以说，比较全面地接受了比较诗学学科的基本理论框架和实际运用。

概言之，随着失语症、话语重建、跨文明对话、变异学等重大理论问题

---

25 曹顺庆：《跨文明研究：把握住世界学术基本动向和学术前沿》，《思想战线》，2005年，第4期。

26 曹顺庆：《比较文学教程》，高等教育出版社，2006年，第97页。

的提出及相关成果的出现。标志着比较诗学又迈入了一个新的阶段。而且，在这一期间，国内学界也在纷纷寻找比较诗学新的出路。这些研究思路也丰富了上述重大理论问题的整体构架。

例如"理论诗学"的提出，周启超认为比较诗学研究虽然热火朝天，但是，"在方法论层面上，比较诗学的症结之一在于'主观化强制：要么是以汉语言文化来诠释西方诗学思想，要么是以英语文化来阐释中国诗学思想。这种解读的科学性何在？"由此，作者提出了"理论诗学"来回应这种挑战："理论诗学守护文学本位，开拓理论空间，追求突破时间、地域、语言、文化的界限，寻求超越单个文化体系之上而具有一种世界性普遍阐释力的文学理论。"[27]。除了理论诗学，还有学者提出"东方比较诗学"："所谓'东方比较诗学'，是一种地区性诗学的比较研究。与中西诗学的比较研究不同，东方比较诗学就在东方文化范围内进行。由于历史上东方各国在文化上有着密切的交流和联系，东方诗学之间也有着许多直接或间接的联系……，因而，东方比较诗学不存在'可比性'的问题，也不存在比较的共同基准问题，它具备了比较研究的一切应有的前提和基础。""把东西方各主要民族和国家的诗学都纳入研究视野的真正完善的'比较诗学'体系的建立，必有赖于东方比较诗学的研究的充分展开，我们应该以此作为今后'比较诗学'努力的方向。"[28]。他认为我国的比较诗学研究片面将比较诗学等同于"比较文论"，并且偏重于中西比较诗学，而很少将中国以外的东方诗学纳入比较诗学的整体构架之中，所以不仅要清理中国文论的诗学话语，还要进一步展开东方文明圈中的诗学比较研究。

与此相似，除了东方文论，谭佳认为中国当代文论也应当参与到比较诗学之中。她指出："所谓'比较'一直存有裂缝和断层。中西方所有的诗学比较实际上都是在中国古代文论与西方古代、当代文论之间进行，这业已成为中西比较诗学不争的学科前提和范围。而中国当代文论与西方诗学的比较则似乎永远理应被淡漠和缺席，这种不加反思的学科定位和研究视域是理所应当的吗？"[29]。另外，还有学者提出"对话研究"："在对话式比较中，一种新

---

27 周启超：《"比较诗学"何为——关于研究路向的一点思索》，《中国比较文学》，2001年，第3期。

28 王向远：《比较诗学：局限与可能》，《中国文学研究》，2004年，第3期。

29 谭佳：《中西比较诗学研究的瓶颈现象及其反思》，《文学评论》，2005年，第6期。

型的、平等的言说关系或话语伦理将得以重建。这是因为对话遵循的是问—答逻辑，也就是说，在对话中没有任何权威，在问—答逻辑中真正居于权威地位的是问题本身的呈现及其解决，此问—答逻辑对对话中的任何一方都具有规范和矫正的作用。换言之，对话的真正目的是为了达到互证、互识。"[30]。另外，还有人提出现象学和谱系学的方法："不管反逻格斯中心主义到何种程度，比较诗学的合法性都不可能仅由现成的诗学传统来承担，恰当的做法或许是：让谱系学方法用于诗学历史的知识学清理，现象学道路承担起开启诗学知识的合法性。"[31]作者认为比较诗学应当采用现象学还原和谱系学的双重眼光，才能突破其方法论上的困境，找到新的出路。甚至高玉在提出"超越性诗学"或"第三种诗学"："我们主张另一种超越，即后现代主义模式的中西比较诗学"[32]，"既要超越中国性，又要超越西方性，要具有世界意识，从而成为一种真正涵纳中国诗学和西方诗学的第三种诗学。"[33]

小结

总体说来，中国比较诗学研究三十年的发展历程清理如下：第一个十年最大成就是《管锥编》、《文心雕龙创作论》、《中西比较诗学》、《拯救与逍遥》等著作论文在比较诗学学科领域的开创、奠基、方法论、目的论等方面的坚实铺垫。但问题体现在三点：一是学科体系和可比性边界问题尚未很好垦拓；二是中—西的两极视域在空间上未完整性；三是横向的范畴比较缺乏纵向的生成机制陈述和话语规则清理；第二个十年的成就和转折点体现在三点：一是《中西比较诗学体系》等在学科理论体系上的深化和拓展，二是《东方文论选》《印度古典诗学》等把比较诗学的研究视域和空间座架从"两点一线""三点共面"，重塑了世界诗学的总体格局。三是《中外比较文论史》、《悖立与整和》、《道与逻格斯》等使比较诗学研究从"是什么"到"为什么"，从表象比较到深度比较，从范畴术语比较到意义生成方式的比较，从横向空

---

30 黄念然：《对话：比较诗学研究的一个基本维度》，《外国文学》，2004 年，第 6 期。

31 肖伟胜：《比较诗学的方法论困境及其出路》，《西南师范大学学报》（人文社科版），2006 年，第 7 期。

32 高玉：《论当代比较诗学话语困境及解决路径》，《外国文学研究》，2004 年，第 5 期。

33 高玉：《论中西比较诗学的"超越"意识》，《浙江大学学报》（人文社科版），2005 年，第 4 期。

间比较转向了历史性的话语规则的比较。这三点转变使得比较诗学从第一个十年的实现向第二个阶段的成功转型。但其问题体现在：一、失语症问题的困扰。这是二十世纪整个中国文化与文论的重大症结。如何在诗学比较中避免"以西释中"、"以中注西"等倾向成了这个十年留下的最大难题。二、异质性问题。这个十年比较诗学的普及导致部分人盲目求同，生搬硬套、生拉硬扯地胡乱比附。如何界定异质性、类同性、可比性之间的边界问题，待于深化和拓展。三、合法性问题。在比较诗学方兴未艾之时，另一个症结被指出，即不同文化语境的文论体系是否具有可比性？是否可想当然地"通约"和"归类"。这是涉及到学科存亡的理论问题。这三大困惑成了下一个十年的主要任务。第三个十年的关键词就是失语症、话语重建、跨文明对话、变异学。其成就体现在：一、《中国文论与西方诗学》、《比较文艺学》等宣告了中西文论思想的"不可通约性"和"结构性差异"。从另一个向度否定了诗学比较的可能性。这次论争或对比较诗学的叛逃意味着学科身份和边界研究进入了一个新的阶段；二是对失语症的全面体认和系统阐述。从 1996-2008，关于失语症的论文达到 315 篇。失语症问题检视了比较诗学发展过程中所存在的"西化"倾向。把"比较"的目的定位为中国自身话语的重建而不仅仅是文论比较。这是比较诗学乃至整个文化文论界的重大论断。三、《中国诗学话语》、《中国文论思辨思维研究》、《中国古代文论话语》《中国文化与文论》等所缔造的"重建中国文论话语"的系统工程的初步成功。这些论著摆脱了诗学比较的一般思路。开始完全立足中国文化与中国语境。总结出"依经立义""以少总多"等中国文论独特的诗学话语。这是解决失语症的一个良方。四、《中西诗学对话》、《重建中国文论的又一有效途径：西方文论的中国化》、《西方文论如何实现"中国化"》、《"误读"与文论的"他国化"》等所提出的"西方文论中国化"的策略。该策略"以中为主，以中化西"的模式使比较诗学研究更加深入。五、异质性、跨文明和变异学。跨文明研究和变异学是异质性的两个子命题。跨文明研究是对比较文学法国学派、美国学派、以及中国学派的一次深化和超越。从"跨文化"到跨文明"标志着诗学比较更加尊重异质性，并且善于从无关性的"异"中互补和发现。变异学与此相辅相成，主动"求异"、"和而不同"。对异质性的体认、发掘和利用是这一阶段的一个新路标。六、这期间还出现了"东方比较诗学"、"理论诗学"、"超越性诗学""现象—谱系诗学"等积极的探索。这一十年的问题在于：一、如何进一步清理中国的诗学话语规则？二、如何展开跨文明的变异学研究？三、如何丰富和完善整个比较诗学体系？等等，这些，还有待于下一个十年去实现。

本文与王超合写

比较文学中国学派三十年[1]

　　倡导中国作风和中国学派，建立人文社会科学的中国学派，是当前中国学术发展和学术创新最重要的问题之一。"比较文学中国学派"是近三十年来中国比较文学发展中竖起的最鲜明的一杆大旗，也是最具有争议性的话题，但同时也是中国比较文学学科理论研究最有创新性，最亮丽的一道风景线。在总结中国比较文学三十年的发展历程之际，不能不谈比较文学中国学派。

　　比较文学"中国学派"这一概念所蕴含的理论的自觉意识最早出现的时间大约是 20 世纪 70 年代。当时的台湾由于派出学生留洋学习，接触到大量的比较文学学术动态，率先掀起了中外文学比较的热潮。一些学者领略欧美比较文学学术风气后返身自观，觉察到中国传统文学研究方法之不足，认为有必要通过比较文学研究来讨论中国文学民族的特征，取得文学研究方法的突破。因此，1971 年 7 月中下旬在台湾淡江大学召开的第一届"国际比较文学会议"上，朱立元、颜元叔、叶维廉、胡辉恒等学者在会议期间提出了比较文学的"中国学派"这一学术构想。同时，李达三、陈鹏翔（陈慧桦）、古添洪等致力于比较文学中国学派早期的理论催生和宣传。1976 年，古添洪、陈慧桦出版了台湾比较文学论文集《比较文学的垦拓在台湾》。编者在该书的序言中明确提出："援用西方文学理论与方法并加以考验、调整以用之于中国文学的研究，是比较文学中的中国学派"[2]。这是关于比较文学中国学派较早的说明性文字，尽管其中提到的研究方法过于强调西方理论的普世性，而遭到

1　原载于《外国文学研究》，2009 年，第 1 期。
2　古添洪、陈慧桦：《比较文学的垦拓在台湾》，东大图书有限公司，1976 年。

美国和中国大陆比较文学学者的批评和否定；但这毕竟是第一次从定义和研究方法上对中国学派的本质进行了系统论述，具有开拓和启明的作用。后来，陈鹏翔又在台湾《中外文学》杂志上连续发表相关文章，对自己提出的观点作了进一步的阐释和补充。

在"中国学派"刚刚起步之际，美国学者李达三起到了启蒙、催生的作用。李达三于 60 年代来华在台湾任教，为中国比较文学培养了一批朝气蓬勃的生力军。1977 年 10 月，李达三在《中外文学》6 卷 5 期上发表了一篇宣言式的文章《比较文学中国学派》，宣告了比较文学的中国学派的建立，并指出中国学派的三个目标：1. 在自己本国的文学中，无论是理论方面或实践方面，找出特具"民族性"的东西，加以发扬光大，以充实世界文学；2. 推展非西方国家"地区性"的文学运动，同时认为西方文学仅是众多文学表达方式之一而已；3. 做一个非西方国家的发言人，同时并不自诩能代表所有其他非西方的国家。李达三后来又撰文对大陆、台湾和香港三地的比较文学研究状况进行了分析研究，积极推动中国学派的理论建设。

一

在 20 世纪 70 年代末复苏的大陆比较文学研究，积极参与了比较文学中国学派的理论建设和学科建设。回首三十年，我们大致可以将比较文学"中国学派"的发展脉络归纳为三个阶段：第一阶段（1978-1987）是比较文学中国学派的开创与奠基的阶段。第二阶段（1988-1997）是比较文学中国学派基本理论特征及方法体系的建构阶段。第三阶段（1998 至今）是比较文学中国学派的研究继续向前推进发展的阶段。

季羡林先生 1982 年在《比较文学译文集》的序言中指出："以我们东方文学基础之雄厚，历史之悠久，我们中国文学在其中更占有独特的地位，只要我们肯努力学习，认真钻研，比较文学中国学派必然能建立起来，而且日益发扬光大"[3]。同年，严绍璗也提出："目前，当比较文学研究在我国文学研究领域里兴起的时候，我们应该在继承世界比较文学研究的优秀成果的基础上，致力于创建具有东方民族特色的'中国学派'"[4]。1983 年 6 月，在天津召开的新中国第一次比较文学学术会议上，朱维之先生作了题为"比较文学

---

3 张隆溪选编：《比较文学译文集》，北京大学出版社，1982 年。
4 严绍璗：《比较文学的理论与实践——座谈记录》，《读书》，1982 年，第 9 期。

中国学派的回顾与展望"的报告，在报告中他旗帜鲜明地说："比较文学中国学派的形成（不是建立）已经有了长远的源流，前人已经做出了很多成绩，颇具特色，而且兼有法、美、苏学派的特点。因此，中国学派绝不是欧美学派的尾巴或补充"[5]。1984 年，卢康华、孙景尧在《比较文学导论》中对如何建立比较文学中国学派提出了自己的看法，认为应当以马克思主义作为自己的理论基础，以我国的优秀传统与民族特色为立足点与出发点，汲取古今中外一切有用的营养，去努力发展中国的比较文学研究。同年在《中国比较文学》创刊号上，朱维之、方重、唐弢、杨周翰等人认为中国的比较文学研究应该保持不同于西方的民族特点和独立风貌。1985 年，黄宝生发表"建立比较文学的中国学派：读《中国比较文学》创刊号"，认为《中国比较文学》创刊号上多篇讨论比较文学中国学派的论文标志着大陆对比较文学中国学派的探讨进入了实际操作阶段（载《世界文学》1985 年第 5 期）。1986 年，段燕在《探索》第 2 期上发表题为"比较文学的中国学派应当崛起"的文章，明确了中国学派崛起的必要性与中国学派的主要研究领域和面临的任务。

　　1988 年，远浩一提出"比较文学是跨文化的文学研究"（载《中国比较文学》1988 年第 3 期）。这是对比较文学中国学派在理论特征和方法论体系上的一次前瞻。同年，杨周翰先生发表题为"比较文学：界定'中国学派'，危机与前提"（载《中国比较文学通讯》1988 年第 2 期），认为东方文学之间的比较研究应当成为"中国学派"的特色。这不仅打破比较文学中的欧洲中心论，而且也是东方比较学者责无旁贷的任务。此外，国内少数民族文学的比较研究，也应该成为"中国学派"的一个组成部分。所以，杨先生认为比较文学中的大量问题和学派问题并不矛盾，相反有助于理论的讨论。1990 年，远浩一发表"关于'中国学派'"（载《中国比较文学》1990 年第 1 期），进一步推进了"中国学派"的研究。此后直到 20 世纪 90 年代末，中国学者就比较文学中国学派的建立、理论与方法以及相应的学科理论等诸多问题进行了积极而富有成效的探讨。刘介民、远浩一、孙景尧、谢天振、陈淳、刘象愚、杜卫等人都对这些问题付出过不少努力。《暨南学报》1991 年第 3 期发表了一组笔谈，大家就这个问题提出了意见，认为必须打破比较文学研究中长期存在的法美研究模式，建立比较文学中国学派的任务已经迫在眉睫。王富仁在《学术月刊》1991 年第 4 期上发表"论比较文学的中国学派问题"，论述中国

5　孟昭毅：《比较文学通论》，天津人民出版社，2000 年。

学派兴起的必然性。而后，以谢天振等学者为代表的比较文学研究界展开了对"X+Y"模式的批判。比较文学在大陆复兴之后，一些研究者采取了"X+Y"式的比附研究的模式，在发现了"惊人的相似"之后便万事大吉，而不注意中西巨大的文化差异性，成为了浅度的比附性研究。这种情况的出现，不仅是中国学者对比较文学的理解上出了问题，也是由于法美学派研究理论中长期存在的研究模式的影响，一些学者并没有深思中国与西方文学背后巨大的文明差异性，因而形成"X+Y"的研究模式，这更促使一些学者思考比较文学中国学派的问题。

经过学者们的共同努力，比较文学中国学派一些初步的特征和方法论体系逐渐凸显出来。1995 年，笔者在《中国比较文学》第 1 期上发表"比较文学中国学派基本理论特征及其方法论体系初探"一文，对比较文学在中国复兴十余年来的发展成果作了总结，并在此基础上总结出中国学派的理论特征和方法论体系，对比较文学中国学派作了全方位的阐述。继该文之后，笔者又发表了"跨越第三堵'墙'创建比较文学中国学派理论体系"等系列论文，论述了以跨文化研究为核心的"中国学派"的基本理论特征及其方法论体系。这些学术论文发表之后在国内外比较文学界引起了较大的反响。有学者认为，"曹顺庆对中国学派理论体系的初步勾勒，表明比较文学中国学派已经开始站稳了脚跟，取得了理论上的制高点"[6]。钱林森先生认为"它确实是迄今为止这一话题表述得最为完整、系统、最为深刻的一次"，"令人耳目一新"[7]。刘献彪先生认为，该文"无疑宣告了比较文学中国学派走向成熟[……]不仅对中国比较文学建设和走向有现实意义，而且对比较文学跨世纪发展也将产生不可估量的影响"[8]。台湾著名比较文学学者古添洪认为该文"体大思精，可谓已综合了台湾与大陆两地比较文学中国学派的策略与指归，实可作为'中国学派'在大陆再出发与实践的蓝图"[9]。这些评价都说明比较文学中国学派

6 代迅：《世纪回眸：中国学派的由来和发展》，《中外文化与文论》，1996 年，第 1
   期。

7 钱林森：《比较文学中国学派与跨文化研究》，《中外文化与文论》，1996 年，第 2
   期。

8 刘献彪：《比较文学中国学派与比较文学跨世纪发展》，《中外文化与文论》，1996
   年，第 2 期。

9 黄维梁、曹顺庆编：《中国比较文学学科理论的垦拓——台湾学者论文选》，北京
   大学出版社，1998 年。

确实已经在中国学者的探索之中逐步建立并正在趋于完善。

在笔者撰文提出比较文学中国学派的基本特征及方法论体系之后，关于中国学派的论争不但没有停止，反而日益增多。因为，比较文学中国学派的方法论体系还没有完全成熟。在 1996 年至 1997 年的《中国比较文学》和《中外文化与文论》上，比较文学学者们发表了一系列文章探讨中国学派的问题。其中，有李达三的"下世纪最佳文学研究——比较文学研究与中国学派"、陈鹏翔的"没有理由不提倡中国学派"、徐京安的"'中国学派'是推动比较文学作全球性战略转变的大问题"、叶舒宪的"比较文学'中国学派'的根基"、刘献彪的"比较文学中国学派与比较文学跨世纪发展"、孟庆枢的"也谈比较文学中国学派"等等，都各自发表了对中国学派的看法和观点，深化了中国学派的研究。1997 年，台湾《中外文学》发表"'比较文学中国化'座谈会记录"，张汉良、苏其康、黄美序等先生分别发表了自己的看法，进一步将比较文学中国学派的探讨推向深入。此外，邓楠发表了"比较文学中国学派之我见"（载《中国比较文学》1997 年第 3 期），皇甫晓涛发表了"发展研究与中国比较学派"（载《社会科学战线》1997 年第 1 期）。这一时期，对于比较文学中国学派的提法在学界是大致赞同的，这也成为比较文学在中国复兴之后一个绝佳的发展和壮大时期。

千年之交，在比较文学中国学派中期发展中出现的问题更进一步推进了中国学派的发展。1998 年熊沐清率先发表了"中国学派：必要、可能、途径"（载《中国比较文学》1998 年第 4 期）他认为倡立"中国学派"的内在动力来自比较文学学科自身发展的需要，而中国学者在具体研究中遇到的新问题使"中国学派"的建立成为可能。但也有学者认为"对'中国学派'的阐释和总结必须三思而行。……一切科学研究的不同因素是研究者，即研究的主体不同。研究者的科研条件与环境，研究者的出发点、立足点、独特的思路、视角，以及由上述条件决定的独特的创新的成果，由大量创新的成果所体现出整体的研究实力、学风和整体的学术风格，这就形成了'学派'。'中国学派'也只能在这些方面、通过这样的方式来形成"[10]。但代迅却认为中国比较文学研究带有鲜明的地缘性特点，从自己的历史资源与现实需要出发开展研究，逐渐在比较诗学、阐发研究、东方文学比较和比较文化等领域形成了自己的

---

10 王向远：《"阐发研究"及"中国学派"：文字虚构与理论泡沫》，《中国比较文学》，2003 年，第 1 期。

特色和优势，丰富了传统比较文学的内涵，成为了真正意义上的国际比较文学，并且在学科研究范式上作出了自己的贡献。此外，李卫涛（"从韦勒克、艾金伯勒到伯恩海默至中国学派——比较文学的跨文明轨迹"，载《思想战线》2005 年第 4 期）从比较文学的跨文明研究轨迹上重新审视了比较文学中国学派；而王峰（"比较文学的中国学派：兼论第四种比较文学观"，《天津社会科学》2006 年第 1 期）也从比较文学观念出发重新界定了比较文学中国学派。这些讨论促进了中国学派，即比较文学第三阶段学科理论的建构。

二

比较文学中国学派的提法从诞生之日起，就在不断的论争中成长。中外学界对此观点不一，论争主要围绕着两个焦点问题：第一，要不要建立比较文学中国学派，建立一个民族地域性学派是民族性的问题，还是世界性的问题；第二，"阐发法"是不是中国学派的方法论。

在比较文学中国学派提法出现不久，就出现了反对的声音。1987 年荷兰学者佛克马在中国比较文学学会第二届学术讨论会上就从所谓的国际观点出发对比较文学中国学派的合法性提出了质疑，并坚定地反对建立比较文学中国学派。来自国际的观点并没有让中国学者失去建立比较文学中国学派的热忱。很快中国学者智量先生就在《文艺理论研究》1988 年第 1 期上发表题为"比较文学在中国"一文，文中援引中国比较文学研究取得的成就，为中国学派辩护，认为中国比较文学研究成绩和特色显著，尤其在研究方法上足以与比较文学研究历史上的其他学派相提并论，建立中国学派只会是一个有益的举动。1991 年，孙景尧先生在《文学评论》第 2 期上发表"为'中国学派'一辩"，孙先生认为佛克马所谓的国际主义观点实质上是"欧洲中心主义"的观点，而"中国学派"的提出，正是为了清除东西方文学与比较文学学科史中形成的"欧洲中心主义"。在 1993 年美国印第安纳大学举行的全美比较文学会议上，李达三仍然坚定地认为建立中国学派是有益的。二十年之后，佛克马教授修正了自己的看法，在 2007 年 4 月的"跨文明对话——国际学术研讨会（成都）"上，佛克马教授公开表示欣赏建立比较文学中国学派的想法（见《比较文学报》2007 年 5 月 30 日，总第 43 期）。在 90 年代，学者们就比较文学"中国学派"进行广泛讨论，在深化中国学派研究的过程中，也有学者对比较文学中国学派这一提法提出了质疑，对比较文学中国学派的内涵提出了批评意见，如刘若愚教授主要针对比较文学中国学派在兴起之初以西方文学理论来评价或阐发中国文学现象的有效性提出了质疑。在80年代曾赞成建立比较文学中国学派的严绍璗先生，90年代却反过来，坚决反对建立比较文学中国学派。但经过对比较文学中国学派的基本特征和方法体系的论争之后，学者们普遍认同了比较文学中国学派的提法，这也成为比较文学在中国复兴之后一个绝佳的发展和壮大时期。

其实，不仅仅中国学者呼吁建立新学派，其它东方国家的学者也认识到了这一问题。从某种意义上说，建立西方以外的新学派，是亚洲等国的共同趋向。20世纪80年代印度比较文学学者阿米亚·德夫也同样旗帜鲜明地提出了"比较文学印度学派"的口号，他说"25年前，艾金伯勒为辩驳比较文学法国学派的文学性时说过：'比较不是理由'。或许在比较文学印度学派即将诞生之际，我们应该提出一个口号：'比较正是理由'。因为，我们的主张是，在一个多语种国家，特别是在一个既为多语种又属第三世界的国家，文学研究必然是以比较方式而展开"[11]。结合印度学者关于建立学派的看法，王宁教授提出了东方学派。可见，建立地域性学派的主张是面对西方强势文化的本能举动。然而，除了民族文化本位情绪的理论诉求之外，建立地域性学派的诉求还包含着遇到新问题，找到解决问题的新方法和途径的认识论探讨，这种科学研究认识论上的探讨与卡尔波普尔的科学研究的方法一致。东西方文学比较研究是比较文学研究的一个新的领域，东方学者在面对两种异质文明碰撞中，发现了新的问题，而这些问题在以往法、美学派的理论研究框架之内得不到有效的解决。这就迫使东方学者提出新的适用于新领域、新范围和新问题的研究假说，并进行不断的证实和证伪。最后，这种诉求与现有比较文学学科理论的缺陷有着重大的关系。无论影响研究还是平行研究都是建立在"求同"基础之上的，追求"普遍"的乌托邦幻像使他们追求不同中的"同"对"同源"模式和"类同"模式片面地强调的结果是大量的变异现象被掩盖和忽视。我们并无意否认比较文学研究中，"同源性"、"类同性"是可比性的基本立足点。然而，不可否认的是变异性和差异性同样具有可比性，而且从世界文学的角度来说，具有更大的学术意义和理论价值。

围绕"中国学派"的另外一个论争就是古添洪、陈鹏翔在比较文学中国

11 Dev, Amiya. *The Idea of Comparative Literature in India*. Calcutta, India :Papyrus, 1984.

学派最早的说明性文字中提到的"援用西方的理论与方法，以阐发中国的文学宝藏"的"阐发法"，即阐发研究。一开始中外学者就对"阐发法"提出了异议和否定意见。首先是国际比较文学界同仁的反对，美国学者奥德里奇（A. Aldridge）认为："对运用西方批评技巧到中国文学的研究上的价值，作为比较文学的一通则而言，学者们有着许多的保留。……如果以西方批评的标准来批判东方的文学作品，那必然会使东方文学减少其身份"[12]。不少中国学者也持反对意见，孙景尧先生认为阐发法"这种说法就不是科学的，是以西方文学观念的模式来否定中国的源远流长的、自有特色的文论与方法论。……用它来套用中国文学与文化，其结果不是做削足适履的'硬化'，就是使中国比较文学成为西方文化的'中国注脚'"[13]。对此，陈鹏翔回应说："我们考验、修正并且扩展西方文学理论和方法的适用性，是主动性的作为，对文学研究有绝大的贡献，怎么会中国文学成西方文论的'中国注脚本'！"[14]然而，叶舒宪教授却指出这种援西释中的"阐发法"对创建"中国学派"是极为不利的一面。因为，"阐发法"造成的结果难免会使所谓的"中国学派"脱离民族本土的学术传统之根，演变成在西方理论之后亦步亦趋地模仿西方的学术支流。王向远则认为"阐发法"未能摆脱"西方中心"观念的束缚，无法显示比较文学应有的世界文化的全面视野，暴露出了理论概括上的片面性。还有学者对"阐发法"作为中国比较文学的途径和方法表示怀疑。因为比较文学应当有比较，而"阐发法"并非总是包含着比较。以上学者对"阐发法"的抨击也并非子虚乌有，"阐发法"确有否定中国文论，以西律中，以偏概全和缺乏比较等缺点和弊病，这一模式也不能说是通向中国学派的理想途径。

　　但是，无论中外学者如何反对和否定"阐发法"，它却有着稳固的基础和丰富的实践。正如杨周翰先生所说的那样："有的台湾和海外学者用西方的新理论来研究、阐发中国文学。他们认为'中国学派'应走这条路。我觉得也未尝不可。……也许有人说，这不是比较文学，只是用舶来的理论的尺度来衡量中国文学，或用舶来的方法来阐释中国文学，而不是不同文学的比

12 Aldridge, A. *YCGL*. 1976.

13 孙景尧：《简明比较文学》，中国青年出版社，1988年。

14 陈鹏翔：《建立比较文学中国学派的理论与步骤》，黄维梁、曹顺庆编：《中国比较文学学科理论的垦拓——台湾学者论文选》，北京大学出版社，1998年。

较研究。不过我认为从效果看，这种方法和比较文学的方法有一致的地方"[15]。沿着杨周翰先生的思路，笔者又进一步分析了中国近代"五四"运动以后，中国学者援用西方理论阐释中国文学的历史语境，指出在这一过程中许多人都只是在运用而没有阐发。这种将西方理论强加于中国文学的操作方法使中西处于不平等地位。这种"顺化阐发"或"奴化阐发"不是真正意义上的中国学派的"阐发法"。中国学派的"阐发法"应该是跨文化意义上的对话和互释，"跨文化"意识上的"阐发法"才是比较文学中国学派独树一帜的比较文学方法论。针对台湾学者"单向阐发"的观点，陈惇、刘象愚在所著的《比较文学概论》中，首次提出了"双向阐发"的观点。杜卫在"中西比较文学中阐发研究"一文中明确提出"阐发研究的核心是跨文化的文学理解"，充分认识到了阐发法的基本特征及学术意义（载《中国比较文学》1992年第2期）。

三

中国学派的研究与论争，成就了比较文学第三阶段学科理论体系。比较文学在中国是一个年轻的学科，在实际研究中，中国学者发现原有的欧美学派的理论已经远远不能适应当下的比较文学研究。因为在中国这样一个文化语境下，研究环境的变化对原有的学科理论提出了挑战，这就是台湾学者提出比较文学中国学派宏观的语言文化背景。就人文学科而言，近代以来中国学术一直在西方的强势话语之下生存，使中国学术失去了演说自身的权力和方式，在文化的族群上已经显得无依无靠。明白了我们自身的状态后，下一步的任务就是进行切实的学术创新，这是当下学术创新的出发点，也是比较文学中国学派的建立必须经历的一个过程。在这个过程中，中国学派获得两个学术收获：从跨文化到跨文明研究和比较文学变异学的提出。

长期以来，西方学者对比较文学扩展到西方文化圈以外能否成立一直持怀疑态度。正如韦斯坦因所说："我对把文学现象平行研究扩大到两个不同文明之间仍然迟疑不决"。因为"只有在一个单一的文明范围内，方能在思想情感、想象力中发现有意识或无意识地维系传统的共同因素"[16]。西方学者所犹疑之处，恰恰成为中国学派的一个重大的转机，即比较文学中国

---

15 杨周翰：《镜子与七巧板》，中国社会科学出版社，1990年。

16 [美]韦斯坦因：刘象愚译，《比较文学与文学理论》，辽宁人民出版社，1987年。

学派于跨文化／跨文明对话中寻找安身立命的依据。笔者在《中国比较文学》1995年第1期上发表"比较文学中国学派基本理论特征及其方法论体系初探"一文，论述了比较文学中国学派的基本理论特征——跨文化研究，并指出"跨文化研究（跨中西异质文化）是比较文学中国学派的生命源泉，立身之本，优势之所在；是中国学派区别于法、美学派的最基本的理论和学术特征"[17]。

虽然，笔者一再强调"跨文化"是"跨异质文化"，但是没有能防止误解的产生。所以，在中国比较文学学会第七届年会上，笔者又建议将"跨文化"改为"跨文明"。观点一出会上会下都有热烈的讨论，既有支持者，也有反对者。反对者的观点归纳起来大致有三点："跨文明"研究将又一次扩大比较文学的边界；"跨文明"研究缺乏可比性；"跨文明"研究消解或削弱了比较文学的文学性。第一点主要是源于对"文明"的误解，"文明"在"跨文明研究"中指的是具有相同文化传承（信仰体系、价值观念和思维方式等）的社会共同体。因此，"跨文明研究"为更清晰地划定了比较文学研究的边界和研究范围。传统比较文学的可比性基础是"求同"，而"跨文明"研究所关注的是不同文明之间文学的交流和对话，交流和对话的前提是差异。"跨文明"研究的意义就在于它突出了比较文学中的"对话性"。所有文学文本和文学话语都有其社会内涵，所以也不存在脱离其各种社会内涵的文学性。从读者的角度来说，文学性是与读者的审美阅读成规密不可分的，文学性的研究也不可能只囿于文本之内。跨文明研究的多元语境和诸种题域，不但不会消解文学性和文学文本的美学特性，反而有助于更广泛、深入地揭示文学性的真正内涵。跨异质文明研究，拓宽了异质文化之间文学比较研究的路径，标志着比较文学第三阶段的真正到来。

"跨文化／跨文明"比较文学观念提出后，得到了比较文学界的广泛认可，乐黛云教授大力倡导跨文化／跨文明对话。在最近发表的"差异与对话"一文中指出中西相遇，是两个文明圈的撞击，而要避免撞击，就要在尊重各文化特殊性的前提下进行平等的跨文化对话（载《中国比较文学通讯》2007年第1期）。陈惇、孙景尧、谢天振主编的《比较文学》（高等教育出版，1997年版）中写道："中国比较文学的重点是中西文学的比较研究，属于异质异

---

17 曹顺庆：《比较文学中国学派基本理论特征及其方法体系初探》，《中国比较文学》，1995年，第1期。

源的、跨文化体系的比较研究"[18]。杨乃乔主编的《比较文学概论》认为"中国比较文学研究最重要的特点是跨文化,西方比较文学研究是在西方同质文化的圈子里发生和发展起来的……西方学者在很长的时期里并未意识到异质文化之间开展文学比较研究的重要意义"[19]。孟昭毅则认为"既然中国学派的根基是是跨越东西方异质文化的跨文化研究,那么如何跨越就成了中国学派要继续向前发展而且必须解决的一大难题"[20]。乐黛云、陈跃红在《比较文学原理新编》中提出"如果说过去比较文学主要存在于以希腊、希伯来文化为主要来源的欧美同质文化之间,那么,21 世纪的比较文学无疑将以异质、异源的东西方文化为活动舞台。……异质文化之间的比较文学研究并不只是中国比较文学的特色,而将是 21 世纪世界比较文学进入一个崭新阶段的历史标志"[21]。这一切都说明了中国比较文学"跨文化"基本特征的切实可行之处和坚实的学理基础。跨文明研究着眼异质性和互补性研究两大要素。异质文明之间的话语问题、对话问题、对话的原则和路径问题、异质文明间探源和对比研究问题、文学与文论之间的互释问题等,都是在强调异质性的基础上进行的,这就是比较文学中国学派,即比较文学第三阶段的根本性特征和方法论体系。

2001 年,笔者在《中国比较文学》第 3 期上发表"比较文学学科理论发展的三个阶段",对中国学派的特征作了进一步阐发,正式将比较文学在中国的发展命名为比较文学发展的第三阶段,明确提出其突出特征就是跨异质文化(后改为跨异质文明)。在该文中,笔者指出比较文学第三阶段不是对前面学科理论的完全否定,而是在此理论上的继续发展和延伸。跨文明比较研究最为关键的是对东西方异质文化的强调,因为异质文明相遇时会产生激烈的碰撞、对话、互识、互证、互补,并进一步催生出新的文论话语。这样,比较文学就能突破法美学派的桎梏,成为真正具有世界性眼光和胸怀的学术研究。比较文学第三阶段着重探求不同文明之间文学的差异。但是,求异并不是为了文学之间的对立,而是在碰撞过程中形成对话,并实现互识、互证,最终实现互补。中国比较文学学会会长乐黛云教授在凤凰卫视所做的演讲题

18 陈惇、孙景尧、谢天振:《比较文学》,高等教育出版社,1997 年。
19 杨乃乔:《比较文学概论》,北京大学出版社,2002 年。
20 孟昭毅:《比较文学通论》,天津人民出版社,2000 年。
21 乐黛云、陈跃红:《比较文学原理新编》,北京大学出版社,1988 年。

目即为"比较文学发展的第三个阶段",可见,三个阶段说已为学界所接受。

比较文学变异学是中国学派的又一个重要理论收获。针对跨异质文明语境下的文学变异,笔者于 2005 年提出了比较文学的变异学研究。变异学重新规范了影响研究的研究对象和范围,以古今中外的文学横向交流所带来的文学变异实践为支持,并与当今比较文学跨文明研究中所强调的异质性的研究思维紧密结合。紧扣跨越性、文学性与异质性等特点,变异学可能的研究范围可以概括为四个方面:语言层面变异学、民族国家形象变异学、文学文本变异学研究、文化变异学研究。相比较以往比较文学的各种学说,变异学的优势主要表现在:一方面注意到文学横向交流比较中出现的文学变异现象,而且译介学、文学过滤和文学误读、形象学以及主题学等这类无法用实证性研究方法概括的研究领域都可以在变异学中得到圆满的解释;另一方面,坚持凸现不同文明圈中的文学与文化的异质性,这不仅有助于破除各种"某种文明中心论",建立多样化的文化生态,而且以展现"异"而不是"同"为研究目标,更契合目前各学科发展的"后现代"趋势。此前比较文学侧重在不同文化与文明中寻找共同规律,以促进世界各文明圈的对话与交流,加深相互理解以增进文学的发展,而变异学进一步明确了比较文学学科跨越性的基本特征,并聚焦于不同文化交流过程中出现的变异现象,这不仅有助于发现人类文化的互补性,而且为找到通往真理的不同途径提供了可能。变异学的研究对象跨越了中西文化体系界限,在方法上则是比较文学和文化批评的结合,这也体现了比较文学在坚持自身学科特色的前提下,试图融合文化研究的理论成果的努力。不过,作为比较文学一个新的研究领域,变异学仍需在实践的检验下进一步发展完善。从其目前的理论建构来看,变异学最大的特色是思维方式的转变。在运用于具体的文本研究时,变异学对于有过明确影响的文本间的研究可能更为适合。

综观近三十年比较文学中国学派的发展历程,它在继承传统的同时也开拓了新的问题与新的领域。中国学派的指向或许有民族性的自我膨胀成分,同时也有民族性的发扬光大,但更具有普适性理论的探讨和开拓;中国学派切切实实推进了全世界比较文学学科理论,对比较文学学科理论的发展作出了历史性的贡献。比较文学中国学派从最初所关心的中国内部学科建设问题,发展到了关注如何以其特色加入到全球化的文化交流中去,并进一步推进全球性普世理論的建設階段。以跨文明和變異學為基礎的比較文學學科新理論，必將彌補歐美比較文學學科理論之不足，推動全世界比較文學學科理論建設，將有益於促進世界多元文化的發展，並對人類文明生態的持續發展起到重要的作用。

本文與王蕾合寫

争议中的 "世界文学"——对 "世界文学" 概念的反思[1]

    "世界文学" 自诞生之日起就不断凝聚着学者们的目光。近几十年来，随着全球化时代的到来和国际比较文学的 "多元文化转向"，"世界文学" 再次成为热门议题，世界文学热又重新来袭！歌德的理想似乎日渐成为现实。在中国，关于世界文学的讨论也如火如荼地进行着，众多世界文学读本的中译本在中国出版，"世界文学" 也多次成为国内比较文学会议的主题。[2]1997年，我国教育部将比较文学与世界文学合并，成为中国语言文学一级学科下的二级学科。截至 2016 年 10 月 18 日，在读秀数据库中以 "世界文学" 为题名关键词的中文书籍多达 3959 种；在中国知网上，以 "世界文学" 为主题词的论文多达 73341 篇，而且自 20 世纪 80 年代以来，论文数量逐年上升，到21 世纪，每年都有数千篇讨论世界文学的论文发表。可以说，世界文学正受到国内学者的广泛关注，国内学界兴起了世界文学的研究热潮。

    在这些研究成果中，大多数中国学者都在呼吁世界文学的到来，期待中

---

1 原载于《文艺争鸣》，2017 年第 6 期，第 147-154 页。

2 如 2010 年 8 月在上海举办的第五届中美比较文学双边讨论会，会议主题是 "走向世界文学阶段的比较文学" [comparative Literature: Toward a (RE) construction ofworld Literature]；2011 年在北京举行了 "世界文学的兴起" 国际研讨会；2014年在延边大学举办的中国比较文学学会第 11 届年会暨国际学术研讨会，议题之一为 "比较文学、国别文学与世界文学"；2015 年由北京师范大学举办的 "思想与方法：何谓世界文学？——地方性与普世性之间的张力" 国际高端对话暨学术论坛以及即将于 2017 年举行的中国比较文学学会第十二届年会暨国际学术研讨会，主题为 "比较文学视野下的世界文学"。

国文学可以早日融入世界文学的语境。世界文学语境下的研究和创作实践也出现兴盛景象，许多学者将自己的研究内容置于世界文学的视域之中，许多作家展开了面向世界的写作。然而应当注意的是，"世界文学"从来都不是一个稳定的、确定无疑的、饱受赞誉的概念，在西方，比较文学家从未停止对它的质疑，甚至是责难。

在大力提倡和引介世界文学的时候，在呼吁世界文学时代的到来之际，我们显然不应该忽略这个概念可能携带着的危险基因。本文将关注那些质疑"世界文学"的论述，对世界文学在发展中所出现的问题逐一做出阐释。首先，通过梳理西方学者的文献资料，发现世界文学在西方学科设置和教学中的真实状况，并提出世界文学常见的三种定义；其次，从三种定义出发，依次从实践能力、文化霸权、和未来发展等角度分析"世界文学"遭遇攻击的原因；最后在此基础上，对中国学界"世界文学"的发展提出建议。

一、面目尴尬的世界文学

尽管在国内，"世界文学"已经取得了合法的学科地位，但在一些西方学者眼中，世界文学仍然处于尴尬的境地。奇妙的是，尽管比较文学与世界文学有着天然的亲近关系，尽管世界文学已成为比较文学绕不开的议题之一，尽管大多数关于世界文学的论文都是由比较文学学者撰写的，但对于世界文学的敌意和攻击，大多都还是来自比较文学学者。

大卫·S·格罗斯在文章中提到了世界文学的尴尬位置，他称世界文学没有取得像比较文学一样的学科地位，更多时候仅仅指的是英语系开设的一系列课程，从属于英语系。[3]这与世界文学在国内的境遇大相径庭。而就算是仅仅作为一门课程，世界文学仍然饱受非议。约翰·皮泽提到世界文学课程的遭遇："而在第二次世界大战之后的 20 世纪 50 年代，世界文学课程骤然增加之时，学者们对诸多现象感到不满，几乎没有受过比较文学训练的英语系教授在讲授世界文学课程，这使得文本充满不稳定性，并且这类课程过于宽泛，范围缺乏起码的界定。"[4]在大学之外，一些中学也尝试开设世界文学课程，约翰·R·巴恩斯指出，这类课程所教授的世界文学作品主要是根据学生的兴趣

---

3 Gross David S. The Many Worlds of World Literature. World Literature Today. 77 (3/4): 74.

4 [美]约翰·皮泽：《比较文学与世界文学：建构建设性的跨学科关系》，刘洪涛、刘倩译，《中国比较文学》2011 年第 3 期。

来选择的，同样，范围也极其不确定。他拒绝将世界文学视为一门严谨的学科，而仅仅同意将其视为一个研究对象。[5]

在这种情况下，西方学者对于世界文学这门课程的教学和质量充满怀疑，许多比较文学学者对于世界文学的归属持抗拒态度。"比较文学学者一贯以来，对'世界文学'作为一门课程持厌恶情绪。""大多数美国学者拒绝将教学层面的世界文学纳入比较文学体系。"[6]维尔纳·弗里德里希认为一部分针对世界文学的攻击来自"心高气傲的比较文学学者"，他们"坚称经过英语翻译后的世界文学不是比较文学，它必须被限制在大学本科的教学范围内。因此他们看不起世界文学课程并拒绝使其合理化"[7]。这种态度突出地表现在比较文学协会最早的报告中。

1965 年的《列文报告》要求区分作为本科课程的世界文学和作为研究生学科的比较文学，因为比较文学学科显然具有更严格和专业的要求。[8]1975 年的"格林报告"认为在比较文学课程中，不接触原文而仅仅凭借翻译进行世界文学的教学，会导致教学质量下降，这样的发展趋势令人担忧。[9]而 1993 年的"伯恩海默报告"甚至忽视了世界文学领域。[10]在学科归属上，世界文学是一个面目尴尬的流浪儿，屡屡被比较文学拒之门外，时常有被除名的风险。

由此可见，在西方学界，世界文学没有成为一门标准意义上的学科，而作为一门通识课程的"世界文学"，也没有摆脱过非议之声。世界文学的尴尬就体现在它的不知所措之中：试图成为一门学科，却不曾达到学科要求的标准条件；试图成为一门课程，却饱受攻击；试图进入比较文学领域，却颇受排挤。

这一切与世界文学概念的不稳定有很大关系。自诞生之日起，"世界文学"

5 Barnes, John R. "World-Literature." The English Journal, 1937, 26（9）: 734-739.

6 [美]约翰·皮泽：《比较文学与世界文学：建构建设性的跨学科关系》，刘洪涛、刘倩译，《中国比较文学》2011 年第 3 期。

7 Friederichi Werner P. On the Integrity of Our Planning//BlockHaskell M. The Teaching of World Literature, Proceedings of the Conference at the University of Wisconsin. Chapel Hill: Uof North Carolina, 1960: 9-22.

8 [美]查尔斯·伯恩海默：《多元文化时代的比较文学》，王柏华、查明建译，北京大学出版社，2015 年，第 23-30 页。

9 [美]查尔斯·伯恩海默：《多元文化时代的比较文学》，王柏华、查明建译，北京大学出版社，2015 年，第 31-42 页。

10 [美]查尔斯·伯恩海默：《多元文化时代的比较文学》，王柏华、查明建译，北京大学出版社，2015 年，第 43-53 页。

就从未成为一个既定的获得共识的概念，在争议尚未结束之前，由于缺失合理的界定和研究方法，作为一门课程和学科的世界文学必然建立在不稳固的基础之上，这注定会引起教学和研究中的诸多问题。

1827 年，歌德提出"世界文学"的设想，但并没有对其概念做出具体的界定。随后歌德的后来者们不断提出新的理解并试图修正世界文学的概念，使得这个名词携带着多种层次的含义。进入 20 世纪，学者们普遍发现单一的解释已难以覆盖这个词语的多种内涵，于是他们往往会提出多重意义上的"世界文学"，这些学者包括勒内·韦勒克、迪奥尼兹·杜里辛、大卫·达姆罗什以及中国学者查明建、王宁、潘正文等等。

总体上看，"世界文学"有如下几种含义：第一，各民族和国家文学一般意义上的总和；第二，各民族和国家文学的经典杰作，历经时间淘洗而为不同时代和民族的读者所喜爱；第三，一种体现了世界意识或跨文明交流的特殊形式的文学或者研究方法。

这里所罗列的定义显然不是全部，却是在中国学界较为常见的几种。这三种定义也在逻辑上达到了逐层递进、从数量到质量、从被动累积到主动研究的转变。目前有关世界文学的研究和教学，基本上没有超出以上这些定义的范围。

这些定义可靠吗？如果仔细考察每一种定义，人们将发现每一种都疑点重重，在大力提倡和引介世界文学的时候，在呼吁世界文学时代的到来之际，显然不应该忽略这个概念可能携带着的危险因素。下文将关注那些质疑"世界文学"的论述，按照世界文学的三重定义依次展开讨论。

二、作为"总和"形态的世界文学

世界文学作为"各民族和国家文学一般意义上的总和"，是在时空层面上形成的定义。在这个意义上，世界文学的支持者试图将一切时空中产生的文学容纳进一个统一的综合体中，不分民族，不论优劣。这个定义意在突破国别文学、民族文学的界限，空前扩大文学的研究视野。

这个意义上的"世界文学"，与最广泛意义上的"文学"是等同的。已经有学者注意到，当世界文学被用来指称"各民族、国家文学的总和"时，往往可以被其他词替换。安德斯·彼得森称他在研究时不会使用这个术语："例如，我提及所有文学时，我用'文学'一词而不用'世界文学'……我并不是想禁止使用'世界文学'这一术语，只不过我觉得，在更具理论要求的语境中，用这个术语不是特别合适。与'文学'不同，人们可以轻易做到不去使用'世界文学'这个术语。"[11]于是彼得森希望用"跨文化文学史"这一名称来突破世界文学的局限。笔者认为，当人们需要指称某个特定范围内的文学时，则加上"民族""国别"等修饰语。而对于作为全体人类精神产品的"文学"来说，任何为这个词语附加一个修饰语的企图其实都缩减了"文学"的范围，哪怕这个修饰语是"世界"。

要求世界文学撤换名字的学者大有人在。勒内·韦勒克和奥斯汀·沃伦认为"世界文学"这个名称不尽如人意。歌德理想中的"世界文学"是期望各民族文学统一而为一个巨大的综合体，这在现实中是难以实现的，因为民族文学不愿放弃自己的差异性。而作为一种文学作品选的"世界文学"，由于缺失对世界文学历史和变化的反映，难以满足学者的要求。因此他们认为，"总体文学"这个名称可能会更好些。[12]在德国，施特里齐等学者甚至提出了高于比较文学的"世界文学学"的概念，主要研究一国人民固有的特性如何完成其对世界承担的"创造性使命"。还有人认为世界文学应该被文化研究所取代。[13]

弗里德里希不喜欢"世界文学"这个术语，尤其令他反感的是这一术语的荒谬和出版世界文学选集的不明智。因为课堂和选集注定不能展示所有作品的全文和原貌。他认为，世界选集这种浮光掠影的摘录会加剧学生的困惑，关于作品的内容和诗性美无法在学生心中留下印象，"我们的工作就像写在沙上或水里。"对此，他主张以"优秀作品（Good Books）"课程取代之。[14]

另一方面，过于宽泛的界定意味着世界文学学者的实践能力将会大打折扣。在斯蒂芬·霍泽尔·乌利希眼中，世界文学"是那么不确定、受限和模糊，以至于难以确定切实可行的研究对象……在追求全球文学的过程中，世

---

11 [瑞典]安德斯·彼得森：《跨文化文学史：超越世界文学观念的局限》，查明建译，《中国比较文学》2013 年第 2 期。

12 [美]勒内·韦勒克、奥斯汀·沃伦：《文学理论》，刘象愚等译，文化艺术出版社，2010 年。

13 [美]约翰·皮泽：《比较文学与世界文学：建构建设性的跨学科关系》，刘洪涛、刘倩译，《中国比较文学》2011 年第 3 期。

14 Friederichi Werner P. On the Integrity of Our Planning//Block Haskell M. The Teaching of World Literature, Proceedings of the Conference at the University ofWisconsin. Chapel Hill: U of North Carolina, 1960: 9-22.

界文学的压力在于预测了要么是难以计数的阅读，要么是有争议的选取"[15]。

纵览针对世界文学的诸多批评，我们发现，它们其实大都产生于世界文学的理想与实践之间无法弥合的巨大落差。世界文学，一个本该是最公正无私、最包罗万象的概念，在它实际的普及、研究和教学过程中，总是无奈地遭遇壁垒。事实上，这症结的根源仍然在于作为个体的研究者面对无垠时空的束手无策。面对着广阔的世界文学的比较文学学者们，其无力感来自于对难以把握的浩瀚时空的恐惧。个体研究者的力量终究渺小，以至于只能参与到世界文学的小小一环之中。当有限的研究主体遭遇无涯的研究对象，只能以择取的方式进行研究才不致被吞没。J·希利斯·米勒指出了世界文学面临的三重挑战，其中，由于世界文学范围过宽造成的带有偏见的研究选择造成了"表现（representation）的挑战"，而由于个体无力掌握所有语言而必须依靠翻译阅读世界文学，难以避免被单一的国家学术文化所主宰，这造成了"翻译的挑战"。[16]

当代世界文学所要求具备的基础意识是对不同文明下文学异质性的体认。但在某些学者眼中，这最基本的一点也是难以达到的，如威廉·阿特金森所遗憾的："对某种文化作品的了解要求欣赏与我们不同的文化。可是，谁能做好充足的准备来鉴别太多不同时空下产生的文本呢？"[17]目前学者们所建议的异质文明之间的对话、不同机构之间的合作，都在试图解决这个难题。

就像埃里希·奥尔巴赫慨叹的那样："愿我们拥有足够广阔的世界和足够长的时间。"[18]哪怕是这位最为天赋异禀的比较文学家，也曾引用马韦尔的这句诗来表达自己的著作不能尽如人意的遗憾。个体的局限与世界的广博，是世界文学面临的终极难题，也是世界文学学者的哲学追寻。他们将短暂的自我投身于广阔的时空之中，以期能无限接近最光荣的那个终极理想——即使明知永远不能达到。在这个意义上，世界文学和它的研究者们或许天生具备着一种赫克托耳式的气质。

---

15 Uhlig Stefan Hoesel. Changing Fields: Directions of Goethe's Weltliteratur// Prendergast Christopher. Debating World Literature. New York: Verso, 2004.

16 [美]J·希利斯·米勒：《世界文学面临的三重挑战》，《探索与争鸣》2010 年第 11 期。

17 Atkinson William. The Perils of World Literature[J]. World Literature Today, 2006, 80 (5): 43-47.

18 [美]大卫·达姆罗什：《什么是世界文学？》，查明建、宋明炜译，北京大学出版社，2014 年版，第 308 页。

三、作为"经典"的世界文学

作为"经典"存在的世界文学相信优秀的文学作品可以为不同时代和民族的读者所喜爱。强调世界文学这一含义的学者较多，如苏源熙："世界文学这一观念指的是一套在世界范围内都被认可的经典性天才作品。每一个有文化的人都会对这些经典心怀敬仰，作家或作品都应该从中汲取灵感。"[19]以诺贝尔文学奖为代表的国际文学奖的评选和世界文学选集的编纂正是世界文学在这种意义上的实践。

这种意义上的世界文学看起来符合情理，而在实践中则困难重重。既然名为"经典"，那么这是何人眼中的"经典"？"经典"的评价标准是什么？是谁树立了标准，又是谁潜在地操纵着评价？

世界文学受到批评的一个重要原因就在于它在实践中极易成为新殖民主义的工具。批评者们认为，关于世界文学经典的界定、对世界文学价值的判断以及世界文学概念的延展都容易被霸权所左右，在这个体系之中，强势文明和弱势文明分别占据着中心区域和边缘区域。一些试图协调世界文学和比较文学关系的学者将世界文学视为一种必要的研究视野和胸怀，但这种被标榜的宽容态度，事实上在实践过程中难以真正达到。

阿米尔·穆夫提就在这个意义上警示人们，无论把世界文学视为一种概念组织还是一种超出文化起源地流通的特殊文学，都不能忽视这一概念所揭示出的正在发挥作用同时又被遮蔽的全球权力关系。[20]

文化霸权带来的不平等关系首先体现在对世界文学范围的界定上。当我们谈到"世界"的时候，实际上谈的是什么？早在20世纪60年代，弗里德里希就提出世界文学是一个"专横和傲慢的术语"，因为多数情况下，它仅仅指代的是北大西洋公约组织国家的文学。[21]随后的施特里齐则认为"世界文学"这个术语是有问题的，因为它充斥着欧洲中心主义。[22]随着美国的崛起，

---

19 [美]苏源熙：《世界文学的维度性》，生安锋译，《学习与探索》2011年第2页。

20 [美]阿米尔·穆夫提：《东方主义与世界文学机制》，见《世界文学理论读本》，北京大学出版社，2013年版，第171-202页。

21 Friederichi Werner P. On the Integrity of Our Planning//Block Haskell M. The Teaching of World Literature, Proceedings of the Conference at the University ofWisconsin. Chapel Hill: U of North Carolina, 1960: 9-22.

22 [美]约翰·皮泽：《比较文学与世界文学：建构建设性的跨学科关系》，刘洪涛、刘倩译，《中国比较文学》2011年第3期。

欧洲中心主义逐渐被西方中心主义所取代。勒内·艾田伯不得不呼吁修正世界文学的概念，将东方纳入世界文学的视域。如果说 20 世纪的世界文学的发展受到冷战格局的限制，那么，随着新世纪的到来，这种状况是否有所改变？阿特金森指出，美国高校中的世界文学往往意味着翻译中的欧洲文学。[23]"世界文学史是信息的金矿，但也存在各种问题。在大多数情况下，其多多少少都受到欧洲中心主义的影响——其所讨论的文学作品，大约80％都是用欧洲语言写的，方法上也不统一。"[24]时过境迁，在当代的世界文学研究中，这种潜在的深层次问题仍然触动着比较文学学者的神经。

其次，文化霸权还成为影响文学价值评判的隐形力量。诺贝尔文学奖是世界文学的盛事，获奖者的作品被编纂为一套《诺贝尔文学奖经典丛书》，但由于在获奖名单之中，欧洲之外的作家太少、女性作家太少、使用主流语言之外的作家太少，每一届诺奖的评选都会引起一阵指责。诺奖因此常被视作西方文化圈核心

地带文学取向的体现。曾任诺贝尔文学奖评选委员会常务秘书的贺拉斯·恩达尔认为形成统一的文学观是不可能的，因为"每个民族都有自己的世界文学概念，没有所谓的中立区域，也不存在一种为所有人共享的跨国界视野。"[25]因而，普世的文学评判标准是不存在的。宇文所安暗示，诺奖的价值判断无视作品产生的语境和文化差异，这种忽视是一种相当老派的做法。而"许多国家必须遵守不是他们自己制定，而且在制定过程中没有发言权的游戏规则。[26]

乔纳森·卡勒认为世界文学的问题在于它只选择"被认为"卓越的作品，而不考虑选择过程中的特殊标准和意识形态因素。[27]《诺顿世界文学名篇选集》的编者之一莎拉·N·拉沃尔的一篇论文，可谓对卡勒的观点做了最好的

23 Atkinson William. The Perils of World Literature[J]. World Literature Today, 2006, 80（5）: 43-47.

24 [瑞典]安德斯·彼得森:《跨文化文学史: 超越世界文学观念的局限》，查明建译，《中国比较文学》2013 年第 2 期。

25 Engdahl Horace:《The Nobel Prize and the Idea of World Literature》，《东吴学术》2014 年第 1 期。

26 [美]宇文所安:《进与退: "世界诗歌"的问题和可能性》，洪越译，见谢冕、孙玉石、洪子诚:《新诗评论》(2006 年第 1 辑)，北京大学出版社，2006 年，第 129-147 页。

27 [美]乔纳森·卡勒:《终于可以做比较文学了!》，见[美]苏源熙:《全球化时代的比较文学》，任一鸣、陈琛译，北京大学出版社，2015 年版，第 293-306 页。

注脚。她坦承世界文学选集的编纂有着潜在的等级体系和标准,同时也表达了世界文学选集无法达到"世界"预期的无奈。[28]阿特金森进而称,诺顿世界文学选集的标准是由欧洲和北美文本决定的。[29]

文化霸权还在世界文学的翻译过程中潜在地发生着作用。劳伦斯·韦努蒂在进行翻译研究的过程中发现,在世界文学体系中,主流文学传统由于其深厚的文化传统和声望,居于主导地位,而从流文学则处于被主导和边缘的地位,它们的发展相对受到了限制。从流文学为增强自身文学资源,会翻译主流文学的作品,而主流文学传统则较少进行翻译。这种跨文化关系"在任何历史时刻都不仅仅是不对称的,而且也是有高下等级之分的。"[30]

文化霸权的效力使得世界文学日益偏离它的初衷,它使得各种文明不是更加多样而是更加趋同。弗朗哥·莫莱蒂声称世界文学体系是西方文学全球性同一化的结果,对于非西方的文明来说,世界文学体系是一场消弭差异性的"波浪运动"。而在西方文学内部,文明的多样性则以"树状结构"保留下来。[31]布鲁斯·罗宾斯在《比较的世界主义》中提到了这样的顾虑:"当比较的国际范围突然戏剧性地扩展到欧洲之外的地区,在看似最民主的意图后面隐藏着危机,将被重新创造的是过去'自由浮动的知识分子'和／或更古老的特权庇护下的偏狭。"[32]笔者认为,在世界格局尚未达到平等的理想时,就一定存在着世界文学的中心区和边缘区。由中心区域所主导着的话语权,必定会在鉴别世界文学经典和进行世界文学批评时产生偏颇,从而巩固自己的强势地位。这种运动不仅是不公正的,更是暴力的。被掩护在文化霸权之下的文明,显然在世界文学中具有明确优势。

在那些敏感的学者眼中,受到霸权控制的世界文学无疑是危险的,这危险同时波及了比较文学,使得这门学科陷入萎缩的危机之中。在《一门学科

28 Lawall, Sarah N. The Canon's Mouth: ComparativeLiterature and the World Masterpieces Anthology. Profession, 1986: 25-27.

29 Atkinson William. The Perils of World Literature[J]. World Literature Today, 2006, 80 (5): 43-47.

30 [美]劳伦斯·韦努蒂:《翻译研究与世界文学》,见《世界文学理论读本》,北京大学出版社,2013 年版,第 203-212 页。

31 [美]弗朗哥·莫莱蒂:《世界文学猜想》,见《世界文学理论读本》,北京大学出版社,2013 年版,第 123-142 页。

32 [美]布鲁斯·罗宾斯:《比较的世界主义》,见《新方向:比较文学与世界文学读本》,北京大学出版社,2010 年版,第 101-116 页。

之死》中，斯皮瓦克谈到了世界文学选集的生产方式，并其视为比较文学学科在美国经历的一场巨变："（世界文学选集）市场是国际性的。学生无论是在中国台湾地区还是尼日利亚，都会通过美国汇编出的英译本来了解世界文学。既然已经实现了建制化，这种全球教育市场就会需要教师。很有可能，比较文学的研究生专业将承担起这批师资的培训任务。"[33]斯皮瓦克谈到了世界文学选集经由美国高校教师们编纂、由美国学者翻译注释、再由美国出版商出版到世界各地，世界各地的学生们将通过这样的选集来了解世界文学，而比较文学学科正在为这样的活动培养学生。她由此为比较文学深深担忧，并呼唤一门新的比较文学的诞生。

德扎拉·卡迪尔甚至将世界文学视为比较文学与恐怖政权合谋的产物。从《恐怖主义时代的比较文学》的篇名来看，卡迪尔对"全球化时代的比较文学"进行了大胆的反讽。他认为帝国霸权的崛起与世界文学的出现有着历史的巧合。他敏锐地看到了比较文学研究中的例外主义和模块化个体正在逐渐蚕食和取代差异性。到那时，世界文学将"工具化为新的殖民侵占和帝国主义涵摄"。[34]而对此，比较文学无法维护世界区域间的安全距离。卡迪尔因此对世界文学抱有"宁远而勿近，宁愿个体化而不集体化，宁愿唯己论而不共享论，宁愿不可沟通的争辩也不对话"[35]的态度。

接受世界文学作为经典的定义，意味着我们同时需要接受对于经典的评价标准；向世界文学靠近的努力，意味着我们逐步靠近在它背后无声运作着的权力系统。以最为普世和宽容的面目出现的世界文学，实际上可能操持着潜在的权柄，行使着不公正的权力。这样看来，世界文学也许就不再是理想之中那个开放怀抱、一视同仁的乌托邦，而可能是强势文明的俱乐部。

四、作为一种特殊文学或研究方法的世界文学

前面两种定义的缺憾引起了学者们的关注，因此，新时期的学者在为世界文学下定义时更加审慎，或者提出多重意义上的概念，或者将其视为一种

---

33 [美]加亚特里·查克拉沃蒂·斯皮瓦克：《一门学科之死》，张旭译，北京大学出版社，2014 年版，第 9 页。

34 [美]德扎拉·卡迪尔：《恐怖主义时代的比较文学》，见[美]苏源熙：《全球化时代的比较文学》，任一鸣、陈琛译，北京大学出版社，2015 年版，第 86-96 页。

35 [美]德扎拉·卡迪尔：《恐怖主义时代的比较文学》，见[美]苏源熙：《全球化时代的比较文学》，任一鸣、陈琛译，北京大学出版社，2015 年版，第 86-96 页。

体现了世界意识或跨文明交流的特殊文学或者研究方法。

丹麦学者麦兹·罗森达尔·汤姆森将世界文学定义为一种"范式：既包含对国际经典文学的研究，又包含对全部文学种类进行探究的雄心与兴趣。"[36]莫莱蒂将其视为一种"问题，一个不断地吁请新的批评方法的问题"。[37]而不是一个研究对象。达姆罗什则否定了将世界文学视为一套经典的做法，转而提出了关于世界文学的三重定义，认为世界文学是"民族文学的椭圆形折射"，是"从翻译中获益的文学"，"不是指一套经典文本，而是指一种阅读模式——一种以超然的态度进入与我们自身时空不同的世界的形式"[38]。王宁将世界文学的第三重含义界定为"是通过不同语言的文学的生产、流通、翻译以及批评性选择的一种文学历史演化"[39]。这些概念小心翼翼地避开了前文提到的那些争论暗礁，试图在抽象的层面上推进世界文学，看起来确乎无懈可击。可是，这些对世界文学的表述，只是使得世界文学的面容更加模糊而不是更加清晰，使歌德的理想更加遥远而不是更加亲切。这种意义上的世界文学极有可能脱离普罗大众之口，成为少数作为精英的研究者们才会使用的概念，这使标榜普世性的世界文学本身成为一种悖谬。同时，在深层次结构上，新定义的产生其实并没有解决世界文学的危机，世界文学的未来，仍然充满了不稳定性。

作为一门学科的世界文学暂时缺失特定的文本研究对象，世界文学特有的文本对象究竟是什么？如果是指世界范围内的人类文学作品总和或是优秀文学成果，目前着眼于"世界"范围的文学研究，只能通过举例的方式提供论据，无法全面展开；如果是指一种跨文明的特殊文学，这些文本又早已被比较文学这门学科所统属；如果是指具有世界视野的特殊文学和研究态度，那么大部分研究对象，都还没有超越外国文学和民族文学的范畴。世界文学像是一个麻烦缠身的绯闻对象，在发展的每一步上都经受着来自各方面的打探和考量。除了来自反文化霸权者们的强烈抨击，世界文学还因研究方法不

36 转引自[美]珍妮特·沃克：《"世界文学"与非西方世界》，赵卿译，《求是学刊》2016年第2期。

37 [美]弗朗哥·莫莱蒂：《世界文学猜想》，见《世界文学理论读本》，北京大学出版社，2013年版，第123-142页。

38 [美]大卫·达姆罗什：《什么是世界文学？》，查明建、宋明炜译，北京大学出版社，2014年版，第309页。

39 王宁：《"世界文学"：从乌托邦想象到审美现实》，《探索与争鸣》2010年第7期。

成熟、语言和文化单一、抹灭民族身份差异问题等受到非议。如果世界文学无法回答这些问题、冲破这些阻碍，那么一些比较文学学者将不对它的未来抱有乐观态度，他们在各自的文章中表达了对世界文学走向的担忧。

奥尔巴赫担忧世界文学的发展日益脱离了歌德所设想的轨道，因为当前单一的语言和文化正让世界文学远离它自己的理想："那么，人就必须习惯生存在一个标准化的世界上，习惯于一种单一的文学文化，只有少数几种甚或唯一一种文学语言。那么世界文学的概念在实现的同时又被破坏了。"[40]他为语文学在世界文学研究中的式微感到痛心疾首。单一的语言往往象征着固定的标准和单一的文化，民族文化间的异质性将逐渐被忽视。而这样的发展趋势显然与世界文学的初衷南辕北辙。

皮泽认为针对世界文学的大量非议"都源于其与比较文学紧张且往往界定失当的关系"。这些非议包括世界文学的师资缺乏良好修养、学科聚焦点含糊不清、课程调整只是为了迎合教授的需要而不是反映全球文化的广阔领域，以及最近人们对帝国主义和不相关性的指责。这些状况都会使得世界文学的发展充斥着非专业性和不稳定性，从而导致大部分学者对世界文学报以很大的敌意。[41]

世界文学的不稳定性还表现在相关研究机构的非专业性。阿特金森发现从世界文学选集编选者和世界文学专著的作者身份来看，他们并不是世界文学的专家，而往往是精通某一种语言文学的专家和比较文学学者。[42]这样的情形下，世界文学缺乏由专业人员构成的研究机构，这对于试图成为一门学科的世界文学来说，显然是不利的。

即使是世界文学最积极的推动者之一大卫·达姆罗什，也在一场对话中表示，今日的问题在于开放的世界文学存在着尚未解决的深层次结构性问题：

我个人认为，在今日新近扩展的比较研究领域中，确实仅有三个问题存在……这三个互相缠绕的问题就是，世界文学的研究很容易在文化上变得孤

---

40 [德]埃里希·奥尔巴赫：《世界文学的语文学》，见《世界文学理论读本》，北京大学出版社，2013 年版，第 79-89 页。

41 [美]约翰·皮泽：《比较文学与世界文学：建构建设性的跨学科关系》，刘洪涛、刘倩译，《中国比较文学》2011 年第 3 期。

42 Atkinson William. The Perils of World Literature[J]. World Literature Today, 2006, 80（5）：43-47.

立，在语文学上破产，以及在意识形态上同全球资本主义之最糟糕的倾向合流。[43]

达姆罗什富有卓见地提出了这三个纠缠着世界文学的主要问题。事实上，当代所有关于世界文学的攻击几乎都与这三个问题相关。他尤其提到了今日世界文学的教学具有方法论上的幼稚（methodologically naive）、文化上的孤立（culturally deracinated）、语言学上的妥协（philologically compromised）以及意识形态上的可疑（ideologically suspect）[44]。达姆罗什建议，要通过更多的语言学习（语言学层面）、合作性工作（方法论层面）和意识形态的多元化（意识形态层面）来打破僵局。这样的建议显然是合理的，但它们究竟会在怎样的程度上改善目前世界文学发展的状况，还有待时间和实践的检验。

五、世界文学在中国

中国教育部于 1997 年设立比较文学与世界文学学科，正是要大力促进世界文学研究在中国的发展。然而，且不说比较文学与世界文学之间错综复杂的关系尚未清晰，就被绑定在一起；且不说这一学科被划归在"中国语言文学"之下，让"世界"之名成为一种悖谬；单看世界文学承载起了学科的重担，也足以让人讶异。融入世界的愿望被绘成一纸宏伟的蓝图，展示着未来的美好和诱惑，却也遮住了学者的眼睛，遮蔽了可能到来的隐患。

这种隐患首先潜伏在世界文学研究之中。经过前文的分析我们了解到，在世界文学的概念尚未明晰的情况之下，中国学者对世界文学的风险评估不足。作为一门学科所需要的专业研究机构、稳定的研究方法、特定的文本对象等等必要条件，世界文学几乎都不曾具备。世界文学未来的发展显然是不稳定和不明朗的，中国学者耕耘在一片名为"世界"的农园之中，不知何时结果、不知结出什么果实，也不确定果实是否已经变换了基因。

隐患还蔓延在面向世界文学写作的实践之中。宇文所安对中国新诗的批评曾经在学界引发轩然大波。作为汉学家，宇文所安表现出对"世界诗歌"的不满和对古典传统的怀念。以北岛为代表的中国当代诗人，为了进入"世

---

43 [美]大卫·达姆罗什、斯皮瓦克：《比较文学／世界文学：斯皮瓦克和大卫·达姆罗什的一次讨论》，李树春译，《比较文学与世界文学》2012 年第 2 期。

44 David Damrosch, GayatriChakravortySpivak: Comparative Literature/World Literature: A Discussionwith Gayatri Chakravorty Spivak and David Damrosch, Comparative Literature Studies, 48（4）：455-485.

界诗歌"的门槛，与本国传统诗歌决裂，模仿西方文化进行创作，并让他们的诗歌经过翻译到达国际读者的书桌。这些诗歌被翻译为西方语言，被西方读者所阅读，并做出评价，从而让作者获得了国际声誉。因此世界诗歌从创作到流传，经过了模仿——写作——翻译——评价的过程，在整个过程中，西方文化霸权都渗透其中。宇文所安的抨击虽然不无偏颇，但无疑给当代作家敲响了一声警钟。当代作家所模仿的现代风格，究竟意味着一种普遍性的世界视野，还是某种特定文化？宇文所安警醒我们："这种现象并不奇怪，它体现了文化霸权的精髓：一个在本质上是地方性（英—欧）的传统，被理所当然地当成了有普遍性的传统。"[45]

世界文学在中国的发轫可以追溯到晚近时期，是国人在救亡图存的危机意识下展开的，他们迫切希望借助西方的先进文化来拯救民族。引介的作品多来自实学方面，对于外国文学的翻译，也大多择取那些宣扬民族立场的作品，不少真正的世界文学经典则被排斥在外。与世界文学观所要求的从"世界""人类"的整体性视角来看待各国文学相反，中国是从"民族救亡"的需求这一视野出发来引进外国文学的。因此潘正文认为，中国的"世界文学"观是以"逆向发展"的方式起步的。[46]

这种心态至今还潜藏在中国学人的意识里。世界文学研究在中国学界形成的热潮始于 20 世纪八十年代，与中国的改革开放与现代化进程同步，这绝不仅仅只是历史的巧合。"世界文学"这个术语看上去具有的平等包容的意义是那么迷人，以至于我们迫切需要借助世界文学的东风，援引它为民族文学正名，推动中国文学走向世界，以期迅速合理地融入全球文化舞台。这已经不是在单纯的学术动机下开展的研究热潮，而是在民族意识的驱动下、顺应国家形势进行的一场学术运动。而掺杂了民族立场的世界文学研究，则反讽性地远离了世界文学的初衷。

另一方面，随着全球兴起了世界文学研究热，国内学界不无跟风效仿。据说歌德提出世界文学的理想，与他阅读了中国小说（《风月好逑传》和《玉娇梨》）后产生的惊喜体验不无关系，这似乎使得这个术语与中国有了天然的

---

45 [美]宇文所安:《什么是世界诗歌？》，见谢冕、孙玉石、洪子诚:《新诗评论》（2006年第 1 辑），北京大学出版社，2006 年，第 117-128 页。

46 潘正文:《中国"世界文学"观念的"逆向发展"与"正向发展"》，《外国文学研究》2006 年第 6 期。

亲近感,中国小说对于世界文学的这一催化剂作用也常被国内学界津津乐道。既然世界文学的诞生与中国不无关系,那么中国学者理应在这个话题上具有更多的话语权和参与度,这无疑给予了中国学者不少信心。

在当代中国,世界文学的研究热潮方兴未艾。大声疾呼世界文学时代到来者有之,积极进行世界文学实践者有之,而关注世界文学隐患的人则太少。国内学界也曾出现过质疑之声,如严绍璗曾经提出世界文学更像是一个乌托邦,一个先哲构建出的梦,一个没有任何"模本"的"好梦",对它的追求永无止境。因此世界文学在中国被设立为一门学科,是值得被质疑的。[47]笔者认为,单一文化价值观念在全球的传播,可能会导致民族文学差异性的弱化:"文化上的全球化,其特征体现在这一事实中:西方的,尤其是美国的文化价值观念,正在全世界广为传播……所造成的结果便是,世界文化变得越来越趋同,弱势文化的民族身份也因此变得越来越模糊"。[48]我们主张以文明的异质性对抗文化单一化的危机,进行跨文明研究。袁筱一也警惕地意识到,文学的世界性循环正逐步沦为文化殖民。[49]对于世界文学背后的非现实性、文化单一化和文化殖民等问题,他们也敏锐地觉察到了。这些文章提醒我们,中国学人在处理有关世界文学的问题上显然有些操之过急,我们确实还应该寻找更为公允和理性的研究态度。然而,这些声音往往淹没在对世界文学的热切呼声中,没有激起应有的水花。

在民族意识的引导下,世界文学的引介和呼唤事实上代表了一种局限,这本身又背离了世界文学的本位。在这样的时刻,我们更应该关注那些质疑的目光、非议的声音,更透彻地认识世界文学。在对世界文学的方方面面有了清醒的理解之后,才能合理地确定自身进入世界文学的姿态,防患于未然,因势利导,我们应当寻求更健全的世界文学的发展路径。

本文与齐思原合写

---

47 严绍璗:《对"比较文学与世界文学专业"名称的质疑与再论"比较文学"的定位》,《中国比较文学》2004年第1期。

48 曹顺庆主编:《比较文学概论》,高等教育出版社,2015年版,第371页。

49 袁筱一:《在扁平化的地球上,期待世界文学新视野》,《文汇报》,2016年5月27日第11版。

重新规范比较文学学科领域[1]

比较文学虽然长期被当作一门正式学科，但其学科的正当性却不断受到学界的质疑。自从比较文学产生以来的 100 多年中，这种强烈的质疑就从未间断过，以致形成了全世界比较文学研究几乎不断的"危机"。其学科地位常常处于摇摆不定的尴尬处境合迟疑不决的焦虑状态之中，学界不断有人指责比较文学的"不合法"性，不断有人提出比较文学"消亡论"，从早期的克罗齐直至今天的苏珊·巴斯奈特（Susan Bassnett）。面对此一尴尬处境，比较文学界陷入了十分困惑的境地，往往欲说还休，甚至茫然不知如何应对。这极大地影响了比较文学研究地进展和深入，极大地伤害了比较文学地学科建设。显然，这种状况必须改变，才可能真正迎来比较文学发展地新阶段。

为什么会出现这种持续不断的比较文学"危机"状况？其根本的原因就在于比较文学研究的领域长期不规范、长期未能完全确立自己明确的研究领域，从而导致了长时期的比较文学"危机"。诚如美国著名学者韦勒克所说："我们学科的处境岌岌可危，其严重的标志是，未能确定明确的研究内容和专门的方法论。[2]韦勒克虽然早就洞见了这一问题，但以韦勒克、雷马克、韦斯坦因等为代表的美国学派仍然没有真正解决这一难题。相反，美国学派还进一步扩大了这一危机，致使比较文学的学科地位一直动荡至今。

本文正是着眼于这个百年难题，拟重新规范比较文学研究领域，试图从研究范围这一角度来解决比较文学研究的危机与困惑。

为什么要重新规范比较文学研究领域？因为 100 多年来，正是比较文学

1　原载于《中国比较文学》，2005 年，第 2 期。

2　韦勒克：《比较文学的危机》，中译参见干永昌等编《比较文学研究译文集》，上海译文出版社，1985 年，第 122 页。

学科的规范不当而引起了比较文学学科长时期的"危机"。兹论述如下：

一、"比较文学不是文学比较"——早期研究范围的人为收缩

众所周知，比较文学法国学派有一句名言："比较文学不是文学比较。"这是法国学派用来规范比较文学研究的一句名言和一个重要而独特的方法。

为什么由"比较"起家的比较文学，却偏偏要标榜"不比较"呢？这曾令许多初涉比较文学的人感到十分困惑与不解。比较文学为什么要丢掉"比较"？个中蕴含着法国学派的苦衷和无奈，同时也体现了早期比较文学学科理论建设的艰难与法国学者的艰苦努力。

按照学者们通常的看法，比较文学学科理论的第一阶段是由法国学派所奠定的"影响研究"。然而，纵观比较文学发展史，往往令人疑窦丛生。人们不难发现，最早倡导比较文学和总结比较文学学科理论的，其实并不是（或并不仅仅是）法国学者，例如，最早（1827 年）提出"世界文学"观念的德国著名作家歌德，被公认为推动比较文学发展的最重要人物。写出第一部比较文学学科理论专著的人也并不是法国人，而是英国人巴斯奈特。1886 年巴斯奈特发表了世界上第一部论述比较文学理论的专著《比较文学》（当时巴斯奈特在新西兰奥克兰大学任教），该书对文学的本质、相对性、发展的原理、比较研究等许多问题作了精辟的阐述，并从氏族文学、城市文学、世界文学、国家文学等观点对文学与社会的关系作了比较考察，堪称比较文学先驱。巴斯奈特对比较文学研究的内容和范围都较为宽容，认为文学发展的内在特征和外在特征都是比较研究的目标。这实际上肯定了后来确立的平行研究与影响研究。创办第一份比较文学杂志的也不是法国人，而是匈牙利人。1877 年，全世界第一本比较文学杂志创刊于匈牙利的克劳森堡（今罗马尼亚的克卢日），刊名为《世界比较文学》（*Acta Comparation is Litterarum Universarum*）。关于杂志的性质，编者指出：这是"一本关于歌德的世界文学和高等翻译艺术，同时关于民俗学、比较民歌学和类似的比较人类学、人种学的多语种的半月刊。"该杂志于 1888 年停刊。1886 年，德国学者科赫（Marx Koch）创办了另一本颇有影响的《比较文学杂志》（*Zeitschrift fur die Vergleichende Literaturw issenschaft*），后又创办了《比较文学史》，被视为德国比较文学的正式开端。科赫为该杂志确定了如下内容：一、翻译的艺术；二、文学形式和文学主题研究，以及跨越民族界限的文学影响研究；三、思想史；四、政治史与

文学史之间的关系；五、民俗学的研究。这些内容不但涉及到影响研究与平行研究，而且还包括后来所谓跨学科研究。例如，1871 年索布里就写出了《文学与绘画比较教程》[3]。

由上述史实，我们可以发现这样两个问题：第一，比较文学早期的学科理论，并非仅仅由法国人奠定，在法国学者之前，已有德国的、英国的、匈牙利的学者率先提出了有影响的比较文学学科理论。第二，欧洲早期的比较文学学科理论，并非仅仅着眼于"影响研究"，而是内容丰富、范围广泛的，它已经蕴含了影响研究、平行研究和跨学科研究，一开始就具备了世界性的胸怀和眼光。令人费解的是，这样一个良好的比较文学开端，为什么偏偏会走向旨在限制比较文学研究范围的所谓"法国学派"的学科理论轨道上呢？迄今为止，并没有人认真深思过、过问过这一问题。韦勒克曾深刻地批判过法国学派，但却同样并未深究过这一问题。

为什么欧洲早期的比较文学学科理论会转向仅仅强调实际影响关系的"文学关系史"？为什么欧洲的比较文学会走上自我设限的道路？主要原因或许有如下数点：

首先是圈外人对比较文学学科合理性的挑战，最突出的标志是意大利著名学者克罗齐发出的挑战。克罗齐认为："比较"是任何学科都可以应用的方法，因此，"比较"不可能成为独立学科的基石。他指出：比较方法"只是历史研究的一种简单的考察性方法"，不仅普通、方便，而且也是文学研究不可或缺的工具，因此不能作为这门学科独有的基石。克罗齐说："我不能理解比较文学怎么能成为一个专业？"因而下结论道："看不出比较文学有成为一门学科的可能。"由于克罗齐的学术地位和影响，他的强烈反对其意义是重要的，因此在意大利，比较文学学科理论的探讨长期陷入停滞不前的困境。意大利学者本纳第托在其《世界文学》一书中不得不悲哀地表示，他与他的同龄人在童年时代的梦想——比较文学将会在他们的国土开花结果——没有实现。克罗齐的坚决反对在整个欧洲比较文学界同样产生了强烈的影响，有学者指出，克罗齐是"带着与比较文学公然为敌的独裁观念，在各种场合用种种不同的沉重打击来对付我们这门学科，并将它们几乎打得个片甲不留"[4]。这种

3 巴登斯贝格：《比较文学：名称与实质》，中译参见干永昌等编《比较文学研究译文集》，上海译文出版社，1985 年，第 33 页。
4 孙景尧：《简明比较文学》，中国青年出版社，1988 年，第 56 页。

"打得片甲不留"之势，可以说是比较文学学科的第一次危机。克罗齐的反对，不能不引起欧洲比较文学学者的震撼，引起他们对危机的反思。这种反思，集中在比较文学能不能成为一门学科的问题上，如果能够成为一门学科，那么，其学科的科学性何在？

"比较文学不是文学比较"，这句名言是挡住克罗齐等学者攻击的最好盾牌。既然反对者集中攻击的是"比较"二字，那就不妨放弃它，比较文学的学科理论可以不建在饱受攻击的"比较"上。基亚明确指出："比较文学并不是比较，比较不过是一门名称有误的学科所运用的一种方法。"既然比较文学不"比较"，那比较文学干什么呢？法国学者们在甩掉了倍受攻击的"比较"二字后，将比较文学的范围大大缩小，缩小为只关注各国文学的"关系"，以"关系"取代"比较"。法国学派的奠基人梵·第根说："比较文学的目的，主要是研究不同文学之间的相互联系。"而不注重关系的所谓"比较"是不足取的。梵·第根说："那'比较'是在于把那些从各国不同的文学中取得的类似的书籍、典型人物、场面、文章等并列起来，从而证明它们的不同之处，相似之处，而除了得到一种好奇的兴味，美学上的满足，以及有时得到一种爱好上的批判以至于高低等级的分别之外，是没有其他目标的。这样地实行'比较'，养成鉴赏力和思索力是很有兴味而又很有用的，但却一点也没有历史的含义；它并没有由它本身的力量使人们向文学史推进一步。"[5]法国学派的主要理论家基亚一再宣称，"比较文学的对象是本质地研究各国文学作品的相互联系"，"凡是不存在关系的地方，比较文学的领域也就停止了。"因此，比较文学的学科立足点不是"比较"，而是"关系"，或者说是国际文学关系史。所以他说："我们可以更确切地把这门学科称之为国际文学关系史。"从某种意义上说，法国学派的自我设限，抛弃"比较"而只取"关系"，正是对圈外人攻击的自我调整和有效抵抗：你攻击"比较"二字，我就从根本上放弃"比较"，如此一来，克罗齐等人的攻击也就没有了"靶子"，其攻击即自然失效。"比较文学不是文学比较"，这句妙语恰切地蕴含了欧洲学者们的苦衷和法国学者的机巧。而正是对"比较"的放弃和对"关系"的注重，奠定了法国学派的定义和学科理论基础，形成了法国学派的最突出的、个性鲜明的特色。

---

5 梵·第根（原译名为提格亨）：《比较文学论》，戴望舒译，商务印书馆，1937年，第17页。

然而，法国学派学科理论确立，是建立在牺牲学科应有范围这一重大缺陷基础之上的。法国学派抛弃了比较文学最根本的特征——"比较"，而仅仅着眼于文学关系的研究，拘泥于文学史的实证性研究。这种放弃了主要研究领域的学科范围的收缩和退却，虽然暂时挡住了克罗齐等人的攻击，稳住了比较文学阵脚，但却埋下了学科发展的重大隐患，不可避免地导致了比较文学学科严峻的危机。

随着全世界比较文学的进展，法国学派这种缩小学科范围的失误日愈凸显，随着"问题"的日愈严重，比较文学学者们不得不站出来高呼"危机"，倡导变革。美国学者韦勒克正是顺应历史潮流，大胆站出来，奋力批判这种学科范围收缩的严重失误，从而产生了1958年美国教堂山国际比较文学会议上历史性的一幕，产生了韦勒克里程碑式的《比较文学的危机》一文。比较文学终于回到了"比较"，回到了无论有无影响关系的"比较"——即"平行研究"。

时下不少比较文学概论性著作在论述韦勒克对法国学派的批判时，往往将焦点放在韦勒克对法国学派的民族沙文主义、呆板的实证主义、脱离审美性的琐碎考证等等方面的批判上，而有意无意地忽略了最重要、最根本的问题，即学科研究范围问题。

例如，我国第一部比较文学概论性著作《比较文学导论》（卢康华、孙景尧）指出："韦勒克的这篇报告（引者按，即《比较文学的危机》）搅活了这潭死水，击中了法国学派在实证主义影响下的流弊，可说是起了发聩振聋的作用。他认为比较文学历时长久的危机的症状是'题材和方法的人为的划分，关于来源和影响的机械的概念，文化民族主义的促进因素……'，因此他要求对这三方面'进行彻底的调整'，主张文学研究的重点应放在作品本身的内在价值，作品本身应成为研究的中心。"[6] 该书以上对韦勒克观点的论述并没有错，但却有意无意地忽略了一个最重要的问题，即研究范围的问题，忽略了韦勒克开篇明义所指出的："我们学科的处境岌岌可危，其严重的标志是，未能确定明确的研究内容和专门的方法论。"以后出版的各种比较文学概论性质的书，大都没有集中论述这个重要问题。显然，对比较文学研究领域的忽略，既让我们放过了造成比较文学"危机"的首要问题，也让比较文学的"危机"继续延宕下来。

---

6 卢康华、孙景尧：《比较文学导论》，黑龙江人民出版社，1984年，第48-49页。

二、比较文学与总体文学的人文区分

受到美国学派激烈攻击的另外一个问题是法国学者对比较文学与总体文学的区分。这也是关涉比较文学研究领域的重要问题。

法国学派的主将梵·第根指出："地道的比较文学最通常研究着那些只在两个因子之间的'二元的'关系。"而"总体文学"则与比较文学不同，"所谓'文学之总体的历史'，或更简单些'总体文学'，就是一种对于许多国文学所共有的那些事实的探讨。……总体文学是与国别文学以及比较文学有别的。"[7]梵·第根这种把"比较文学"与"总体文学"区别开来的做法实在是吃力不讨好。事实上，梵·第根两边都不讨好：铁杆的法国学派与后起的美国学派都对他的区分进行了批驳。

法国学派的另一主将基亚指出："人们曾想，现在也还在想把比较文学发展成为一种'总体文学'来研究；找出'多种文学的共同点'（梵·第根），来看看他们之间存在的是主从关系抑或仅只是一种偶合。为了纪念'世界文学'这个词的发明者——歌德，人们还想撰写一部'世界文学'，目的是要说明'人们共同喜爱的作品的主体'（盖拉尔）。1951年时，无论是前一种还是后一种打算，对大部分法国比较文学界作者来说，都是些形而上学的或无益的工作。我的老师伽雷（Carre，又译伽列，卡雷）继 P·阿扎尔（P·Hazard）和巴尔登斯伯格（F·Baldensperger）之后，认为什么地方的'联系'消失了——某人与某篇文章，某部作品与某个环境，某个国家与某个旅游者等，那么那里的比较文学工作也就不存在了。"[8]基亚实际上点名批评了梵·第根的"总体文学"，并力图维护比较文学的纯洁性。这种极端保守的立场，导致基亚连梵·第根的看法也不能容忍。与之相反，美国学者韦勒克，则是从另外一个方面激烈批判了梵·第根将比较文学与总体文学分开来的做法。韦勒克指出："我怀疑梵·第根区分比较文学和总体文学的意图是否行得通。他认为比较文学局限于研究两国文学间的相互关系，而总体文学则着眼于席卷几国文学的运动和风尚。这一区分当然是站不住脚的，也是不切实际的。"为什么说比较文学与总体文学的区分是站不住脚的呢？因为在实际研究中，你很难将二者明确地区别开来。韦勒克举例道："比如，为什么将华尔特·司各特在法国的影响

---

7 梵·第根：《比较文学论》，中译参见干永昌等编《比较文学研究译文集》，上海译文出版社，1985年，第65-68页。

8 基亚：《比较文学》，颜保译，北京大学出版社，1983年，第1-2页。

视为'比较'文学，而把浪漫主义时期历史小说的研究纳入'总体'文学的范畴？为什么要把研究拜伦对海涅的影响和研究拜伦主义在德国区别开来？把'比较文学'局限于研究文学之间的'贸易交往'，无疑是不恰当的。"韦勒克十分明确地反对将比较文学与总体文学区分开来，割裂开来："在比较文学和总体文学之间构筑一道人造的藩篱，是绝对行不通的……'比较'文学和'总体'文学之间的人为界线应当废除。"[9]为什么要废除，因为二者实质上都是超越国别文学的研究，也可以说二者应该都是比较文学研究。正如韦勒克所说："'比较'文学已经成为一个确认的术语，指的是超越国别文学局限的文学研究。"[10]韦勒克的这一看法，体现在了雷马克对比较文学所下的定义之中，即"比较文学研究超越一国范围的文学，并研究文学跟其它知识和信仰领域的关系。""简而言之，它把一国文学同另一国或多国文学进行比较，把文学和人类所表达的其它领域相比较。"[11]雷马克同样认为梵·第根将比较文学与总体文学区别开来是不正确的。因为一国对一国的文学比较是比较文学，一国与多国的比较也同样是比较文学，为什么一定要将比较文学限死在一国对一国的关系上呢？雷马克指出："梵·第根的定义至少引起了一个问题，像他自己所身体力行的那样，把比较文学这个名称局限于两国之间的比较研究，而把涉及两国以上的研究留给总体文学，是否未免失之武断和刻板？为什么理查逊和卢梭之间的比较算作比较文学，而理查逊、卢梭和歌德之间的比较却属于总体文学呢？难道'比较文学'这个名称不足以包括涉及无论多少国家文学的综合研究吗？"[12]

其实，梵·第根在《比较文学论》中提出"比较文学"与"总体文学"之分，既有功劳，也有失误。为什么说他有功劳？因为梵·第根提出"总体文学"，实质上冲击了法国基亚等人刻板固守的一国对一国的关系，冲击了法国学派的根本立场——反对"比较"而倡导"关系"。事实上，梵·第根认为比较文学与总体文学之间，也是密切相关的。正如梵·第根自己所说："我们并不想斩断把比较文学和总体文学密切地连接着的那许许多多的桥梁，也并不

9　以上皆引自韦勒克《比较文学的危机》，中译参见干永昌等编《比较文学研究译文集》，上海译文出版社，1985 年，第 123、130 页。

10　引自韦勒克《比较文学的危机》，中译参见干永昌等编《比较文学研究译文集》，第 130 页。

11　雷马克：《比较文学的定义和功能》，中译参见前注第 208 页。

12　雷马克：《比较文学的定义和功能》，中译参见前注第 221 页。

想使比较文学和总体文学对立起来；我们认为总体文学是比较文学的一种自然的展开和一种必要的补充。"[13]从某种意义上说，梵·第根的胸怀和眼界比基亚、伽雷等人宽阔而深刻，正是他提出的"总体文学"，启发了后人在比较文学研究领域的进一步拓展。韦勒克与雷马克对梵·第根的批判，应当说是一种批判性的继承或继承性的批判。最终，梵·第根所说的"自然展开"的桥梁，实际上是融合在一起的。比较文学的领域，事实上包含了所谓总体文学。到了美国学派，这个顺理成章的逻辑便"自然展开"了。在经历了曲曲折折的发展后，比较文学不仅又回到了"比较"，而且回到了"总体文学"。

三、无边的比较文学——美国学派学科理论的误区

美国学派的几位代表人物在批判了法国学派人为地收缩比较文学研究范围之后，同样也面临一个怎样划定比较文学研究领域，或怎样规范比较文学研究领域地问题。面对这一难题，美国学派的代表人物提出了自己的看发、见解和定义，奠定了美国学派的基本理论特征及方法论。

最引人注目的当然是雷马克的《比较文学的定义和功能》一文。在该文中雷马克言简意赅地提出了美国学派的基本观点："比较文学研究超越一国范围的文学，并研究文学跟其它知识和信仰领域，诸如艺术（如绘画、雕塑、建筑、音乐）、哲学、历史、社会科学（如政治学、经济学、社会学）、其它学科、宗教学等之间的关系。简而言之，它把一国文学同另一国文学或多国文学进行比较，把文学和人类所表达的其它领域相比较。"[14]雷马克这一定义，几乎成了美国学派的经典定义。1999 年成都国际比较文学会议上，雷马克首次赴中国参加会议，他十分感慨地说，他这一定义被引用的次数，比他全部著作之总和还要多。

韦勒克则专门撰写了《比较文学的名称与性质》一文，对比较文学研究的范围进行了探讨。韦勒克在回顾了比较文学的历史及各种定义之后，对雷马克的定义也有不满之处，他指出："雷马克最近关于比较文学定义的打算，不是那么武断，显得更加雄心勃勃。他说'比较文学是超越某一具体国家局限的文学研究，它研究文学跟其他知识和信仰的领域——艺术、哲学、历史、

---

13 梵·第根：《比较文学论》，中译参见前注，第68-69页。

14 雷马克：《比较文学的定义和功能》，中译参见干永昌等编《比较文学研究译文集》，上海译文出版社，1985 年，第 208 页。

社会科学、其他科学、宗教学等等——之间的关系。'然而，雷马克先生不得不作一些人为的、站不住脚的划分：如把霍桑与卡尔文主义之间的关系研究称之为比较文学，而把对霍桑的内疚、罪恶、赎罪的看法研究，纳入了'美国'文学的领域。"[15]究竟怎样做才不会混淆不清呢？韦勒克开出的药方是"无边的比较文学"。他指出："我认为，内容和方法之间的人为界线，渊源和影响的机械主义概念，以及尽管是十分慷慨的但仍属文化民族主义的动机，是比较文学研究中持久危机的症状。所有这三个方面都需要彻底加以调整。比较文学和总体文学之间的人为界线应当废除。比较文学已经成为一个确认的术语，指的是超越国别文学局限的文学研究。……就我个人来说，我希望干脆就称文学研究或文学学术研究。"韦勒克还批评另一位主张坚守比较文学领域规范性的著名比较文学家弗里德里希的观点："为此我对弗里德里希（Friederich）先生的观点不敢苟同。他说比较文学'不能也不敢侵犯别的领域'，即英、法、德民族文学和别国民族文学研究者的那些领域。我不明白怎么可能接受他的不'相互侵犯领土'的建议。"[16]韦勒克的这一观点，不能说没有道理，但显然有偏激之处。把比较文学等同于文学研究，实际上是取消了比较文学的基本特征，也等于取消了比较文学这门学科。也许，韦勒克的主观动机是好的，他希望比较文学宽阔一些，但这种无边界的比较文学是不可能存在的。当比较文学无所不包之时，它就在这无边无界之间泯灭了自身；没有了边界，也就没有了比较文学。实际上，韦勒克也未能跳出这个悖论：他的初衷是企图规范比较文学研究范围。他大力抨击法国学派"未能确定明确的研究内容和专门的方法论。"[17]结果是他自己也隐入陷阱中，提出了令人迷惑不解的"比较文学无边论"。而这，也恰恰进一步延续了比较文学学科持久的危机状态。

从韦勒克的比较文学无边论，还发展成了一些美国学者的比较文学无定义、无学科论。美国另一名比较文学学者勃洛克（Haskell·Block）指出："比较文学主要是一种前景，一种观点，一种坚定的从国际角度从事文学研究的

---

15 韦勒克：《比较文学的名称与性质》，中译参见干永昌等编《比较文学研究译文集》，上海译文出版社 1985 年，第 143-144 页。

16 韦勒克：《比较文学的危机》，中译参见干永昌等编《比较文学研究译文集》，上海译文出版社 1985 年，第 130 页。

17 韦勒克：《比较文学的危机》，中译参见前注第 122 页。

设想。……除了展示一个广阔的前景的必要性，我以为任何给比较文学下精确、细致的定义，把它上升为一种准科学体系或者把比较文学同其他学者分开的企图，都是不妥当的。"[18]勃洛克实际上是将比较文学无边论进一步明确化了。即：不能规范内容、不能下定义、不能建立学科理论体系。他甚至不能容忍美国同行们对比较文学学科理论体系的建构，他严厉批评韦斯坦因的比较文学论著，认为"韦斯坦因的《比较文学入门》一书，错就错在想给比较文学建立学科理论体系。韦斯坦因的《比较文学入门》包含丰富资料，但是正因为这本书企图把一个体系强加给一门不受体系束缚的学科，它的用处就大为减少。"[19]这真有些倒因为果，指白为黑了。韦斯坦因比较文学论著，其真正价值恰恰在于建立了一套比较文学学科理论体系，而并不主要是因为"包含丰富材料"。勃洛克之所以敢"顶撞正统派"[20]，提出比较文学不要定义，不能规范内容甚至反对建立学科理论体系，其根本在于他几乎走向了一个学科取消主义者。他说："如果我们想给比较文学下一个严密的定义，或者把它归纳在一种科学或一种文学研究体系里面，我们必将得不偿失。"[21]勃洛克甚至提出，他决不相信比较文学有朝一日能够成为一门正规的文学学科，他说："我不相信比较文学有朝一日会变成'建立在方法论基础上的一门语文学分支'。"[22]美国学者走到这一步，也的确走得太远了一点。由韦勒克的比较文学无边论，到勃洛克的比较文学学科取消论，实质上是由美国学派一手造成的比较文学的又一危机。韦勒克用右手消灭了法国学派人为地收缩比较文学研究范围的危机，同时又用左手创造了新危机，即比较文学无边论危机。勃洛克之论，便是明证。

　　不过，大多数人并没有按照勃洛克的见解去办，而是努力建设比较文学学科理论。从弗里德里希到雷马克，从韦斯坦到克莱门茨（Robert J.Clements），在一批美国学者孜孜不倦地努力下，比较文学在美国各著名大学蓬勃成长起来，比较文学系、比较文学硕士和博士学位点纷纷建立，众多比较文学学科理论著作出版……比较文学已然成为一门正式的文学学科。这一事实，实际上是对勃洛克这种学科取消论者的一个最好的回应。正如克莱门茨所说，比

18　勃洛克：《比较文学的新动向》，中译同前书，第196、197页。
19　勃洛克：《比较文学的新动向》，中译同前书，第196、197页。
20　勃洛克：《比较文学的新动向》，中译同前书，第196、197页。
21　勃洛克：《比较文学的新动向》，中译同前书，第19页。
22　勃洛克：《比较文学的新动向》，中译同前书，第19页。

较文学不但"成为受原则和方法所制约的一门学科",[23]而且还得到联合国教科文组织的大力肯定和支持。克莱门茨指出:"比较文学家们自然都应当感激联合国教科文组织所作的努力。该组织对比较文学系目前的做法,或将来应当做的方面,作了切合实际的阐述。"这个"阐述"指教科文组织的《教育的国际标准分类》对比较文学学科及各类学位及课程的规定。克莱门茨认为:"这种对比较文学学科的综合描述,作为一个起点是相当不错的了。"[24]

然而,尽管比较文学学科仍在蓬勃发展,但由韦勒克、勃洛克等学者提出的比较文学"无边论",却严重影响着比较文学学科理论的建设。这种影响一直持续至今,成为比较文学危机不断的一个重大问题。

四、比较文学无所不包——中国比较文学的严重失误

雷马克曾明智地指出:"虽然比较文学这一术语在地理上的涵义比较具体,但美国学派概念中所包含的属性的分支,引起了划分界限方面的一些严重问题,而这些问题是美国学者一向所不愿正视的。"这就是上述比较文学无边论。雷马克说:"在文学研究和文学评论中几乎一切的一切都可被称之为'比较文学'。比较文学成为一种几乎无所不包的术语,也就差不多毫无意义了。"[25]遗憾的是,这种导致比较文学又一危机的"无所不包论",一直没有引起学界的高度重视和纠正,以致流弊至今。这个流弊,在中国也有着十分鲜明的体现。中国的比较文学,最早是从台湾开始成为一门正式学科的,台湾大学率先办比较文学博士班,主办国际会议等等。而美国学者的"比较文学无所不包论"的流弊,最早是从中国比较文学学科理论的起跑点台湾开始的。

对台湾比较文学流弊的批判,有一篇论文很能切中要害:台湾的《淡江评论》17 卷 2 期刊登了董崇选的一篇论文 *When Comparative Literature Ceases Compare*,大陆《中国比较文学》1992 年第一期转载了此文,译名为《比较文学能不作比较吗?》,董文一针见血地批判了台湾学者盲目跟随美国学者,将比较文学的研究范围搞得模糊不清,令人无所适从。董文说:"我经常从我们比较文学家口中听到这样的谣传:比较文学实际上根本不作比较。我说'谣

---

23 克莱门茨:《比较文学的渊源和定义》,中译参见干永昌等编《比较文学研究译文集》,上海译文出版社,1985 年,第 225-232 页。

24 克莱门茨:《比较文学的渊源和定义》,中译参见干永昌等编《比较文学研究译文集》,上海译文出版社,1985 年,第 225-232 页。

25 雷马克:《比较文学的定义和功能》,中译同前书,第 213 页。

传'，因为我知道它无法证实。但是确实有人对这种说法信以为真，而且被它暗示的态度镇住了，以致当他们打算对文学作品进行比较时，再也不敢把两个作品放在一起加以比较。"为什么会产生这种令人无所适从的"不比较"？董文认为其原因在于台湾学者提出的所谓"比较文学中国派"。董文指出："谣传决不会没有他的源头。我想，比较文学的谣传与他们试图在台湾建立一个比较文学中国学派大有关系。……我们的比较文学家实际上把注意力主要对着一个有限的研究课题，那就是西方文学理论和方法对研究我国文学的适应性。这个倾向已在我们较早的一本比较文学研究著作的前言中得到证实：'我们不妨大胆宣言说，这援用西方文学理论与方法并加以考验、调整以用之于中国文学的研究，是比较文学的中国派的特点。'这个倾向由于以下事实得到进一步证实：我们当前最活跃的比较文学家，实际上都是文学理论家，或者更准确地说，是西方文学理论的跟随者。"台湾学者这种"不比较"的奇怪理论，显然不但跟随西方文学理论，以西释中，而且同样照搬西方比较文学学者的"无边论"的后果。董崇选指出："甚至这样一种奇怪的'理论'也不能离开西方的前驱者（请不要怪我语带讥刺，很遗憾，我们往往是西方理论拙劣的跟随者，而不是自成理论体系的优秀创立者），在《比较文学：内容和方法》一书中的'导言'中，A·欧文·奥尔特里奇是这样开始他的第二段的：'现在一般认为，比较文学并不是在一种文学与另一种文学相对照的意义上进行两国文学的比较，而是在研究单个文学作品时提供一种扩展视野的方法——一种超越狭隘的国界辨别各种民族文化的趋向和运动，认识人类文学和人类其他活动领域之间关系的方法'。"[26]应当说，董崇选的判断是正确的，台湾的"不比较"，正是来源于美国学者的"无边论"。奥尔特里奇的观点，与韦勒克、勃洛克的看法是一致的，即倡导一种广阔的"视野"，一种不受任何限制的胸怀和眼光。正如奥尔特里奇所说，比较文学，只是"提供一种扩展视野的方法"。这一观点，将台湾学者错误地导入了比较文学可以"不比较"的陷阱，因为用西方理论来研究中国文学，显然就具有了这种宽阔的"视野"、"胸怀"和"眼光"，董崇选坚决反对这种所谓的"扩展视野"，他尖锐地指出："我不知道奥尔特里奇的说法是否得到'公认'，但是我却不能同意他的话。我承认比较文学不是把一国文学与另一国文学对立，但是我不能设想，不用比较方法还有什么比较文学。人们可以振振有辞地说比较文学'在研究

---

26 参见《中国比较文学》1992 年第 1 期，第 210-214 页。

单个文学作品时提供一种扩展视野的方法——一种超越狭隘的国界高瞻远瞩
的方法……',然而,这到底是什么方法?该怎么去做?"[27]董崇选的这几个
问号问得好,实际上,问号下面的意思就是由美国学者造就的又一次比较文
学危机:"我们学科的处境岌岌可危,其严重的标志是,未能确定明确的研究
内容和专门的方法论"(韦勒克语),我这里借用韦勒克在《比较文学的危机》
一文中的这句话,意在以子之矛攻子之盾。在比较文学"无边论"这一问题
上,韦勒克不但"未能确定明确的研究内容和专门的方法论",而且还走向了
自己观点的反面,直接导致了比较文学"研究内容和方法论"不明确的又一
次危机。这次危机,从台湾延续到香港再延续到大陆,如今,比较文学研究
范围的不确定性,仍然深深地困扰着中国大陆学术界,当然,也同样困扰着
美国学者、法国学者及全世界的比较文学学者。

　　当前中国大陆的比较文学,更是"危机"声不绝于耳,危机从何而来?
我认为比较文学"无所不包论"的影响仍然是一个根本问题。比较文学"无
边论"在美国的当下的影响与发展,就是美国比较文学学会会长伯恩海姆
(Charles Bemheimer)主持的《跨世纪的比较文学》报告,报告号召比较文
学转向比较文化。[28]而这一泛文化倾向正是形成当前比较文学"危机"的总
根子,极大地影响着比较文学学科理论研究。有关"泛文化"问题,我已有
多篇论文讨论过了,在此不赘言。[29]我认为,当前比较文学界的"泛文化"
倾向,也就是过去比较文学"无所不包论"的进一步发展。当然,不赞成这
种"泛文化"倾向的,也大有人在。美国康奈尔大学著名学者乔纳森·卡勒
(Jonathan Culler)就持反对立场。他认为,如果将比较扩大为全球文化研
究,就会面临着自身身份的又一次危机。因为"照此发展下去,比较文学的
学科范围将会大得无所不包。"显然,当一个学科发展到几乎无所不包之时,
它也就在这无所不包之中泯灭了自身。既然什么都是比较文学,那比较文学
就什么都不是。[30]

27　参见《中国比较文学》1992 年第 1 期,第 210-214 页。

28　参见 Charles Bemheimer ed., *Comparative Literature in the Age of Multiculturalism*,
　　Baltimore and London, the Johns Hopkins University Press, 1955.

29　参见笔者论文《是泛文化,还是跨文化》,载《社会科学战线》,1997 年,第 1 期,
　　《新华文摘》,1997 年,第 4 期。

30　参见黄维梁、黄顺庆:《中国比较文学学科理论的垦拓》,北京大学出版社,1998
　　年,第 15 页。

可见，由韦勒克、勃洛克等美国学者始肇其端的比较文学"无边论"，已经成为了阻碍当今比较文学学科建设的一个核心问题，正由于这个问题，造成了比较文学学科持久的、不断的危机状态。

尤其需要提出的是，这种比较文学"无边论"，至今在中国比较文学界依然甚为流行，甚至一些权威的比较文学学者及比较文学概论教材，也具有浓郁的"无边论"倾向。例如被列为教育部"面向21世纪课程教材"的《比较文学概论》就是以"开放"、"宏观的视野"、"国际的角度"、"兼容并包"等等具有"无边论"倾向的语言来给比较文学下定义的。该教材指出："什么是比较文学呢？比较文学是一种开放式的文学研究，它具有宏观的视野和国际的角度，以跨民族、跨语言、跨文化、跨学科界限的各种文学关系为研究对象，在理论和方法上，具有比较的自觉意识和兼容并包的特色。"[31]以致有人无不嘲讽地说："比较文学是个筐，什么都可往里装"，比较文学成了一个无所不包的大杂烩。

当然，目前也有学者认识到了这一问题的严重性与迫切性。张辉在《中国比较文学》2003年第2期发表《无边的比较文学：挑战与超越》一文，指出：比较文学的无边化，对比较文学是有害的，"这不是简单的定义之争。从操作层面上说，它关系到比较文学究竟将把哪些论题纳入自己的学科领域；从认识比较文学独特存在价值来说，则无疑更需要一种清醒的'身份认同'。没有这样一个基本的'边界'，比较文学将随时可能迷失自己，而很可能真的变成一个无所不包而又无所可包的'空无'。"

如何解决比较文学持续不断的危机？解铃还需系铃人，韦勒克开出的药方并没有错，用韦勒克话来说是："我们学科的处境岌岌可危，其严重的标志是，未能确定明确的研究内容和专门的方法论。"其实，只要真正能落实韦勒克所倡导的"确定明确的研究"，比较文学本来可以避免许多弯路。然而，或许道路总是曲折的，任何学科发展都不可能是一帆风顺的。韦勒克是一位有远见的学者，但智者千虑，必有一失，韦勒克的失误在于只是将药方用在批判法国学派上，而没有继续坚持下去，甚至又陷入了同一个错误，忘记了自己也同样需要"确定明确的研究内容和专门的方法论"。今天，我们重新反省自韦勒克以来的比较文学研究范围的失误，目的正在于鉴往知来，真正认识

---

31 陈惇、刘象愚：《比较文学概论》，北京师范大学出版社，2000年9月。

到造成比较文学长期的持续不断危机的总根子之所在。唯有如此，才可能乘一总万，举要治繁，才能真正对症下药，共同来探讨比较文学的研究范围、研究内容和专门的方法论，也才能真正"确定明确的研究内容和专门的方法论"（韦勒克语），真正着手解决长期存在的隐患，从危机走向转机。

构建人类命运共同体意识下的文明冲突与变异[1]

习近平总书记指出："文明交流互鉴，是推动人类文明进步和世界和平发展的重要动力"。[2]借助他者，一个文明可以更好地审视自身，并在与世界的对话中获得文明发展的新动力。1697年德国哲学家莱布尼茨（Gottfried Wilhelm Leibniz）在《中国近事》一书的开篇写道："人类最伟大的文明与最高雅的文化今天终于汇集在了我们大陆的两端，即欧洲和位于地球另一端的——如同'东方欧洲'的 Tschina（这是'中国'两字的读音）。"[3]他以开阔的国际视野和宽广的学术胸怀肯定了东、西方文明各自的特点与成就，字里行间充满了对中国与欧洲进行文明对话的热切期盼。2015年6月29日，国务院总理李克强在布鲁塞尔举办的中欧工商峰会开幕式上发言致辞，引用了莱布尼茨与入华传教士闵明我的一封信件："中国人以观察见长，而我们以思考领先，正宜两好合一，互相取长补短，用一盏灯点燃另一盏灯"。[4]莱布尼茨观点之清醒开明，今时今日仍有借鉴意义。东西双方在承认差异的基础上，相互了解学习，寻求互利共赢的合作模式正契合了当下构建人类命运共同体意识的时代要求。

1　原载于《学术界》，2019年，第12期。
2　习近平：《习近平谈治国理政》，外文出版社，2017年，第258页。
3　[德]莱布尼茨著，[德]李文潮，张西平主编，[法]梅谦立，杨保筠译：《中国近事——为了照亮我们这个时代的历史》，大象出版社，2005年，《中文本序》第4页。
4　[德]莱布尼茨著，[德]李文潮，张西平主编，[法]梅谦立，杨保筠译：《中国近事——为了照亮我们这个时代的历史》，《中文本序》第2页。

一、焦虑心态与"亏欠话语"

然而全球化进程发展至今虽已达到了前所未有深度与广度，但东西两大文明体系之间的冲突依然时有发生，对异质文明的差异与误解在很大程度上阻碍着人类命运共同体的构建。早在 20 世纪 90 年代初冷战结束之后，美国学者塞缪尔·亨廷顿（Samuel P. Huntington）就率先抛出了"文明冲突论"的观点，他将世界格局划分为八种文明，直指未来世界的冲突将不再是意识形态之间的斗争，而是不同文明间的对抗。此论断随即在世界范围内引起热烈讨论，争议此起彼伏。2001 年美国纽约发生了震惊全球的"9·11"事件，亨廷顿的理论在新世纪伊始再次成为学界关注的焦点，其著作《文明的冲突与世界秩序的重建》在世界范围内销量持续攀升。他甚至大胆预言了文明之战，提醒西方要警惕防范东方文明，尤其是伊斯兰文明和儒家文明。虽然多数学者对亨廷顿偏颇极端的理论持否定态度，但历史似乎一直在用事实为文明冲突论做出注脚。尤其是在对国际贸易的论述中，亨廷顿提到："对国际政治来说，贸易的增长水平可以是很大的分裂力量"；"高水平的经济相互依赖'可能导致和平，也可以导致战争，这取决于对未来贸易的预期'"，[5]它似乎的确印证了近年来中美之间不断升级的贸易摩擦。

自爱德华·萨义德（Edward W. Said）解构性地辨析了"东方主义"这一概念起，东西之间二元对立的模式（刻板印象）便已定型。在赛义德的话语中，东方学不仅是关于东方各种知识的综合，更是长久以来体现在西方带有意识形态倾向的各种学问与研究中的一种表述。东方主义框架下东、西难分难解的焦灼境况实际上是一种"中心—边缘"的文化模式，具体表现为长期居于领先地位的中心文化以其现代性向边缘的弱势文化不断渗透。

在十九世纪末兴起的文化相对主义（cultural relativism）就曾试图对支配"中心—边缘"模式的西方中心主义进行突破。以美国人类学家博厄斯（Franz Boas）为代表，文化相对论首先驳斥了一般意义上粗泛的文化进化规律，承认不同文明间存在差异性以及各个种族文化发展的特殊性。他反对以西方制定的"文明"或"野蛮"等概念去定义其他民族文化的发展形态。基于对人类文明进程中不同民族历史独特性的关注，文化相对主义改变了人类学与社会学中诸多重要观念，在拆解欧洲中心主义、殖民主义与种族优越论等

5　[美]塞缪尔·亨廷顿著，周琪，刘绯等译：《文明的冲突与世界秩序的重建》，新华出版社，2009 年，第 46 页。

方面都起到过重要的先导作用。但与此同时它也扼杀了异质文明间沟通与对话的可能性。完全否定人类不同社会的相似性和一般性普遍规律是逆全球化进程的另一种极端表现，因此博厄斯的尝试并不能对文明冲突作出实质性的解决。此后对于异质文明的交往大致形成了消极与积极两类基本态度：在消极方面，一个被反复提及的案例是美国比较文学学者乌尔利希·韦斯坦因（Ulrich Weisstein）关于文体和文类对比研究的评论，他认为"只有在一个单一的文明范围内，才能在思想、感情、想象力中发现有意识或无意识地维系传统的共同因素……企图在西方和中东或远东的诗歌之间发现相似的模式则较难言之成理"[6]，并否认了文学体裁可以在超越"历史—地理环境"的情况下被接受。韦斯坦因的观点背后无外乎两个原因：要么是出于对西方中心主义的维护，通过取消可比性的方法将作为他者的非西方文明从世界文学间的对话中剔除出去；否则即是面对全球化文明冲突的一种投机取巧之法，因为相较于理解差异、沟通差异而言，忽视差异显然是一种捷径。可以用来反驳上述观点的例证不胜枚举，如印度佛教在传入中国后生根发芽，借助文学他国化的手段演变成了中国禅宗，并由此催生了变文、宝卷等新的文学体裁和形式；寒山诗在去往北美之后通过译介和接受，也推动了美国新诗的繁荣。与此相反，在积极一面，东方学者没有止步于对差异的认识，而是以开放包容的心态进一步探讨差异背后的可能性。他们以丰厚的文化底蕴运思，主张和而不同，推动异质文明和谐交往、平等对话。哈佛学者杜维明自20世纪90年代起便开始倡导"文明对话"的理念，他认为在多元文明共存的世界体系里可以找到不少的共性，各宗文明通过对话来增进理解是有必要的。台湾学者叶维廉则提出了"文化模子"的理论，所谓"模子"是指一种植根于文化传统的思维模式和结构行为的力量，是价值决定和判断的起点。[7]东西文明分属于不同的两个模子，要在体认他者模子的基础之上寻求跨文明交流之法。

只有建立在平等基础之上的文明对话才是有效对话。从某种程度上讲，当下中西文明间的冲突其实是源自一方的一厢情愿与另一方的不屑一顾。上述学者的努力收效甚微，因为他们主动谋求对话的姿态往往被解读为非西方文明的自我伸张，这对旧有的中心主义构成了威胁。西方文明的衰落已是有

6 [美]韦斯坦因著，刘象愚译：《比较文学与文学理论》，辽宁人民出版社，1987年，第5-6页。
7 叶维廉：《叶维廉文集·第1卷》，安徽教育出版社，2002年，第27页。

目共睹的事实，20 世纪初德国哲学家斯宾格勒（Oswald A. G. Spengler）就在《西方的没落》一书中从文化比较形态学的宏大视角详尽地阐述了西方文明所面临的困境，并以宿命论的方式预言了西方的未来。自中心跌落的失落感难免使西方学者产生焦虑，这种焦虑来源于对世界秩序掌控的丧失，而所谓的文明冲突论正是这种焦虑与恐惧的直接表现。另一方面，中国学者在过去很长时间内都处于文化、文学借贷上的羞耻感中。毫无疑问，中国的现代性建立在对西方的模仿和学习之上。20 世纪初猛然间被帝国主义列强裹挟入现代世界大潮的中国知识分子面对西方先进的科学文化知识，纷纷以自省的形式来寻找落后的症结、探讨民族出路。也正是出于这个原因，中国的现代性自开始便形成了一种"亏欠的话语"，它试图借贷西方的文化及象征资本来补偿历史进程中的时差。[8]在探索中他们将希望完全寄托到"别求新声于异邦"[9]的实践上，也直接导致了中国学术界的自卑心理，从而丧失了文化自信，甚至一度文化自戕，将落后境况归咎为汉字的责任就曾是其中的一个举措。

五千年华夏文明是靠汉字的书写得以形成典籍流传下来，可以说汉字是解码中国文化的核心。中国古代关于语言文字的学问素有"小学"之称，内容博大精深。自秦汉时代起汉字开始进入朝鲜、日本、越南等周边诸国，逐渐形成了受中国文化影响的汉字文化圈。而欧美一些学者曾对具有表意功能的象形方块字嗤之以鼻，叶维廉在《比较诗学》一书中曾援引过两段外国学者对中国文字的肤浅见解："由于他们缺乏发明的才能，又嫌恶通商，至今居然也未曾为这些符号再进一步减缩为字母"；"他们还没有字母，他们还无法铸造成别的国家已铸造的。"[10]其言下之意是讥讽使用象形文字的中国仍处于文明发展的原始阶段，几近野蛮。这些论断明显是以西方文化规则为绝对标准而产生的偏见，其背后的傲慢姿态只会使文明冲突愈演愈烈。令人感慨的是，如此荒谬的价值判断曾经竟得到过中国许多知识分子的附和。面对彼时亟待普及的教育事业与改善国民素质的严峻形势，以鲁迅、瞿秋白、钱玄同等人为代表的进步知识分子提出废止汉字使用，于是一场长达近半个世纪之

8 [美]王德威：《被压抑的现代性》，见《想象中国的方法：历史·小说·叙事》，百花文艺出版社，2017 年，第 7 页。

9 赵瑞蕻：《鲁迅〈摩罗诗力说〉注释·今译·解说》，天津：天津人民出版社，1982 年，第 14 页。

10 叶维廉：《叶维廉文集·第 1 卷》，第 29 页。

久的汉字革新热潮由此拉开了序幕，其间不乏许多言辞激烈的批判，体现的是中国知识分子面对现代化西方的焦虑与恐惧。美国学者斯塔夫里阿诺斯（L. S. Stavrianos）曾在《全球通史》里将中国文明的特点总结为"统一和连续"，[11]但这种统一和连续自现代以来在很大程度上遭到了破坏。与传统的决裂随即也带来了一系列文化并发症，"文论失语"便是其中之一。早在上世纪末笔者便已提出，中国文论的失语症是中西文明剧烈冲突的结果。我们缺乏的是一套自己的文论话语，一套独有的表达、沟通、解读的学术规则，一旦离开了西方文论我们几乎无法说话，只能成为学术哑巴。[12]中国传统的诗学话语面对现代文学研究已经失效，它不再能够切实地解决文学实践中的各种问题；换言之，中国文化的元语言被西方话语替换了。

对传统文化不加筛选地摒弃如今看来令人惋惜，这也更说明了提升民族文化自信对于新时代社会主义文化强国建设的重要意义。"我们不能在传统之外展开对传统的批判……对传统的理解说到底就是一种自我理解"[13]。传统文化凝结了中华民族在漫长的生产生活中形成的审美观与价值观，社会主义先进文化事业的建设要想继往开来、面向世界发声，首先应当客观公正地对待历史传统，发掘自身价值，重建中国文论话语体系。不同文明间文学与文化的借贷关系是国际交往中的常态，首先需要澄清的一点是，施加影响并不代表荣誉，接收影响也无需为此蒙羞。没有任何一种文明是在完全摆脱了他者的情况下孤立地发展形成的，我们总是需要在对他者的观照之中来进行自我构建。回到韦斯坦因颇受争议的《比较文学与文学理论》一书，在《体裁》一章中他写道，"直到最近，远东国家尚未根据类属对文学现象进行系统的分类。"[14]然而事实是，早在汉魏六朝时期曹丕在《典论·论文》中就已经做出了四科八类的文体划分；随后，陆机在《文赋》中更加细致深入地探讨了诗、赋、碑、诔等文章十体；至南北朝时期，体大虑周的《文心雕龙》中专论文体的篇目多达20篇，刘勰根据"原始以表末，释名以章义，选文以定篇，敷理以举统"[15]的原则对文章的

---

11 [美]L. S. 斯塔夫里阿诺斯著，吴象婴，梁赤民译：《全球通史——1500年以前的世界》，上海：上海社会科学院出版社，1988年，第278页。

12 曹顺庆：《文论失语症与文化病态》，《文艺争鸣》，1996年，第2期，第50-58页。

13 金惠敏：《全球化就是对话——从当代哲学家伽达默尔谈开去》，见《全球对话主义》，新星出版社，2013年，第23页。

14 [美]韦斯坦因著，刘象愚译：《比较文学与文学理论》，第104页。

15 [梁]刘勰著，王志彬译注：《文心雕龙》，中华书局，2012年，第576页。

各类体裁形式都进行了详实地辨析。西方诸如此类的偏见和误解在全球化文明冲突与交融中时有发生，以文化自信的态度予以回应可以增进彼此间的认知，纠正偏差与谬误，使世界更好地理解中国。

二、西方思想史中的中国元素

习近平认为"文化自信是一个民族、一个国家以及一个政党对自身文化价值的充分肯定与积极践行，并对其文化的生命力持有的坚定信心。"[16]从这个角度来讲，源远流长、积淀深厚的中国有着坚实的基础和底气去践行文化自信的理念。中国与古印度、古埃及、两河流域四个大型人类文明诞生地并称为四大文明古国，它们作为原生文明对其所处地区产生了深远的影响，是之后各类文明的发源地；相较而言，其他文明则属于派生文明，深受邻近地区原生文明的影响，古希腊的爱琴文明就是其一。事实上，以古希腊为文化源头的西方文明在形成过程中从东方借鉴了不少内容：古希腊文字源于亚洲的腓尼基字母，古希腊的青铜器来自两河文明，而其巨石建筑的技术与风格又来自古埃及，因此可以说古希腊文明是在古埃及文明与两河文明影响下通过变异融汇形成的次生文明。以此为滥觞，自14世纪起经历了文艺复兴、启蒙运动、浪漫主义等一系列全欧性的文学艺术思潮过后，欧洲各国在精神和文化层面被紧密地联结在了一起；到18世纪后，随着全球殖民体系的建立，欧洲的影响逐渐波及北美、大洋洲各国，由此形成了一个广泛意义上的西方文明体系。而在地球的另一端，中国在进入现代以前，以其连续而统一的文化影响力辐射着韩国、日本、越南等东亚诸国，整个远东地区在较长时间内保持着一个以中华文化为核心的东方文明体系。东西两大文明体系的成熟发展看似无甚关联，但中国作为西方最为清醒的一个参照坐标，一直存在于西方主流思想文化中。在此之下，厘清世界文明事实、探讨文明的交流变异与融汇创新、构建中国话语体系是化解异质文明冲突的关键。

学者金惠敏指出："全球化研究一直缺乏哲学的介入，哲学家一直超然于全球化这个世俗的话题"，全球化需要哲学的支援。[17]因此对全球化背景下文明冲突和变异的探讨不妨从中西哲学交流进入。黑格尔（G. W. F. Hegel）在

---

16 赵银平：《文化自信——习近平提出的时代课题》，《理论导报》，2016年，第8期，第7-9页。

17 金惠敏：《序言》，见《全球对话主义》，新星出版社，2013年，第1-2页。

《哲学史讲演录》第一卷中明确地界定了东方与东方哲学不属于哲学史内容，他认为"真正的哲学是自西方开始的"，因为"思想自由是哲学和哲学史起始的条件"。[18]东方哲学只能被勉强称为"宗教哲学"，严格来讲它更像是一种"宗教的世界观"，还不能算真正意义上的哲学。黑格尔仅用极其简短的篇幅"附带先提到"了东方哲学，以此作为世界哲学史正式开始前的补缀，这其中包括了14页的中国哲学和15页的印度哲学，在整整四卷本的哲学史中微不足道。对此他解释说，对于中国哲学，"我们所以要提到它，只是为了表明何以我们不多讲它。"[19]（随后由"中国没有哲学"这样的论断又衍生出了各种伪命题，诸如中国没有史诗、中国没有悲剧等等。）

　　与黑格尔的傲慢无知相反，他的欧洲前辈伏尔泰（François-Marie Arouet）曾对中国哲学与文化赞赏有加。从其各种著述中不难发现，伏尔泰对中国的历史、制度、哲学、礼仪等情况非常了解（诚然这些了解依然存在偏颇之处）。他认可中国的文明开化，在囊括世界各民族文明历史的著作《风俗论》里将中国列于第一章进行分析。对于中国这个遥远的东方他者，伏尔泰在仰慕之余，更重要的是借它去批判当时法国乃至整个欧洲政治上的专制统治和文化上的僵化腐朽，宣扬启蒙主义思想。十七世纪启蒙运动前夕的欧洲虽然已是中世纪的尾声，但基督教会和封建制度仍严格地把控着人们的思想，大众的精神意识长期处于蒙昧的状态，启蒙思想家们试图用理性与科学来破除教会制造的精神枷锁。随着来华传教士将大量的儒家典籍与中国思想传回欧洲，西方自大航海时代后再一次掀起了中国热。伏尔泰惊奇地发现儒家哲思与他所追求的美德、理性、法制如此契合，不禁感慨道："如果说有些历史具有确实可靠性，那就是中国人的历史……其他民族虚构寓意神话，而中国人则手中拿着毛笔和侧天仪撰写他们的历史"。[20]在伏尔泰看来，中国的政治制度是由理性和法制支撑的开明君主专制，而科举制度也成为伏尔泰反对法国封建世袭制的有力武器。值得注意的是伏尔泰将儒家哲学思想理解为自然神论，认为中国人广泛地信奉着一位非人格的上帝。究其原因，东、西方哲学在形成过程中最显著的差异之一莫过于中

---

18 [德]黑格尔著，贺麟，王太庆译：《哲学史讲演录第1卷》，商务印书馆，1983年，第93页。

19 [德]黑格尔著，贺麟，王太庆译：《哲学史讲演录第1卷》，第115页。

20 [法]伏尔泰著，梁守锵译：《风俗论·上》，商务印书馆，1995年，第74页。

国人信奉祖先而非宗教，如汉学家艾田蒲（René Etiemble）所言："18 世纪的'哲人'们在中国人信教与不信教的问题上受到的震撼，并不亚于中国的古老历史给基督教出的难题所引起的震动。"[21]伏尔泰本身是一位自然神论者，加之文明差异的隔阂，他无法理解中国人不信仰上帝这一事实。因此他坚信是"中国人把自然神论改造成了一套'简单、英明、庄严、免除了一切迷信与野蛮'的制度"，简言之，它是唯一未被宗教狂玷污的制度"。[22]虽然中国文化在接受过程发生了变异现象，但这并不影响伏尔泰崇敬孔子以及东方文明的事实：在他的小教堂中供奉着这位东方圣人的画像，他还曾在画像下为其作诗一首，

> 济世之理代言人，
>
> 开蒙何须惑人心，
>
> 圣贤从未夸预言，
>
> 邦中他国人人信。[23]

除开儒家思想，道家学说也曾漂洋过海与欧洲哲人进行过对话，海德格尔（Martin Heidegger）就是其中一位。尽管海德格尔试图把自己的思想渊源维系在欧洲以内，但随着国内外越来越多学者如葛瑞汉·帕克斯（Graham Parkes）、莱因哈德·梅依（Reinhard May）、张祥龙等人的考据，海德格尔的哲学体系与东方思想，尤其是老庄哲学和日本禅宗间的关系脉络逐渐明晰。其弟子伽达默尔（Hans-Georg Gadamer）也曾说过，海德格尔研究必须在其作品与亚洲哲学之间进行严肃的比较。[24]海德格尔曾于 1946 年与台湾学者萧师毅合译《老子》，虽然只完成了八章的内容，"但这种使西方思想的开端面对东方传统伟大的开端之一的努力，在一种批判性的位置上改变了海德格尔的语言，并赋予他的思想一个崭新的方向。"[25]也许是因为这次的深入合作，在此后五六十年代中海德格尔更为频繁地提到老子与道家思想，不过事实上他

---

21 [法]艾田蒲著，许钧，钱林森译：《中国之于欧洲·下卷》，广西师范大学出版社，2008 年，第 182 页。

22 [法]艾田蒲著，许钧，钱林森译：《中国之于欧洲·下卷》，第 187 页。

23 [法]艾田蒲著，许钧，钱林森译：《中国之于欧洲·下卷》，第 189 页。

24 Graham Parkes. *Heidegger and Asian Thought,* Honolulu: University of Hawaii Press, 1987, p. 5.

25 [德]奥特·波格勒：《东西方对话：海德格尔与老子》，见[德]莱因哈德·梅依著，张志强译：《海德格尔与东亚思想》，中国社会科学出版社，2003 年，第 195 页。

对"道"的了解应当比这还要早上许多。1930 年海德格尔就曾在公开场合援引过布伯译本的《老子》中"鱼之乐"的寓言故事；[26]在写于 1943 年的文章《诗人的独特性》中，海德格尔引用了《老子》第 11 章的全文。[27]此外，莱茵哈德在《海德格尔与东亚思想》一书中运用实证影响研究的方法，细致深入地比较了海德格尔德文原文与他先前所阅读过的东方典籍德译本的相似之处，证实了海德格尔思想中的中国元素。

除却以上两位，拉康、德里达、福柯等西方哲人都或多或少与中国文化有过精神交流，东西文明间的交往远比我们所认知的要更为深刻，当下若想在一个完全脱离对方的语境中去探讨自身已然太迟。这些纷繁的影响与借贷给我们的启示是中西方文明不存在绝对的冲突与差异，在构建持久和平的人类命运共同体意识中将对抗冲突转变为合作共赢才是明智之举。学者严绍璗从发生学的角度解释过文明冲突的不可避免性，他认为在文明的形成过程中，自然环境和人文环境决定了民族特性，"任何文化的'民族特性'一旦形成，就具有了'壁垒性'特征……这种由文化的'民族性'特征而必然生成的文化的'壁垒性'，是普遍范围内各民族文化冲突的最根本的内在根源。"[28]这种基于本质差异的壁垒无法打破也不应被打破，因为它是自我区别于他者的根本特征。试想若壁垒不复存在，当然不会再有任何形式的文明冲突，但世界的多样性则会被彻底摧毁，趋于某种普世性的可怕同质化将主导人类文明的共同发展。换言之，异质文明间的壁垒是我们在全球对话中维持和而不同的保障。这从另一个角度证明了冲突并非绝对的坏事，它能够"激活冲突双方文化的内在的因子，使之在一定的条件中进入亢奋状态。无论是欲求扩展自身的文化，还是希冀保守自身的文化，文化机制内部都会发生一系列的'变异'"。[29]按照文明发展的自然规律，如果某种文明没有来自他者的刺激与滋养，那么它必将在一定时期内萎缩衰亡。冲突和变异为文明的更新提供了不竭的内在动力。

---

26 [德]奥特·波格勒：《东西方对话：海德格尔与老子》，见[德]莱茵哈德·梅依著，张志强译：《海德格尔与东亚思想》，第 196 页。

27 曹顺庆，韩周琨：《海德格尔与老子：事实联系、交点及共同的关切》，《安徽大学学报》（哲学社会科学版），2017 年，第 41 卷第 3 期，第 50-58 页。

28 严绍璗：《"文化语境"与"变异体"以及文学的发生学》，见杨乃乔，伍晓明主编：《比较文学与世界文学》，北京：北京大学出版社，2005 年，第 129 页。

29 严绍璗：《"文化语境"与"变异体"以及文学的发生学》，见杨乃乔，伍晓明主编：《比较文学与世界文学》，第 129 页。

三、变异为新对话提供的可能性

纵观历史，从冲突到融合是人类文明上升的主旋律，也是不同文明间交往的普遍规律。赛义德曾指出，"谈论比较文学就是谈论世界之间的相互作用。"[30]比较文学变异学为超越文明冲突、实现合作对话、构建人类命运共同体提供了一条有效的途径。变异学理论的提出符合了习近平主席关于构建新时代"中国话语"的号召，对此他指出："要善于提出标识性概念，打造易于为国际社会所理解和接受的新概念、新范畴、新表述，引导国际学术界展开研究和讨论。"[31]自诞生至今变异学理论已赢得了国际学界的广泛关注，围绕这一理论话语而展开的比较文学研究也已收获丰硕成果。2013年，《比较文学变异学》英文版专著由德国斯普林格出版社（Springer-Verlag）出版发行，进一步推动了它在英语世界中的学术影响力。哈佛著名比较文学学者丹穆若什（David Damrosch）评价道，变异学为英语世界的比较文学研究提供了一个中国视角，是一个很受欢迎的学科延伸。对变异的关注一方面超越了亨廷顿式过分简单的文明冲突论，另一方面也走出了普遍的同质化现象。[32]《欧洲评论》主编席奥·德汉（Theo D'haen）称，变异学标志了世界比较文学发展的一个重要阶段，它将比较文学从西方中心主义方法的泥潭中解脱出来，推向一种更为普遍的理论。[33]不难发现，从中国文论话语的立场出发，比较文学变异学以文化自信的姿态为国际主流学术界所认同接受。

具体而言，变异学的研究领域十分丰富，包括社会集体想象、创造性叛逆、文化误读等等，文学他国化是其中重要的理论创新点。所谓"他国化"，是指一国文学或某一文学现象在传播到其他国家时，经过文化过滤、译介、接收之后形成的一种更为深层次的变异，这种变异主要体现在传播国文学本身的文化规则和文学话语已经从根本上被改变，成为他国文学文化的一部分。佛教的中国化可以很好地对这一概念进行阐释。同所有异质文明的

30 [美]爱德华·W. 萨义德著，李琨译：《文化与帝国主义》，北京：三联书店，2003年，第60页。

31 习近平：《在哲学社会科学工作座谈会上的讲话》，新华社，2016年5月18日。

32 王苗苗：《"中国话语"及其世界影响——评中国学者英文版《比较文学变异学》》，《比较文学与跨文化研究》，2018年第2卷第2期，第118-127页，第162-163页。

33 王苗苗：《"中国话语"及其世界影响——评中国学者英文版《比较文学变异学》》，《比较文学与跨文化研究》，第118-127页，第162-163页。

融合过程一样，佛教与中国本土文化在相遇之初也经历过不少冲突。印度佛教于两汉之际传入，至魏晋南北朝时社会动荡、战争频发的历史背景进一步催动了其接受。诗人杜牧曾在《江南春》中描绘："南朝四百八十寺，多少楼台烟雨中"，极言当时佛教之盛，在中土遍地开花。将希望从现实生活转移到来世成了当时苦难大众的不二选择，在此情形下佛教的势头一时无二，甚至对本土的儒、道文化都产生了不小的冲击。以儒家思想为核心的中国传统文化倡导的是积极人世的人生哲学，包括"远神近人"的人本取向和"孝悌敬亲"的伦理文化，这些都与当时新兴的佛教教义相冲突。南朝道士顾欢在《三破论》中痛斥佛教三大危害，他总结道："人国而破国，诳言说伪，兴造无费，苦克百姓，使国空民穷"；"人家而破家，使父子殊事，兄弟异法，遗弃二亲，孝道顿绝"；"人身而破身，人生之体，一有毁伤之疾，二有髡头之苦，三有不孝之道，四有绝种之罪"。[34]顾敦鍒也在《佛教与中国文化》中指出，"其出世论和违反人性的生活方法，具备把中国文化的人间性、理智性和伦理性等观念加以推翻的危险"[35]。到了唐宋时期，国家相继实行了一系列"固本"措施，如确立儒家四书为公民必读科本，并从政治、经济、文化等各个方面确保百姓重返现实生活，追求世俗幸福。[36]文明冲突最终以佛教的中国化得到缓和，而佛教中国化最根本特征是对道家思想的吸收，将注重语言里因名逻辑的印度文化规则转变成"不立文字，以心传心"的中国话语规则，并由此形成了以"悟"为核心的中国禅宗。同时为弱化语言及文化内涵上的差异，人们常用本土的儒、道思想去解释佛学教义，这种跨文化比较、类比的阐释之法也被称作"格义"。佛教完成他国化后对我国古代文化的方方面面都产生了难以磨灭的影响，尤其是在诗歌方面，对禅宗的热爱陶冶了诗人们"禅而无禅便是诗，诗而无诗禅俨然"[37]这种诗禅相通的文学审美。

再者，美国诗人埃兹拉·庞德（Ezra Pound）作为意象派代表人物，曾

34 [梁]刘勰：《灭惑论》，见杨明照：《文心雕龙校注拾遗》，上海古籍出版社，1982年，第798-799页。

35 顾敦鍒：《佛教与中国文化》，见张曼涛主编：《佛教与中国文化》，上海书店出版社，1987年，第71页。

36 曹顺庆：《南橘北枳》，中央编译出版社，2014年，第205页。

37 陈荣昌辑：《滇诗拾遗六卷·诗禅篇》，见《丛书集成续编第151册集部》，上海书店出版社，1994年，第484页。

译介过多部儒家经典与大量中国古诗。通过对东方诗歌的借鉴，意象派推动了英美诗歌的现代化进程。作为对 20 世纪初新浪漫主义陈腐造作诗风的抗议，意象派主张用凝练、纯净的客观意象去捕捉现代人瞬息万变的复杂情感。这样的艺术诉求与冷静克制、注重言外之意的中国古典诗歌是吻合的。庞德的成就主要体现在他对表意文字法（ideogrammic method）的创造上，如他坦言："如果我对文学批评有任何贡献的话，那就是我介绍了表意文学体系"。[38]这种表意文学体系就是基于文化误读而形成的变异现象。与林纾的情形颇为相似，作为译者的庞德几乎没有任何中国汉字的相关知识，他的翻译建立在对二手资料的嫁接和个人创造性叛逆的基础之上：马修斯的《汉英辞典》和马礼逊的《汉语字典》为庞德提供了直观的形象甚至图画以供拆解、分析[39]；同时，受到美国汉学家费诺罗莎（Ernest Fenollosa）遗稿的启发，庞德尝试从视觉的角度出发拆解中国的表意文字，再以拉丁字母式的拼读将文字拆解所得的意象进行拼接，从而得到全新的诗意阐释，"如此以来中国诗就彻底浸泡在意象里，无处不意象了"[40]。庞德抛弃了中国古典诗歌原有的话语规则，跳出汉字本身的意义生成模式，大胆进行再创造式的想象与发挥。在成功地实践了意象派文学主张的同时，庞德完成了对中国汉字与古诗的他国化改造，这也正是庞氏译作区别于一般译本的魅力所在。

他山之石，可以攻玉，对外来文明的吸纳转换可以丰富自身的内涵；另一方面，对他者的接受能力也能反映出自身文化生命力的旺盛与否。回溯历史，人类文化活动最具活力和创造性的时代，往往正是不同文明碰撞与激荡最剧烈的时代。习近平总书记站在人类整体历史进程的高度，指出世界正面临着百年未有之大变局，亨廷顿文明冲突论的观点纵然有其狭隘偏颇的一面，但在此之际借助对它的回顾可以使我们总结出一些关于构建人类命运共同体意识的经验。马克思和恩格斯在《德意志意识形态》中从历史唯物主义的角度考察了"天然共同体"这一概念，即以血缘关系为纽带的共同体的演进过

---

38 Ezra Pound. *A Visiting Card*, 1942, p36. 转引自赵毅衡：《诗神远游——中国如何改变了美国现代诗》，成都：四川文艺出版社，2013 年，第 250 页。

39 杨平：《20 世纪《论语》的英译与诠释》，《孔子研究》，2010 年，第 2 期，第 19-30 页。

40 赵毅衡：《意象派与中国古典诗歌》，《外国文学研究》，1979 年，第 4 期，第 4-11 页。

程。[41]这种基于血缘的认同随着族群的发展壮大逐渐延伸到对语言、文化、历史的认同，由此也形成了现代民族国家的概念。然而在全球化深入的今天，面临气候变暖、资源枯竭、恐怖主义等一系列全人类共有的自然与社会问题，旧有的狭隘认同感亟待更新，对一种全球性价值观的迫切需要已经成为国际共识，而这种新的认同感正来源于彼此休戚相关的共同命运之中。全球化趋势不可逆转，东西对话将日益频繁，关注差异、理解差异也因此显得尤为重要。比较文学变异学对纠正文明冲突中的绝对化观点，提升文化自信，共建人类命运共同体有着重要的理论意义与现实意义。

本文与张帅东合写

---

41 李梦云：《建设人类命运共同体的文化构想》，《哲学研究》，2016 年，第 3 期，第 22-28 页。

比较诗学新路径：西方文论的中国元素[1]

一、比较诗学研究路径回顾

中国自古以来就是文学理论大国，按照季羡林先生的观点，中国古代文论博大精深，是世界上三大文论体系（中国、印度、欧洲）之一。[2]正是这样一个"体大虑周"的文学理论话语，这样一个言说了上千年、与绚烂多姿的中国古代文学相伴相生的文论话语体系，如今却莫名其妙地消亡了：作为理论，中国古代文论非但无法参与现当代文学评论与文论建构，甚至已经无法表述自身。只能成为博物馆里的秦砖汉瓦、成为学者案头的故纸堆。而西方文论却成为一家独大的学术明星，在中国闪闪发光，处处受到追捧！因为西方文论科学、系统、抽象、深刻……

二十多年前，当我们面对中国古代文论在现当代失效的问题时，提出的对策是通过"古代文论的现代转换"来重建中国文论话语体系。正式这出于重新焕发中国古代文论的生命力的良好愿望，却无形中成为中国古代文论消亡的"罪魁祸首"。究其原因，首先需要解答以下三个问题。

（一）中国古代文论为什么要转换？

"转换"往往暗含一个前提，即认为某样东西其原始状态不再保有必要性或合理性，在当代已经不能用了。也就是说，"古代文论现代转换"的口号，其实是一个否定中国古代文论当下生命力和有效性的论断，而这个前提显然

---

1 原载于《浙江社会科学》，2019年，第1期。
2 季羡林，东方文论选，序[M]，成都：四川人民出版社，1996.2。

是有问题的。我们的学科只能是"史",那时候叫"中国文学批评史"。中国古代文论为什么会消亡？没有人质疑过。为什么西方文论没有"古代文论的现代转换"这种口号，为什么亚里士多德的《诗学》从来就不需要现代转换？显然，"古代文论的现代转换"是一个只有中国才有的，最具有"中国特色"的口号。

（二）用什么来"转换"？

之所以人们会否定中国古代文论的当代有效性与合法性，根源在于它是所谓的"不科学"的存在。那什么才是"科学的"呢？显然，按照当代"常识"，中国古代不可能有"科学"的方法，唯一的选择是西方的科学方法，判断的依据是西方理论，所以自然而然地，西方理论也就成为了用以"转换"（即"改造"）中国古代文论的元话语。正如王耘在《古代文论之现代转换的理论表象》一文中曾谈到："1980 年代以来的古代文论现代转换研究主要呈现出三种理论表象，其中在方法论维度普遍依赖于西方理论的架构。"[3]如此，"科学的"西方理论，成为宰制中国文论的元话语。进而，西方理论作用于中国古代文论之现代转换不仅仅在于方法论的选择上，这种影响直接主导了中国古代文论自身话语的言说与建构。也就是说，引入的"科学的"西方理论，实际上成为了一种强势话语，成为宰制中国文论的元话语，在西方话语霸权下的中国古代文论，其主体性是长期缺位的。这就是问题的症结所在！

（三）心态问题：没有文化自信

中国自鸦片战争以来，面对列强的巨大压力，一直处于"救亡图存"的风云中，民族自信心低落到前所未有的程度。由于中国的贫弱、腐败，外加西方的殖民、侵略。使中国人开始不断反思国家落后的根本原因。经过数十年的中西方文化对比，以及国内不断的暴乱、恐慌、复古等事件后，一些国人得出这样一种结论：觉得传统文化是愚蠢的、是罪恶的、是不能和西方文化相提并论的。中国之所以落后、腐败是因为旧的传统文化在作祟。打到传统文化，在一定的历史时期是由其合理性和必要性的。但是，不能够把脏水全都泼在中国传统文化上。由于文化失去自信，中国人开始逐渐的全盘否认自己的一切传统文化。包括中国古代文论、古代文学，通通都在扫荡之列。

---

3 王耘，古代文论之现代转换的理论表象[J]，学术月刊，2015 (7): 140。

通过上述对比较诗学研究路径的回顾，我们看到，之前的研究路径是在特定的历史语境和文化冲击下作出的一种错误实践。在这条老路上，我们不可能重新建立起中国文论的话语体系。所以，我们必须在根本上看清中国古代文论的价值，树立起我们民族的文化自信，从而开创一条比较诗学研究的新路径。

二、西方文论的中国因素

当我们把焦点集中在中国古代文论的价值研究时，不妨把目光投向西方世界，看看西方文论是如何看待我们中国古代文论的。其实，西方文论一直在向中国文论、中国文化学习。了解西方文论的中国元素，有助于我们改变心态，重新认识中国文论的价值。

1. 西方对中国的否定：黑格尔——中国没有哲学

黑格尔在谈到东方哲学时说："首先要讲的是所谓东方哲学……我们所以要提到它，只是为了表明何以我们不多讲它"[4]。因为在他看来，所谓的东方哲学，只是一种东方人的宗教思想方式和世界观，它不属于"高级"的西方哲学样态。这种带宗教观念的世界观也仅仅被黑格尔认作是一种"宗教哲学"[5]。黑格尔非常轻视地叙述了对孔子的看法："孔子只是一个实际的世间智者，在他那里思辨的哲学是一点也没有——只有一些善良的、老练的、道德的教训，从里面我们不能获得什么特殊的东西"[6]。在评价《易经》时他还说："他们也达到了对于纯粹思想的意识，但并不深入，只停留在最浅薄的思想里面。这些规定诚然也是具体的，但是这种具体没有概念化，没有被思辨地思考，而只是从通常的观念中取来，按照直观的形式和通常感觉的形式表现出来的"[7]。"他们是从思想开始，然后流入空虚，而哲学也同样沦于空虚。"[8]黑格尔认

---

4 [德]黑格尔，哲学史讲演录，第一卷[M]，贺麟，王太庆译，北京：商务出版社，2016，125。

5 [德]黑格尔，哲学史讲演录，第一卷[M]，贺麟，王太庆译，北京：商务出版社，2016，125。

6 [德]黑格尔，哲学史讲演录，第一卷[M]，贺麟，王太庆译，北京：商务出版社，2016，130。

7 [德]黑格尔，哲学史讲演录，第一卷[M]，贺麟，王太庆译，北京：商务出版社，2016，131。

8 [德]黑格尔，哲学史讲演录，第一卷[M]，贺麟，王太庆译，北京：商务出版社，2016，132。

为中国文化没有对概念的思辨，因而没有哲学，虽然《易》的卦爻符号有了抽象的思想意义和具体的规定，但还是不够的，没有被概念化和对概念的思辨。

对黑格尔的这种看法，钱钟书先生提出过严厉的批评，他写道："黑格尔尝鄙薄吾国语文，以为不宜思辨；又自夸德语能冥契道妙，举'奥伏赫变'（Aufheben）为例，以相反两意融会于一字，拉丁文中亦无义蕴深富尔许者。其不知汉语，不必责也；"[9]钱先生认为："'变易'与'不易'、'简易'，背出分训也；'不易'与'简易'，并行分训也。'易一名而含三易'者，兼背出与并行之分训而同时合训也。[10]"这是"苟察文义，而未洞究事理，不知变不失常，一而能殊，用动体静，固古人言天运之老生常谈"[11]。在易理之中，其实变易与不易、阴与阳之类，相反之机常并行同在，一阴一阳、亦阴亦阳，阴有中阳、阳中有阴，阴阳互含，相资而行，这本是万物存在最深层的本然状态。

不只是"易一名而含三义"颇有思辨意味，其它如孔孟、老、庄、墨、佛，此种训诂与观念亦比比皆是，钱钟书先生论之详矣，只可惜大哲如黑格尔者不懂汉语。可见，《管锥编》从探讨"易"开始，正是为了说明中国文化开端起就有对立统一的辩证思想。

2. 叔本华美学的中国元素

黑格尔与叔本华，一个代表西方古典主义哲学的终结，一个代表西方现代主义哲学的开端。朱谦之先生说："黑格尔不承认中国思想的影响，叔本华却自己承认了他和朱子的学说相同，这可说就是他和中国思想最有关系的地方。"这是非常有意思的现象。

叔本华指出："道教，由比孔子早些的但仍属于同时代人的老子创立。这是一种关于理性的学说，理性是宇宙的内在秩序，或万物的固有法则，是太一，即高高在上的载着所有椽子，而且是在它们之上的顶梁（太极，实际上就是无所不在的世界心灵），理性是道，即路径，也就是通向福祉，即通向摆脱世界及其痛苦的路径。"[12]他从哲学的高度，认识到中国道教文化中的"道"与他的"意志"是何其的相似。当他进一步研究程朱理学时，更是惊

---

9 钱钟书，管锥编，第一卷[M]，北京：生活·读书·新知三联书店，2007，3-4。

10 钱钟书，管锥编，第一卷[M]，北京：生活·读书·新知三联书店，2007，10。

11 钱钟书，管锥编，第一卷[M]，北京：生活·读书·新知三联书店，2007，10-11。

12 [德]叔本华，自然界中的意志[M]，任立，刘林译，北京：商务印书馆，1997，137。

叹不已。他论述到："意志活动和身体的活动不是因果性的韧带联结起来的两个客观地认识到的不同的情况，不在因和果的关系中，却是二而一，是同一事物；……可以说整个身体不是别的，而是客体化了的，即已成为表象了的意志。"[13]其中"意志"与"身体"的二元统一，实际上就是朱熹的"天人一物，内外一理，流通贯彻，初无间隔"。（朱熹《朱子语类》）叔本华还谈到："唯有意志是这世界除了表象之外还是什么的东西。在此以后，我们就根据这一认识把这世界不管是从全体说还是从世界的部分说，都叫做表象，叫做意志的客体性。"[14]这与朱熹的"心者，人之神明，所以具众理而应万事者也；性则心之具理；而天又理之所从以出者也"（朱熹《朱子语类》）也是如初一辙。同样的，叔本华还认为"人的贪婪和痛苦都是因为蕴藏体内的'生命意志'推衍的结果，这一'生命意志'实是朱熹的'人欲'翻版；最后，人要回到本真，必须进行'生命意志的否定'，这又是朱熹的'灭人欲，存天理'。"[15]中西思想如此的相似连叔本华都感慨到："这最后一句话和我的学说的一致性是如此的明显和惊人，以致于如果这些话不是在我的著作出版了整整 8 年之后才印出来的话，人们很可能会错误地以为我的基本思想就是从它们那里得来的"[16]。

叔本华美学对中国学者产生了深刻的影响，如王国维在他的《红楼梦评论》中，就以叔本华的生命欲望、生命悲剧意识为基本理论，他评论："玉者，欲也。《红楼梦》乃彻头彻尾之悲剧也。《红楼梦》与吾国文化精神大相违背也。"可见，中国学者在接受西方理论时，完全忽视了西方理论中的中国元素，《红楼梦》怎么可能是天外飞来峰？像王国维先生这样的大学者竟然也忽视了朱子的天理与人欲思想与叔本华的生命悲剧意识之间的关联。

3. 笛卡尔、莱布尼兹学术的中国元素

17 世纪延续百年的"礼仪之争"将儒家思想带到西方，笛卡尔、莱布尼兹等大哲学家从中看到了理性主义生活方式，促使了启蒙运动的发展，拉开

---

13 [德]叔本华，作为意志和表象的世界[M]，石冲白译，北京：商务出版社，2014，150。

14 [德]叔本华，作为意志和表象的世界[M]，石冲白译，北京：商务出版社，2014，236。

15 郭泉，叔本华的汉学研究及其对中国哲学思想的认识[J]，南京师大学报（社会科学版），2000 (03): 9-14。

16 叔本华，自然界中的意志[M]，任立，刘林译，北京：商务印书馆，1997，144。

了现代西方的序幕。从这个意义上来讲，中国传统思想本来就是现代思想的摇篮之一。

笛卡尔提出的"二元论"深受中国文化的影响，从他探索世界本原的方式中，明显看出了中国宋明理学的"理、气"二元论在其哲学逻辑推演中的痕迹。在笛卡尔之后，许多西方哲学家都曾受到了中国式二元论思维模式的影响。

笛卡尔认为，世界有两种各自独立、性质不同的本原，这两种本原就是物质和精神。二者彼此完全独立，不能由一个决定或派生另一个。而《易经》中独特的文化符号系统极大地启发了中国人的理性思维，其阴阳调和与转化的二元论关系思维模式构成了中国传统文化的基本风貌。所谓"二元论"，即世界的存在是由两个对立面之间的作用与反作用以及对立面之间的冲突、消长、转化决定的。

莱布尼兹的思想中也吸纳和关照到中国元素，他在《中国最近事情》中指出："要是理性对于这种害恶还有救药的话，那么中国民族就是首先得到这良好规范的民族了。中国在人类大社会里所取得的效果，比较宗教团体创立者在小范围内所获得的更为优良。"[17]

4. 以胡塞尔、海德格尔的思想为代表的现象学的中国元素

"胡塞尔的现象学是在批判西方传统的主客体两分的思维模式下产生的。他通过'意向性'这个关照动作将'意向性主体'和'意向性客体'融合到一体。"[18]胡塞尔提出的主客交融观与中国不分主客体的浑然思维有一定的相似之处，但仍有其本质的区别，因为"胡塞尔的意向性是针对个体的、有确定对象的，与中国的浑融完全不同。中国的天人合一是'独与天地精神往来'(《庄子·天下》)，并没有确指的。"[19]作为胡塞尔学生的海德格尔，继承了胡塞尔现象学的基本观点，并将之进一步深化。海德格尔对老子思想"道"的论述见于《在通向语言的道路上》中："老子的诗意运思的引导词叫做'道'(Tao)，'根本上'就意味着道路。但由于人们容易仅仅从表

---

17 [德]莱布尼茨，中国近事：为了照亮我们这个时代的历史，杨保筠译，大象出版社，2005。

18 曹顺庆，中国话语建设的新路径——中国古代文论与当代西方文论的对话[J]，深圳大学学报（人文社会科学版），2017, 34 (05): 118-123+160。

19 曹顺庆，中国话语建设的新路径——中国古代文论与当代西方文论的对话[J]，深圳大学学报（人文社会科学版），2017, 34 (05): 118-123+160。

面上把道路设想为连接两个位置的路段……因此，人们把'道'翻译为理性、精神、理由、意义、逻各斯等……方法尽管有其效力，但其实只不过是一条巨大的暗河的分流，是为一切开辟道路、为一切绘制轨道的那条道路的分流。一切皆道路。"[20]海德格尔指出老子的"道"是"诗意运思的引导词"，是"为一切开辟道路的道路"，其中"隐藏着运思之道说的一切神秘的神秘"，他的论述非常近乎于老子的"玄之又玄"的说法。海德格尔在这里超越了其老师现象学理论中个体性、对象性的局限，从而走向"普道"的东方思维。

德国学者奥特·波格勒说："对于海德格尔，《老子》成了一个前行路上的避难所。"《海德格尔全集》第75卷中的《关于荷尔德林；希腊之旅》的"诗人的独特性"一文，海德格尔就引用了《老子》第11章全文论述了"无用之用"的道理：

三十根辐条相遇于车毂[三十辐共一毂]，
但正是它们之间的空处提供了这辆车的存在[当其无，有车之用]。
器皿出自陶土[埏埴以为器]，
但正是它们中间的空处提供了这器皿的存在[当其无有器之用]。
墙与门窗合成了屋室[凿户牖以为室]，
但正是它们之间的空处提供了这屋室的存在[当其无，有室之用]。
存在者给出了可用性[故有之以为利]，
非存在者则提供了存在[无之以为用][21]

引文中老子提到的车毂、器皿与屋室，这三者都论证了"无而有用"的道理。这是老子思想中的一个基础命题，同时也是海德格尔追问存在意义的一个基本立足点。海德格尔在《物》中也有关于这段话的解释说："壶的虚空，壶的这种无，乃是壶作为容纳的器皿之所是。……器皿的物性因素绝不在于它由以构成的材料，而在于有容纳作用的虚空。"[22]在这一点上，海德格尔的理论，与中国古代文论的精神是息息相通的。

---

20 [德]海德格尔，在通向语言的途中，孙周兴译，北京：商务印书馆，2016，191-192。

21 转引自张祥龙《海德格尔论老子与荷尔德林的思想独特性——对一份新发表文献的分析》，《中国社会科学》2005年第2期。

22 孙周兴选编，《海德格尔选集》，上海：读书·生活·新知三联书店，1996年，1172。

5. 伏尔泰思想中的中国元素

伏尔泰说："中国是世界上开化最早的国家"。针对某些批评中国的西方人，伏尔泰为中国辩护说："我们诽谤中国，唯一的原因，便是中国的哲学和我们的不同"。伏尔泰十分推崇中国的传统哲学。他曾经说过，世界的历史始于中国。中国是"举世最优美、最古老、最广大、人口最多而治理最好的国家"。

伏尔泰非常认可孔子的学说，他在《哲学辞典》中提出了"常识不平常"（Common sense is not so common）。"自从开天辟地以来，还有什么道德准则比它更美？我们必须承认，对于人类来说，没有比孔夫子更有价值的立法者了。""我认真地拜读了他的著作，并做了笔记，我觉得他诉诸道德，而完全没有对奇迹的说教或对宗教的借喻。"[23]

6. 瓦雷里思想的中国元素

20 世纪初，瓦雷里通过两个中国学者梁宗岱、盛成的相逢与对话，对中国文化作了广泛深刻的观照和思考。他强调诗歌应当在"形式与内容，声音与意义，诗与诗的状态之间，显露出一种摆动，一种对称，一种权利和价值的平等。"[24]瓦雷里提出"纯诗"理论并且意识到他所追求的"对称"在中华民族的各个方面都有体现，他在探讨"对称"时也提到了老子《道德经》中"有无相生，长短相成的对称形式"。[25]在为盛成《我的母亲》的序中，他批判了"欧洲中心论"，认为中西方都是独立的文化系统，应当在彼此平等的基础上进行对话与互通。

7. 庞德与瑞恰兹思想的中国元素

庞德对中国传统诗歌的翻译和阐发从而创造了西方意象派诗歌，他通过拆字法解读汉字，翻译了《四书》和《诗经》。他在长诗《诗章》中阐述孔子学说，并在 1915 年出版的《中国》中收集并翻译了十几首中国古诗，为促进中西文化交流作出了很大努力。

庞德立足于本民族思维方式和言说方式对中国文学进行本土化改造，创造出符合本民族欣赏习惯的诗歌。如他将《论语》的"君子坦荡荡，小人长戚

---

23 [法]伏尔泰，哲学辞典[M]，王燕生，译，北京：商务印书馆，1991。

24 梁佩贞，《漫谈比较文学》，载杨周翰、乐黛云编，《中国比较文学年鉴》，北京大学出版社，1987，120-121。

25 芦思宏，论中西方文论的他国化与变异[J]，当代文坛，2018 (06): 34-40。

戚。"翻译为"He said: the proper man: sun-rise over the land, level, grass, sun, shade, flowing out; the mean man adds distress to distress."庞德从象形文字的角度解读，将"坦"字图像化为：一轮红日从地平面升起。而荡（蕩）字则用"拆字法"拆分成"草"、"水"、"日"和"阴影"。在庞德笔下，"坦荡荡"就"他国化"为"sun-rise over the land, level, grass, sun, shade, flowing out"（地平面的日出，草，日，阴影，流）。《论语》中的君子形象就被解读为一系列意象的组合，话语规则发生了根本的变异。庞德的这种解读与中国传统对《论语》及其背后的整个儒家文化体系的解读大相径庭，甚至可以说，在有些语段的翻译中，庞德从根本上就抛弃了中国传统的解读，完全跳出汉字本身的意义生成，进行主观的自由想象和发挥。虽然如此，但他自己认为："如果我对文学批评有任何贡献的话，那就是我介绍了表意文学体系。"

新批评学派瑞恰兹因喜爱中国文化，而醉心于中西文化交融的研究。他通过将中国古代哲学与西方心理学进行结合，提出了"中和诗论"。瑞恰兹将"中庸"理解为有关平衡、和谐的学说，对"综合"的强调贯穿了瑞恰兹毕生的文论和美学思想。在《文学原理》中，瑞恰兹首先分析了美学研究的混乱现实，提出了真正的美是"综感"的观点。并引用《中庸》："自诚明谓之性，自明诚谓之教。诚则明矣，明则诚矣"、"博学之，审问之，慎思之，明辨之，笃行之。"的观点补充对"综感"的论证。[26]

8. 德里达思想的中国元素

二十世纪后半期兴起的解构主义哲学是对建立在永在观念（presence）基础上的西方形而上学的总结性反思。它在突破西方传统思维模式的同时，呈现出与中国古典哲学相近的一些思维倾向。作为西方文化的"解构者"，德里达的理论观点与中国文化有重要关联。

德里达利用索绪尔的语言学理论解构西方"语言中心主义"，他认为书写文字比起言语，在"可重复性"和"替代性"方面有明显优势。这种优势使他联想到中国汉字，"我想到对中国的文字，有一种不仅仅针对文字的倾向。"[27]"像汉语、日语这样的非表音文字，很早就包含了表音的因素，它们在结构上是受表意的文字所统制，因此我们是看到了一个发展在一切逻各斯中心主

---

26 芦思宏，论中西方文论的他国化与变异[J]，当代文坛，2018 (06): 34-40。
27 杜小真，张宁，德里达中国讲演录，北京：中央编译出版社，2003，82。

义之外的伟大文明。"[28]通过比较，德里达发现在中国汉字体系中，语音和文字融为一体。那么，西方"言语／文字"二元对立的思想就不攻自破。如此，中国汉字作为一种客观存在，以兼具表音、表形、表意的特征，对德里达的解构理论进行佐证和补充。双方在这一层面展开平等对话，不仅增加了德里达解构的论据，也凸显出中国汉字的优越性。[29]

在中国文化中，"只可意会不可言传"与德里达"延异"理论有异曲同工之妙。《庄子·天道》篇："世之所贵道者书也。书不过语，语有所贵也。语之所贵者，意也，意有所随。意之所随者，不可以言传也。"[30]庄子认为书写与话语的目的在于"达意"，而意义是无法言传的。德里达的延异理论也认为真理不可表达，真理的符号化也就意味不存在纯粹的真理。

9. 福科思想的中国元素

福科的理论展示了其对主体思想的批判之路，他认为人们之所以会产生某种经验与知识是因为背后的"要素系统"，也就是一种"经验秩序"，它是组织起知识、使思想之所以产生的知识空间。而这样一种"经验秩序"让人们在知识建构中形成一种思维定势，所以必须打破这种原有秩序。福科谈到："在其自发的秩序下面，存在着其本身可以变得有序并且属于某个沉默秩序的物，简言之，存在着秩序。"[31]在他看来人类文化中本来就存在着"秩序的纯粹经验和秩序存在方式的纯粹经验"。[32]福科这种对物的本身秩序的看法，实际上暗合了老子"道"的思想。并且，福科本人也充分肯定了中国文化对他的启示作用："在我们的梦境中，难道中国不恰恰是这一优先的空间场所吗？对我们的想象系统来说，中国文化是最谨小慎微的，最为层级分明的，最最无视世间的事件，但又最喜爱空间的纯粹展开；我们把它视为一种永恒苍天下面的堤坝文明；我们看到它在四周有围墙的大陆的整个表面上散播和凝固……被博尔赫斯引用的中国百科全书以及它提出的分类法，导致了一种

---

28 德里达，论文字学，汪堂家译，上海：上海译文出版社，1999，90。

29 曹顺庆，李斌，中西诗学对话——德里达与中国文化[J]，武汉大学学报（人文科版），2017，70 (06): 78-84。

30 郭庆藩，庄子集释，北京：中华书局，1961，488-489。

31 [法]米歇尔·福科，词与物：人文科学的考古学，莫伟民，译，上海：上海三联书店，2016.7。

32 [法]米歇尔·福科，词与物：人文科学的考古学，莫伟民，译，上海：上海三联书店，2016.7。

没有空间的思想，没有家园和场所的词与范畴……这种文化并不在任何使我们有可能命名、讲话和思考的场所中去分布大量的存在物。"[33]

综上，从全球范围来看，异质差距如此之大的东西方文明的对话与沟通是如此奇妙与巧合，其中精彩纷呈，孕育着无限的生机。毋庸置疑，西方文论与中国文论，都是有价值的理论，完全可以互相补充、互益相长。介于西方文学与文论构成中具有的中国文化与诗学因素以及潜在的渊源关系，我们完全可以通过比较，透过西方文论的中国元素，打开中西诗学比较的新视野，创立一条比较诗学研究的新路径。

本文与刘衍群合写

---

33 [法]米歇尔·福科，词与物：人文科学的考古学，莫伟民，译，上海：上海三联书店，2016.5。

70 年来我国比较诗学研究的得与失[1]

从 1949 年新中国成立到 2019 年，中国比较诗学历经了 70 年的峥嵘岁月。70 年来，我国比较诗学既有前辈大师筚路蓝缕在前，又有老中青几代学人薪火相续、孜孜不倦在后，创获了可喜成就，但仍存在诸多问题。对中国比较诗学的发展历程进行回溯，总结得失，厘清发展脉络，有助于在反思中重塑中国文化自信，寻求切实的文论话语建设之道，为中国文论话语的进一步发展打开新思路，开辟新路径。

一、前学科时期（1949-1978）

中国比较诗学的诞生是西风东渐、中西文化相互激荡、碰撞、冲突与融合后的产物。早在 20 世纪初，萌芽时期的中国比较文学便已有了诗学的成分。王国维的《红楼梦评论》（1904）和《人间词话》（1908）、鲁迅的《摩罗诗力说》（1908），这些代表性著作预示着中国比较诗学的思想开端。在随后的大半个世纪，我国比较诗学研究出现了不少杰出成果，比如梁宗岱的《诗与真》（1935）和《诗与真二集》（1936）、朱光潜的《诗论》（1943）、陈铨的《文学批评的新动向》（1943）、钱锺书的《谈艺录》（1948）等。

新中国成立后的前 30 年，比较诗学经历了漫长的沉寂期。在那段特殊的历史时期，苏联的文学理论在中国大陆占据主导地位，成为中国大陆文学理论的直接思想指导。在如此氛围中，除了钱锺书等个别学者私下坚持自己的研究之外，大陆的比较诗学研究销声匿迹。直至 20 世纪 70 年代，文论界几

---

1 原载于《英语研究》，2020 年，第 1 期。

乎是一片荒芜景象。但该时期中国台湾、香港地区和海外华人学者的比较诗学研究在一定程度上弥补了大陆研究的空白时间段，对大陆的比较诗学研究起到了助推作用，比如哥伦比亚大学于 1959 年出版了施友忠第一部英译本的《文心雕龙》，促进了《文心雕龙》的海外传播。刘若愚的《中国诗学》（The Art of Chinese Poetry，1962）以中西诗学的交融和互释为基础，试图更真实地展现中国诗歌的面貌。叶维廉在《东西比较文学中"模子"的运用》，（1974）中首次提出"模子"这一重要概念。缪文杰主编的论文集《中国诗歌和诗学研究》（Studies in Chinese Poetry and Poetics，1978），第一卷共收录了 10 篇由汉学家撰写的文章，以西方评论者的眼光审视中国诗学的性质和特征，反映了世界读者对中国诗学的兴趣。

二、学科创立时期（1979-1989）

20 世纪 70 年代末，我国文学理论界在改革开放的思想引导下，大规模引进西方文艺思想，译介外国文论，国内的文艺思想空前活跃。在东西文化大汇集的时代语境下，比较诗学学科建设逐渐提上日程。

1979 年，钱锺书的《管锥编》出版，标志着中国比较文学的复兴。此著被奉为中西比较诗学的经典之作，通过旁征博引，钱锺书将具体的诗学问题引入中西交汇的背景中进行观照、对比、辨析、阐发，以寻找中西诗学、中西文化的共同点，是一次跨语言、跨文明、跨学科的交叉碰撞。尽管钱锺书将中国传统典籍放在中西交汇的大背景下加以重新审视，但他所进行的中西诗学比较是以本民族文化传统为出发点与立足点，坚持了中国传统诗学的主体性。

同年还出版了王元化的《文心雕龙创作论》，其最大特点是采用了中西文论附录的方法。作者还提倡运用中西比较的眼光来辨析中外文论的异同，从而探讨中国古代文论的异质性，通过中西比较来彰显中国文论的特色。宗白华的《美学散步》

（1981）不仅全面阐述了他的美学思想，也展现了其诗学成就。他针对新诗提出了一系列问题，并对新诗理论加以探讨，对当时新诗的创作起到了指导作用，推动了新诗理论的发展。

1988 年，笔者的《中西比较诗学》出版，第一次明确提出"中西比较诗学"概念。此书以艺术本质论、起源论、思维论、风格论、鉴赏论为基础，对中西文论中的概念和术语进行梳理和比较，互证互释，双向阐发，求同辨异，进而探求促使两种文论中相异性形成的文化背景和文化渊源，确认中西文论的不同理论特色。书中提出的"异中求同""同中求异"以及溯本求源寻求异之生成文化根源，成为中西比较诗学的基本研究方法。此著被认为是"我国第一部中西诗学比较研究的专门著作"，"开辟了中西比较诗学的一个新阶段"[2]。至此，中国大陆的比较诗学走上了蓬勃发展的道路。同年，刘小枫的《拯救与逍遥》是比较诗学创立时期较早具有清醒的中西比较诗学学科意识的著作之一。此书不仅论述了中西诗学、中西美学的比较，而且还以多维的分析角度，突破了比较诗学这一比较文学分支范畴，广泛涉及文化比较、宗教比较、哲学比较、思想比较等多重领域，极具学术价值。

这一时期，在一种较为开阔的中西文化交流的背景下，我国比较诗学研究逐步走向了学科建设的自觉。文艺理论批评、比较文学和对外文化交流表现出空前活跃的态势，季羡林、李赋宁、乐黛云、赵毅衡、温儒敏、严绍璗、谢天振、孙景尧、周发祥等学者发表了大量研究成果，有力地推动了学科发展。

值得特别指出的是，该时期台港及海外华人学者在中西比较诗学领域有极高的建树，对中国文学理论走向国际起到了桥梁作用。刘若愚的《中国的文学理论》（1975）以现代西方诗学的观点，改造了艾布拉姆斯（M·H·Abrams）在《镜与灯》中所提出的艺术四要素理论，运用于分析和阐发中国传统文学批评，将中国传统文学批评与西方文学理论进行融通比较，力图构建普遍意义的世界性文学理论。刘若愚运用阐发方法对中西诗学进行跨国别、跨文化、跨语言的比较研究，开创了比较研究的新模式，对中国诗学走向世界和世界性诗学的形成具有深远意义。

叶维廉在《比较诗学》（1983）中对西方文学理论应用于中国文论研究提出了质疑。针对西方人对东方这个"模子"的忽视以及西方"模子"流行于比较文学界从而导致许多研究产生了歪曲等情况，叶维廉提出了对"文化模子"的寻根研究，并进行了不同"文化模子"之间相互激发与更新的探讨。"文化模子说"的提出为中西比较文学和比较诗学发展提供了一个重要的研究方法，具有方法论的意义。它是"跨文明研究"这一中国学派基本理论特征在"方

---

2 王向远：《中国比较文学研究二十年》，南昌：江西教育出版社，2003 年，第 248-251 页。

法论上的具体化"[3]。

在台港比较诗学界，与叶维廉等人一样主张中西互释的学者还有黄维梁。从黄维梁在中西比较诗学研究领域的实践中，可见其"中西互释"的双向阐释观的发展脉络。他致力于中西诗学交汇互释并竭力发掘中国传统诗学价值。其《中国诗学纵横论》（1977）尝试用双向阐释法研究中西诗学。黄维梁对《文心雕龙》的研究而引发的比较诗学观点，在大陆和台湾学术界产生了共鸣。他不仅是中西诗学互释互证的积极倡导者，更是"以中释西"的大胆实践者。

综观该时期的比较诗学研究，其主要成就在于：①学科意识逐渐产生与发展，比较诗学研究的基本理论框架、研究范式以及学科发展思路基本形成。②该时期的诸多成果为比较诗学研究提供了丰富的实践范本。如：赵毅衡的《意象派与中国古典诗歌》（1979）、周来祥的《东方与西方古典美学理论的比较》（1981）、张隆溪的《诗无达诂》（1983）等。③台港及海外华人学者的比较诗学研究非常活跃，成果丰硕，对大陆的研究起到助推作用。尤其是"阐发法"的提出，对日后大陆学者发展为"双向阐发"起到了启发作用。台港学者最先想到利用西方系统的文学批评来阐发中国文学与文学理论，这种移西就中的单向阐发研究，虽有所局限，但其理论与实践为当时中西比较诗学研究方法论体系的建立和发展奠定了良好的基础。而后，陈惇和刘象愚针对台湾学者所提出的"单向阐发"，在《比较文学概论》（2000）一书中提出了"双向阐发"的观点，以修正其缺陷。

三、巩固时期（1990-1999）

1990 年之后，比较诗学学科建设进入到一个新阶段，在反思中不断突破，既有更为全面系统的论著，也有专题性更强、富有创新性的佳作，进一步巩固了学科建设。

黄药眠与童庆炳主编的《中西比较诗学体系》（1991）是国内 20 世纪 90 年代问世的第一部比较诗学专著，其特点在于以文化背景的比较为前提，而后展开范畴比较和事实比较。这一特点受到了高度评价，饶芃子[4]认为此书突破了近半个世纪以来诗学研究的基本模式，对文化背景的比较予以高度重视，对中国诗学探索未来之路具有重大意义。

3　曹顺庆著：《比较文学论》，成都：四川教育出版社，2002 年，第 334 页。

4　饶芃子：《中西比较文艺学》，北京：中国社会科学出版社，1999 年，第 8 页。

由乐黛云、叶朗和倪培耕主编的《世界诗学大辞典》（1993）是中国比较诗学史上第一部辞书。作为中国诗学史，也是世界诗学史上第一部较完整的诗学大辞典，该书首次将印度、日本、朝鲜、阿拉伯、波斯、非洲、欧美等地区的诗学纳入世界诗学体系中，构建了全世界的诗学术语与概念体系。曹顺庆将此巨著的特点概括为"开阔世界视野"，"正本清源、平等对话"，"寻求共同诗心"[5]。

除上述两部代表性著作之外，该时期的学者们在诸多领域勇于突破创新。其一，在比较诗学的研究视角上有了新尝试。狄兆俊的《中英比较诗学》（1992）是中国第一部国别诗学比较著作，采用了对中国与英国的国别诗学做比较的方式，开辟了国别诗学比较的新道路。张法的《中西美学与文化精神》（1994）借用文化精神的探源来架构中西美学的会通之桥，对跨文化研究给予了新的启发。张隆溪的《道与逻各斯》（1998）以西方哲学阐释学为理论基础，将中西方文化置于平等地位，深入考察语言和解释之间的关系。此书以文化求同为策略，超越中西文化差异，寻求中西文学和文学批评传统中的共通之处。

其二，在比较诗学的研究模式和格局上有了新探索。杨乃乔的《悖立与整合：东方儒道诗学与西方诗学的本体论、语言论比较》（1998）和余虹的《中国文论与西方诗学》（1999）在比较模式、本体论和语言论上探讨中西比较诗学研究如何达到中西平等，同时又能彰显中国诗学的身份，实现真正意义上的诗学比较。在具体的研究与实践中，二者各具特色，各有所长。

其三，在比较诗学的范围研究上不断扩大。我国比较诗学自兴起以来，囿于中西诗学的比较研究，对东方文论的研究较为薄弱，造成了除中国文论以外其他东方国家文论的缺席。为数不多的专著有：拓荒之作——金克木的《印度古代文艺理论文选》（1980）、我国第一部印度古代文论研究专著——黄宝生的《印度古典诗学》（1993）以及倪培耕的《印度味论诗学》（1997）。基于此现状，季羡林与曹顺庆编撰了《东方文论选》（1996），第一次较全面地将印度、阿拉伯、波斯、日本、朝鲜等东方各国的文论概况译介到中国。季羡林亲自作序："读此一书，东西兼通。有识之士定能'沉浸浓郁，含英咀华'，融会东西，以东为主，创建出新的文艺理论体系，把中国文艺理论的研究水平、东方的文艺理论的研究水平和世界的文艺理论研究水平，大大地提高一

---

5 曹顺庆：《中西比较诗学史》，成都：巴蜀书社，2008 年，第 230-232 页。

步，提高到一个崭新的高度和水平上。"[6]1998 年，山东教育出版社出版了笔者的《中外比较文论史·上古时期》，此书在《中西比较诗学》（1988）的基础上更进了一步，比较范围由"中西之比"拓展到"东西之比"，诗学范畴由部分领域的比较扩展到总体诗学的比较。余华（1999）评价其为"国内第一部熔世界各文化圈的文论于一炉，打破中西两极比较而转向总体文学式的比较，并且于东西方文论纵向的历史发展中认真探寻和总结人类文学理论发展规律的探索性专著"。

综观该时期的比较诗学研究，其主要成就在于：①从对话角度来探讨与深化中西比较诗学研究是该时期的新趋势。以对话取代之前所侧重于阐发式的研究，在中西诗学平等对话的基础上，将中国传统诗学融于中国当代文论之中，重铸中国文论话语。其代表作有：乐黛云的《文化转型时期与中西诗学对话》（1993）、钱中文的《对话的文学理论——误差、激活、融化与创新》（1993）等。②比较诗学研究的学科化、体系化更为明确，尤其是开始重视从方法论、学理框架上去探讨学科性、理论性特征，如黄耀华的《中西诗学比较方法论讨论会综述》（1994）、饶芃子的《自然之道——中西传统诗学比较论纲》（1995）及曹顺庆的《道与逻各斯：中西文化与文论分道扬镳的起点》（1997）等。③研究视域得以拓展和完善。从《印度古典诗学》到《东方文论选》《中外比较文论史·上古时期》及《世界诗学大辞典》，打破了中西两极之间的对比而转向总体诗学的全方位比较，是我国比较诗学由中、西向东、西的拓展。④在研究视角、研究模式等方面取得了新突破，从国别诗学比较、跨文化、文学阐释学、哲学和审美本体论等角度展开探索。同时，开始把微观的概念比较与宏观的文化探求结合起来，也试图系统厘清中西文论和美学体系的关系。

四、拓展时期（2000-2009）

进入新世纪，我国比较诗学研究呈现出百花齐放、百家争鸣的局面，研究领域大大拓展并表现出前所未有的理论深度。

饶芃子的《比较诗学》（2000）共收录了作者的 25 篇论文，涵盖了从中西比较戏剧学到中西比较诗学再到海外华文文学研究，既开拓了新的研究领

6　季羡林：《东方文论选·序》，见曹顺庆编《东方文论选》，成都：四川人民出版社，1996 年，第 3 页。

域，也注重中西诗学之间更深层次的文化探源研究。作者在文中指出，"中国现代文学批评的发展是以放弃、遗忘、忽略中国传统批评样式为代价的"[7]，因此，此书旨在建立以中国传统诗学样式为基础的中国文学理论。

笔者的《跨文化比较诗学论稿》（2004）共收录了 25 篇论文，按论题的相关性分为六辑，分别代表了作者研究的六个方面，既把握比较文学和比较诗学近年来的主要研究领域，也指明发展新趋势。第一辑主要探讨比较文学与比较诗学的基本原理，指出"跨异质文化"是 21 世纪比较文学研究的主潮；第二辑"跨文化比较诗学"是重心所在，选取了《道与逻各斯》《庄子与叔本华生命悲剧意识比较》等"跨异质文化"特征显著的论文，意在凸显"跨异质文化"中的"双向阐发""异质比较""文化寻根"等方法论体系的可操作性与实践意义。

赵毅衡的《诗神远游》（2003）是一部全面研究中国古典诗歌如何对美国现当代诗歌产生影响的著作。作者以翔实的第一手资料为佐证，深入剖析了从 19 世纪至当代中国古典诗歌对美国现代诗歌产生影响的历史过程，并指出中国诗学、哲学与宗教在此影响过程中所起到的作用。刘介民的《中国比较诗学》（2004）通过中西诗学比较对话，明晰我们独特的民族诗学特征，将古代诗学进行现代性转换，进而重建中国诗学话语，参与进入当下世界诗学的言说之中。方汉文主编的《世界比较诗学史》（2007）第一次以中国、印度、西方与波斯—阿拉伯作为世界四大诗学体系来论述和总结世界诗学的发展规律。

笔者的《中西比较诗学史》（2008）从学科史层面梳理了中西比较诗学的萌芽期、前学科期、学科创立及拓展时期的不同研究特点，详细评述了中西比较诗学在台港和海外汉学界的研究成果，探讨了诗学话语的论争以及文论失语的解决途径，并针对中西比较诗学在全球化语境下所面临的研究问题提出了新对策。

除上述论著外，该时期还有许多优秀的研究成果，如潘知常的《中西比较美学论稿》（2000）、赖干坚的《二十世纪中西比较诗学》（2003）、杨乃乔的《比较诗学与他者视域》（2002）及陈跃红的《比较诗学导论》（2005）等，它们各具特色，极具学术价值，为比较诗学研究提供了重要的参考价值。限于篇幅，在此不作具体评介。

---

7 饶芃子：《比较诗学》，西安：陕西师范大学出版社，2000 年，第 181 页。

综观该时期的比较诗学研究，其主要成就在于：①21世纪的比较诗学研究走向了新的深度和广度，学科化进程日益加快，学科研究逐渐成熟。其中，研究领域进一步拓展，逐渐从以西方文论对中国的影响这一研究重心中走出来，开始关注中国传统文论在海外的传播与影响。在世纪交替的20世纪90年代末，就有乐黛云、黄鸣奋等学者率先开始着手于英语世界的中国文论研究。2000年，王晓路撰写的《中西诗学对话——英语世界的中国古代文论研究》更加系统地介绍了西方研究成果。②在新世纪全球化语境中，比较诗学走向"共同诗学（common poetics）"[8]是比较诗学学科发展的内在趋势。在此之前，已有刘若愚、叶维廉、黄维梁等学者提出过比较诗学最终追寻的目标是共同诗学。因此，走向共同诗学既是比较诗学的理想，也是比较文学发展的逻辑结果，这也正是钱锺书所寻求的共同诗心和文心。然而，正如比较文学走向总体文学那样，比较诗学走向共同诗学还有一个相当长的过程。③

跨文明研究和变异学研究作为诗学比较中"异质性"问题的理论思路应运而生。相较于以往主要体现在"跨文化"上的比较诗学研究，曹顺庆提出的"跨文明"更"强调对不同文明之间异质性的研究"[9]，这也是对比较诗学的异质性从广度和深度上进行了一次提升。变异学研究，是近年来广受关注的比较文学研究的新领域。所谓文论变异，是指"文论思想在由起点经媒介到终点的传播过程中，出现了缺失、掉落或变形的现象"[10]（曹顺庆，2009）。因译介或阐释所产生的变异，会导致误读或引发新质的产生，如西方文论的中国化。因此，认识到文明的异质性、互补性及变异性，是中西诗学平等对话的关键。

五、深化时期（2010-2019）

近十年来，我国比较诗学研究固本拓新，不断提出新视角、新命题，也逐渐加强中国比较诗学在国际上发声，扩大在世界比较诗学领域的影响。

2012年，巴蜀书社出版了由曹顺庆主编的《中外文论史》（四卷本）。此著以历时发展为序，以文论家为纲，以纵向论述与横向比较为经纬，以文化

---

8 曹顺庆：《中西比较诗学史》，成都：巴蜀书社，2008年，第526页。

9 曹顺庆：《跨文明研究：把握住世界学术基本动向和学术前沿》，《思想战线》，2005年，第4期。

10 曹顺庆：《异质性与变异性——中国文学理论的重要问题》，《东方丛刊》，2009年第3期。

探源为基础，厘清整个世界文学理论发展的基本线索，勾勒出整个批评史的历史特征及其基本走向。黄维梁（2014）评价此著"弥纶群言、宏微并观、纵横通论"，是"中外迄今唯一一本广泛涵盖中外文学理论的史书"。

刘圣鹏的《中国当代比较诗学：源流、话语和范式》（2016）以差异性作为核心概念，梳理了比较诗学的源流、话语和范式等相关知识系统，指出了广义比较诗学的发展方向。胡亚敏在《论差异性研究》（2012）一文中也把差异性研究视为新的研究立场和研究策略，既不全盘否定西方文学批评，也不盲目固守本民族文学批评的传统，而是以国际化的视野和胸怀，在与西方文学批评的比较和对话过程中，不断反思自我，重新审视本民族文学批评，从而建构具有中国特色的文学批评理论。

2014 年，王宁初次在学术会议上提出"世界诗学"的构想。次年，王宁发表了《世界诗学的构想》一文，指出世界诗学的构想是在比较诗学和认知诗学的基础上提出的，是"对世界文学和比较诗学研究成果的一种理论升华"[11]。在此基础上，王宁近些年又发表了一系列文章进一步阐述了关于建构世界诗学的理论依据、具体内容以及现实意义等。王宁认为世界诗学的提出为比较文学和比较诗学开辟了新路径，目前中国文学仍处于世界文学的边缘地带，中国学者应努力实现中国文学的"非边缘化"和"重返中心"。因此，建构世界诗学有助于重写世界文学史，提高中国文学和中国文学理论在世界范围的影响和地位[12]。

2017 年，笔者的《中西比较诗学》俄文版（Поэтика в Китае и на западе）在莫斯科出版。俄文版的出版为此著进一步的国际传播奠定了坚实的基础。这也是继笔者的英文专著《比较文学变异学》（2013）（The Variation Theory of Comparative Literature）之后，在海外学界的又一次发声，有助于提高中国比较诗学、比较文学中国学派的国际影响力。

杨乃乔的《悖立与整合：中西比较诗学》（2018）是一部理论体系构建严谨且宏大的学术专著。作者以"逻各斯""经""道"为三个本体范畴来建构中西比较诗学理论体系，以语言论和本体论为思考路径，将中西诗学进行相互参照、考察与比较。

承接前一个时期的研究成果，中国学者在中西比较诗学以外的其他东方文

---

11 王宁：《世界诗学的构想》，《中国社会科学》，2015 年，第 4 期。
12 王宁：《世界诗学的构想》，《中国社会科学》，2015 年，第 4 期。

论领域继续深入。在中印、中韩、中日以及中国与越南诗学、中国与阿拉伯诗学的比较研究方面均取得了可喜成绩。尹锡南撰写了《梵语诗学与西方诗学比较研究》（2010）、《印度诗学导论》（2017）等诸多论著，详尽论述了梵语诗学研究，开拓了梵语诗学与西方诗学比较研究的新维度，为我国比较诗学研究提供了丰富翔实的材料。王成在《韩国古典诗学批评研究》（2016）中专门探讨了中国诗学在论诗体式、诗歌创作论、批评对象、诗学观念等方面对韩国古典诗学产生的深远影响，提出了对中韩古典比较诗学的意见和展望。祈晓明在其文《近年来中日比较诗学研究中存在的问题》（2014）中，针对近年来国内关于中日比较诗学研究论著中出现的问题，进行了剖析、甄别和纠正。周放的《比较视域中的阿拉伯早期诗学》（2014）探讨了阿拉伯早期诗学的特征及其与中国传统诗学的相似之处，为东方诗学的话语体系增添了更为丰富的内容。

此外，少数民族的诗学比较研究为中国比较诗学开辟了新领域。王佑夫主编的《民汉诗学比较研究》（2017）将满族、蒙古族、维吾尔族、藏族、彝族、傣族、回族和壮族等少数民族的诗学与汉族诗学进行比较研究，进一步完善了我国比较诗学，促进了民汉诗学双向交流与发展，为建立具有真正中国特色的文艺学新体系提供借鉴。正如作者在序言中指出："民汉诗学既有各自的独创性，又有一致的共同性。这种共同性才是有别于西方诗学或其国别、族别诗学的中国整体诗学的特性。"[13]

近十年的研究成果不胜枚举，于比较诗学研究大有裨益。本文限于篇幅故不在此逐一列举。综观该时期的比较诗学研究，其主要成就在于：①学科化、体系化日益明确，研究视角愈加丰富，对学科方法论、研究范式做出了新的探索；②跨文明研究、差异性研究有了新尝试、取得了新进展；③少数民族的诗学比较是该时期的一大亮点。与此同时，中国与其他东方国家的诗学比较得到了进一步的深入研究；④国际影响力的提升。中国研究论著的海外出版、中国学者的海外发声，促进了中国比较诗学以及比较文学中国学派的海外传播与交流。⑤关于中国文论话语的重建，自20世纪年代以来，学界在这条路上不懈求索。如今提出的"西方文论中国化"不失为一条切实可行的路径，立足于中国学术规则，创造性地吸收和运用西方理论话语，以中国文化与文论为主来重建中国文论。

---

13 王佑夫：《民汉诗学比较研究》，北京：中央民族大学出版社，2017年，序言第7页。

六、反思：当下中国比较诗学的"失"

在 70 年的风雨历程中，在每一个发展阶段，中国比较诗学在质疑中反思，在困境中求索，不断得以完善与发展。那么，总结当下我国比较诗学，还存在哪些缺失呢？笔者认为主要有以下两点。

1. 平行类比研究多，缺乏诗学影响关系研究

西方的比较诗学研究是在美国学派的平行研究中兴起的，中西比较诗学在萌芽期也是从平行研究开始的，因此，早期的中国比较诗学研究基本上是类同比对的成果。就连钱锺书的《管锥编》，在其四卷本中，中西诗学互相参照比较的条目共计 200 多条，其中涉及中西诗学影响的条目仅六七条[14]，可见钱锺书更侧重于平行研究。比较诗学与平行研究被自然地捆绑在一起，导致了影响研究与比较诗学被逐渐割裂。有学者指出当前的"比较诗学研究缺少了对影响研究的实证价值的重视，这确实是中国比较诗学的一个软肋"[15]。在王福和等编的《比较文学原理的实践阐释》（2007）一书中，比较诗学被纳入平行研究的章节之中，所举例证也均属平行研究，而在影响研究的章节部分未曾提及。这种归类和论述直接制约了比较诗学的全面发展。

正如影响研究适用于比较文学研究一样，它同样也适用于比较诗学研究。因此，重新考量诗学影响关系研究十分必要。虽然目前的比较诗学研究成果中已有少数影响研究的成果，但均侧重于西方对中国的影响，尚未深入探究中国对西方诗学的影响研究。那么，我们应该如何开展影响研究的比较诗学？首先可从世界诗学体系中所蕴含的中国元素着手。西方学者深受中国文化与文论影响的例证不胜枚举，如海德格尔和德里达的理论建构深受中国道家思想的影响；叔本华的美学思想中蕴含着中国的朱子学说元素；笛卡尔所提出的"二元论"深受中国宋明理学的"理、气"二元论的影响；福科对物的本身秩序的看法，实际上暗合了老子"道"的思想；歌德受到中国文学的启示从而提出"世界文学"构想。

海德格尔与中国学者萧师毅曾合译《老子》，有研究表明，此翻译过程对海德格尔的思想发展影响深远。2000 年出版的《海德格尔全集》第 75 卷中有一篇写于 1943 年的文章，探讨荷尔德林诗作的思想意义，文中引用了《老子》

14　赵毅衡：《〈管锥编〉中的比较文学平行研究》，《读书》，1981 年，第 2 期。

15　张焕香：《比较诗学研究可以排斥影响研究吗？》，《中国文学研究》，2014 年，第 3 期。

第十一章全文。海德格尔认为，老子的这一章不仅是理解诗人独特性的关键所在，而且还与《存在与时间》的核心思想直接相关。这是目前有据可考的海德格尔直接引用老子原文的最早的明证[16]。正是在与东方的对话之中同样返回到传统的开端处，海德格尔才能在《在通向语言的途中》论及老子的"道"（Tao），认为"道"是老子诗意运思的引导词，该词中或许隐藏着某些东西，即关于思之言说的一切神秘的神秘，只要我们让这一名称返回到它的未被言说之中，而且我们能够完成的话，一切皆道路[17]。海德格尔对老子思想"道"的这番论述，实则近乎老子"玄之又玄"的观点。在 1957 年《同一律》的演讲中，海德格尔将古希腊的"逻各斯"与中国的"道"共同作为不可翻译的思想引导词而加入"本有"（ereignis）的说法中[18]。

德里达自称曾在巴黎高师读过中国历史，他说："我对中国的参照，至少是想象的或幻觉式的，就占有十分重要的地位。当然我所参照的不必然是今日的中国，但与中国的历史、文化、文字语言相关。所以，在近四十年的这种逐渐国际化的过程中，缺了某种十分重要的东西，那就是中国，对此我是意识到了的，尽管我无法弥补。"[19]

除此之外，诸如黑格尔、瑞恰兹、莱布尼兹、胡塞尔、伏尔泰、瓦雷里等西方著名学者都深受中国文化与文论的影响。笔者在《比较诗学新路径：西方文论的中国元素》一文中对此进行了详尽论述，以上例证说明了中西文学、诗学之间存在着深厚的渊源关系，而西方文论的中国元素一直被忽视。在当下进入跨文明研究的进程中，比较诗学研究应在影响研究与平行研究的结合中寻求新的突破和发展。在继续深化平行类比研究的同时，诗学影响关系研究极具研究价值，可作为创新点大力发展。

2. 比较诗学片面求同，缺乏对差异和变异的关注

比较诗学在比较文学的影响下，其研究不可避免地会走向求同模式。当代文艺理论是建立在与西方求同基础上的，几乎是对西方文论的全面承袭。

16 张祥龙：《海德格尔论老子与荷尔德林的思想独特性——对一份新发表文献的分析》，《中国社会科学》，2005 年，第 2 期。

17 海德格尔：《在通向语言的途中》，孙周兴译·北京：商务印书馆，2004 年，第 191-192 页。

18 海德格尔：《同一与差异》，孙周兴等译·北京：商务印书馆，2014 年，第 47 页。

19 德里达：《书写与差异·访谈代序》，张宁译·北京：生活·读书·新知三联书店，2001 年，第 5-6 页。

就连钱锺书的比较研究，也是将共同性作为东西文学的可比性基础。法国学者弗朗索瓦·于连对此提出了质疑，认为钱锺书采用了一种"近似法，一种不断接近的方法：一句话的意思和另一句话的意思最终是相同的"[20]。刘若愚的《中国的文学理论》一书采用西方诗学构架，通过对艾布拉姆斯的"四要素"结构进行改造，简单机械地把中国文学理论放入西方文论话语框架中。在中西诗学的比较研究中，钱锺书是求"同"，而刘若愚是以"同"为出发点。两位体现了我国近代文艺理论的特点，即以求同为目的，寻找一个放之四海而皆准的"普遍的文学理论"。这就导致了对"异质性"研究的普遍忽略。其后果之一便是中国古代文论的现代命运。由于学界忽略中国文论的异质性，处处套用西方文论，导致了中国文论话语失落。

在笔者看来，跨文明比较（文学）研究绝非只是简单的求同。缺乏对"异"的关注，必定会造成不同文明的独特性和复杂性被忽视，因而无法在尊重各自文明特质的基础上进行平等对话与交流。因此，比较诗学应当关注差异与变异，既要探究在文论传播和接受过程中所产生的变异，以及类比研究相互阐发中所生成的变异，也要清楚地辨析不同文明间从根本上相异的特质。早在曹顺庆之前，叶维廉便已认识到东西方文化"模子"之间存在差异，因而提出"文化模子说"。目前，刘圣鹏也关注到了差异性，并以之为核心论述了当代比较诗学，他在书中指出："比较诗学的主旨并不在于建立普适性的理论，而恰恰要以差异性形成对全球化的制衡局面，在全球化和差异性之间保持一种必需的差异性和适度的普遍性。"[21]胡亚敏也认为："差异性研究并不拒斥西方文学批评，也不意味要固守本民族文学批评传统，而是主张抵制同质性或单一性，在中外文学批评的交流和交锋中探寻既有普遍价值又有民族个性的中国文学批评新径。"[22]

笔者强调差异比较的比较诗学研究，并非完全反对求同比较，而是认为单纯求异与片面求同都会导致诸多弊病，影响研究效果。就现状而言，对辨异的关注度仍然不够，故而笔者重点倡导差异比较，以"比较既周"的意识，以期求同与辨异能成为同等重要的两大途径，使比较诗学研究更为完整、全

---

20 秦海鹰：《关于中西诗学的对话——弗朗索瓦·于连访谈录》，《中国比较文学》，1996 年，第 2 期。

21 刘圣鹏：《中国当代比较诗学：源流、话语和范式》，杭州：浙江大学出版社，2016 年，第 3 页。

22 胡亚敏：《论差异性研究》，《外国文学研究》，2012 年，第 4 期。

面。如今"话语失落"的根本原因正是对异质性的忽略。因此，变异学的提出弥补了法国学派和美国学派一味求同的研究思维。只有加强对不同文明"异质性"的关注，才能建立一套与西方平等对话的话语。

结语

1949年以来，中国比较诗学不断反思与探索，从具体比较到学理方法思考，从零碎化尝试到学科体系化研究，从中西二元比较到中外多元比较，从范畴术语的比较到意义生成方式的比较，从"西方化"到"西方文论中国化"，从"跨文化"到"跨文明"，从求同到求异，中国比较诗学可谓硕果累累。然而，基于"西方话语"的比较诗学构建，导致了文论"失语""中国古代文论已死"的症结弊端。文化的多元化发展，又造成了西方理论失效和通约性困扰。70年的"得"与"失"告诫我们，只有在肯定传统文化价值的前提下，吸收、接纳西方文论的传播影响，在明确双方文论话语异质性的平等对话中，形成自身的文论话语变异，最终在文学他国化的进程下，才能完成自身的文化创新。70年的"得"与"失"启示我们，只有把握传统文论话语的生命活力，寻求中国文论发展的合理定位，开辟中国文学传播的有效途径，创造出面向世界的中国学术话语成果，才能使得中国文论话语重获新生，开辟出比较诗学繁荣发展的新路径。

目前，比较诗学已进入到深入发展时期。在这一阶段，从影响研究去探索比较诗学，有利于挖掘文学现象的深层追溯；强调对不同文明"异质性"的关注，有利于实现不同文明之间的沟通和融合，促进建构一个"和而不同"的世界。通过不断地开拓创新，比较诗学定将在未来的岁月中，为推进中国的文艺研究现代化进程发挥重要作用。

本文与陈思宇合写

参考文献

1. 白居易著，喻岳衡点校，1992，《白居易集》，岳麓书社。

2. 北京大学比较文学研究所，1989，《中国比较文学研究资料：1919-1949》，北京大学出版社。

3. 北京师范大学中文系比较文学研究组，1986，《比较文学研究资料》，北京师范大学出版社。

4. 蔡镇楚，1993，《中国诗话与朝鲜诗话》，《文学评论》第 5 期。

5. 蔡镇楚，2006，《比较诗话学》，北京图书馆出版社。

6. 曹操著，1974，《曹操集（上）》，中华书局。

7. 曹顺庆，1988，《中西比较诗学》，北京出版社。

8. 曹顺庆，1995，《21 世纪中国文化发展战略与重建中国文论话语》，《东方丛刊》第 3 辑。

9. 曹顺庆，1995，《比较文学中国学派基本理论特征及其方法论体系初探》，《中国比较文学》第 1 期。

10. 曹顺庆，1996，《比较文学新开拓》，重庆大学出版社。

11. 曹顺庆，1996，《东方文论选》，四川人民出版社。

12. 曹顺庆，1996，《文论失语症与文化病态》，《文艺争鸣》第 2 期。

13. 曹顺庆，1997，《寻求比较诗学研究的新路径》，《中国比较文学》第 2 期。

14. 曹顺庆，1997，《再论重建中国文论话语》，《文学评论》第 4 期。

15. 曹顺庆，1997，《寻求比较诗学研究的新路径》，《中国比较文学》第 2 期。

16. 曹顺庆，1998，《比较文学学科理论的垦拓》，北京大学出版社。

17. 曹顺庆，1998，《中外比较文论史》，山东教育出版社。

18. 曹顺庆、吴兴明，1999，《替换中的失落——从文化转型看古文论转换的学理背景》，《文学评论》第 4 期。

19. 曹顺庆，2000，《比较诗学的重要突破——〈中国文论思辨思维研究·序〉》，《中国比较文学》第 4 期。

20. 曹顺庆，2000，《迈向比较文学新阶段》，四川人民出版社。

21. 曹顺庆，2000，《比较诗学的重要突破——〈中国文论思辨思维研究·序〉》，《中国比较文学》第 4 期。

22. 曹顺庆，2001，《比较文学学科理论发展的三个阶段》，《中国比较文学》第 3 期。

23. 曹顺庆，2001，《世界文学发展比较史》，北京师范大学出版社。

24. 曹顺庆，2002，《比较文学论》，四川教育出版社。

25. 曹顺庆，2003，《跨文明比较文学研究——比较文学学科理论的转折与建构》，《中国比较文学》第 1 期。

26. 曹顺庆、支宇，2003，《在对话中建设文学理论的中国话语——论中西文论对话的基本原则及其具体途径》，《社会科学研究》第 4 期。

27. 曹顺庆、李夫生，2004，《重建中国文论话语的新视野——西方文论的中国化》，《理论与创作》第 4 期。

28. 曹顺庆、谭佳，2004，《重建中国文论的又一有效途径：西方文论的中国化》，《外国文学研究》第 5 期。

29. 曹顺庆、童真，2004，《西方文论话语的"中国化"："移植"切换还是"嫁接"改良？》，《河北学刊》第 5 期。

30. 曹顺庆，2005，《比较文学》，四川大学出版社。

31. 曹顺庆，2005，《从"失语症"到西方文论的中国化》，《三峡大学学报》第 5 期。

32. 曹顺庆，2005，《跨文明研究：把握住世界学术基本动向和学术前沿》，《思想战线》第 4 期。

33. 曹顺庆，2005，《文学理论的"他国化"与西方文论的中国化》，《湘潭大学学报（哲学社会科学版）》第 5 期。

34. 曹顺庆、邹涛，2005，《从"失语症"到西方文论的中国化——重建中国文论话语的再思考》，《三峡大学学报（人文社会科学版）》第 5 期。

35. 曹顺庆等，2005，《比较文学论》，四川教育出版社。

36. 曹顺庆，2005，《跨文明研究：把握住世界学术基本动向和学术前沿》，《思想战线》第 4 期。

37. 曹顺庆，2006，《比较文学教程》，高等教育出版社。

38. 曹顺庆，2006，《比较文学学科理论的"跨越性"特征与"变异学"的提出》，《中外文化与文论》第 13 期。

39. 曹顺庆，2006，《比较文学学科中的文学变异学研究》，《复旦学报》第 2 期。

49. 曹顺庆，2006，《比较文学教程》，高等教育出版社。

41. 曹顺庆、靳义增，2007，《论"失语症"》，《文学评论》第 6 期。

42. 曹顺庆，2008，《变异学：比较文学学科理论的重大突破》，《中山大学学报》第 4 期。

43. 曹顺庆，2008，《文学理论他国化研究》，《比较文学与跨文化研究》第 2 卷第 2 期。

44. 曹顺庆、王超，2008，《论中国古代文论的中国化道路——对"中国文学批评"学科史的反思》，《中州学刊》第 2 期。

45. 曹顺庆、张雨，2008，《比较文学变异学的学术背景与理论构想》，《外国文学研究》第 3 期。

46. 曹顺庆，2008，《中西比较诗学史》，巴蜀书社。

47. 曹顺庆，2009，《变异学，比较文学学科理论的重大突破》，《中外文化与文论》第 1 期。

48. 曹顺庆，2009，《异质性与变异性——中国文学理论的重要问题》，《东方丛刊》第 3 期。

49. 曹顺庆，2010，《比较文学教程》，高等教育出版社。

50. 曹顺庆，2011，《比较文学概论》，中国人民大学出版社。

51. 曹顺庆、付飞亮，2012，《变异学与他国化》，《甘肃社会科学》第 4 期。

52. 曹顺庆、沈燕燕，2013，《打开东西方文化对话之门——论"间距"与"变异学"》，《东疆学刊》第 3 期。

53. 曹顺庆，2014，《南橘北枳》，中央编译出版社。

54. 曹顺庆，2015，《比较文学概论》，高等教育出版社。

55. 曹顺庆、唐颖，2015，《论文化与文学的"他国化"》，《现代中国文化与文学》第 2 期。

56. 曹顺庆，2015，《比较文学概论》，高等教育出版社。

57. 曹顺庆，2017，《中国话语建设的新路径——中国古代文论与当代西方文论的对话》，《深圳大学学报（人文社会科学版)》第 5 期。

58. 曹顺庆、李斌，2017，《中西诗学对话——德里达与中国文化》，《武汉大学学报（人文科版)》2017 年第 6 期。

59. 曹顺庆、韩周琨，2017，《海德格尔与老子：事实联系、交点及共同的关切》，《安徽大学学报（哲学社会科学版)》第 3 期。

60. 曹顺庆，2018，《比较文学概论（第二版)》，高等教育出版社。

61. 曹顺庆，2018，《翻译的变异与世界文学的形成》，《外语与外语教学》第 1 期。

62. 曹顺庆，2018，《建构比较文学的中国话语》，《当代文坛》第 6 期。

63. 曹顺庆，2018，翻译的变异与世界文学的形成，《外语与外语教学》第 1 期。

64. 曹顺庆，2019，《世界多元文明史实与西方中心文明观的破除》，《人民论坛》第 26 期。

65. 曹顺庆、秦鹏举，2019，《变异学：比较文学学科理论的新进展与话语创新——曹顺庆教授访谈》，《衡阳师范学院学报》第 1 期。

66. 曹顺庆、李牲，2020，《变异学，探究人类文明交流互鉴的规律》，《成都大学学报（社会科学版)》第 3 期。

67. 曹雪芹，高鹗，1985，《红楼梦》，人民文学出版社。

68. 常亮，曹顺庆，2018，《话语之"筏"：论"格义"与"洋格义"》，《中外文化与文论》第 2 期。

69. 陈惇，刘象愚，2000，《比较文学概论》，北京师范大学出版社。

70. 陈惇，孙景尧，2007，《比较文学》，高等教育出版社。

71. 陈惇，孙景尧，谢天振，1997，《比较文学》，高等教育出版社。

72. 陈来，1999，《跨文化研究的视角》，《跨文化对话》第 2 期。

73. 陈力丹，2002，《关于传播学研究的几点意见》，《国际新闻界》第 2 期。

74. 陈力丹，2005，《中国传播学研究的历史与现状》，《国际新闻》第 5 期。

75. 陈力丹，2015，《传播学在中国》，《东南传播》第 7 期。

76. 陈思和，2001 年，《20 世纪中外文学关系研究中的"世界性因素"的几点思考》，《中国比较文学》第 1 期。

77. 陈挺，1986，《比较文学简编》，华东师范大学出版社。

78. 陈耀南，1988，《〈文心〉"风骨"群说辨疑》，《求索》第 3 期。

79. 陈寅恪，1990，《金明馆丛稿二编》，上海古籍出版社。

80. 陈寅恪，2015，《寒柳堂集》，三联书店。

81. 陈月明，2009，《传播学研究本土化再认识》，《东南传播》第 9 期。

82. 陈跃红，1994，《阐释的权利——当代文艺研究格局中的比较诗学》，《北京大学学报（哲社版）》第 1 期。

83. 陈智淦、王育烽，2013，《中国术语翻译研究的现状与文学术语翻译研究的缺失》，《当代外语研究》第 3 期。

84. 陈荣昌辑，1994，《滇诗拾遗六卷·诗禅篇》，上海书店。

85. 陈惇、刘象愚，2000，《比较文学概论》，北京师范大学出版社。

86. 陈跃红，1994，《阐释的权利——当代文艺研究格局中的比较诗学》，《北京大学学报（哲社版）》第 1 期。

87. 代迅，2008，《西方文论在中国的命运》，中华书局。

88. 杜维明，2003，《文明对话的发展及其世界意义》，《南京大学学报（哲学·人文科学·社会科学)》第 1 期。

89. 杜卫，1992，《中西比较文学中的阐发研究》，《中国比较文学》第 2 期。

90. 杜小真，2004，《远去与归来》，中国人民大学出版社。

91. 杜小真、张宁，2003，《德里达中国讲演录》，中央编译出版社。

92. 方维规，2014，《思想与方法》，北京大学出版社。

93. 范存忠、张隆溪、温儒敏，1984 年，《比较文学论文集》，北京大学出版社。

94. 范文丽，2020，《新时代背景下的"东方哲学"研究范式反思》，《哲学动态》第 5 期。

95. 方汉文，2002，《比较文学基本原理》，苏州大学出版社。

96. 方梦之，2008，《从译学术语看翻译研究的走向》，《上海翻译》第 1 期。

97. 冯牧，1997，《中国新文学大系 1949-1976（第二集·文学理论卷二）》，上海文艺出版社。

98. 赋格、张健，2008，《葛浩文：首席且唯一的"接生婆"》，《南方周末》3 月 26 日。

99. 傅存良，1996，《李白〈上乐云〉中的狮子形象》，《中国比较文学》第 2 期。

100. 干永昌，1985，《比较文学研究译文集》，上海译文出版社。

101. 高建平，2014，《从"他"到"你"，他者性的消解》，北京大学出版社。

102. 高玉，2004，《论当代比较诗学话语困境及解决路径》，《外国文学研究》第 5 期。

103. 高玉，2005，《论中西比较诗学的"超越"意识》，《《浙江大学学报（人文社科版）》第 4 期。

104. 高玉，2011，《中国现代学术话语的历史过程及其当下建构》，《浙江大学学报（人文社科版）》第 2 期。

105. 古添洪、陈慧桦编，1976，《比较文学的垦拓在台湾》，台北东大图书公司。

106. 顾彬，1997，《关于"异"的研究》，北京大学出版社。

107. 郭娟，2009，《译者葛浩文》，《经济观察报》，3 月 24 日。

108. 郭庆藩，2012，《庄子集释（上）》，中华书局。

109. 郭绍虞，2001，《中国历代文论》，上海古籍出版社。

110. 郭云，2011，《佛教变异与禅宗的新生》，《长江师范学院学报》第 1 期。

111. 郭庆藩，1961，《庄子集释》，中华书局。

112. 高玉，2004，《论当代比较诗学话语困境及解决路径》，《外国文学研究》第 5 期。

113. 顾敦鍒，1983，《佛教与中国文化》，上海书店。

114. 郭泉，2000，《叔本华的汉学研究及其对中国哲学思想的认识》，《南京师大学报（社会科学版)》第 3 期。

115. 韩聃，2009，《一个有争议的实证性文学关系案例分析——芭蕉与中国文学》，《学术交流》第 1 期。

116. 何之笔，2014，《混杂现代化、跨文化转向与汉语思想的批判性重构》，北京大学出版社。

117. 洪修平，2011，《禅宗思想的形成与发展》，江苏人民出版社版。

118. 胡范铸，1993，《钱钟书学术思想研究》，华东师范大学出版社。

119. 胡适，2002，《白话文学史》，百花文艺出版社。

120. 胡适，2013，《禅宗是什么》，漓江出版社。

121. 胡适，2014，《白话文学史》，中国和平出版社。

122. 黄宝生，1985，《建立比较文学的中国学派：读〈中国比较文学〉创刊号》，《世界文学》第 5 期。

123. 黄念然，2004，《对话：比较诗学研究的一个基本维度》，《外国文学》第 6 期。

124. 黄寿祺、张善文，2004，《周易译注》，上海古籍出版社。

125. 黄叔琳注，李详补注，杨明照校注拾遗，2000，《增订文心雕龙校注》，中华书局。

126. 黄维梁，曹顺庆，1998，《中国比较文学学科理论的垦拓》，北京大学出版社。

127. 黄念然，2004，《对话：比较诗学研究的一个基本维度》，《外国文学》第 6 期。

128. 胡亚敏，2012，《论差异性研究》，《外国文学研究》第 4 期。

129. 黄维梁、黄顺庆，1998，《中国比较文学学科理论的垦拓》，北京大学出版社。

130. 姜义华编著，1997，《胡适学术文集·中国佛学史》，中华书局出版社。

131. 季进，2002，《钱钟书与现代西学》，三联书店。

132. 季羡林，1995，《东方文论选·序》，《比较文学报》第 10 期。

133. 姜智芹，2008，《当东方与西方相遇》，齐鲁书社。

134. 靳义增，2006，《从变异学视角看文学理论"中国化"的基本路径》，《文艺理论研究》第 5 期。

135. 金惠敏，2013，《全球对话主义》，新星出版社。

136. 黎跃进，1999，《东方文化与东方文学》，《湘潭大学学报（哲学社会科学版）》第 3 期。

137. 李春草，2016，《谷崎润一郎〈麒麟〉再考：汉籍との関わりから》，同志社大学国文学会。

138. 李达三、罗钢，1997，《中外比较文学的里程碑》，人民文学出版社。

139. 李达三、刘介民，1990，《中外比较文学研究》（第一册·下），台湾学生书局。

140. 李清良，1997，《话语建设与文化精神的承继》，《求是学刊》第 4 期。

141. 李思屈，1999，《中国诗学话语》，四川人民出版社。

142. 林少华，1989，《谷崎笔下的女性》，《暨南学报（哲学社会科学）》第 4 期。

143. 刘绍瑾，2001，《自然：中国古代一个潜在的文学理论体系》，《文艺研究》第 2 期。

144. 刘圣鹏，2009，《跨文明差异性观念与比较文学变异学建构》，《吉首大学学报》第 2 期。

145. 刘向著，绿净译注，2015，《古列女传译注》，北京联合出版公司。

146. 刘燕，2008，《〈1907 年中国纪行〉中的中国形象》，《国外文学》第 6 期。

147. 刘毅，1999，《禅宗与日本文化》，《日本学刊》第 2 期。

148. 卢康华、孙景尧，1984，《比较文学导论》，黑龙江出版社。

149. 鲁迅，1981，《鲁迅全集》（第8卷），人民文学出版社。

150. 陆永峰，2000，《敦煌变文研究》，巴蜀书社出版社。

151. 罗根泽，1984，《中国文学批评史》，上海古籍出版社。

152. 罗宗强，1999，《古文论研究杂识》，《文艺研究》第3期。

153. 吕澄，1979，《中国佛学源流略讲》，中华书局出版社。

154. 杨周翰、乐黛云编，1987，《中国比较文学年鉴》，北京大学出版社。

155. 芦思宏，2018，《论中西方文论的他国化与变异》，《当代文坛》第6期。

156. 卢康华、孙景尧，1984，《比较文学导论》，黑龙江人民出版社。

157. 罗宗强，1999，《古文论研究杂识》，《文艺研究》第3期。

158. 刘圣鹏，2016，《中国当代比较诗学：源流、话语和范式》，浙江大学出版社。

159. 刘勰著，王志彬译注，2012，《文心雕龙》，中华书局。

160. 李梦云，2016，《建设人类命运共同体的文化构想》，《哲学研究》第3期。

161. 鲁迅，1981，《鲁迅全集（第8卷）》，人民文学出版社。

162. 刘若愚，田守真、饶曙光译，1987，《中国的文学理论》，四川人民出版社。

163. 毛泽东，1993，《毛泽东文集》第2卷，人民出版社。

164. 孟华，2001，《比较文学形象学》，北京大学出版社。

165. 孟华，2015，《伏尔泰与孔子》，中国书籍出版社。

166. 孟昭毅，2000，《比较文学通论》，天津人民出版社。

167. 敏泽，1981，《中国文学理论批评史》，人民文学出版社。

168. 莫言，2012，《天堂蒜薹之歌》，作家出版社。

169. 倪梁康，1998，《交互文化理解中的"格义"现象》，《浙江学刊》第2期。

170. 聂珍钊，2015，《外国文学史（上）》，高等教育出版社。

171. 潘正文，2006，《中国"世界文学"观念的"逆向发展"与"正向发展"》，《外国文学研究》第6期。

172. 阮元校刻，1997，《十三经注疏·礼记正义》，上海古籍出版社。

173. 阮元校刻，1997，《十三经注疏·论语注疏》，上海古籍出版社。

174. 阮元校刻，1997，《十三经注疏·孝经注疏》，上海古籍出版社。

175. 钱林森，1995，《法国作家与中国》，福建教育出版社。

176. 钱锺书，2001，《谈艺录》，三联书店。

177.《钱钟书研究》编委会，1992，《钱钟书研究（第三辑）》，文化艺术出版社。

178. 钱锺书，1993，《谈艺录》，中华书局。

179. 钱锺书，2002，《七缀集》，三联书店。

180. 秦海鹰，1996，《关于中西诗学的对话——弗朗索瓦·于连访谈录》，《中国比较文学》第 2 期。

181. 邱明丰，2009，《从变异学审视平行研究的理论缺陷》，《求索》第 3 期。

182. 钱钟书，2007，《管锥编·第一卷》，三联书店。

183. 饶芃子，2000，《比较诗学》，陕西师范大学出版社。

184. 饶芃子，1999，《中西比较文艺学》，中国社会科学出版社。

185. 四川省比较文学学会，2007，《比较文学报》第 43 期。

186. 邵培仁，1997，《传播学导论》，浙江大学出版社。

187. 邵培仁，1999，《传播学本土化研究的回顾与前瞻》，《杭州师范学院学报》第 4 期。

188. 盛宁，2005，《"卢卡契思想"的与时俱进和衍变》，《当代外国文学》第 4 期。

189. 释慧皎撰，汤用彤校注，《高僧传》，1992，中华书局。

190. 司马迁，1937，《史记130卷》，民国商务印书馆影印百衲本二十四史本。

191. 宋柏年，1994，《中国古典文学在国外》，北京语言学院出版社。

192. 苏轼著，孔凡礼点校，1986，《苏诗文集》，中华书局。

193. 孙昌武，2016，《禅宗十五讲》，中华书局。

194. 孙景尧，1991，《为"中国学派"一辩》，《文学评论》第 2 期。

195. 孙绍振，2017，《学术"哑巴"病为何老治不好》，《光明日报》7月3日。

196. 孙通海，2007，《庄子》，中华书局。

197. 欧阳修著，郑文校点，1962，《六一诗话》，人民文学出版社。

198. 叔本华，1997，《自然界中的意》，商务印书馆。

199. 孙景尧，1988，《简明比较文学》，中国青年出版社。

200. 孙周兴，1996，《海德格尔选集》，三联书店。

201. 谭佳，2005，《中西比较诗学研究的瓶颈现象及其反思》，《文学评论》第6期。

202. 汤一介，2007，《中国禅宗史》，江西人民出版社。

203. 汤用彤，1991，《理学·佛学·玄学》，北京大学出版社。

204. 汤用彤，2015，《汉魏两晋南北朝佛教史》，商务印书馆。

205. 汤用彤校注，1992，《高僧传》，中华书局。

206. 谭佳，2005，《中西比较诗学研究的瓶颈现象及其反思》，《文学评论》第6期。

207. 万燚，2013年，《跨文明语境下的比较文学变异学研究》，《内蒙古社会科学》第1期。

208. 王弼注，楼宇烈校释，2011，《老子道德经注》，中华书局。

209. 王超，2008，《思想的未被思想之物——论于连的"无关性"作为一种意义谋略的价值论域》，《海南大学学报》第4期。

210. 王超，2018，《比较文学变异学中的阐释变异研究》，《当代文坛》第6期。

211. 王超、曹顺庆，2019，《比较文学变异学中的文化结构变异》，《中华文化论坛》第5期。

212. 王国维，1996，《宋元戏曲史》，东方出版社版。

213. 王国维，1998，《人间词话》，上海古籍出版社。

214. 王国维，2001，《王国维文学论著三种》，商务印书馆。

215. 王国维，2012，《〈红楼梦〉评论》，浙江古籍出版社。

216. 王介南，2004，《中外文化交流史》，书海出版社版。

217. 王蕾，2008，《比较文学、中国学派和文学变异学——佛克马教授访谈录》，《世界文学评论》第 1 期。

218. 王苗苗，2018，《"中国话语"及其世界影响——评中国学者英文版〈比较文学变异学〉》，《比较文学与跨文化研究》第 2 期。

219. 王宁、钱林森、马树德，1999，《中国文化对欧洲的影响》，河北人民出版社。

220. 王向远，1995，《新感觉派文学及其在中国的变异——中日新感觉派的再比较与再认识》，《中国现代文学研究丛刊》第 4 期。

221. 王向远，2004，《比较诗学：局限与可能》，《中国文学研究》第 3 期。

222. 王向远，2009，《比较文学中心已经转向到中国》，《中国比较文学》，第 1 期。

223. 王向远，2012，《论"寂"之美——日本古典文艺美学关键词"寂"的内涵与构造》，《清华大学学报（哲学社会科学版)》第 2 期。

224. 王向远，2012，《论日本美学基础概念的提炼与阐发——以大西克礼的〈幽玄〉〈物哀〉〈寂〉三部作为中心》，《东疆学刊》第 3 期。

225. 王向远，2019，《近四十年来我国"东方文学史"的三种形态及其建构》，《人文杂志》第 2 期。

226. 王向远，2020，《"味"论与东方共同诗学》，《社会科学研究》第 2 期。

227. 王元化，1996，《学术集林（卷七)》，上海远东出版社。

228. 王志鹏，2010，《敦煌变文的名称及其文体来源的再认识》，《敦煌研究》第 5 期。

229. 王重民，王庆菽，向达等编著，1984，《敦煌变文集》，人民文学出版社。

230. 温儒敏、李细尧，1987，《寻求跨中西文化的共同文学规律——叶维廉比较文学论文选》，北京大学出版社。

231. 文振庭编，1991，《胡风评论集（下册)》，中国社会科学出版社。

232. 吴琳，2007，《文学变异视野下的语言变异研究》，《当代文坛》第 1 期。

233. 吴兴明，2000，《中国文论与西方诗学》，《文艺研究》第 6 期。

234. 吴兴明，2006，《"理论旅行"与"变异学"——对一个研究领域的立场或视角的考察》,《江汉论坛》第 7 期。

235. 王宁,2015,《世界诗学的构想》,《中国社会科学》第 4 期。

236. 王耘,2015,《古代文论之现代转换的理论表象》,《学术月刊》第 7 期。

237. 王向远,2003,《中国比较文学研究二十年》,江西教育出版社。

238. 王宁,2010,《"世界文学":从乌托邦想象到审美现实》,《探索与争鸣》第 7 期。

239. 王向远,2004,《比较诗学:局限与可能》,《中国文学研究》第 3 期。

240. 王佑夫,2017,《民汉诗学比较研究》,中央民族大学出版社。

241. 王苗苗,2018,《"中国话语"及其世界影响——评中国学者英文版《比较文学变异学》》,《比较文学与跨文化研究》第 2 期。

242. 王德威,2017,《想象中国的方法:历史·小说·叙事》,百花文艺出版社。

243. 习近平,2016,《在哲学社会科学工作座谈会上的讲话》,新华社,5 月 18 日。

244. 习近平,2017,《习近平谈治国理政》,外文出版社。

245. 习近平,《在哲学社会科学工作座谈会上的讲话》,新华网,2016 年 5 月 18 日。

246. 习近平,2019,《文明交流互鉴是推动人类文明进步和世界和平发展的重要动力》,《求是》第 9 期。

247. 习近平,2019,《习近平在亚洲文明对话大会开幕式上的主旨演讲》,新华网,5 月 15 日。

248. 项楚,2004,《唐代的白话诗派》,《江西社会科学》第 2 期。

249. 谢天振,1999,《译介学》,上海外语教育出版社。

250. 徐震堮校笺,1984,《世说新语·文学(上册)》,中华书局。

251. 徐正非,1988,《对西方美学史上几次古今之争的反思》,《华中师范大学学报(哲学社会科学版)》第 6 期。

252. 徐志啸,2008,《叶维廉中西诗学研究论析》,《社会科学》第 10 期。

253. 许苏民,1992,《比较文化研究史》,云南人民出版社。

254. 肖伟胜，2006，《比较诗学的方法论困境及其出路》，《西南师范大学学报（人文社科版）》第 4 期。

255. 谢冕，2006，《新诗评论》，北京大学出版社。

256. 乐黛云，1988，《比较文学原理》，湖南文艺出版社。

257. 乐黛云，2002，《跨文化之桥》，北京大学出版社。

258. 严绍璗，1987，《中日古代文学关系史稿》，湖南文艺出版社。

259. 严绍璗，1996，《双边文化关系研究与"原典性的实证"的方法论问题》，《中国比较文学》第 1 期。

260. 严绍璗，2000，《论"文化语境"与"变异体"以及文学的发生学》，《中国比较文学》第 3 期。

261. 颜元叔，1975，《谈民族文学》，台湾学生书局。

262. 杨曾文，2008，《日本佛教史》，人民出版社。

263. 杨乃乔，2002，《比较文学概论》，北京大学出版社。

264. 叶维廉，1992，《中国诗学》，三联书店。

265. 叶维廉，2002，《叶维廉文集·第 1 卷》，安徽教育出版社。

266. 叶渭渠，2005，《谷崎润一郎传》，新世纪出版社。

267. 叶绪民，朱宝荣，王锡明，2004，《比较文学理论与实践》，武汉大学出版社。

268. 印顺，2007，《中国禅宗史》，江西人民出版社。

269. 余虹，2006，《再谈中国古代文论与西方诗学的不可通约性》，《中外文化与文论》第 1 期。

270. 宇文所安、程相占，2010，《中国文论的传统性与现代性》，《江苏大学学报》第 2 期。

271. 郁龙余，1998，《旧红新裁　熠熠生辉——简评《东方文论选》》，《外国文学研究》，第 1 期。

272. 杨乃乔、伍晓明，2005，：《比较文学与世界文学》，北京大学出版社。

273. 杨平，2010，《20 世纪〈论语〉的英译与诠释》，《孔子研究》第 10 期。

274. 叶维廉，2002，《叶维廉文集·第 1 卷》，安徽教育出版社。

275. 严绍璗，2004，《对"比较文学与世界文学专业"名称的质疑与再论"比较文学"的定位》，《中国比较文学》第 1 期。

276. 袁筱一，2016，《在扁平化的地球上，期待世界文学新视野》，《文汇报》5 月 27 日。

277. 郁龙余，1998，《旧红新裁　熠熠生辉——简评〈东方文论选〉》，《外国文学研究》第 1 期。

278. 查建明，1997，《是什么使比较成为可能？——乔纳森·卡勒对"可比性"的探讨》，《中国比较文学》第 3 期。

279. 周绍良、白化文，1985，《敦煌变文论文录（上册）》，明文书局。

280. 张隆溪，1982，《比较文学译文集》，北京大学出版社。

281. 张隆溪，2005，《中西文化研究十论》，复旦大学出版社。

282. 张曼涛主编，1987，《佛教与中国文化》，上海书店。

283. 张秦源，2016，《从"目连救母变文"文本入手细析儒释道孝观的体现》，《甘肃广播电视大学学报》第 2 期。

284. 张荣翼，2006，《现代性、对话性、异质性——中国当代文论的内在关键词》，《湘潭大学学报（哲学社会科学版）》第 5 期。

285. 张铁夫，1997，《新编比较文学教程》，湖南人民出版社。

286. 张雨，2008，《"不可通约性"与"和而不同"——论比较文学变异学的可比性基础》，《中外文化与文论》第 15 期。

287. 张雨，2009，《比较文学学科中的影响变异学研究》，《四川大学学报》第 3 期。

288. 张湛注，2014，《列子》，上海古籍出版社。

289. 章培恒、骆玉明，1996，《中国文学史》（下），复旦大学出版社。

290. 赵钟业，1984，《中韩日诗话比较研究》，学海出版社。

291. 郑朝宗，1988，《海滨感旧集》，厦门大学出版社。

292. 郑振铎，1929，《敦煌的俗文学》，《小说月报》，第 20 卷第 3 号。

293. 郑振铎，1998，《插图本中国文学史》，北京出版社。

294. 郑振铎，1998，《郑振铎全集（第五卷）》，花山文艺出版社。

295. 郑振铎，2013，《中国俗文学史》，上海古籍出版社。

296. 智量，1988，《比较文学在中国》，《文艺理论研究》第 1 期。

297. 中共中央宣传部，2016，《习近平总书记系列重要讲话读本》，学习出版社、人民出版社。

298. 钟玲，2009，《中国禅与美国文学》，首都师范大学出版社。

299. 钟元，1994，《为"传播中国化"开展协作——兼征稿启事》，《新闻与传播研究》第 1 期。

300. 周来祥，1981，《东方与西方古典美学理论的比较》，《江汉论坛》第 2 期。

301. 周启超，2001，《"比较诗学"何为——关于研究路向的一点思索》，《中国比较文学》第 3 期。

302. 朱光潜，1984，《诗论》，三联书店。

303. 朱谦之，1999，《中国哲学对欧洲的影响》，河北人民出版社。

304. 张祥龙，2005，《海德格尔论老子与荷尔德林的思想独特性——对一份新发表文献的分析》，《中国社会科学》第 2 期。

305. 赵银平，2016，《文化自信——习近平提出的时代课题》，新华网，5 月 8 日。

306. 赵瑞蕻，1982，《鲁迅〈摩罗诗力说〉注释·今译·解说》，天津人民出版社。

307. 赵毅衡，1981，《〈管锥编〉中的比较文学平行研究》，《读书》第 2 期。

308. 赵毅衡，1979，《意象派与中国古典诗歌》，《外国文学研究》第 4 期。

309. 赵毅衡，2013，《诗神远游：中国如何改变了美国现代诗》，四川文艺出版社。

310. 张焕香，2014，《比较诗学研究可以排斥影响研究吗？》，《中国文学研究》第 3 期。

311. 周启超，2001，《"比较诗学"何为——关于研究路向的一点思索》，《中国比较文学》。

312. 张法，1994，《中西美学与文化精神》，北京大学出版社。

313. 张辉，2003，《无边的比较文学：挑战与超越》，《中国比较文学》第 2 期。

314. 张隆溪，1998，《道与逻各斯》，江苏教育出版社。

315. 智量，1988，《比较文学在中国》，《文艺理论研究》第 1 期。

316. 朱光潜，1984，《诗论》，三联书店。

317. 宗白华，1981，《美学散步》，上海人民出版社。

318. 周来祥，1981，《东方与西方古典美学理论的比较》，《江汉论坛》第 2 期。

319. [美]艾布拉姆斯著，吴松江译，2009，《文学术语词典》，北京大学出版社。

320. [德]艾克曼.歌德著，朱光潜译，1918，《歌德谈话录》，人民文学出版社。

321. [美]爱德华·萨义德著，王宇根译，1999，《东方学》，生活·读书·新知三联书店。

322. [法]艾田蒲著，许钧钱、林森译，2008，《中国之于欧洲下卷》，广西师范大学出版社。

323. [美]爱德华·W.萨义德著，李琨译，2003，《文化与帝国主义》，生活·读书·新知三联书店。

324. [瑞典]安德斯·彼得森著，查明建译，2013，《跨文化文学史：超越世界文学观念的局限》，《中国比较文学》第 2 期。

325. [俄]巴赫金著，白春仁等译，1998，《巴赫金全集（第二卷)》，河北教育出版社。

326. [法]布吕奈尔等著，葛雷等译，1989，《什么是比较文学》，北京大学出版社。

327. [美]C·恩伯、M·恩伯，杜杉杉译，1988，《文化的变异》，辽宁人民出版社。

328. [美]查尔斯·伯恩海默著，王柏华、查明建译，2015，《多元文化时代的比较文学》，北京大学出版社。

329. [美]丹穆若什，查明建、宋明炜译，2014，《什么是世界文学？》，北京大学出版社。

330. [美]大卫·达姆罗什，陈永国、尹星译，2010，《新方向：比较文学与世界文学读本》，北京大学出版社。

331. [美]大卫·达姆罗什，李树春译，2012，《比较文学／世界文学：斯皮瓦克和大卫·达姆罗什的一次讨论》，《比较文学与世界文学》第 2 期。

332. [美]大卫·达姆罗什，查明建、宋明炜译，2014，《什么是世界文学？》，北京大学出版社。

333. [美]达姆罗什著，刘洪涛、尹星，2013，《世界文学理论读本》，北京大学出版社。

334. [法]梵·第根著，戴望舒译，1937，《比较文学论》，商务印书馆。

335. [法]弗朗索瓦·于连，1999，《新世纪对中国文化的挑战》，《深圳大学学报（人文社会科学版)》第 3 期。

336. [法]弗朗索瓦·于连著，杜小真译，2003，《迂回与进入》，生活·读书·新知三联书店。

337. [法]弗朗索瓦·于连著，闫素伟译，2004，《圣人无意》，商务印书馆。

338. [法]伏尔泰著，梁守锵译，1995，《风俗论》，商务印书馆。

339. [法]伏尔泰，1995，《伏尔泰全集》，福建教育出版社。

340. [法]伏尔泰著，王燕生译，1991，《哲学辞典》，商务印书馆。

341. [日]谷崎润一郎，1983，《谷崎润一郎全集》，中央公论社。

342. [日]谷崎润一郎著，陈若雷译，2018，《谷崎润一郎奇艺故事集》，广西师范大学出版社。

343. [日]谷崎润一郎著，陈德文译，2019，《雪后庵夜话》，花城出版社。

344. [德]哈贝马斯著，曹卫东等译，2001，《后形而上学思想》，译林出版社。

345. [英]赫德逊著，李申等译，2004，《欧洲与中国》，中华书局。

346. [德]黑格尔著，贺麟译，1980，《小逻辑》，商务印书馆。

347. [美]亨廷顿著，张林宏译，1993，《文明的冲突》，《国外社会科学》第 10 期。

348. [英]华兹华斯等著，李昌陟译，2000，《英国浪漫主义五大家诗选》，重庆出版社。

349. [德]海德格尔，孙周兴译，2014，《同一与差异》，商务印书馆。

350. [德]海德格尔，孙周兴译，2016，《通向语言的途中》，商务印书馆。

351. [德]黑格尔，贺麟、王太庆译，1983，《哲学史讲演录》，商务印书馆。

352. [法]基亚著，颜保译，1983，《比较文学》，北京大学出版社。

353. [日]加藤周一著，叶渭渠、唐月梅译，1995，《日本文学史序说（上卷）》，开明出版社。

354. [美]J·希利斯·米勒著，生安峰译，2010，《世界文学面临的三重挑战》，《探索与争鸣》第 11 期。

355. [美]加亚特里·查克拉沃蒂·斯皮瓦克著，张旭译，2014，《一门学科之死》，北京大学出版社。

356. [美]珍妮特·沃克，2016，《"世界文学"与非西方世界》，《求是学刊》第 2 期。

357. [德]康德著，邓晓芒译，2002，《判断力批判》，人民出版社。

358. [法]勒内·波莫，1990，《〈赵氏孤儿〉的演变》，《天津师范大学学报》第 5 期。

359. [日]铃木大拙，钱爱琴、张志芳译，2014，《禅与日本文化》，译林出版社。

360. [美]刘若愚，田守真、饶曙光译，1987，《中国的文学理论》，四川人民出版社。

361. [美]刘若愚著，杜国清译，2006，《中国文学理论》，江苏教育出版社。

362. [法]罗贝尔·埃斯卡皮著，王美华、于沛译，1987，《文学社会学》，安徽文艺出版社。

363. [法]洛里哀著，傅东华译，1989，《比较文学史》，上海书店。

364. [美]L.S.斯塔夫里阿诺斯，吴象婴、梁赤民译，1988，《全球通史—1500 年以前的世界》，上海社会科学院出版社。

365. [德]莱布尼茨著，杨保筠译，2005，《中国近事：为了照亮我们这个时代的历史》，大象出版社。

366. [美]勒内·韦勒克、奥斯汀·沃伦著，刘象愚等译，2010，《文学理论》，文化艺术出版社。

367. [德]莱因哈德·梅依著，张志强译，2003，《海德格尔与东亚思想》，中国社会科学出版社。

368. [美]梅维恒著，杨继东等译，2011，《唐代变文》，中西书局出版社。

369. [法]孟德斯鸠著，张雁深译，2007，《论法的精神》，商务印书馆。

370. [法]米歇尔·福科著，莫伟民译，2016，《词与物：人文科学的考古学》，上海生活·读书·新知三联书店。

371. [日]千叶俊二，1994，《谷崎润一郎　狐とマゾヒズム》，小沢书店。

372. [美]萨姆瓦著，陈南等译，1988，《跨文化传通》，生活·读书·新知三联书店。

373. [美]萨义德著，王宇根译，1999，《东方学》，生活·读书·新知三联书店。

374. [英]塞尔登、刘象愚，2000，《文学批评理论——从柏拉图到现在》，北京大学出版社。

375. [美]塞缪尔·亨廷顿著，周琪，刘绯，张立平，王圆译，1998，《文明的冲突与世界秩序的重建》，新华出版社。

376. [美]赛义德著，谢少波，韩刚等译，1999，《赛义德自选集》，中国社会科学出版社。

377. [美]史景迁著，廖世奇等译，1990，《文化类同与文化利用》，北京大学出版社。

378. [英]斯图尔特·霍尔著，徐亮译，2003，《表征》，商务印书馆。

379. [美]苏源熙著，任一鸣、陈琛译，2015，《全球化时代的比较文学》，北京大学出版社。

380. [美]苏源熙著，生安峰译，2011，《世界文学的维度性》，《学习与探索》第2期。

381. [美]塞缪尔·亨廷顿，周琪、刘绯等译，2009，《文明的冲突与世界秩序的重建》，新华出版社。

382. [德]叔本华著，石冲白译，2014，《作为意志和表象的世界》，商务印书馆。

383. [英]汤因比著，曹未风译，1959，《历史研究》，上海人民出版社。

384. [英]特里·伊格尔顿著，伍晓明译，1987，《二十世纪西方文学理论》，陕西师范大学出版社。

385. [法]提格亨著，戴望舒译，1937，《比较文学论》，商务印书馆。

386. [美]田晓菲，2003，《秋水堂论金瓶梅》，天津人民出版社。

387. [美]韦尔伯·施拉姆著，余也鲁译，1985，《传学概论：传媒·信息与人》，中国展望出版社。

388. [美]乌尔利希·韦斯坦因著，刘象愚译，1987，《比较文学与文学理论》，辽宁人民出版社。

389. [日]永井荷风，2019，《谷崎润一郎氏の作品》，《中国科学报》，1 月 23 日。

390. [美]宇文所安著，2003，《中国文论：英译与评论》，上海社会科学院。

391. [美]约翰·迪尼著，刘介民译，1990，《中西比较文学理论》，学苑出版社。

392. [美]约翰·迪尼著，刘介民译，1988，《现代中国比较文学研究》，四川人民出版社。

393. [瑞士]约斯特著，廖鸿钧等译，1988，《比较文学导论》，湖南文艺出版社。

394. [美]约翰·皮泽著，刘洪涛、刘倩译，2011，《比较文学与世界文学：建构建设性的跨学科关系》，《中国比较文学》第 3 期。

395. [法]雅各·德里达著，张宁译，2001，《书写与差异·访谈代序》，生活·读书·新知三联书店。

396. [法]雅各·德里达著，汪堂家译，1999，《论文字学》，上海译文出版社。

397. Atkinson William. 2006. *The Perils of World Literature*. World Literature Today, 80（5）.

398. Barnes, John R. 1937. *"World-Literature"*. The English Journal, 26（9）.

399. Bernard Franco. 2016. *La Litterature Comparee Histoire, domaines, methodes*. Armand Colin.

400. Cao Shunqing. 2013. *The Variation Theory of Comparative Literature*. Springer Press.

401. Cao Xueqin, Gao E.Yang Xianyi, Trans. *A Dream of Red Masions: An Abridged Version.* The Commercial Press.

402. Cesar Dominguez, HaunSaussy, and Dario Villanueva.2015. *Introducing Comparative literature*: New Trends and Applications. Routledge.

403. Charles Bernheimer ed. 1995. *Comparative Literature in the Age of Multiculturalism*. The Johns Hopkins University Press.

404. Craig Fisk. 1986. *"Chinese Literary Criticism."*. Ibid.

405. Graham Parkes. 1987. *Heidegger and Asian Thought*. University of Hawaii Press.

406. Gross David S. *The Many Worlds of World Literature*. World Literature Today. 77（3/4）.

407. Gayatri Chakravorty Spivak. 2003. *Death of a Discipline*. Columbia University Press.

408. Howard Goldblatt. 2002. *The Writing Life*, Washington Post, April 28.

409. Lawall, Sarah N. 1986. *The Canon's Mouth: Comparative Literature and the World Masterpieces Anthology*. Profession.

410. Mo Yan. Howard Goldblatt, Trans. 2012. *The Garlic Ballads*. Arcade Publishing.

411. Proceedings of the Conference at the University of Wisconsin. Chapel Hill: U of North Carolina, 1960: 9-22.

412. René Etiemble. 1996, *The Crisis In Comparative Literature*. Michigan State University Press.

413. Steven Totosy de Zepetnek, Tutun Mukherjee. 2013. *"Companion to Comparative Literature, World Literatures, and Comparative Cultural Studies"*. Cambridge University Press.

414. Susan Bassnett. 1993. *Comparative Literature A Critical Introduction*. Oxford Blackwell.

415. Terry Eagleton.1983. *Literary Theory an Introduction*, Blackwell.

416. Uhlig Stefan Hoesel. 2004. *Changing Fields: Directions of Goethe's Weltliteratur*. Debating World Literature. Verso.